현대시조의
이론과 비평

현대시조의
이론과 비평

김학성

보고사

머리말

　우리의 고전을 연구하는 전문 학자들의 절대 다수가 그러하듯이 나역시 처음에는 고전시가를 전공학문으로 삼은 탓에 시조를 어디까지나 고전 텍스트로만 연구해 왔다. 그러다가 10여 년 전 현대시조 시단에서 눈부신 활동을 하고 있는 홍성란 시인이 내가 재직하고 있던 성균관대학의 박사과정에 입학하여 "고시조만 연구하지 말고 현대시조의 이론적 기반과 비평의 방향을 제시해 달라"는 간절한 부탁과 함께 현대시조에 관련한 박사학위논문의 지도교수를 맡아달라는 요청을 받아들이면서 비로소 현대시조에도 깊은 관심을 갖기 시작했다.

　이런 인연으로 현대시조를 전문으로 창작하는 많은 시조시인들을 작품과 시집을 통해 만날 수 있었고, 그들이 어떤 생각을 가지고 시조를 창작하고 있으며, 어떤 문단 활동을 하고 있고, 시조에 대해 무엇이 궁금한지를 어렴풋이나마 짐작할 수 있게 되었다. 또한 그들이 시조 시단이나 학회를 결성하여 시조전문 월간지, 계간지, 동인지, 학회지를 알뜰하게 꾸려 냄으로써 시조의 창작과 비평 활동을 얼마나 왕성하게 하고 있는지 확인할 수 있었다.

　그러나 시인들의 이러한 시조에 대한 열정과 사랑에도 불구하고 시조에 대한 일반 국민의 인식은 그리 호의적이지 못하다. 절대다수의 국민들이 아직도 시조를 이미 지나간 시대의 유물로 보거나 자유시만을 현대시의 유일한 양식 혹은 부동의 중심 장르로 보고 있는 것이다. 특히 자유시만을 전문으로 창작하는 많은 시인들이 조선시대 사대부들에 의해 향유되었던 시조가 도대체 왜 현대에도 필요한지 그 이유를 알 수 없다면서 시조에 대해 관심조차 보이지 않고 있다. 나아가 어떤 자유시인들은 시조를 전문으로 창작하는 시인들에 대해 공연히 우월감을 가지는 치기(稚氣)를 보이기도 하고, 심지어 일부는 시조시인들을 폄하하거나 경멸하기까지 하는 교만을 보이기도 한다.

　이는 분명 잘못된 것이다. 시인들은 시를 창작함에 있어 시의 일정한 율동적 모형(模型)을 먼저 떠올리고 그 모형에 따라 시의 언어나 이미지를 선택하여 형상화하는 과정을 거쳐야 하는 것이 일반적이라 할 수 있다. 그럼에도 오늘날 우리의 자유시인들은 오히려 그 반대 방향으로 어떤 시상(詩想)이나 그에 맞는 말과 의미를 먼저 선택하고 그에 따라 자연스럽게 시적 율동을 타는 방법을 택하거나(이 경우 의미율을 타는 자유시가 됨), 아니면 아예 시적 율동은 고려하지 않고 창작하는 경향을 보인다는(이 경우 산문시가 됨) 것이다. 이는 특정한 율동 모형이 선행되고 그에 따라 특정의 단어나 이미지가 선택되는 경향성을 지닌 서구 시인들의 시 창작 과정과는 반대되는 현상이라 하겠다. 서구의 저명한 발레리, 엘리어트, 버지니아 울프 같은 시인들은 자신의 시작 과정이 특정한 단어나 이미지 보다 특정한 율동이 먼저 형성되고 그에 따라 시상이나 의미를 배치한다고 스스로 밝힌 데서 그 점이 잘 드러난다.

　서구 시인들은 왜 이런 시작 과정으로 시를 창작하는가? 그에 대한 답은 보들레르의 시집을 보면 알 수 있다. 잘 알다시피 보들레르는 프랑스의 상징주의를 선두에서 이끈 자유시인 임에도 불구하고 그의 시집 절반이 서구의 정형시가인 소네트로 채워져 있다는 것이다. 이는 무엇을 의미하는가? 보들레르의 시작 과정이 소네트 같은 전통시의 율동에 먼저 익숙하고 그런 전통 율격이 전제된 자유율적 표현으로 이루어졌음을 말해주는 것이 아니겠는가. 또한 오늘의 시인들이 획득한 자유와 개성적 율동의 표현이 그저 이루어지는 것이 아니라 자유롭지 않으면 안 되는 필연성을 바탕에 두고 있다는 것을 의미한다. 그럼에도 우리의 자유시인들은 보들레르 같은 전통 운율에 대한 단련은커녕 전통시가의 가장 정채(精彩)로운 모형(模型)적 운율을 자랑하는 시조의 율격이나 형식에 대해서 아예 무지(無知)하거나 관심조차 없으며, 그러한 무지와 무관심이 수치스러움이 아니라 무슨 자랑거리나 되는 것처럼 착각하고 있는 것이 현실이다.

　이러한 현상과 관련하여 현대미술 작가인 이우환의 경우를 생각해보면 현대 시인들에게 시조 같은 전통 율격과 형식의 단련이 얼마나 중요한지를 깨닫게 된다. 그는 경남 함안에서 태어나 유교식 교육을 받고 성장했으며, 우리 전통의 시(詩), 서(書), 화(畵)를 몸에 익숙하도록 배우고 서울대 미술대학에 진학하게 되었다. 그런데 그 당시 미대 학장이었던 장발—그는 일찍이 서구 유학으로 서양미술이 몸에 배었다—로부터 서양화가들을 모범으로 하는 그런 데생을 하지 않고 김홍도나 정선 같은 그런 데생을 하느냐고 심한 질책을 들었다는 것이다. 그런 질책을 불식하고 그는 현대 한국의 뛰어난 미술작가로 활동해오고 있으며 올해는 베르사유 궁에 초대작가로 초청받아 개인전을 여는 경사를 맞게 되었다.

　이우환이 이러한 예우를 받게 된 것은 말할 것도 없이 서양 사람들이 쉽게 흉내 낼 수 없는 우리 전통의 화법(畵法)이 몸에 배고 그를 바탕으로 현대적 개성이 표현되었기 때문일 것이다. 그럼에도 그는 인터뷰에서 "외국 평단이 나의 화풍(畵風)을 선(禪)이니, 동양적이니 혹은 한국적이니 하는 평을 가장 싫어해요"라고 말한 바 있다. 가슴으로는 우리 것을 표현하면서도 머리로는 우리 것을 자랑스럽게 생각하지 않는 잘못된 한국인의 일반적 성향을 그 역시 보이고 있는 것이다. 또 우리의 음악 학도들이 선진국 독일에 유학을 갔을 때 지도교수의 전형(銓衡)에서 "네가 가장 자랑스럽고 잘하는 곡을 연주해 보라"는 주문에 으레 서양의 저명한 곡을 선택해 연주한다는 것이고, 그러면 "너희 나라의 특색을 보여주는 자랑스러운 곡은 없느냐"고 실망을 하게 된다는 것이다.

여기서 우리는 이런 교훈을 얻을 수 있다. 문학이든 미술이든 음악이든 세계적인 작가가 되려면 자기 나라의 전통적인 것이 먼저 몸에 배고 그것을 바탕으로 창조적이고 개성적인 걸작을 모색함으로써 가능하다는 것이다. 그런 면에서 우리의 현대 자유시인들은 바탕 없는 자유시를 내놓기 전에, 먼저 전통 율조의 정화(精華)인 시조의 형식과 율격이 먼저 몸에 배어야 하고 그러한 전통 율조와의 긴장어린 대결을 통해 얻어지는 자유 율조를 통해야 비로소 진정한 의미의 자유율을 획득할 수 있다는 것이다. 즉 전통 율조에 무지하거나 무관심해서는 세계적인 시를 내놓을 수 없다는 결론에 이르게 된다.

그런 점에서 지금까지 자유시인들로부터 부당하게 홀대받아온 오늘의 시조시인들이야 말로 그들의 활동이 우리의 전통시가에 대해 자긍심의 표현일 뿐 아니라, 전통시가의 율동 모형을 먼저 체득하여 선택하고 그에 따라 특정의 시상과 의미를 배치하는 시작과정을 거친다는 면에서 세계에 한국을 알리는 자질을 갖춘 가장 훌륭한 시인들이라 자부해도 좋을 것이다. 현대의 자유시가 시적 율동이 괴멸되고 마치 산문시나 서구시의 번역시처럼 정조(情調)가 고갈된 삭막한 시로 전락한 원인도, 따지고 보면 시조와 같은 전통 율동 모형을 체득한 바탕에서 획득된 자유율적 표현이거나 새로운 율동의 창조로 나아가지 않은 때문이다.

그런 면에서 시조에 무관심하거나 무지한 것은 자랑이 아니라 부끄러움이라는 것을 알아야 한다. 미국의 계관시인으로 널리 알려진 로버트 하스가 근자에 영어로 시조를 짓는 운동을 벌이고 있는 하버드대학의 데이빗 맥캔 교수로부터 영어시조를 한번 써 보라고 부탁을 받았을 때, 자신이 갖고 있는 영어 번역판의 한국시집에서 시조 양식을 찾아 그것을 본보기로 써보려 했으나, 한국의 저명한 시인들의 어느 시집에서도 찾아내지 못해 의아해했다는 사실은 무엇을 말하는가. 이는 우리의 전통시가를 외면하는 오늘의 자유시인들의 부끄러운 자화상이라 아니 할 수 없다.

이 책에 엮은 글들은 이러한 부끄러운 자화상을 지우고 우리 전통시가에 대한 자부심을 갖도록 하기 위해 시조라는 우리의 대표적 정형시에 관한 이론과 비평의 글들을 모은 것이다. 시조는 오랜 역사와 전통을 지닌 우리의 낯익은 대표 정형시이지만 정작 그 형식과 율격이 어떠한 것이냐고 물으면 명쾌하게 답변하는 이들이 몇이나 될까 의문이다. 이런 현상은 현대시조를 쓰고 있는 시조시인들에게도 마찬가지로 해당된다. 그들 역시 시조의 정형적 틀이 정확하게 어떤 것인지 모른 채로 무의식의 심층에 잠재되어 있는 시조의 전통 율조를 통해 때로는 혼란스럽게, 때로는 멋지고 아름답게 현대시조를 창작하고 있는 것이다. 이렇게 된 데에는 자유시인이나 시조시인들의 탓이 아니라 현재까지도 시조의 형식이나 율격의 원리와 구조를 명쾌하게 해명해내지 못한 연구자들의 잘못에 전적으로 놓여 있다. 즉 고전시가의 연구자들이 아직까지 시조의 정교한 형식과 율조의 짜임에 대해 명쾌한 해답을 내놓지 못했던 것이다. 이로 인해 시조의 시적 본질과 운용의 원리를 올바로 정립하지 못하고 다만 까다롭고 접근이 어려운 장르로 인식되는 문제를 낳기도 했던 것이다.

이 책은 바로 이와 같은 문제를 인식하여 시조의 형식과 율조를 해명하고, 나아가 그러한 형식과 율조를 어떻게 운용하며, 그 바탕에는 어떠한 미학이 기저하고 있는가를 명쾌하게 규명하기 위해 시도된 여러 편의 논문들을 엮은 것이다. 이러한 연구 과정을 통해 얻은 결론은 시조가 결코 쉽게 해명될 수 없을 정도로 정교한 짜임을 가진 우리의 자랑스러운 미학적 결정체라는 것이다. 나아가 시조의 이러한 고도(高度)로 정교한 짜임을 명확히 이해한 바탕 위에서 비로소 시조의 형식 운용의 묘(妙)를 말할 수 있고, 그 미학적 지향을 논할 수 있으며, 현대시조의 나아갈 방향을 올바로 탐색할 수 있고, 현대시조의 작품을 정밀하게 비평하고 분석할 수 있다는 것이다. 이 책은 바로 이러한 문제들을 해명하기 위한 작은 시도들을 모은 것이다.

이제 이 책을 통해 시조의 여러 문제들이 더 이상 혼란에 빠지지 않게 되길 희망한다. 특히 시조의 율조를 3·4조니 4.4조니 하는 자수율로 해명하려는 망령에서 하루 속히 벗어나길 기대한다. 그리고 현대시조를 비평하고 분석함에 있어 시조 특유의 율조와 형식은 고려하지 않은 채로, 마치 현대 자유시를 대하듯 혹은 서구의 현대시를 대하듯 그들의 독법(讀法)으로 해명하는, 잘못된 비평계의 관습도 시정되기를 바란다. 시조의 형식과 율조 그리고 그 미학과 비평에 관심을 가진 모든 이들에게 이 책이 널리 읽히기를 희망하는 이유다.

여기 실린 글들이 만들어지기까지에는 시조시인이자 만해사상 실천 선양회를 이끄시는 조오현 조실 스님의 후원에 힘입은 덕분이며, 민족시 사관학교와 열린시조학회를 주도하시는 윤금초 시인의 독려가 큰 힘이 되었음을 밝힌다. 그리고 특히 시조의 창작과 비평에 온몸으로 열정을 바치는 제자 홍성란 시인의 기회 제공에 깊은 고마움을 전한다. 아울러 책의 교정을 맡아준 제자 윤설희 박사의 노고를 치하한다. 또한 심각한 출판계의 불황에도 흔쾌히 출간을 맡아주신 보고사의 김홍국 사장님과 담당 편집자께도 감사를 드린다.

2015년 2월에
김학성 씀

차례

머리말 / 5

제1부 이론적 모색

시조의 형식과 그 운용의 미학

1. 시조의 형식 바로 알기 ································· 19
2. 시조 형식의 운용 양상 ································· 25
3. 현대시조의 운용 미학 ································· 37
4. 맺음말 ··· 47

시조의 양식적 원형과 행-연의 운용

1. 시조의 양식적 원형과 행·연 갈이의 필요성 ················· 49
2. 양식적 원형의 규범적 표출 : 정통형 ················· 55
3. 양식적 원형의 개성적 표출 : 변화형 ················· 70
4. 양식적 원형의 창조적 표출 : 파탈형 ················· 79

시조 형식의 절주와 종장 운용의 방향

1. 시조의 서정성과 형식규율의 질서 ⋯⋯⋯⋯⋯⋯⋯⋯⋯⋯ 87
2. 시조 형식의 절주와 종장 운용의 묘(1) ⋯⋯⋯⋯⋯⋯⋯ 93
3. 시조 형식의 절주와 종장 운용의 묘(2) ⋯⋯⋯⋯⋯⋯⋯ 104
4. 종장 운용상의 문제와 그 방향 ⋯⋯⋯⋯⋯⋯⋯⋯⋯⋯⋯ 116

시조의 형식 원리와 그 미적 운용의 묘(妙)

1. 머리말 ⋯⋯⋯⋯⋯⋯⋯⋯⋯⋯⋯⋯⋯⋯⋯⋯⋯⋯⋯⋯⋯⋯ 129
2. 시조의 형식 규율과 그 원리 ⋯⋯⋯⋯⋯⋯⋯⋯⋯⋯⋯⋯ 132
3. 시조 양식의 전개와 그 운용의 묘 ⋯⋯⋯⋯⋯⋯⋯⋯⋯⋯ 144
4. 맺음말 ⋯⋯⋯⋯⋯⋯⋯⋯⋯⋯⋯⋯⋯⋯⋯⋯⋯⋯⋯⋯⋯⋯ 158

한국시가의 향유전통과 사설시조의 양식적 개방성

1. 머리말 ⋯⋯⋯⋯⋯⋯⋯⋯⋯⋯⋯⋯⋯⋯⋯⋯⋯⋯⋯⋯⋯⋯ 160
2. 우리시가 향유의 두 가지 전통 ⋯⋯⋯⋯⋯⋯⋯⋯⋯⋯⋯ 161
3. 장가(長歌)의 향유 전통과 사설시조의 양식적 근원 ⋯⋯ 169
4. 사설시조의 향유 전통과 양식적 개방성
   – 현대사설시조의 두 가지 가능성 : 윤금초와 박기섭의 시도 ⋯⋯⋯⋯⋯ 180

사설시조의 전통과 미학

1. 사설시조는 근대시의 단초(端初)인가 ⋯⋯⋯⋯⋯⋯⋯⋯⋯ 185
2. 사설시조의 형식과 미학적 전통 ⋯⋯⋯⋯⋯⋯⋯⋯⋯⋯⋯ 187
3. 사설시조의 현대적 계승을 위하여 ⋯⋯⋯⋯⋯⋯⋯⋯⋯⋯ 191

제2부 비평적 성찰

민족문학으로서의 현대시조의 의의

1. 머리말 ·· 197
2. 현대시조 텍스트의 바르게 읽기 ······································ 200
3. 민족시로서의 현대시조의 모습 ·· 210
4. 맺음말 ·· 218

시조의 아버지 상(像)과 그 현대적 변주

1. 고시조 : 숭고한 부상(父像)을 외경(畏敬)의 마음으로 ·········· 221
2. 고시조의 현대적 변주
   – (1) 추락(墜落)한 부상(父像)과 혜안적 성찰 ······························ 225
3. 고시조의 현대적 변주
   – (2) 부상(父像)에 대한 연민과 홀로서기의 어려움 ················· 231
4. 고시조의 현대적 변주
   – (3) 부상(父像)에 대한 거리두기의 두 방식 ····························· 237

시조의 형식질서와 그 품격의 효용성

1. 우리 것이 홀대받는 시대 ··· 244
2. 시조의 형식질서와 그 미학 ··· 249
3. 시조의 품격과 현대사회의 효용성 ····································· 262
4. 맺음말 ·· 274

시조의 3장 구조 미학과 그 현대적 운용

1. 머리말 ··· 276
2. 3장시로서의 시조의 구조적 미학 ···················· 277
3. 시조의 유형적 특성과 3장 미학의 현대적 계승 ·········· 285
4. 맺음말 ·· 300

조오현 시조의 비평적 분석

– 속인이 본 『아득한 성자』의 시적 마력 –

1. 조오현 시학의 서정적 원천 ··························· 302
2. 조오현의 시적 마력 ··································· 305
3. 조오현이 시조로 노래한 까닭 ························· 308

황진이 시조의 현대적 계승

– 홍성란 시조 해설 –

1. 조선시대 최고의 절창, 황진이 ······················ 314
2. 황진이를 표방한 시인, 홍성란 ····················· 318
3. 홍성란의 놀라운 시적 성취 ························· 325

참고문헌 / 339
찾아보기 / 343

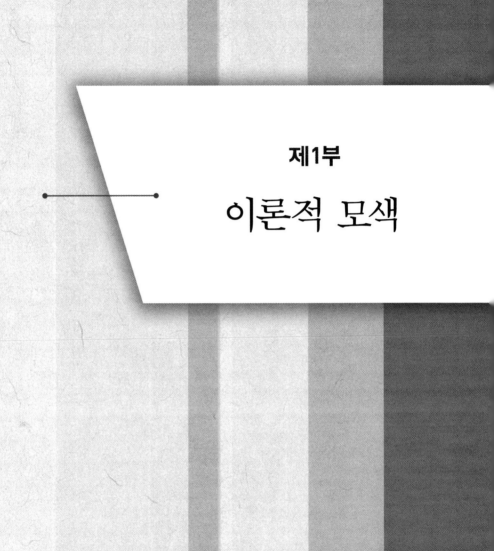

제1부

이론적 모색

시조의 형식과 그 운용의 미학

1. 시조의 형식 바로 알기

문학 작품에서 형식만큼 중요한 것은 없을 것이다. 문학이 일상 담
론과 분명한 차이를 갖도록 하는 것이 바로 형식이기 때문이다. 문학
의 여러 갈래 가운데서도 특히 시(서정시)의 경우 유난히 형식이 중요
하다는 것은 누구나 알고 있다. 시에서 형식은 시인이 인지해내고 발
견해낸 세계에 대한 정감을 담아내는 핵심적인 표현장치로 작동하는
까닭이다. 그런 면에서 시에서의 형식을 "일상어에 가하는 조직적 폭
력(violence)"[1]이라 규정한 것도 이해가 간다. 그러나 그러한 조직적
말 부림[조사:措辭]의 규제(폭력이란 용어는 서구 시엔 적절할지 몰라도 동
양 시에는 너무 과격한 용어다)가 있기에 시에 담긴 의미나 내용을 그만
큼 윤기 있게 채색하고 시인의 정감적 결을 섬세하게 담아낼 수 있는
것이다.

시 가운데서도 정형시의 경우는 작품을 일정한 형식에 따라 시종 일

---

1) Wellek & Warren, *Theory of Literature*, London, p.175.

관 조직적으로 규제하므로 그 제약의 정도는 상당히 심각할 것임은 자명하다. 우리가 여기서 논의하고자 하는 시조도 상당히 정교한 조직으로 짜여 있는 정형시이므로 그렇게 인식됨은 당연할 것이다. 권영민의 〈문학콘서트–시조만세〉에서 자유시를 쓰는 시인들에게 시조 한 수를 써달라는 청탁과 함께 시조에 대한 생각도 밝혀달라는 요청에 답한 시인의 말을 보자.

> 두말할 것도 없이, 시조는 **형식적 제약이 완강한** 시가양식이다. 나는 시조를 쓰는 것이 자진하여 '**언어의 감옥**'에 들어가는 일이라 생각한다. 죄수의 영혼이 감옥에서 변화를 겪듯이 시조시인의 감각과 인식, 언어 운용 역시 **정형적 율격의 압력** 아래서, 변형되고 단련을 겪는다. …… **율격적 정형**이라는 형식규범은 시조의 보루이기도 하고 부담이기도 할 것이다.[2]

시조의 형식적 제약은 인용문에서 드러나듯이 다른 무엇보다 율격적 정형 곧 정형률을 준수해야 한다는 데 있다. 시조의 정형률을 언어의 감옥으로 인식하기는 잘 알다시피 1920년대 국민문학파가 시조부흥운동을 벌일 때 프로문학파에서 반론으로 이미 제기한 바 있듯이 그역사가 오래다.[3] 문제는 시조의 정형률이 실제로 '언어의 감옥'일 정도로 부담스러운 규제로 작동하느냐에 있다. 그렇게 생각하는 바탕에는 시조의 율격을 엄격한 음수율(자수율)로 파악하는 그릇된 인식이 깔려 있다. 아직도 자유시에 전념하는 시인은 물론이고, 시조만을 전문적으로 창작하는 많은 시인들이 3·4조니 4·4조니 하면서 시조의 정

---

2) 2013년 〈만해축전〉 행사, 권영민의 『문학콘서트』/시조만세, 2012. 8. 이영광, 〈창작노트〉 중에서.

3) 김동환, 「시조배격소의」, 『조선지광』, 1927년 6월호.

형률을 음수율로 알고 있는 것이 엄연한 현실이기 때문이다.

시조의 정형률을 음수율로 파악하는 근원은 도남 조윤제로부터 시작되었다. 그렇게 된 원인은 중국의 한시(근체시)가 절구이든 율시이든 5언 또는 7언으로 음절수를 맞추고 있고, 일본의 하이쿠도 5-7-5자로 음절수를 정형화하고 있어, 같은 문화권에 속한 우리 시가의 율격도 당연히 음수율일 거라는 선입견이 작용한 데 있다. 그리하여 도남은 시조의 율격을 다음과 같은 음수율로 제시했음은 주지하는 바와 같다.

초장	3	4	4(3)	4
중장	3	4	4(3)	4
종장	3	5	4	3

여기서 한 걸음 더 나아가 어느 일본인 학자는 도남의 이러한 시조 음수율을 그대로 수용하면서, 중국의 한시나 조선의 시조, 일본의 단카(여기서 유래한 하이쿠) 등 동아시아의 전통시가 모두 음수율(자수율)에 의거하고 있어서 음수율이라는 숙명을 공통으로 보인다고 했다.[4] 그러나 정작 도남은 시조의 정형률을 제시하고 나서,

> "이 표(表)를 다시 좀 더 설명을 가하면, 그 중 종장 제1구의 3은 절대로 **변할 수 없고**, 초·중장 제4구와 종장 제3구의 4는 변동이 있음을 즐기지 않았으며, 나머지 타구(他句)에 있어서는 비교적 그 **변조(變調)**가 자유스러웠다. …… 따라서 그 자수표는 절대적인 것이 아니요, 시조 형식의 기준이 될 것이나, 시조가 정형시이면서도 절대적 수운(數韻)을 가지지 아니하고 기준 수운을 가지는 것은……."[5]

---

4) 川本 皓嗣, 「동아시아 시학 구축을 위해-음수율이라는 숙명-」, 『한국시가연구』21집, 한국시가학회, 2006, 44~51면.

라고 부언 설명하면서 종장의 첫마디를 제외하고는 음절수가 절대적
이 아니고 얼마든지 변동이 가능하다고 했다. 음수율이 성립하려면 그
일차적 요건이 음절수를 철저히 준수해야 함에도 불구하고 그렇지 못
한 것이 시조의 율격임을 인정함으로써, 스스로 시조가 음수율이 될
수 없음을 말하고 있는 것이다. 그리하여 시조는 3장 12음보 45자내외
라는 느슨한 기준율을 내놓았던 것이다. 지켜도 좋고 안 지켜도 된다
는······ 이러한 현상은 일본인 학자(川本 皓嗣)의 경우도 마찬가지다.
"시조는 3·4조 혹은 4·4조를 기본으로 하나, 1음이나 2음 정도의 증
감은 허용된다. 단 종장의 제1음보만은 3음절로 고정되어 있다."라고
함으로써 조윤제와 마찬가지로 시조가 음수율을 따르지 않음을 스스
로 드러내고 있다.

　여기서 유념할 것은 동아시아 3국이 다 같이 음절수를 지키는 것같
이 보이지만, 그 활용 방법이 전혀 다르다는 점을 주목해야 한다. 먼저
중국의 한시(절구, 율시)는 음절수를 율격의 자질(음성 면에서 규칙적인
반복 요소)로서가 아니라 율격을 이루는 기저 단위(5언, 7언)로서만 활
용하고 있다. 시조의 경우는 음절수는 지키지 않는 것을 원칙으로 하
되, 딱 한 군데(종장 제1음보)서만 특정 음절수(3음절)를 고수함으로써
작품의 시상 전개에 필요한 전환부 구실과 시성(詩性)을 위한 시적 의
장(意匠)으로 활용할 뿐이다. 이와 달리 일본의 정형시는 중국 한시의
5언 7자로 가다듬는 율격의 기저 단위를 아예 율격의 자질로 받아들여
음수율(5 7 5 또는 5 7 5 7 7)로 쓰고 있어 순수한 음수율이 되고 있다.

　이처럼 동양 3국은 공통적으로 음수율을 숙명으로 하는 것이 아니라

---

　5) 조윤제, 「시조의 본령」, 『인문평론』 제2권 제3호, 1940.

각각의 언어가 다른 특질을 가진 만큼이나 그것을 율격에서 다르게 운
용하고 있는 것이다. 율격은 해당 언어의 음성적 자원으로 이루어지므
로 그 다름만큼 다르게 운용될 수밖에 없는 것이다. 즉 중국의 언어는
4성(평성, 상성, 거성, 입성)을 바탕으로 하는 성조언어이므로 음수율의
기저 단위에 평측(고저)의 규칙을 더함으로써 **복합율격**의 성격을 띠고,
한국어는 장음만이 일부 언어에 관여하는 자질이므로 이를 바탕으로
음절수와는 관계없이 일정한 음보 크기만 정형적으로 운용하는 음량률
을 기본으로 하되 특정 마디만 음수율(종장 첫마디에 3음절)을 적용함으
로써 음량률과 음수율을 섞어 운용하는 **혼합율격**의 성격을 띤다.6) 일
본어는 고저를 바탕으로 하는 성조언어도 아니고, 장음과 단음이 관여
하는 음운특징을 갖지도 않으며,7) 음절이 주로 자음과 모음의 단순한
결합으로 이루어지고 거기에 받침이 붙는다 해도 활음조의 비음(鼻音
：ㄴ, ㅁ, ㅇ)만이 관여하므로 음절수만 지켜도 시의 음악성을 충족하는
순수한 음수율이 되는 까닭에 **단순율격**의 성격을 띠는 것이다.

---

6) 이처럼 운율은 각 나라의 음운체계의 특성을 따라 다르게 나타난다. 세계의 여러
   나라 시 중에서 음성면의 규칙적인 반복으로 단지 음수율에만 의존하는 단순율격은
   일본의 정형시 외에도 헝가리 민요와 우랄어 계통 시가 있다. 중국의 한시처럼 운율
   의 기저 단위를 규칙화하는 것에 더하여 음의 고저를 운율체계로 활용하는 고저율
   외에도 각 나라의 음운체계에 따라 음의 강약, 장단을 규칙적 반복 리듬의 패턴으로
   하는 복합율격은 더 있다. 영어나 독일어, 네델란드어처럼 강약의 차가 강하게 인식
   되는 언어에서는 강약율이, 고대 그리스시나 라틴시처럼 장음과 단음의 규칙적 조
   합에 의해 율격을 형성하는 장단율이 적용되고 있다. 우리 시처럼 혼합율격을 보이
   는 예는 프랑스, 이탈리아, 스페인 시처럼 음절을 중심자질로 하면서 강세가 행이나
   반행의 경계를 표지화 하는 기능을 갖도록 활용하는 경우를 들 수 있다.
7) 일본어에는 장음절과 단음절의 구별이 있어 의미의 차이를 보이는 경우가 더러 있
   고, 고저의 차이를 보이는 단어도 있지만, 그런 특성을 갖는 언어는 극히 적어서 운
   율로 활용할 정도는 못된다.

시조는 얼핏 보면 초-중-종장을 각각 4음보로 규칙화하는 등가적 반복성을 이루는 듯해서, 4음보라는 음보수만 준수하면 정형성이 획득되는 **음보율**로 이루어진다고 오해한 적이 있다. 그래서 시조는 4보격 시라고 음보율로 규정되기도 했다. 그러나 시조에서 음보의 수는 율격을 이루는 기저 단위로만 작용할 뿐이다. 그래서 그 단위의 크기 (음절에다 장음과 정음이 작용하는 모라 수)가 4음격(4모라)의 크기를 규칙적 정형으로 갖는 4보격 시라는 점에 주목하여 4음 4보격 3장시라는 **음량률**로 최종적으로 이해되기도 했다.[8] 이를 표로 제시하면 다음과 같다.

	제1음보	제2음보		제3음보	제4음보	
초장	4	4	‖	4	4	·········· 4음 4보격
중장	4	4	‖	4	4	·········· 4음 4보격
종장	4	4+4	‖	4	4	·········· 변형 4보격

그러나 이렇게 결론을 낸다면 종장 첫마디를 3음절로 엄격히 준수해야 하는 시조의 핵심적 율격 요소를 외면한 결과가 되고 만다. 종장의 첫마디만큼은 3음절이라는 음수율을 고수해야 시조가 될 수 있음을 일찍이 간파하고 장르의 표징으로 삼았기 때문에 시조를 단순히 음량률로만 이해하는 것도 문제가 있다.

다음의 자료가 그 점을 증명해 준다.

"근래에 유종(柳淙)이 말했다. "우리나라의 모든 노래는 정서(鄭叙)의 과정곡(瓜亭曲) 이후로 대중소편(大中小篇)을 막론하고 모두 5장(章)으로

---

8) 성기옥, 손종흠, 『고전시가론』, 한국방송통신대학교 출판부, 2006, 283~288면.

되어 있으며, 제4장은 반드시 삼자(三字)로 세 번 끊어 노래하는데, 이것
은 중국에는 없는 형태이다."[9]

여기서 가리키는 노래 양식은 그 형식이 모두 5장으로 되어 있다는
점과, 〈정과정곡〉으로부터 유래했다는 점을 감안한다면 시조를 얹어
부르는 가곡창에 대해 언급하고 있음이 분명하다. 그렇다면 이 자료를
통해 모든 가곡창 작품 즉 시조가 종장의 첫 음보에 해당하는 제4장을
반드시 3자로 고정시켜 노래하는 것이야말로 중국에는 없는 특유의
핵심 장치이며 장르 정체성을 보여주는 표지로서 당대인들이 분명히
인식해 왔음을 확인할 수 있는 것이다. 따라서 시조는 음수율(종장의
첫마디)과 음량률(나머지 마디)을 섞어 운용하는 혼합율격으로 이해해
야 정확한 규정이 되는 것이다.

2. 시조 형식의 운용 양상

시조가 이처럼 종장 첫마디만은 3자로 고정하는 음수율을 준수하고
나머지의 모든 마디는 4음 4보격의 음량률로 정형화하는 **혼합율격**이라
면 구체적으로 그 형식을 어떻게 운용해 왔을까가 관심의 대상이 된다.
시조의 형식 운용을 시인 특유의 감수성으로 체득하여 정형화한 이가
바로 가람 이병기다. 주지하는 바와 같이 그는 도남 조윤제와 달리 시
조의 형식을 다음과 같이 처음부터 융통성 있게 파악한 바 있다.[10]

---

9) 황윤석, 『이재난고(頤齋亂藁)』, 5책, 1779년(己亥)년 6월 14일조.
10) 이병기, 「율격과 시조」, 『동아일보』, 1928. 11. 28~12. 1.

초장	6~9자	6~9자
중장	5~8자	6~9자
종장	3자 5~8자	4~5자 3~4자

도남 조윤제는 오로지 학문적 이론을 바탕으로 시조의 엄정한 율격 질서를 명쾌하게 도출해보려는 순수 학자로서의 욕구를 보인 결과 음수율로 파악해 보려는 오류를 보였다. 하지만, 가람은 학자로서보다 시조를 직접 창작해본 시인으로서 구체적으로 시조의 형식과 율격을 운용해 본 경험을 바탕으로 했기에, 시조를 창작할 때 종장의 첫마디만 음수율을 3자로 준수할 뿐, 다른 마디는 음절수에 구애 받지 않고 자연발화에 맡겨 창작하면 된다는 것을 보다 직관적으로 인식했던 것이다. 다시 말해 시조는 종장 첫마디만 3음절로 정형화한다는 규제로 작용할 뿐, 나머지 마디는 음절수에서 자유롭다는 경험적 인식을 통해 시조의 형식이 결코 '언어의 감옥'이 아님을 체득했던 것이다.

그 결과 가람은 시조의 형식을 이은상이 지적한 "정형이면서 정형이 아니고, 정형이 아니면서 정형이다(定型而非定型, 非定型而定型)"라는 논리에 좌단하여 시조는 정형시(定型詩)가 아니라 정형시(整形詩)에 해당한다는 형식틀을 짜기에 이르렀던 것이다. 음수율의 측면에서 시조를 바라본 결과 시조는 일정한 율격을 지키는듯하면서도 종장 첫마디를 제외하곤 지키지 않고 비교적 자유로이 운용해도 되고, 그렇다고 무한정 자유로이 운용하는 것이 아니라 어느 정도 마디의 크기를 자율적으로 조정해서 준수해야 하는 정형시(整形詩)라고 본 것이다.

그렇다면 시조(기본 형식인 평시조를 가리킴)는 정형시(定型詩)인가? 아니면 정형시(整形詩)인가? 한마디로 시조는 다음 표와 같은 일정한 정형적 틀을 갖춘 정형시(定型詩)이지, 그러한 일정한 틀을 어느 정도 자유로이 일탈하면서 자율적으로 조정 가능한 정형시는 아니다.

초장	4	4 ‖ 4	4	·········	뒷구를 맞추는 '균형'의 미학
중장	4	4 ‖ 4	4	·········	앞장을 따르는 '반복'과 안정된 '유장'의 미학
종장	*3/			·········	음수율로 전환하는 '전환'의 미학
		4+4 ‖ 4	4	·········	변형으로 마무리하는 '완결'의 미학

········· 기-승-전-결의 4단 구조를 3장 6구 12음보로 집약하는 '절제'의 미학

※ 이 도표에서 4는 음절수가 아니라 음량의 크기(mora수)임

시조가 정형시(定型詩)라는 것은 우선 3장을 갖추어야 하고, 각 장은 표에서 제시한 바와 같은 정형의 틀을 준수해야 하기 때문이다. 이러한 정형률을 벗어난 것은 일단 시조가 아니다. 그러기에 자유시로 쓴 것 가운데 이와 근접한 형태를 보이는 것을 들고 와 시조 작품이라 우긴다고 해서 시조가 될 수 없음은 자명하다.[11] 그렇다고 시조가 이러한 정형률을 갖는 정형시(定型詩)라 해서 그 형식이 언어의 감옥이라 느낄 정도로 규제가 심각한 것은 아니다. 겉보기엔 엄격한 틀을 갖추고 있는 듯해도 딱 한 군데를 제외하곤 음절수가 아니라 모라 수만 지키면 되는 틀이므로, 그 실은 일상담화의 자연발화에만 의존해도 시조의 정형률은 저절로 이루어지기 때문이다. 이미 알려진 대로 우리말의 어휘는 절대다수가 2음절과 3음절로 어절(語節)화 되어 있고 여기

---

11) 이에 대하여는 함민복의 자유시 〈달〉을 예로 들어 시조가 될 수 없음을 상론한 바 있다. 김학성, 「현대시조의 좌표와 시적지향」, 2013 만해축전 학술세미나 발표문 참고.

에 첨가어로서의 특징인 1~2음절의 조사(助詞)나 어미(語尾)가 붙는 조어(造語)상의 특징으로 인해 4모라의 음량으로 혹은 그 결합(종장의 둘째 마디)으로 준수하는 일은 부담이 될 수 없는 것이다.

시조의 운율은 이처럼 시종일관 자연발화에 전적으로 의존하면서도 시상의 전환부에 해당하는 종장의 첫마디만은 3음절로 고정하는 이단적인 운율(음수율)의 인공적 의장(意匠)을 가함으로써 작품의 시성(詩性)을 고양함과 더불어 서정적 완결을 이끄는 형식 질서의 정교한 장치를 갖추고 있는 것이다. 이러한 소박한 자연스러움의 형식 미학은 '자연과의 조화–검약–소탈'을 이상으로 삼는 조선의 선비정신이 바탕으로 된 것이지만, 이미 신라시대부터 민족의 DNA로 형질화 된 우리 민족의 독특한 형식질서의 아름다움으로 이해된다.

이런 생각은 유네스코 세계문화유산으로 등재된 불국사에서 천왕문(극락전으로 들어가는 문)을 통과하면 가장 먼저 시야에 들어오는 장대한 석축의 아름다움이 압권을 이루는 질박한 미학에서 확인된다. 자연석을 석축으로 쌓으면서 그 위에 얹는 장대석[12]을 자연석에 맞추어 깎아 완성하는, 이른 바 '그랭이법'이 그 자연스런 아름다움의 비결이라 하는데, 그런 공법은 다른 나라엔 없는 우리만의 독특한 것이라 한다. 이러한 검박한 아름다움은 조선 시대를 대표하는 공예품 '달항아리'의 미학에서 그 정점을 이룬다. 이는 시조의 형식미학이 신라시대 향가인 사뇌가의 3구 6명이라는 양식에 연원을 두면서 그것을 보다 정교하게 압축하여 다듬은 3장 6구의 미학으로 계승한 것과 일치하는 것이다.

이렇게 검박한 아름다움을 구축하는 시조의 형식 미학은 위의 도표

---

12) 섬돌, 디딤돌, 축대 등에 쓰는 길게 다듬은 돌을 말함.

를 따라 좀 더 구체적으로 검토해볼 필요가 있다. 우선 초장에서는 질적으로 동일한 2음보를 중간휴지를 두고 완전히 대칭적인 관계를 이루도록 배치함으로써 구조적 평형을 이루어 '**균형**'의 미학을 구현한다. 중장은 초장의 운율을 그대로 따름으로써 '**반복**'의 미학을 구현하되, 초장에서의 2음보 대응에 의한 구조적 균형보다는 2음보를 연속함에서 오는 4음보라는 '**안정**'된 시상 전개에 보다 집중함으로써 반복의 미학과 안정의 미학을 동시에 구현한다.

　고려시대 중심 장르였던 '속요'는 3보격이라는 홀수 보격을 취함으로써 동적이고 자유로운 감정 표현에 적절했지만 그로 인해 어딘가 안정성을 잃은 듯한 정서나, 직정적이고 호소적인 토운으로 기울었다. 그에 비해 시조에선 4보격이라는 짝수의 안정된 율격을 취함으로써 짧고 빠른 2보격적 율동에서 벗어나고, 3보격적 불안정성에서도 벗어나 확고한 안정성의 미학을 구축한다. 그와 동시에 2보격 2개가 내구와 외구로 안정된 짝을 이룸으로써, 동적이기보다는 정적이고, 경쾌하거나 긴박하기보다는 '유장(悠長)'한 미학을 구현한다. 거기다 각 장은 앞 구 다음에 중간휴지가 오고 뒷 구 다음에 행말휴지가 옴으로써 2음보격 두 개가 서로 호응하면서 결합된, 길고 유연한 유장의 미학을 더욱 뒷받침 한다.13)

　그리고 종장은 다시 시상의 전환부를 이루는 첫마디를 음량률의 규율에서 벗어나 3음절로 고정함으로써 음수율을 따르는 **운율적 전환**을 보이고, 이를 별도의 독립부14)로 의식하여 '전환'의 미학을 구현한다.

---

13) 3보격과 4보격의 이러한 차이는 성기옥, 『한국시가 율격의 이론』, 새문사, 1986, 192~210면 참조.
14) 상당수의 고시조에서 종장의 첫마디를 아예 "두어라, 아희야, 어즈버, 아마도, 우리

곧 이어 이 전환부를 자체의 내부구조로 받아들이면서 둘째 마디에서
는 2음보의 결합 형태를 띠는 과음보로 실현함으로써 초–중장의 등가
적 반복에 이어 종장으로까지 연속하려는 운율적 관습을 일거에 차단
하여 변형된 4보격을 이루게 한다. 그리하여 평명하고 화평한 구조를
긴장된 짜임으로 전환하여 마침내 시상을 매듭짓도록 하는 '**완결**'의
미학을 구현한다. 그리고 어떠한 정감이나 시상도 이와 같은 3장 6구
12음보로 압축하고 절제하여 집약적으로 완결함으로써 작품 전체가
군더더기 없는 '유기적 긴장의 구조체'를 이루도록 하는 '**절제**'의 미학
을 구현한다.

　이처럼 시조는 짤막한 형식구조를 통해 다양한 미학을 구현한다.
그러면서도 이 모든 것들이 일상의 자연스런 담화를 통해 구현되는
까닭에 누구나 창작이 가능한 손쉽고 간편한 양식으로 향유되어 왔
다. 장르 발생 초기부터 잔치마당에서 즉흥적인 창작이 얼마든지 가
능했던 것도 이런 이유다. 고려 말에 역성혁명을 꿈꾸는 이성계가 정
몽주를 동참시키기 위해 아들 이방원을 시켜 주연(酒宴)을 마련한 자
리에서 즉흥적으로 주고받았다는 일화가 전하는 다음 작품이 그것을
말해 준다.

　　　　이런들 엇더ᄒ료　　　　　　져런들 엇더ᄒ료
　　　　만수산(萬壽山) 드렁츩이　　　얼거진들 엇더ᄒ리
　　　　우리도 이 ᄀᆞᆺ치 얼거져　　　백년(百年)ᄭᅡ지 누리리라
　　　　　　　　　　　　　　　　　　　　　　–이방원, 〈하여가〉

───────────────

도 ……"같은 감탄사나 독립어로 진술함으로써 전환부로서의 독립성을 한층 두드러
지게 하고 있다.

이 몸이 주거주거　　　　　　　일백번(一百番) 고쳐 주거
백골(白骨)이 진토塵土)ㅣ 되여　　넉시라도 잇고 업고
님 향(向)흔 일편단심(一片丹心)이야　가슬 줄이 이시랴

　　　　　　　　　　　　　　　　-정몽주, 〈단심가〉

　그런데 이 두 작품의 시조 운용 방식은 차이가 난다. 둘 다 일상담화
의 자연발화로 진술하되, 이방원은 초장을 앞구와 뒷구의 균형을 맞추
어 구조적 평형을 이루도록 특별히 배려하는 발화를 하고 있고, 정몽
주는 첫 시작부터 그러한 형식적 균형의 틀을 의식하지 않고 일관되게
시상 전개에만 집중하는 발화 방식을 택하고 있다. 이는 시조의 정형
률을 구체적으로 운용함에 있어서 두 가지 상이한 방식이 있음을 말해
준다. 하나는 이방원처럼 시조의 외형이 비록 초-중-종장의 3장 구조
를 취하나 그 내재절주를 따라 5장 구조로 보다 정교하게 운용하는 방
식을 취하는 것이고, 다른 하나는 정몽주처럼 시조의 외형을 그대로
가져와 그 내재절주도 3장 구조를 그대로 견지함으로써 단순-소박하
게 운용하는 방식이다.

　이를 자세히 검토하면, 이방원은 초장의 외형률이 질적으로 동일한
2음보 대응의 구조적 평형을 이루는 2개의 덩어리임을 의식하고 통사
-의미상으로도 그에 맞추어 발화함으로써 초장을 마치 2개의 장(章)
인 듯이 운용한다. 이어서 중장은 초장을 그대로 가져가져와 시상 전
개에 집중하지만, 종장은 다시 시상의 전환부를 이루는 첫마디를 전환
부답게 별도의 단위로 의식하여 독립어로 도드라지게 발화함으로써
종장마저 2개의 장인 듯이 운용하고 있다. 그리하여 작품을 전체적으
로 5장 구조이듯이 치밀하고 정교하게 구조화함으로써 보다 고급화
된 양식으로 운용하는 것이다.

이에 반하여 정몽주는 외형적 틀의 정교함을 돌아보지 않고 곧 바로 자신의 의도 곧 주제를 드러내는 데에만 직핍한다. 이방원의 여유만만하고 간교하리만치 치밀한 설득에 정면으로 맞서려면, 정교한 형식틀의 운용이 문제가 아니라 자신의 뜻과 의지를 직설적으로 언술하는 것이 훨씬 효과적이기 때문이다. '현실적 경세론'에 입각하여 정치협상의 고수답게 회유와 설득으로 상대방의 의지를 치밀하게 꺾어보려는 이방원에 대해, 정몽주는 당대 이학(理學)의 대가답게 불사이군(不事二君)이라는 '명분적 의리론'으로 간단명료하게 응대함으로써 상대방의 음흉한 회유책을 무력화시키고 있는 것이다. 즉 시조의 3장 구조를 3장 구조답게 단순화하여 운용함으로써 작자의 의도를 보다 명쾌하게 드러내는 언지(言志)의 방식을 취했던 것이다.

시조의 이와 같은 두 가지 운용 방식은 그 음악적 실현에도 그대로 반영되어 하나는 5장 구조의 가곡창 방식으로, 다른 하나는 3장 구조의 시조창 방식으로 향유되어 왔다. 즉 가곡창은 복잡한 리듬구조를 갖는 전문음악으로, 16박 한 장단을 기본 장단으로 삼으면서, 이 기본 장단을 응용한 11박짜리 온각과 5각짜리 반각을 적절히 반영하여 이방원에서처럼 초장을 2장구조로, 종장을 독립부와 완결부의 2장구조로 세분화하여 도합 5장 구조로 장단을 짜나간다. 대체로 초장은 32박, 2장은 27박, 3장은 37박, 4장은 27박, 5장은 48박으로 운용하면서 세부적으로 다양한 양식의 장단을 만들어 낸다. 이에 비해 시조창은 정몽주처럼 단순한 3장 구조로 운용하되, 초장을 5박-8박-5박-8박-5박-8박으로, 중장 역시 이와 동일하게 5박-8박-5박-8박-5박-8박으로, 종장은 5박-8박-5박-8박(노랫말의 마지막 마디는 생략)으로 장단을 짜나감으로써 리듬구조가 단순한 5박과 8박을 기본 장단으로 하면서 반복적으로 교체시켜나가는 아주 소박한 구조를 갖는다.

뿐 아니라 가곡창은 고도의 수련을 거친 전문 가객 혹은 기생이 관현악 반주에 맞추어 부르고, 선법과 악곡 또한 다양하고 엄정한 격식을 갖추고 있는 고급의 음악이라면, 시조창은 장고 장단 혹은 무릎장단으로 반주 악기를 대신하고 시간과 장소에 구애받지 않고 아무나 자유롭게 부르고 즐길 수 있다. 거기다 선법도 계면조 하나밖에 없으며 악곡도 단순하다. 이처럼 가곡창은 음악성의 고양을 위해 고도의 세련된 예술성과 품격을 지향한다면, 시조창은 음악적 세련성이나 높은 품격보다는 노랫말의 전달성을 위주로 하여 시적(언어적) 리듬과 음악적 리듬의 조화를 꾀하고 음악을 최대한 단순화함으로써 대중성을 지향한다.

그러나 여기서 주의할 것은 노랫말이 5장 구조를 지향한다 하여 반드시 가곡창으로 향유하고, 3장 구조를 지향한다 하여 반드시 시조창으로 향유하는 것은 아니다. 노랫말의 시적 구조와는 상관없이 시조 작품을 음악으로 향유할 때는 5장 구조의 가곡창이 대세였다. 노랫말과 일치하는 3장 구조의 음악은 처음에는 후전진작→북전으로 변화하며 불려졌지만 가곡창의 위세에 눌려 거의 향유되지 못하다가, 가객 이세춘이 활동하던 18세기 이후에 널리 성행하게 된 시조창으로 변화하면서 대중적 호응을 얻게 되었다. 따라서 시적인 면에서 3장 구조를 갖는 〈단심가〉도 일찍이 5장 구조의 가곡창으로 향유되어 왔음은 『양금신보』의 중대엽 악보에서 확인할 수 있다.

가곡창도 정과정곡(진작3)→만대엽→중대엽→삭대엽으로 변화를 거치면서 끊임없이 시대의 욕구를 따라 보다 전문화되고 세련되면서 템포가 빨라져 갔는데, 이에 따라 과거의 창법을 고조(古調)라 하고,

새로운 창법을 시조(時調) 또는 금조(今調)라 지칭하게 되었다. 그리고 18세기 이후에 새로운 창법으로 대중의 호응을 얻은 시조창도 시조, 시절가, 시절단가라는 이름으로 불리게 되었는데, 이로써 보면 가곡창이나 시조창이나 '시조'라는 명칭은 옛날의 악조가 아니라 '요사이 유행하는 노랫조'라는 의미로 사용했음을 알 수 있다.

이런 사정을 이해하지 못하고 '시조'라는 명칭이 강한 시대성 혹은 현실적 삶을 지향하는 장르적 성격을 시사(示唆)하는 것으로 오해되어 온 것은 시정해야 할 것이다. 시조 뿐 아니라 다른 어떤 장르도 현실적 삶이나 시대성과 연관하지 않는 장르는 없지 않는가. 오히려 시조는 현실적 삶을 유가적 이데올로기로 포착하는 경우가 허다하기까지 하다. 아무튼 시조는 그 음악적 면에서 고도의 음악성과 세련성을 지향하는 **고급예술로서의 가곡창**과 단순하고 간편한 창법으로 일반 대중도 쉽게 부르며 즐길 수 있는 **대중예술로서의 시조창**으로 향유되어 왔음을 주목할 필요가 있다.

그러나 무엇보다 시조가 추구하는 것은 절제의 미학이다. 시조는 두 가지 측면에서 '절제'의 미학을 구현한다. 하나는 한시(절구, 율시)에 대응하는 기-승-전-결의 4단 구조를 '전'구를 거의 생략하다시피 하면서 그것을 '결'구의 앞머리로 통합하여 내재화함으로써 '기-승-(전)결'의 3단 구조로 압축하여 초-중-종장의 3장으로 완결하는 것이다. 다른 하나는 각 장의 크기를 2음보라는 가장 최소의 기본 보격을 하나의 구 단위로 삼아 딱 한 번 대응되게 압축하여 4보격으로 시상의 흐름을 차단하도록 하는 것이다. 그리하여 어떠한 감흥이나 회포 혹은 세계에 대한 인식도 작품 전체를 3장 6구 12음보로 집약하여 응축해내는, 극도의 절제를 미덕으로 삼는다. 그러므로 시조는 일체의 군더더기를 원칙적으로 허용하지 않는 유기적 긴장의 구조체라 할 수 있다.

그런데 앞에서 인용한 황윤석의 글에서 시조(가곡창으로 향유하는 작품)는 "대-중-소편을 막론하고 모두 5장으로 되어 있다"고 함으로써 '작품의 크기' 면에서 그 형식 운용이 3 가지로 실현됨을 말하고 있다. 이는 모든 시조가 극도의 절제를 미덕으로 삼는 단형(短型)의 기본형, 즉 단강(短腔)-소곡(小曲)[15]의 평시조로만 운용되지 않고 중편이나 대편으로 장형화 되는 경우도 왕왕 있음을 말해준다. 그 장형화는 두 가지로 나타난다. 기본형 한 수로서는 감당하기 어려운 긴 호흡의 내용이나 복합적인 시상을 드러내려 할 경우와, 술이 몇 순배 돌고 취흥이 점차 고조되기 시작하면서 연회의 분위기가 흥겨움이 무르익는 들 뜬 흥청거림으로 되어 그에 맞는 분위기의 노래로 향유할 경우[16]가 그것이다. 전자는 기본형을 여러 수 연속하는 **연시조**로 되고, 후자는 기본형인 평시조의 형식틀 안에서 노랫말을 길게 엮어 짜는 **사설시조**로 되었다. 그리고 그 '긴 호흡의 정도'나 '흥취가 고조된 정도'에 따라 절제의 기본 형식을 넘어 중편이 되기도 하고 대편이 되기도 하는 운용상의 융통성을 보였던 것이다.

그러나 시조가 아무리 그 형식 질서를 넘어서서 중편과 대편의 크기로 장형화된다 하더라도 '**절제의 미학**'이 여전히 작동하여 운용되어 왔음을 잊어서는 안 될 것이다. 즉 연시조는 아무리 여러 수를 연속하더라도 각 수를 평시조의 집약적 형식으로 한 편 한 편 독립적으로 완결

---

15) 홍만종이 편찬했다는 시조집 청구영언과 이원신보의 서문에 나오는 용어이다. 이에 대한 상론은 김학성, 「홍만종의 가집 편찬과 시조 향유의 전통」, 『한국 고전시가의 전통과 계승』, 성균관대 출판부, 2009, 72~104면 참조.

16) 장사훈, 『국악논고』, 서울대학교 출판부, 1993.

하면서 다음 수로 넘어가는 절제의 미학을 고수한다. 이러한 완결 형식으로 인해 시상의 자연스런 흐름이 끊임없이 방해받고 차단되는 것을 감수하고서라도 절제의 미학을 구현했던 것이다.

그리고 평시조의 엄정한 규범적 틀을 일탈하는 것을 심미적 즐거움과 미학으로 삼는 사설시조도 아무리 그 흥취가 고조되고 희락(戱樂)적인 분위기로 넘어간다 하더라도 그 문학적 형식이 초-중-종장으로 이루어지는 3장의 형식적 틀을 결코 벗어나는 일이 없음에서 여전히 절제의 미학이 작동함을 보여준다. 다만 각장의 길이가 4음보로 엄격히 규제되던 것을 4개의 통사-의미 단위구로 확장하는 것은 허용함으로써 4개의 음보에 말을 촘촘히 엮어 짜 넣는 장형화 방식을 택하는 데서 일탈의 미학을 맛보는 것이다. 그런데 이 경우도 시종일관 2보격의 경쾌하고 단정한 리듬으로 말을 엮어 짜는 방식을 택함으로써 그 일탈의 정도를 통제하는 절제를 잊지 않는다. 간혹 한두 군데 3보격이 보이기도 하는데 이는 극히 예외적인 경우이거나 아니면 이미 사설시조이기를 포기하고 잡가화 된 3장시에 불과한 작품이다.[17] 뿐 아니라 아무리 일탈의 정도가 심하더라도 종장의 첫마디를 3음절로 고수하는 원칙도 여전히 준수한다. 사설시조는 음악적인 면에서도 가곡창이든 시조창이든 평시조와 공통된 형식을 기반으로 하면서 그 틀 안에서 어느 정도의 변주가 일어난다는 사실 또한 절제의 미학이 여전히 작동됨

---

17) 이렇게 잡가로 장르가 전성된 작품을 사설시조로 오해하고, 사설시조의 형식 일탈이 2보격 연속의 단정한 일탈이 아니라 무한정 자유로이 이루어지는 것으로 잘못 이해된 적이 있다. 그래서 어떤 이는 '사설시조는 자유시다'라고까지 선언하기도 했다. 그러나 사설시조는 시조의 기본형인 평시조의 틀 안에서 이루어지는 '절제된 일탈'만 허용할 뿐 결코 자유시처럼 방만한 운율적 일탈이 용납되지 않는다는 점에서 자유시는 절대 아니다. 시조에 종속되는 하위 장르일 뿐이다.

을 뒷받침해준다.

여기서 궁금한 것은 장형화의 정도가 어느 정도의 크기에서 중편이 되기도 하고 대편이 되기도 하는지의 기준점이다. 그 경계선에 관한 문헌 기록이 없어 자세히 알 수는 없지만, 연시조는 2~3연 정도로 완결하는 작품이 중편이 되고, 4시가(四時歌), 5륜가(五倫歌), 6가(六歌) 혹은 6곡(六曲), 8경가(八景歌), 9곡가(九曲歌), 12곡(十二曲), 18곡을 연시조의 제목으로 널리 활용하고 있는 것으로 보아 4연 이상으로 연속되는 제목을 활용하면 자연스레 대편이 되는 것으로 추정된다. 사설시조는 일반적으로 장가(長歌)라 하여 대편으로 인식하지만, '엇시조' 또는 엇롱(旕弄)[18]이라는 장형화 방식이 있어 그 가운데 초-중-종장의 어느 한두 장에서 2~4음보 정도의 노랫말이 늘어난 것을 중편에 해당하는 것으로 볼 수 있다.

3. 현대시조의 운용 미학

이제 현대시조로 눈길을 돌려 보자. 현대시조는 말 그대로 현대와 시조의 복합어로, 현대성과 시조성을 동시에 구현해야 하는 장르다. 전통의 시조 양식을 가져와 현대성을 구현해야 하는 장르기 때문이다. 이 경우 문제는 현대인이 오늘의 삶을 소재로 해서 거기서 느끼는 감흥이나 인식된 세계를 시조의 형식을 따라 표현한다 해서 저절로 현대시조가 이루어지는 것이 아니라는 데 있다. 시조가 현대시조로 되면서

---

18) 여기서 '엇'은 단형도 장형도 아닌 중간 크기의 '얼치기'라는 의미, 또는 '엇가다'의 어근으로 기본형식에서 어느 정도 엇나간다는 의미를 갖는다.

두 가지 큰 문제에 봉착하게 되었다. 하나는 현대의 삶이 전통시대보다 훨씬 복잡다단해지고 하루하루 급변하는 시대에 살고 있기 때문에 그에 반응하는 사고와 감정도 한가롭거나 단순치 않음에 따라[19] 시조의 형식 장치가 아무리 정교하고 유기적 긴장의 덩어리로 구조화되어 있다 하더라도 모든 상념과 정감을 3장 6구 12음보로 집약하여 단순화해야 한다는 문제가 있다. 시조는 3장의 의미구조로 단순 명료하게 양식화하는 미학적 단위여서, 의미상으로 **단선성, 경직성, 견고성**을 갖기 쉬운 것이다. 즉 3단 구조의 논리적 명쾌성이 드러나는 대신, 생각이나 정감이 단조롭고 단선적이 되기 쉽다는 것이다. 거기다 시조는 그 모든 정교한 장치가 종장 첫마디를 3음절로 고정하는 외에는 일상 담화의 자연발화로 순탄하게 이루어지는 것이어서 자칫하면 일상담론의 밋밋함에서 벗어나지 못하게 된다.

　다른 하나는 현대시조가 창(唱)이라는 음악적 기반을 떠나 인쇄매체를 통해 시각적으로 수용됨으로써 제시형식이 바뀌고, 노래가 아닌 낭

---

19) 어떤 이는 현대인으로 살아가는 사람들의 감정과 생활이 과거 시대보다 복잡다단하다는 사실에 동의하지 않는다. 옛사람보다 현대인의 심리가 더 복잡할 것이라는 생각은 일종의 미망(迷妄)이요 환상이라는 것이다. 그러나 사회를 아예 등지고 살아간다면 몰라도 현대는 과거보다 사회 시스템이 비교할 수 없을 만큼 복잡다단해 진 것은 사실이고 그 속에서 대응하며 살아가자니 사람들의 생활과 감정도 훨씬 더 복잡해 질 수밖에 없다는 숙명적인 사실을 부정하기는 어려울 것이다. 그 복잡한 사고와 삶을 연시조로 표현해내느냐 단시조로 표현하느냐는 원칙적으로 장르 선택의 문제다. 다만 고시조는 연시조보다 단시조가 훨씬 많이 창작되고, 현대시조는 그 반대의 현상으로 나타나는 것도 현 시대가 훨씬 복잡다단한 것과 상관된다고 설명될 수밖에 없을 것이다. "인간은 자기 자신의 정신의 영상(image)에 맞추어 사회나 제도, 예술을 만들어 내고 있는데, 한편으로는 그것들이 마침내 인간을 만들게 된다. 즉 인간은 사회제도 혹은 사실상 전체세계를 지각하는 그대로 만들어내고 있다. 그렇게 함으로써 인간은 제 자신을 만들고 있는 것이다."(테렌스 호옥스, 『구조주의와 기호학』에서 레비스트로스, 『야생의 사고』인용문 참조)

독이나 묵독으로 향수됨에 따라 음악이 빠져나간 빈자리가 너무나 크
고 공허하게 되었다는 문제가 있다. 즉 고시조에서는 그것이 가곡창이
나 시조창의 다양한 악곡에 실려 노래로 향유되었기 때문에 일상담론
의 밋밋함을 음악의 장단과 선율이 보상해주어 그 아름다움을 만끽할
수 있었다. 그러나 현대시조는 엄정한 격식과 높은 품격에서 오는 '가
곡창'의 예술성과 그러한 격식으로부터 훨씬 자유롭고 단순함에서 오
는 '시조창'의 대중성이라는 음악적 보상을 다 같이 상실하고 오로지
언어로서만 진술해야 하는 까닭에, 언어로서 예술성과 대중성을 어떻
게 확보하느냐가 과제로 놓여있는 것이다. 시조의 정식화된 형식 규율
과 자연발화에서 오는 평범성은 자칫 기계적이고 옹색하기만 한 '낡은
장치'로 되기 때문이다.

그러므로 현대시조는 어떻게 하면 이러한 두 가지 난점을 극복하고
그 형식의 **시조성**이 현재도 생명력을 지니고 있는 창작 원리로, 나아
가 실질적으로 기여하는 문학적 실천원리로 작동하는 역동성 곧 **현대
성**을 보이느냐에 관건이 달려 있다. 시조성과 현대성이라는 어쩌면 상
호 충돌할 수밖에 없는 양가적(兩價的) 가치를 동시에 충족함으로써
현대시조를 빛나게 하는 사례를 앞의 두 가지 문제를 통해 살펴보기로
한다.

먼저 첫 번 문제를 극복하는 전범적 사례로 우리는 현대시조의 거봉
으로 우뚝 솟은 두 시인을 들 수 있다. 하나는 3장 구조의 단순 명료함
과 자연발화에서 오는 밋밋함을 '**정감의 넓이**'로 극복함으로써 시조의
단선성, 경직성, 견고성을 벗어나 빛을 발하는 정완영 시인이고, 다른
하나는 '**사고의 깊이**'로 극복해 빛을 발하는 조오현 시인이다. 딱 한
수씩만 살펴보자.

하늘이 넓다 해도 아랫마을 윗말 사이
해님이 밝다 해도 갓 돋아난 민들레꽃
관악산 넘는 봄빛은 만 리보다 더 먼데.

－정완영, 〈관악산 봄빛〉 전문

　이 작품은 사유의 층위로서가 아니라 정감의 층위로 읽어야 제 맛을
느낄 수 있다. 초장에서 중장으로, 나아가 종장으로 매듭지어 질 때까
지 사유의 깊이로가 아니라 정감의 확장으로 우리의 공감을 이끌어가
고 있기 때문이다. 작품의 시적 공간은 관악산 아래 둥지를 틀고 아랫
마을과 윗마을 이루며 옹기종기 살고 있는 우리네 삶의 일상적 풍경이
드리운 자그마한 공간이다. 그러나 그 공간은 넓은 하늘을 끌어안을
수 없는 아주 옹색한 공간으로 느껴지고, 밝은 해님을 아주 쪼끔 받아
들여 겨우 작은 꽃을 피워내는 궁색한 공간으로 형상화 되어 있다. 거
기다 "봄빛은 만 리보다 더 멀리"에 떨어져 있어서 언제 쯤 봄빛이 가
득한 축복으로 다가올 지 기약이 없는, 암울한 공간으로 시인의 정감
이 뻗치고 있다. 정겹고 낭만적인 공간과는 거리가 멀다. 그러기에 시
인의 정감적 공간은 반듯하고 넓다. 작은 공간에 미치는 정서가 그러
하기 때문이다.
　이처럼 시인의 정감은 관악산 마을에 드리운 봄날의 그저 그런 일상
적 풍광이나, 꽃이 피는 화사한 낭만적 공간에 갇혀 있지 않다. 하늘의
넓음도, 해님의 밝음도 결코 은혜로운 축복으로 다가올 수 없는 궁색
하고 옹색한 마을에, "만리보다 더 먼" 곳에 떨어져 있는 봄빛이 가득
한 축복으로 다가오기를 갈망하는 데까지 확장되어 있는 것이다. 이런
확장을 통해 3장으로 압축하여 완결하는 단형의 시조에서 오는 공허
감을 '정감의 넓이'로 극복하고 있는 것이다. 이는 "대장부란 천하의

넓은 집에 살며(仁), 천하의 바른 자리에 서며(禮), 천하의 큰길을 걷는
다(義)"(『孟子』)는 넓고 크고 바르게 보는 세계관에 기초한 동양적 패러
다임을 현대의 시적 정감으로 승화한 것이라 하겠다.

아무튼 정완영 시인의 시조에 그려진 풍광에서 윤선도의 어촌이나
남구만의 농촌에서 보는 단순하고 낭만적인 풍광을 넘어서는 느낌을
받는 것은 '정감의 넓이'에 기인한 것이라 하겠다. 그의 이러한 시적
지향은 "풀씨 하나에도 생명의 오의(奧義)는 숨어 있거니, 45자 절묘한
우리 모국어의 가락 속에 우주의 말씀인들 다 못 담겠는가?"라는 시인
의 말에 잘 드러나 있다. 하나의 작은 사물, 작은 공간으로도 무한 광
대로 느껴지는 우주의 말씀을 들려주어 현대의 우리를 감동케 하는 것
이다.20)

이와는 대조적으로 조오현 시인은 '정감'의 층위가 아니라 '사유'의
층위로 읽어야 제 맛을 느낄 수 있다.

> 강물도 없는 강물 흘러가게 해놓고
> 강물도 없는 강물 범람하게 해놓고
> 강물도 없는 강물에 떠내려가는 뗏목다리
> —조오현, 〈무자화(無字話)·6-〈부처〉〉 전문

이 작품을 일상담론의 자연 발화로 읽으면, 어불성설(語不成說)이고
모순 덩어리다. 제목의 '무자화'에 드러나듯이 일상담론의 자연발화로

---

20) 그의 정감이 관악산 마을의 가까운 이웃을 넘어, 우리의 산하 곳곳으로 정감적 시
    야가 확대되고(발길 닿는 곳마다 정감적으로 노래한 여러 기행시조 작품), 마침내
    조국애로까지 확장된다든지(그 유명한 〈조국〉이란 작품), 하늘마음[天心]과 통하는
    천진무구하고 바른 동심의 세계에까지 뻗혀 있어(〈엄마 목소리〉 등 동시조 발간) 그
    정감의 넓이가 어느 정도인지 짐작할 수 있다.

말하지 않기 때문이다. 즉 문자로 말하면서도 문자가 없는 듯이 말하는, 그리하여 불립문자(不立文字)의 선적(禪的) 진리치를 설법하는 고승의 준엄한 법문(法文)으로 이해해야 그 의미를 어렴풋이나마 깨달을 수 있는 것이다. 그만큼 시적 '사고의 깊이'가 끝 간 데를 모르는 심연(深淵)으로 형상화되어 있다. 그러나 시인은 그 불립문자의 종교적 진리치를 직접 설법으로 말하지 않고, 선시(禪詩)로도 말하지 않았으며, 굳이 3장 6구 12음보를 갖춘 시조로 노래하고 있음을 주목해야 한다. 이는 작품을 시조로 읽어야지 종교시나 불교적 화두의 법문으로 이해해서는 안 된다는 것이다. 그렇게 되면 시인의 장르 선택이 무위(無爲)로 되기 때문이다.

이 작품을 시조답게 이해하려면 먼저 텍스트의 '유기적 언어진술'로 작용하는 '제목'을 통해 접근해야 한다. 그렇다면 이 작품은 한마디로 '부처는 뗏목다리다'(A=B)라고 은유한 것이다. 그것도 그냥 뗏목다리가 아니라 "강물도 없는 강물을 흘러가게 해놓고", 아니 그냥 흘러가는 정도가 아니라 "범람하게 해놓고", 그 마저도 모자라 그 강물에 자신마저 떠내려가게 해 흔적도 없이 사라지는 '뗏목다리'에 비유된다는 것이다. 이렇게 은유법으로 이해하고서도 도대체 무슨 의미인지, 그 의미의 심연을 들여다보기 어렵다. 부처란 "말하는 바 없이 말하고, 보는 바 없이 보고, 듣는 바 없이 듣고, 사는 바 없이 살고, 사랑하는 바 없이 사랑하다가, 끝내는 죽는 바 없이 죽는" 존재라는 시인의 해설을 듣고서야 비로소 무위(無爲)와 해탈의 경지에 든 부처의 형상을 떠올릴 수 있는 것이다. 그만큼 '사고의 깊이'가 끝 모를 심연으로 작용하여 시조의 단순성과 논리적 명료성을 극복하고 있다.

그러면서 초-중장의 반복의 미학과 종장의 극적인 모순어법에 의한 전환의 미학으로 완결함으로써 시조미학에 따른 서정적 어법이 종교적 언술의 경직성을 벗어나도록 하고 있다. 거기다 종장을 명사형 종결기법으로 마무리함으로써 전통시조의 통상어법인 자연발화에 의한 일상담론의 의미구조를 차단하는 현대성을 보여주고 있다. 한 마디로 조오현 시인은 언어로 노래하되 언어를 넘어서는 '사고의 깊이'로 현대시조의 난점을 극복해내고 있는 것이다.

이 두 거봉의 우뚝한 성취를 이어 올해 한국시조대상을 수상하는 영광을 안은 두 여류시인-정수자와 홍성란-에게서 우리 현대시조의 난점을 극복하는 또 다른 대조적인 국면을 찾아볼 수 있다. 즉 정수자 시인에게서 창(唱)이 빠져나간 빈자리의 공허함을 **품격 높은 예술성**의 구축으로 극복하는 모습을 보고, 홍성란 시인에게서 만인의 공감대를 획득하는 **대중성**으로 그 빈자리를 채우는 모습을 확인할 수 있는 것이다.[21] 그만큼 두 시인의 시적 지향은 다르다.

그 다름에 대해서는 조오현 시인의 비유적인 언급, 즉 "정수자는 현대시조의 금강송이고, 홍성란은 현대시조의 춤이다."라는 심사평에 잘 드러난다. 수상작으로 선정된 작품의 제목으로 두 시인의 시적 성격을 함축한 것이다. 백 마디의 말보다 정곡을 찌른 이 한마디에서 두 시인

---

21) 어떤 이는 "현대시조가 문자 언어만이 아니라는 것에서 벗어나야 미래의 시조에 대한 논의가 가능하다. 그러므로 현대시조가 창으로 시연되고 음악의 표준 악상에 맞춰 창작되어야 시조의 아이덴티티를 회복하고 격조 높은 진정한 시조가 될 수 있다"고 주장한다(신웅순, 현대시조의 아이덴티티, 『화중련』 2011년 하반기호 참조). 그러나 이런 주장은 시와 가(歌)가 완전히 분리된 시대에 고시조의 제시형식으로 완전히 되돌아가자는, 시대를 거스르는 무리한 견해여서 실제로 수용되기는 어렵다. '노래하는 시'에서 '읽는 시'로 전환한 현대시조에서 작품의 음악성은 창으로 시연하는 방법이 아니라 모든 것을 언어로 말하고 언어를 대상화하여 표출하는 데서 획득되기 때문이다.

의 각기 다른 시적 성취를 확연하게 읽어낼 수 있다. 이제 해당 작품을
통해 살펴보자.

> 군말이나 수사 따위 버린 지 오래인 듯
>
> 뼛속까지 곧게 섰는 서슬 **푸른** 직립들
>
> 하늘의 깊이를 잴 뿐 곁을 두지 않는다
>
> 꽃다발 같은 것은 너럭바위나 받는 것
>
> 눈꽃 그 가벼움의 무거움을 안 뒤부터
>
> 설봉의 흰 이마들과 오직 깊게 마주설 뿐
>
> 조락이후 충천하는 개골의 결기 같은
>
> 팔을 다 잘라낸 후 건져 올린 골법 같은
>
> **붉은** 저! 금강 직필들! 허공이 움찔 솟는다
>
> ─정수자, 〈금강송〉 전문(고딕체는 필자분)

　이 작품이 소나무 가운데 가장 **빼어난** 기품을 자랑하는 '금강송'을
예찬한 시이든, 아니면 우리나라 명산 가운데 가장 **빼어난** 자태를 자
랑하는 금강산에 대한 송가(頌歌)이든 그 둘 다 높은 품격과 기골을 공
유한다는 점에서 어느 쪽으로 읽어도 시인의 높은 시적 성취는 손상되
지 않는다. 다만 후자 쪽으로 읽어야 시적 형상화의 이미지가 보다 선
명하게 다가오므로 앞으로는 그렇게 해야겠다. 어떤 멋진 대상을 예찬
하는 시는 흔히 대상에 대한 황홀한 도취와 자아 함몰에 **빠져** 품위를
상실하기가 십상이다. 그런데 이 작품은 처음부터 마지막에 이르기까
지 단정하고 아정(雅正)한 품격을 끝내 잃지 않는 언어를 구사하고 있

다. 예찬의 대상이 된 금강산의 기품이 그러하듯 "군말이나 수사 따위"가 틈입할 여지를 보이지 않는 단정하고 우아한 언어구사로 일관해서 마치 가곡창에서 가장 기품 있는 악곡으로 즐겨 향유된 '이삭대엽'의 곡을 시적 언어로 듣는 것 같다. "개골의 결기"같은 금강산의 높은 품격이 이 작품을 통해 언어로 환생한 기분이다.

이 작품의 높은 품격은 언어구사의 기품 있는 '**지적 세련성**'에 기초하고 있다. 그 지적 세련성으로 인해 시조가 낡은 그릇이 아닌 현대성의 훌륭한 성취를 획득하고 있는 것이다. 그러나 지적 세련성만으로는 그 고고(孤高)한 지성으로 인해 자칫 작품성에서 건조함과 딱딱함을 면하기 어렵게 된다. 그 건조함을 벗어나 작품을 윤기 있게 채색하고 정채(精彩)롭게 하려면 높은 예술성을 획득해야 한다. 이 작품이 돋보이는 것은 언어구사의 지적 세련성 뿐 만 아니라 이미지 표상에서 높은 예술성을 발휘한 데 있다. 필자가 고딕체로 표시한 바와 같이 금강산의 기품 있는 아름다움을 "서슬 푸른 직립"의 푸른 색채이미지로, 혹은 너럭바위와는 대비되는 "설봉"의 흰 색채이미지로, 혹은 "개골의 결기"나 "골법 같은" 붉은 색채이미지로 배열한 조합이 그것이다. 이러한 색채 이미지를 통해 시인은 금강산으로부터 하늘만큼 깊고 푸른 고고함과 설봉에 견줄만한 결벽함, 그리고 충천하는 결기로 다져진 절의라는 세 가지 기품을 높은 예술성으로 표상해 내고 있다.[22]

---

22) 이 작품에서 또 하나 주목할 것은 평시조 3수를 각각의 경계선을 허물고 마치 9행으로 연속하는 단일 시조처럼 형식을 운용한 점이다. 잘 알다시피 시조는 3장 구조로 작품을 일단 완결하는 독특한 구조여서 이 완결의 형식으로 인해 시상을 다음 연으로 자연스럽게 이어가는 것이 구조적으로 불가능하게 되어 있다. 그러나 긴 호흡의 내용은 부득이 평시조 한 수를 연(聯) 단위로 삼아 연시조(聯時調)로 운용해야 하는데, 그럴 경우 각 수마다 서정적 완결을 이루어 시상 흐름의 맥이 끊어지고 만

정수자 시인이 지적 세련성과 높은 예술성을 바탕으로 **지성**을 지향하는 시조를 노래한다면, 이와는 대조적으로 홍성란 시인은 누구에게나 쉽사리 공감을 불러일으켜 만인의 가슴을 적시는 **감성**을 지향하는 시조로 노래한다.

> 얼마만 한 축복이었을까
> 얼마만 한 슬픔이었을까
>
> 그대 창문 앞
> 그대 텅 빈 뜨락에
>
> 세계를 뒤 흔들어놓고 사라지는
> 가랑잎
> 하나
>
> —홍성란, 〈춤〉 전문

가랑잎 하나가 떨어지는 모습을 '춤'으로 형상화한 깔끔한 작품이다. 그런데 그 춤은 온통 감성으로 물들어 있다. 한 편으론 무한한 "축복"의 춤사위로 비치기도 하고, 다른 한 편으론 무한한 "슬픔"의 춤사위로 보이기도 한다. 거기다 그 춤사위는 가장 지근(至近)하고 친근한 바로 우리들 "창문" 앞에서 일어나고, 아니 우리들의 "텅 빈" 가슴 속

다. 이를 극복하기 위해 윤선도는 40수로 연속되는 〈어부사시사〉를 각 수마다 종장에서 완결하는 형식구조를 허물고 초-중장처럼 4음 4보격으로 운용하여 연속하고 맨 마지막 수에서 종장을 변형 4보격의 완결구조로 운용함으로써 연시조(聯時調)를 연시조(連時調)로 전화시키는 운용의 묘(妙)를 보였다. 이 작품은 그와 달리 각 수의 완결성은 살리되 연과 연 사이의 긴밀한 수수관계를 유지하기 위해 연 구분을 하지 않고 대등하게 연속하는 평형 배열을 택함으로써 連時調로 운용하는 독특성을 보였다. 이 또한 예술성을 높이는 데 기여하고 있다.

에 큰 울림으로 작동하고, 그 자그마한 동작의 울림은 "세계를 뒤흔들어놓고 사라지는" 커다란 충격으로 다가오는 것으로 표상된다. 그리하여 가랑잎 하나가 떨어지는 모습은 우리 모두의 축복으로 다가오기도 하고, 슬픔으로 다가오기도 하고, 눈앞에 감지되기도 하고, 고적한 공허감으로 감지되기도 하는, 그리하여 끝내는 세계를 뒤흔드는 충격의 감동으로 다가오도록 감성을 자극한다.

이처럼 이 작품은 난해한 구석이라곤 단 한 군데도 없는 평이(平易)하고 깔끔한 시이면서 그 어떤 작품보다 큰 울림으로 다가와 우리의 가슴을 적시는 절창이라 할 수 있다. 그러면서 그 울림이 단시조의 유장하고 완미한 가락에 맞추어 절제되고 있어 암송하기도 쉽고, 음미하기도 편하게 되어 있다. 거기엔 고도한 계략의 노회(老獪)함도, 복잡한 심리적 혼선도, 오만한 지성의 싸늘함도 개입할 틈이 없는, 그래서 누구나 접근하기 쉬우면서도 만인의 가슴 속에 버들가지같은 부드러움과 새로움으로 거듭나는 대중성을 확보하고 있는 것이다. 가곡창처럼 엄정하고 까다로운 격식 없이 무릎장단에 손쉬운 가락으로 그 진미를 맛볼 수 있는 현대의 시조창에 비견되는 작품이라 할 수 있다.

4. 맺음말

지금까지 현대시조의 가능성을 네 시인의 시적 성취를 통해 살펴보았다. 이들의 성취는 다만 현대시조의 몇 가지 전범적 사례로 들었을 뿐 그 밖의 뛰어난 시인들의 기라성 같은 시적 성취를 결코 간과할 수는 없을 것이다. 이를테면 정완영과 조오현의 빛나는 자취는 이병기와 이은상의 탄탄한 초석 위에서 가능한 것일 터이고, 정수자의 지성과 홍성란의 감성은 김제현, 이근배, 이우걸, 박시교, 한분순 같은 지성과 감성을 아우르는 성과가 방향타 역할을 했을 것이다. 또한 사설시조를 현대적으로 승화시킨 윤금초, 시적 언어의 조탁(彫琢)과 말 부림에서 탁월한 역량을 보인 유재영, 박기섭, 이지엽 등의 큰 자취도 결코 잊을 수 없을 것이다. 어디 이들 뿐이랴. 시조를 새로운 생명으로 꽃피우는 많은 시인들의 묵묵한 실천이 있어 오늘의 현대시조가 내일의 꿈으로 성장할 수 있지 않겠는가.

> 桐千年老 恒藏曲(동천년노 항장곡)
> 오동은 천년을 늙어도 가락을 품고 있고
> 梅一生寒 不賣香(매일생한 불매향)
> 매화는 한평생 추워도 향기를 팔지 않는다
> 月到千虧 餘本質(월도천휴 여본질)
> 달은 천 번을 이지러져도 그대로이고
> 柳經百別 又新枝(유경백별 우신지)
> 버들은 백 번을 꺾여도 새가지가 올라온다
>
> ―상촌 신흠 수필집『야언, 野言』에서

시조는 오동 같고 매화 같고 달 같고 버들 같다. 시조의 가락과 기품을 살려, 시대가 바뀌어도 변하지 않는 본질적 가치를 찾아, 영원한 새 생명으로 꽃 피우는 것이 우리의 과제다. **시조는 미래의 〈명예〉와 〈자부심〉과 〈꿈〉이 되어야 한다.** 시조는 한마디로 우리의 '**명자꿈**'(명예, 자부심, 꿈의 첫 글자를 합성한 말)이다.

시조의 양식적 원형과 행-연의 운용

1. 시조의 양식적 원형과 행·연 갈이의 필요성

시조란 무엇인가? 우리 민족이 낳은 전통시 가운데 가장 정제된 대 **표적 정형시**가 아닌가. 그럼 정형시란 무엇인가? 형식이나 운율상의 어떠한 규제도 없이 그저 내면의 정서적 흐름 곧 내재절주(내재율 또는 의미율이라고도 함)를 따라 자유롭게 표출하는 자유시와 달리, 외면적 으로 드러나는 엄정하고 까다로운 형식규율(이를 외형율 혹은 외재절주 라고 함)을 반드시 지켜야 하는 시가 아닌가. 이런 이유로 시조를 "문예 상의 일대 감옥이요 구속"이라 낙인찍는가 하면, "때가 지나간 봉건시 대의 유물"이라고 무시해버리기도 한다.

그렇다면 현대 자유시를 대표하는 거장, 서정주의 다음 두 작품은 어떤 의미를 갖는가.

> 내 마음 속/ 우리 님의/ 고은 눈섭을
> 즈믄 밤의/ 꿈으로/ 맑게 씻어서
> 하늘에다/ 옮기어/ 심어 놨더니
> 그걸 알고/ 시늉하며/ 비끼어 가네
> ─서정주, 〈동천, 冬天〉 전문(/ 표시는 필자분)

해와 하늘빛이
문둥이는 서러워

보리밭에 달 뜨면
애기 하나 먹고

꽃처럼 붉은 우름을 밤새 우렀다.

　　　　　　　　　　　　　　－서정주, 〈문둥이〉 전문

　이 두 편의 작품은 분명 자유시로 쓴 것이다. 그럼에도 불구하고 〈동천〉은 3음보격 4행시로 된 고려 속요와 같은 정형시의 모습을 보이고, 〈문둥이〉는 4음 4보격의 3장시로 된 시조 양식에 거의 일치하는 정형시의 모습을 보인다(종장의 첫 음보를 3음절로 고정하고 둘째 음보를 5음절 이상으로 하여 과음보로 실현하는 시조의 까다로운 율격 장치마저 실현하고 있음에 주목하자). 어떻게 이런 현상이 일어났을까? 평생을 자유시만을 써왔고, 또 자유시를 쓰고자 했는데 어찌하여 고려속요나 시조와 같은 전통양식의 운율로 표출된 자유시를 무의식적으로 쓰게 되었을까? 이런 현상은 서정주에만 그치지 않는다. 현대 자유시를 유일한 시적 형식으로 알고 있는 우리 시대의 어떤 문학 지망생이 시를 잘 써보려고 부지런히 습작을 하는데, 그 때의 큰 고민은 시를 쓸 때마다 자유시를 쓰려고 해도 웬 일인지 자꾸 가사체(4음 4보격의 정형율로 실현됨)의 규칙적 율문이 된다는 고백과 통하는 면을 보여준다. 문제는 왜 이런 현상이 빈번하게 일어나는 것인지에 대한 바른 이해를 가져야 한다는 것이다.

　이는 시조와 같은 정형율 혹은 정형의 양식이 까다로운 형식규율로 존재하는 구속이 아니라, 우리 의식의 내면에 잠재되어 있는 자연스러운 시적 형식임을 증언해 주는 것이 아니겠는가. 즉, 시조의 까다롭다는 형식 규율이 전혀 까다로운 것이 아니며, 특히 각 장의 운율적 제어 기제로 작용하는 4음 4보격이라는 정형율은 우리 민족어의 언어미에 익숙한 사람이라면 누구에게나 친숙하고 자연스러운 운율양식이라는 것이다. 따라서 시조의 율동형은 우리의 의식 혹은 잠재의식의 심층에 자리하고 있어서 언제든 '자연스럽게', '현재화되어' 만인의 심금을 울리는 우리 민족의 대표 시가 될 수 있는 여건을 충족하고 있는 것이다.

　사정이 이러한데 시조라는 정형양식이 어찌 감옥일 수 있으며, 지나간 시대의 유물이라 낙인찍을 수 있단 말인가. 시조 창작을 "소에게 바늘구멍으로 들어가라고 요구하는 것과 다를 바가 없다"고 한 김동환의 말은 전혀 잘못된 것이다. 시조라는 정형율은 이처럼 언제든 자연스럽게 현재화될 수 있는 우리 민족의 '양식적 원형(modal archetype)'으로 굳건히 자리하고 있는 것이다.

　양식적 원형으로서 시조의 형식규율은 일찍이 다음과 같은 자수율 (음수율)을 갖는 3장 6구 12마디로 규정된 바 있다.

초장	3	4	‖	3(4)	4
중장	3	4	‖	3(4)	4
종장	3	5	‖	4	3

　그러나 실제 시조 작품에서 이러한 자수율을 엄격히 준수하는 경우보다 그렇지 않은 작품이 압도적이라는 사실이 지적되면서 자수율이 부정되고 음보율을 거쳐 음량률로 수정되기에 이르렀다. 그러면서 종장의 첫 음보만은 작품 전체에 규율화되는 음량률의 지배를 받지 않고 3자(음절)로 고정되는 이단성을 보이며, 둘째 음보는 음보 결합에 의한 과(過)음보로 실현된다는 운율적 독특성도 아울러 갖고 있다. 이에 따

라 시조의 정형율을 최종적으로 확정하면 다음과 같다.

초장	4	4	‖	4	4 ·········· 4보격
중장	4	4	‖	4	4 ·········· 4음 4보격
종장	3	4+4	‖	4	4 ·········· 변형 4보격

※ 4는 음절수가 아니라 음량의 크기(mora수)임

　이런 규율이 정립되어 있어, 시조를 창작한다는 것은 시인의 내재절주(내면정서에 따른 정감적 파고)에 따라 율동적 분방함으로 자유로이 표출하는 것이 아니라 개인이 좌우할 수 없는 엄정한 규칙과 구조적 질서, 그리고 독특한 미학을 가진 시조라는 양식적 원형을 선택하여 그 주어진 외재절주(앞의 도표에 최종적으로 제시된 형식규율)를 따라 작품으로 실현하는 일에 다름 아닌 것이다. 그런데 그 실현하는 구체적 방식 곧 제시형식은, 고시조의 경우 가곡창이나 시조창이라는 음악적 형식으로 실현되었으므로, 각종 가집에 수록될 때 노랫말을 어떤 형식 모형으로 제시할까라는 문제는 제기되지 않았다. 즉, 노랫말을 해당 악곡의 형식에 따라 얹어 부르기만 하면 되었으므로 굳이 행이나 연 같은 형식 단위의 구분, 곧 시적 형식이 필요하지 않아 띄어쓰기를 무시하고 '내리박이 줄글식 표기'로도 아무런 불편 없이 악곡의 분류에 따라 수록하는 것으로 만족할 수 있었던 것이다.

　문제는 오늘날에 와서 고시조를 듣는 시가 아닌 '보는 시'로 감상하면서도 그것을 수록할 때 천편일률적으로 3행시로만 표기해야 하는가에 있다. 이에 조동일은 고시조 작품을 그 시상의 흐름에 따라 다양한 행갈이를 시도하여 『역대시조선(歷代時調選)』을 엮어낸 바 있는데, 고시조를 노래가 아닌 시로서 읽게 하는 데 커다란 기여를 했다고 볼 수 있다. 그러나 이러한 시도는 엄밀히 말해 조동일식 고시조 감상법이지 실제 해당 작품의 시적 분위기를 그대로 잘 반영했다는 것과는 거리가 멀다는 점에서 문제가 있다. 그 중 하나만 예를 들어보자.

한 자 쓰고
눈물지고
두 자 쓰고
눈물지니

字
字
行
行이
수묵산수(水墨山水) 되겠구나

저 님아
울며 쓴 편지이니 휴지 삼아 보소서

이런 식의 행·연 갈이가 어느 정도 타당성을 가지려면 먼저 이 작품의 음악적 제시형식부터 살펴야 했을 것이다. 고시조는 마음속에 담아둔 시적 정조(情調)를 그에 맞는 음악적 형식으로 풀어낸 것이기 때문이다. 이 작품은 무려 18개 가집에 수록될 정도로 당대에 인기 작품이었는데, 하나 같이 가곡창의 이삭대엽 혹은 계락(계면조 낙시조)으로 악곡표지가 되어 있다. 가곡창에서 이삭대엽은 아주 느린 장단으로 부르는 반듯하고 단아한 음악의 대표곡이고, 낙시조는 그러한 근엄함을 어느 정도 풀어버리고 흥겨움을 보이기는 하나 그것이 가곡창의 계면조로 불리는 한 상당한 품격과 슬픔의 분위기를 유지해야 하는 것이어서 그러한 작품 분위기를 살리려면 위와 같이 경박해 보이는 '잦은 행갈이'는 고시조의 원래 분위기와는 너무나 거리가 멀다는 것이다. 그런 점에서 고시조의 경우 '보는 시'로 전환하려면 해당 작품의 악곡표지를 최우선적으로 고려해야 할 것이다.

그러나 개화기 이후 인쇄매체의 발달과 더불어 음악과의 분리가 시가의 모든 영역에서 일어남에 따라 시조 역시 듣는 시(시노래)에서 보는 시(노래시)로 제시형식이 바뀌게 되고, 이런 연유로 3장(혹은 5장)의 음악형식을 어떤 형태의 **시적 형식**으로 제시하느냐가 중요한 문제로 대두되기에 이르렀다. 이에 개화기 시조에서는 가곡창보다 대중화된 시조창의 영향이 큰 상황에서 창작되었으므로 3장의 시조창 음악형식을 3행의 시적 형식으로 바꾸는 정도의 행 구분 의식만 드러내는 수준에서 출발하여, 거기에다 구두점을 활용하거나 6구를 6행으로 제시하는 수준까지 발전해 간 것으로 나타난다.

이러한 발전은 근대시조를 넘어 현대시조로 이어져 오면서 더 이상 시조는 노랫말로서가 아니라 시로서 인식됨으로 해서 서정시로서의 시조가 어떤 시행발화로 제시되어 시적 율동을 어떻게 가져가느냐가 본격적으로 문제되기에 이른 것이다. 그것은 곧 행갈이와 연 구성을 어떤 모양새로 표출할 것인가의 문제에 직결된다. 이에 여기서는 시조의 서정성이 가장 첨예하게 작동하는 현대시조의 여러 행·연 갈이에 관련한 시도들을 대상으로, 그것을 3가지로 유형화하여 모범적인 사례를 중심으로 살펴보고자 한다. 그 방법은 양식적 원형으로서의 시조의 형식장치와 구체적인 시행발화로서의 율문표출 사이의 상호역학관계에서 야기되는 율동적 긴장감이 어느 수준에서 이루어지는가에 따라 정통형과 변화형, 그리고 파탈형의 3유형으로 검토될 것이다. 그리고 이 논의에 중요한 이론적 지침으로 원용한 것은 시행발화와 관련한 람핑의 저술(『서정시 : 이론과 역사』), 절주이론과 관련한 곽말약의 논의 (『논시삼례』), 범일직의 「시의 내재절주론」 등이었음을 밝힌다.

2. 양식적 원형의 규범적 표출 : 정통형

우리는 시를 감상할 때 시인이 작품을 통해 시적 대상(소재나 주제)을 어떻게 노래했는가에 주목한다. 시는 직접 음악에 실리건 실리지 않건 진술방식을 **노래하기**에 두기 때문이다. 그래서 마음속에 음악이 없다면 진정한 시인이 될 수 없는 것이다. 마음속의 음악이 바로 내재절주이며, 내재절주가 내용요소를 이루어 시정(詩情) 곧 마음 한 가운데 일어나는 정감으로 된다. 그리하여 이 시정을 언어로 형상화 하면 시가 되므로, 시적 정감 곧 정서는 시의 본질적 요소가 된다. 그리고 마음속의 정서는 본질적으로 절주를 가지며, 그것이 파장의 형식으로 나타나 처음에 치켜 올려지고 나중에 억제되든지, 아니면 그 반대이든지, 긴장과 느슨함, 격동과 평정, 강함과 약함, 적극성과 소극성 등 양극성을 갖는 파고(波高)를 가진다. 그리하여 내재절주는 시정이 유동하는 속도와 관계를 갖는다.

그러나 사대부층의 엄정하고 절제된 유가적 미의식이 빚어낸 시조라는 노래양식은 이같이 정감의 자연스러운 유동적 속도에 맡기거나 무한정한 정감의 방출을 허용하지 않는다. 오히려 "정(情)에서 출발하여 예(禮)에서 멈춘다"거나 "음악으로써 즐거움을 절제한다(악이절락(樂以節樂))"는 가악관(歌樂觀)이 미적표준이 되어 내재절주의 양극성을 제어함으로써 중정화평(中正和平)과 온유돈후(溫柔敦厚)의 미학을 추구한다. 이러한 미학이 시조의 양식적 원형으로 응결된 것이 시조의 악곡이고 노랫말인 것이다. 따라서 시조는 '뜻(의미)을 말함'(언지(言志)라고 함)에 있어서나, '정을 펼침'(연정(緣情)이라고 함)에 있어서 양극성을 피하고 고도의 절제와 균형, 그리고 화평과 온유돈후로써 내제절주를 제어하려 했다. 시조의 형식규율이 구현하는 이러한 미학을 도식화하면 다음과 같다.

```
초장   4    4   ‖   4    4 ·········· 앞구와 뒷구의 '균형'의 미학
중장   4    4   ‖   4    4 ·········· 앞장의 '반복'의 미학
종장   3   4+4  ‖   4    4 ·········· 앞구에 변화를 주는 '전환'의 미학
·········· 3장으로 시상을 완결하는 '절제'의 미학
```

이처럼 시조는 짧디짧은 3장으로 작품의 전체 시상을 압축하여 완결하는 고도의 서술 억제에 의한 **절제**의 미학을 중심축으로 하고 있고, 이에 더하여 각장의 내구와 외구가 2음보 : 2음보로 대등한 평형을 이루도록 하여 안정된 **균형**을 갖도록 함으로써 감정을 가지런히 정돈하고 어느 한쪽으로 치우치지 않는 중정화평의 미학을 구현한다. 그리고 초장의 운율(4음 4보격)을 중장에서 완전 동일하게 되풀이함으로써 **반복의 미감**을 갖도록 함과 동시에 동일한 반복에서 오는 시상의 등가적 연속성과 서술의 연계성도 배려하고 있다. 끝으로 시상을 완결하기 위하여 종장에서는 앞장의 운율을 그대로 반복하지 않고 운율에 변화를 주어 **전환의 미학**을 실현한다. 그 방법은 종장의 첫 음보를 작품의 전반에 규율화 되어 있는 음량률의 지배를 받지 않고 반드시 3자(음절)로 고정하여 자수율에 따르도록 하는 운율적 이단성(異端性)을 보임으

로써 초–중장으로 이어지는 연속성을 일거에 차단하고, 이어서 둘째 음보에서 두 음보의 축약 형태를 띠는 과음보로 실현함으로써 변형 4 보격이 되어 운율적 전환을 이룸과 더불어 시적 메시지가 **완결**을 향해 치닫도록 설비하고 있다.

시조는 이처럼 정치한 형식구조와 독특한 미학을 자랑한다. 그것은 한마디로 **유기적 긴장의 응결체**라 해도 좋다. 그렇다면 이러한 형식규율과 미학을 양식적 원형으로 삼아, 그 형식 모형이 지시하는 질서와 구조를 그대로 따라 언표화하기만 한다면 자동적으로 시조 특유의 유기적 긴장미가 보증되는 것일까? 하나의 사례를 들어보자.

> 형님은 학교가고 　　동생은 놀러간다
> 엄마는 시장가고 　　아빠는 회사간다
> 누나는 바느질하고 　　할머니는 잠잔다

이 작품(?)을 외형적으로만 본다면, 시조 양식으로서의 음량률은 말할 것도 없고 엄격한 자수율(3434/3434/3543)마저 온전하게 실현하고 있어 하나의 시조 작품(?)으로 흠결이 없어 보인다. 그러나 이 작품에서 우리는 시조 특유의 맛과 멋을 전혀 맛볼 수 없다. 왜일까? 그것은 이 작품이 산문율동으로 된 3행의 문장을 단순 나열한 것에 불과할 뿐 한 편의 서정시가 필수적으로 갖춰야 할 **시행발화**로, 다시 말하면, '도식적 운율화'가 아니라 '의미생산적 율동화'라는 시적 긴장감을 생성해 내지 못하고 있기 때문이다. 따라서 시조다운 서정성을 발현하려면 도식적 운율화 혹은 산문율동이 아닌 시적 긴장을 유발할 수 있는 시행발화로 표출되어야 하는 것이 필수다.

그런 점에서 현대시의 한 양식으로 창작하는 현대시조는 시조의 양

식적 원형을 율동모형으로 가져오되 작품의 시행발화를 어떻게 가져
갈 것이냐가 초미의 관심사가 되지 않을 수 없다. 그럴 경우 시조의
도식적 운율화가 아니라 시적 의미를 긴장력 있게 생산해내는 시행발
화로서의 **행갈이**와 **연 구성**이 문제가 된다. 시조의 경우, 행갈이와 연
구성을 어떻게 할 것이냐는 사실상 그리 어려운 문제가 아닐 수도 있
다. 이미 정립되어 있는 시조 양식의 율동모형(앞의 도표화를 통해 보인
바와 같은 3행 형식)을 그대로 따라 행갈이와 연 구성을 하면 되기 때문
이다. 이런 방식은 시조 양식의 규범적 원리를 원형 그대로 온전하게
실현한 것이므로 **정통형**이라 할 수 있으며, 이는 현대시조로서는 당연
하고도 자연스러운 서정표출 방식이 되는 것이므로 대부분의 작품이
이런 유형으로 창출되고 있다. 또한 이러한 유형은 시조가 갖고 있는
표현미학을 가감 없이 드러내는 방식이므로 전통시조가 갖고 있는 운
율적 긴장미와 미학적 무게를 그대로 계승한다는 강점을 가질 수 있다.

　그러나 외형율로만 이러한 양식적 원형을 따른다 하여 그러한 긴장
미와 무게를 자동적으로 보증해 주는 것은 전혀 아니다. 오히려 그보
다 전통의 운율을 기계적으로 도식화하여 따랐다는 혐의를 벗어나기
어렵고, 그 때문에 정통형은 상투적 관습의 하나로 굳어지고 있어, 작
품에 뛰어난 유기적 긴장미를 불어넣지 않고서는 고답적이고 진부하
며 단조롭기만 하다는 평가를 면하기 어려운 유형이다. 현대시조의 벽
두를 장식했던 최남선, 정인보, 이희승 같은 분들의 작품에서 흔히 이
런 고답적인 모습을 볼 수 있다. 그러므로 시조의 양식적 원형을 그대
로 따라 답습하는 정통형으로 시조 형식을 운용할 경우 유기적 긴장미
를 유지하려면 오히려 어느 유형보다도 품이 많이 든다는 점을 각오해
야 한다. 그러지 않고서는 그 형식의 단조로움과 진부함을 벗어나기

어렵기 때문이다.

시조의 정통형을 단 한 번도 벗어나지 않으면서 결코 그 형식모형이 족쇄가 되거나 고답적이지 않고 현대적 감성 미감의 절창으로 우뚝 솟아있는 거봉은 정완영이다. 그의 시조전집에 드러나는 바와 같이 그는 단시조를 창작하든 연시조를 창작하든 단 한 번도 정통형을 벗어난 예가 없다. 그가 약간의 변화를 시도했다면 시조의 3장을 장구조에 따라 3행으로 배분하지 않고 6구의 구구조를 따라 6행으로 행갈이를 하거나, 장 단위로 연을 구성하여 시조의 3장 6구를 3연 6행으로 배분한 것이 전부다. 이러한 정도의 행갈이와 연 구성은 시조의 형식모형을 그대로 따른 것이므로 정통형에서 벗어난 유형이라 하기 어렵다. 연의 형태를 시인의 개성에 따라 자유로이 변개하여 표출한 것이 아니라 이미 정립되어 있는 시조의 구조모형에 따라 정연하고도 균형있게 구의 구조에 따라 한치도 어긋남이 없이 배분하고 있기 때문이다. 이렇게 정통형을 고수하면서도 단 하나의 작품도 유기적 긴장미를 상실한 경우를 찾아볼 수 없는 것이 그의 특장이다. 그 비결이 무엇인지 다음 작품을 보자.

> 하늘이 넓다 해도 아랫마을 윗말 사이
> 해님이 밝다 해도 갓 돋아난 민들레꽃
> 관악산 넘는 봄빛은 만 리보다 더 먼데.
>
>   -〈관악산 봄빛〉 전문

우리가 늘 가까이 경험하는, 관악산에 펼쳐진 봄날의 정경을 3장의 짧디 짧은 시조형식에 담아 빚어낸 한 편의 절창이다. 관악산을 끼고 자리한 아랫마을과 윗마을의 공간적 배치, 그 정겨운 공간을 후경으로 하면서 겨울을 이겨내고 해맑게 갓 피어난 민들레꽃을 전경화 시킨 공간적 완성, 거기에다 이러한 관악산에 드리운 봄날의 화사한 풍경에 무한한 시간성을 종장에 부여하여 시간적 완성마저 꾀함으로써 관악산의 봄 정경이 우리가 늘 가까이서 경험하는 그저 그런 일상적 풍경이 아니라 우주적 공간과 무한광대의 시간이 교직되어 잉태한, 그리하여 하늘과 해가 합작하여 하나의 민들레꽃으로 빚어낸 불후의 정경임을 보여줌으로써 작품을 유기적 긴장미의 극치로 승화시켜 놓고 있는 것이다.

이처럼 정완영 시조의 탁월성은 기계적 운율의 도식화로 흐르지 않고 팽팽한 유기적 긴장미를 갖도록 하는 운용의 묘에 있음을 감지해 낼 수 있다. 그 운용의 비결을 그는 "세계에 관절(冠絕)한 우리 모국어에는 흘림새(流)가 있고, 엮음새(曲)가 있고, 추임새(節)가 있고, 풀림새(解)가 따로 있는 것이니, 이 경계를 다 돌아 나와야 비로소 시조의 진경(眞景)은 열리는 법"이라고 고백한 바 있고, 이렇게 터득한 높은 경지가 마침내 "풀씨 하나에도 생명의 오의(奧義)는 숨어 있거니, 45자 절묘한 우리 모국어의 가락 속에 우주의 말씀인들 다 못 담겠는가?"라는 자부심을 낳는 바탕이 되었던 것이다. 그가 시조라는 짧디짧은 정형의 틀 속에 '우주의 광대한 오의'를 담을 수 있다고 감히 선언할 수 있었던 것은 그의 시조 작품 한 수 한 수가 성경(誠敬)을 다함으로써 지순(至純), 지미(至美)의 전아한 세계를 구현할 수 있어서 가능했던 것이라 하겠다.

그런데 정완영의 시조가 누구나 접하는 우리의 일상적 경험의 세계를 무한광대의 오의를 담은 세계로 승화시키는 절묘함을 보임으로써 아무도 따를 수 없는 지순, 지미의 세계를 성공적으로 구현했다면, 그

와 반대로 진공과 묘유, 삶과 죽음, 세간과 출세간, 색과 공, 번뇌와
적멸, 부처와 하루살이 같은 우리가 터득할 수 없는 현묘한 세계를 우
리 가까이로 끌어옴으로써 무언가 친근한 깨달음을 주는 또 하나의 거
봉이 있으니 그가 바로 조오현이다.

> 강물도 없는 강물 흘러가게 해놓고
> 강물도 없는 강물 범람하게 해놓고
> 강물도 없는 강물에 떠내려가는 뗏목다리
>
> −〈부처〉 전문

　'부처'가 어떤 존재인지를 이보다 더 긴장되게 노래할 수 있을까. 강
물도 없는 강물을 흘러가게(혹은 범람하게) 해놓고 그 강물에 떠내려가
흔적을 남기지 않고 사라지는 뗏목다리와 같은 존재라고. 아니 존재하
지 않는 존재 곧 '허깨비'라고. 그러기에 "말하는 바 없이 말하고 보는
바 없이 보고 듣는 바 없이 듣고 사는 바 없이 살고 사랑하는 바 없이
사랑하다가 끝내는 죽는 바 없이 죽는"(시인의 해설), 한마디로 억지스
러움이 없는 무위(無爲)의 존재라고. 부처가 그런 존재라고 발화하는
시적 자아도 그런 존재가 되기를 지향하지만(그렇게 되면 성불(成佛)에
도달함) 그 실현이 쉽지 않은 데서 오는 결핍의 감정을 배면에 깔고 있
기에 서정적 향취로 우리에게 친근하게 다가오는 것이 아닐까. 우리가
쉽게 감지할 수 없는 '부처의 존재'를, 아니 '부처 같은 삶'을 대중도
가까이 다가가 함께 할 수 있도록 길을 열어놓지 않았는가. 한마디로
부처의 깨달음 같은 현묘한 세계를 "강물에 떠내려가는 뗏목다리"로
구상화함으로써 '살불(殺佛)'의 그 깊은 의미를 우리 일상의 친근한 세
계로 끌어왔다는 데에 그의 시적 성취의 탁월함이 있는 것이다.

그렇다고 시조의 정통형은 이 두 거봉이 보여주듯 우리의 경험적 일상을 지성을 다하는 공력을 들여 지순 지미의 세계로 끌어올리거나, 아니면 반대로 우주의 오의를 담아내는 통찰력이나 사고의 깊이를 갖춘 형이상학적 생각의 덩어리를 우리의 친숙한 정감 속으로 끌어와 서정화 할 수 있는 탁월함을 필수적으로 보여야 한다는 것은 아니다. 그러한 통찰력이나 사변적 무게를 갖추지 않는다 하더라도, 이우걸이 모범으로 보여주듯 올곧음과 인고를 처연한 아름다움으로 승화하거나, 유재영이 사물에 대한 예각적인 이미지로 세계를 생생하게 묘파해내거나, 이지엽이 인정물태를 감칠맛 나게 언술화하는 데 특장을 보이거나, 정수자가 개결한 심미적 직관의 언어로 긴장감 높은 미(美)문예성을 구현해내거나, 홍성란이 삶과 사물의 이면에 숨겨진 비의(秘儀)적 진실을 절정의 기량으로 빚어내거나, 이승은이 격정을 내성으로 다스리는 절묘함을 보이거나, 권갑하가 시대의 아픔과 어두움을 아련한 서정으로 기막히게 녹여내는 데서도 정통형은 그 시적 형식으로서 탁월한 빛을 발한다.

앞의 두 거봉이 보여주는 시세계는 차라리 도(道)의 세계라 해야 옳다. 오랜 자기 수양과 함께 시조의 도를 높은 수준으로 갈고 닦아야 이를 수 있는 경지이기 때문이다. 이런 작품이 구현하는 미학은 숭고한 아름다움이어서 거기에 현란한 수사나 말부림이 있을 수 없고, 그러기에 시조의 정통적 무게를 벗어나는 행갈이나 연 구성이 이루어져서는 오히려 작품의 무게를 망가뜨리게 될 것이다. 상상해 보라. 이들의 작품에 잦은 행갈이와 연갈이를 가한다면 그 유현하고 심오한 도(道)의 세계가 얼마나 가벼워지고 품격이 훼손되어질까를! 두 거봉이 **정통형**의 순교자적 지킴이가 될 수밖에 없는 이유가 여기에 있다.

이에 비한다면 이우걸을 비롯한 다음 세대의 시인들은 정통형의 무게에서 어느 정도 자유로운 상상력과 개성적 감각을 바탕으로 사변성에 일방적으로 경사하지 않고 시문학적 예술성의 구현에 상당한 무게중심을 둠으로써 행갈이와 연갈이에 있어서 정통형만을 고집하지 않고 어느 정도의 변화를 시적 형식으로 모색하기도 한다. 즉 이들은 작품의 시행발화를 때로는 시조의 양식적 원형에 일치시키기도 하지만, 때로는 정감의 내적 파고를 고려하여 행 배열이나 연 구성을 보다 자유롭게 가져감으로써 시문학으로서의 예술성을 보다 강화하기도 한다. 이들이 추구하는 미학은 도의 숭고한 아름다움보다 예술적 감각이 스며드는 우아한 아름다움에 어느 정도 경사되어 있기 때문이다. 이들이 이러한 예술적 성취를 보이는 데는 윤금초와 이근배, 김제현, 박시교의 선도적 개척이 디딤돌 역할을 했음을 기억할 일이다.

이제 정통형에서 벗어나지 않으면서도 양대 거봉과는 다른 측면으로 현대시조로서의 미적 가능성을 보인 표본적 사례를 지면관계상 하위 장르 별로 1수씩만 뽑아 살펴보기로 한다.

먼저 단시조를 보자.

> 나리 나리 어디 숨었소, 황사 몹시 쳐들어오는데
> 풍진 세상 찬양하시는 흰 지팡이에게 묻습니다
>
> 개!
> 나리,
> 다들 어디 가시었소, 탱탱 빈 모자 눌러쓰고.
>   –홍성란, 〈개나리–여의도 의사당 부근〉 전문(고딕체는 필자분)

이 작품은 개나리를 노래한 것이지만, 실제로는 그 부제가 암시하듯이 개 같은 행태를 하는 나리(국회의원)를 야유한 노래라는 것을 금방 눈치 챌 수 있는 쉬운 시다. 그러면서도 개나리의 노랑 색채이미지를 황사 태풍으로 전치시켜 놓은 발상이 기발하고, 그런 불안한 와중에서도 여의도 의사당에서 나라의 암울한 장래를 걱정하는 국사를 논해야 마땅할 국회의원 나리들이 의사당을 텅 비워놓고 한가롭게 해외 나들이나 다니는 골빈 작태를 야유하는 어조가 서릿발처럼 매섭다. 마치 구한말 나라의 명운이 흥망의 기로에 섰을 때 외세의 앞잡이 노릇을 하고 있는 당대의 고관 나리들을 신랄하게 풍자-야유하던『대한매일신보』의 '시사평론' 시조를 연상시킨다.

이런 야유의 분위기를 극대화하기 위해 초-중장에서는 시조의 양식적 원형을 따라 정상적인 호흡으로 시행발화를 이어가다가, 종장 첫 음보에 이르러 급작스레 3음절 한 단어를 '개/나리'로 과감하게 분절하여 별도의 시행으로 잡음으로써 시각적인 효과와 함께 극도의 짧은 호흡으로 가져가 그 분절이 갖는 의미 비중을 절정으로 치닫도록 설비한 점이 특출하다. 그리하여 의미생산적 율동화와 전환의 미학을 동시에 이뤄내고, 거기다 '개'라는 분절어에는 느낌표까지 덧붙여 야유하는 어조에 강세를 더함으로써 작품을 한층 격상시키는 데 성공하고 있다. 이처럼 정통형을 벗어나지 않으면서도 어휘 수준에서의 독특한 행 갈이를 보임으로써 묘처인 종장 첫 음보에서 위력을 발휘하는 모범적 사례를 여기서 본다.

시조의 본령은 이와 같이 평시조 단 1수로 시상을 완결하는 단시조에 있다. 그러나 그 짧디짧은 단시조의 절제된 양식으로는 세계상의 다기한 의미와 복잡한 내재 정감을 넓고 깊게 드러내기에는 한계가 따를 수밖에 없다. 따라서 고시조에서도 단시조에만 매달리지 않고, **언지**를 제대로 펼치기 위한 방법으로 평시조를 잇달아 연결하는 **연시조**를, 아니면 세계상에 대한 감정을 한껏 펼쳐내는 **연정**의 방법을 위해 **사설시조**를 하위 양식으로 설비해 두고 그것을 즐겨 활용해 왔던 것이다.

이 가운데 연시조는 단시조로 감당하기 어려운 현대인의 긴 호흡의 내용이나 다기한 심리 내면을 언술해 내는 데 적합하여 현대시조에서 가장 선호하는 양식으로 굳어져 가고 있다. 문제는 연시조의 각 수가 그 자체로 완결성을 갖는 평시조의 연결체이므로 어떻게 하면 평시조로서의 완결의 미학도 구현하면서 동시에 다음 연으로 이어지는 연속성을 긴장관계로 유지하면서 구현해 내느냐가 관건이 되고 있다. 따라서 연시조는 각 '연단위의 내부질서의 완결성'과 '연과 연 사이를 관통하는 지속적인 의미생산'이 내밀한 긴장관계를 수수하도록, 이 두 가지를 동시에 이루어 내는 시행발화(행갈이와 연 구성)를 모색해야 하는 양식인 것이다. 다음의 사례를 보자.

> 군말이나 수사 따위 버린 지 오래인 듯
>
> 뼛속까지 곧게 섰는 서슬 **푸른** 직립들
>
> 하늘의 깊이를 잴 뿐 곁을 두지 않는다
>
> 꽃다발 같은 것은 너럭바위나 받는 것
>
> 눈꽃 그 가벼움의 무거움을 안 뒤부터
>
> 설봉의 **흰** 이마들과 오직 깊게 마주설 뿐
>
> 조락이후 충천하는 개골의 결기 같은
>
> 팔을 다 잘라낸 후 건져 올린 골법 같은

> **붉은 저! 금강 직필들! 허공이 움찔 솟는다**
> — 정수자, 〈금강송〉 전문(고딕체는 필자분)

이 작품은 소나무 가운데 가장 **빼어난** 기품을 자랑하는, 그래서 '금강송'이라 이름 붙은, 또한 줄기가 붉어 '적송'이라는 이칭도 갖고 있는 바로 그 나무를 예찬한 노래시다. 시적화자는 금강송의 높은 품격을 단 한 수로 집약하여 끝내기엔 그것이 표상하는 바에서 얻어 낸 인식의 깊이를 도저히 다 말할 수 없음을 안다. 아기자기한 잎사귀나 꽃의 화려함으로 장식하지 않고 오직 한 가닥씩으로 된 푸른 상록의 잎만 달고 우뚝 서 있는 푸른 색채이미지가 뿜어내는 품격이 그 하나이고, 외부로부터 받는 예물로는 화려한 꽃잎들의 세례는 거부하고 오직 하얀 눈꽃만 달고 설봉마냥 우뚝 서있는 흰 색채이미지가 뿜어내는 품격이 다른 하나이고, 잔가지들은 모두 잘라낸 듯이 외줄기로 자라 유난히 곧고 붉은 몸뚱이가 강렬하게 드러나는, 그 붉은 색채이미지가 뿜어내는 품격이 또 다른 하나다. 이 세 가지 색채 이미지를 통해 시적화자는 금강송으로부터 하늘만큼 깊고 푸른 고고함과 설봉에 견줄만한 결벽함, 그리고 충천하는 결기(금강송의 금강이란 말에서 유추하여 금강산의 여러 이칭 가운데 개골산을 상상력으로 끌어와 어떠한 불의에도 굽히지 않는 강골 이미지를 부각시킨 데 주목하자)로 다져진 절의라는 세 가지 기품을 표상해 낸다.

그런데 이 세 가지 기품은 깊고, 높고, 무거운 의미를 담고 있는 것이어서 잦은 행갈이나, 혹은 그 반대로 불안정한 긴 호흡의 행갈이로는 격에 어울리지 않으므로 시종일관 정통형을 따르는 시행발화로 가져감이 너무도 자연스럽고 당연한 선택이었다. 이럴 때 문제는 평시조의 양식적 원형이 그 자체로 완결성을 갖는 형식이어서 금강송의 세 가지 기품이 어느 하나도 포기할 수 없는 대등한 가치를 갖는 것이라는 점을 하나씩 강조하는 데는 잘 어울리나, 그렇다고 그 셋을 독립하여 각각의 연으로 구성하게 되면 연과 연 사이의 긴밀한 긴장관계의 수수를 통한 의미생산적 율동화로 나아가는 것은 불가능하게 된다. 그런 점에서 이 작품이 연의 경계를 모두 허물어 작품 전체가 대등한 시행발화의 연속성을 갖도록 시적 형식을 짜놓음으로써 각 수의 완결성을 유지하면서 동시에 연과 연 사이를 관통하는 의미의 긴밀한 연계성을 이루어 내는 형식을 설비하고 있는 것이다.

이런 형식상의 배려를 한다고 의미의 긴밀한 연계성이 저절로 이루지는 것은 물론 아니다. 금강송의 빼어난 기품을 첫수에서 하늘의 깊이를 재고, 둘째 수에서 설봉과 깊게 마주 선다고 하여 둘 다 깊음의 이미지로 동일하게 묘파해 냄으로써 두 수 사이의 긴밀한 연계를 의도적으로 꽤하고, 마지막 수에서 붉음의 이미지를 더하여 그 셋을 모두 아우르는 언술로서 "허공이 움찔 솟는다"라는 표현으로 최종적으로 수렴해 냄으로써 금강송의 품격을 허공이 움찔 놀라 솟구칠 정도의 경이로움으로 완성해내는 그 의미의 긴장관계의 수수에서 이루어지는 것이다. 의미의 연계성을 이토록 탁월하게 일구어내는 그 솜씨 또한 놀랍지 않은가!

끝으로 사설시조의 사례를 보기로 하자.

아름다운 것에/ 더 애진 슬픔이/ 있다는 말, /
이제는 알 수 있네//

그 때도 유채꽃 환한 날이었을라나. / 평지나 다름없는 화강암 거친 돌밭에 숨어든 사람들이 나오지 않는다고 좁은 굴 입구와 출구 쪽에서 맞불을 놓았다는데, / 무자년 4·3 소개령이 쩌렁쩌렁 다랑쉬 마을을 쓸어내리던 날, / 해방이라고 이제는 **배곯**지 않는 살 만한 세상 왔다고 웃음꽃 만발한 아낙들이, 가나다라 이제 한글을 배운다고 강아지처럼 뛰놀던 아이들이 영문도 모르고 숨어든 비좁고 컴컴한 굴속, 솥단지와 쌀알과 공책 그러안고 여보 누나 엄마 하나님을 부르고 그대로 생매장된 풀 한포기 돋지 못한 돌무덤이여//

샛노란/ 유채꽃 지는 남도/
말문 닫고/ 귀닫고 싶은 봄날
　　　　－이지엽, 〈유채 꽃밭, 돌무덤〉 전문(/과 고딕체 표시는 필자분)

이 작품은 이제는 역사 속에 묻혀버린 무자년 4월 3일, 제주도 다랑쉬 마을에서 있었던 이른 바 '4·3 사태'라는 슬프고도 애틋한 사건을 생생한 현재로 끌어낸 것으로, 제목에서 나란히 보여주듯 제주도의 아름다움의 상징인 "유채꽃밭"을 전경화(前景化)하고 그 비극적 사건을 "돌무덤"이란 상징으로 후경화(後景化)하여 두 대조적 상징이 갖는 강도 높은 이미지가 의미생산적 율동화로 이끄는 동력이 되고 있다. 즉 유채꽃밭의 표면적 아름다움의 이면에 가려진 그 기막히게 슬프고 애틋한 사연을 간직한 돌무덤의 역사적 진실이 가려져 있다는 진리를 깨닫는 데서 이 작품은 시작된다(초장에 드러남). 그리하여 그 기막힌 사건을 단시조로 표출하기에는 '4·3 사태'에 대한 시적화자의 "애진"한 감정을 주체할 수 없기에, 감정 억제 양식인 평시조형을 버리고 감정의 확장 양식인 사설시조로서 풀어낸다. 중장이 길어진 이유다.

　그런데 이 작품의 뛰어남은 그 끔찍한 사건을 현재화 시키는 방법으로 마치 옛날이야기를 징한 어조에 담아(고딕으로 표시한 말들에 유의할 것) 두런두런 엮어가듯 풀어내고 있다는 점이 다. 만약 그 비극성을 부각하여 엄숙하거나 진정성어린 긴장의 어조로 표출해 나갔다면 그 무거운 토운의 무게에 눌려 호소력을 잃었을 것이다. 친근한 어조로 얘기하듯 풀어나가는 이러한 언술 태도가 오히려 망각의 세계로 사라지기 쉬운 그 사건을 생생한 현재로 불러오는 심미적 호소력을 획득할 수 있는 것이다. 사설시조 양식으로 담론화 할 수밖에 없었던 결정적 이유다.

사설시조는 그 담론화 방식이 두 가지로 나타난다. **풀이성과 놀이성**이 그것이다. 전자는 평시조의 엄숙하고 선언적이며 절제되고 긴장된, 그런 진정성의 언술로는 도저히 풀어낼 수 없는 세계상을 그러한 제약이나 절도 혹은 긴장에서 일탈하여 느슨하게 풀어버리는 데서 미적 호소력을 획득하는 방식이고, 후자는 평시조 담론이 유발하는 진지성이나 규범적 미학을 가볍게 뒤틀고, 흩트리고, 유희적으로 희화화 하는 놀이정신에서 그 표현미학을 획득하는 방식이다. 이 작품은 비극적 사건을 현재화하여 거기서 유발되는 감정의 용솟음을 두러두런 애기하듯 풀어내어 갔으므로 풀이성의 담론화를 보인 표본적 사례에 든다. 그 끔찍한 사건을 놀이화 하여 희화화하기엔 그 애진한 슬픔이 용납하지 못하기 때문이다.(그런 이유로 이 작품이 /나 //로 의미단위구와 장의 단위를 표시한 바와 같이 분방한 형식의 일탈을 보이지 않고 사설시조의 정통형을 따랐다는 점이 당위성을 얻는다)

또한 그 사건은 "말문 닫고 귀닫고" 다시는 회상하고 싶지 않은 사건이지만, "샛노란 유채꽃이 (화려하게 피었다) 지는 남도"의 "봄날"이 되면, 입 닫고 귀 닫는다고 결코 잊혀지거나 외면될 수 있는 사건이 아니라는 것, 그러기에 더욱 단단하게 "말문 닫고 귀닫고" 싶어지는 아이러니칼한 감정을 깨닫는 것으로 마무리한 데에 그 마력이 숨어 있다.

다음에는 시적 형식을 정통형에 따르지 않고 변화를 추구함으로써 개성적 시행발화에 더 무게 중심을 두는 유형의 작품들을 살펴보기로 한다.

3. 양식적 원형의 개성적 표출 : 변화형

앞에서 언급한 바와 같이 시조를 창작하는 일은 이미 정립되어 있는 양식적 원형을 외재절주로 하여 작품 속에 율동모형으로 가져와 그것을 시적 형식으로 재배열하는 것에 다름 아니다. 그리고 시조의 양식적 원형이 그 구현하고자 하는 독특한 미학,-절제와 균형의 미학, 반복과 전환의 미학, 완결의 미학-과 견고하게 결속되어 있어서 그러한 미학을 제대로 표출하려면 작품의 시행발화를 시조의 율격모형에 그대로 일치시키는 시적 형식, 곧 정통형으로 가져가는 것이 당연하고도 자연스러운 방법이라 했다.

그러나 듣는 시로서의 고시조와는 다르게 현대시조는 보는 시로 제시 형식이 근본적으로 바뀌었으므로 시의 형식이 갖는 의미론을 생각하지 않을 수 없게 되었다. 정완영이 성취해낸 바 있는 '시조의 양식적 원형에 따른 외재절주를 내재절주로까지 육화시키는 시작(詩作)의 도'를 터득하지 못한 상태에서 시조의 율동모형을 그대로 의무적으로 추수하는 모습을 보인다면, 그런 작품이야말로 진부하고 단조롭고, 팍팍하기만 하다는 비판에서 자유롭지 못할 것이다. 그런 점에서 정통형은 가장 권위 있는 시적 형식이면서 그 실제 운용에 있어서는 가장 품이 많이 드는 형식이라 할 것이다. 아무리 시조의 양식적 원형을 선택해

온 것이라 하더라도 현대인의 모든 사유, 모든 감정을 마치 프로크루스테스의 침대에 맞추듯이 형식모형에 기계적으로 강제될 수는 없기 때문이다. 시조를 진부하거나 단순한 형식의 굴레에서 벗어나 높은 서정적 예술성을 성취하기 위해서는 주어진 율동모형을 따르되 그 시행발화를 좀 더 자유롭게 가져가는 호흡의 변화(이를 시각적으로 드러낸 것이 행갈이와 연 구성임)가 그래서 요구된다. 즉 시인의 정감적 분위기와 어조(tone), 감성적 결(texture), 발화상의 의미 비중, 시각적 효과 등에 따라 행갈이와 연 구성을 정통형과 다르게 가져가는 변화가 필연적으로 요구된다.

그런데 이 지점에서 짚고 넘어 갈 것은 행·연갈이의 기능이 시조와 같은 정형시냐 아니면 순전히 내재절주에 따른 시행발화를 보이는 자유시냐에 따라 엄연히 다르게 작용한다는 점이다. 자유시에서는 행·연갈이가 내재절주의 리듬을 그대로 반영한 것이므로 정서적 흐름을 천천히 가져가기 위해서는 행·연갈이를 가능한 한 자주하여 시행발화의 흐름을 느리게 진행하도록 속도를 차단해주고, 정서적 흐름을 다급하고 촉급한 리듬으로 가져가려면 행·연갈이를 드물게 하여 한 행에 수용되는 말을 가능한 촘촘히 엮음으로써 빠른 템포로 읽어 내리도록 시행발화를 조절하면 된다.

그러나 율동모형이 이미 양식화 되어 있는 시조의 경우는 행·연갈이를 자주한다 하여 정서적 흐름이 느리게 진행된다든지, 그 반대로 드물게 한다 하여 다급하거나 촉급한 리듬으로 가져가는 것이 아니라는 사실이다. 행·연갈이를 자주하든 그 반대이든 시조는 이미 정립된 4음 4보격이라는 율동모형을 따라 율독해야 하므로 시행발화의 휴지 설정 여부와는 상관없이 구와 장 단위를 따라 템포를 일정하게 가져가야 하기 때문이다. 다만 시조에서 행·연갈이는 시적 율동에는 관여하지 못하지만 시적 어조나 분위기를 짧은 호흡으로 가져가느냐(행·연갈이를 자주할 경우에 해당), 긴 호흡으로 가져가느냐에 유의미한 관여를 한다는 사실은 명심할 일이다.

따라서 정형율을 따르는 현대시조에서도 행·연갈이는 이미 정립되어 있는 추상적 실체로 존재하는 **율격행**(언어학적 개념으로 비유한다면 랑그에 해당함)을 시인의 창조적 개성에 따라, 아니 엄밀하게 말하면 작품의 분위기나 어조 등을 어떻게 가져갈 것인가에 따라, 얼마든지 변화를 주어 시적 형식으로서의 **작품행**(언어학적 개념으로는 빠롤에 해당)으로 실현시켜 작품의 예술성을 고양시킬 수 있는 것이다.

이제 여기서는 작품의 시행발화를 시조의 율동모형에 따르는 정통형으로 가져가지 않고 시인의 개성에 따라 좀 더 적극적으로 변화를 주어 어느 정도 자유롭게 가져가는 **변화형**들을 검토해 보기로 한다(이 경우 행·연갈이는 자유시가 아닌 시조의 경우지만 시인의 창조적 개성과 직결되는 표현장치로서 어느 정도 활용되기에 '개성적 표출'이라 명명 할 수 있다).

먼저 주목되는 것은 아예 행갈이를 무시하고 장 구분이나 구 구분마저 하지 않는 시행발화를 보임으로써 시적 분위기와 어조를 긴 호흡으로 가져가는 개성적 표출을 보이는 사례다.

> 자목련 산비탈 저 자목련 산비탈 경주 남산 기슭 자목련 산비탈 내 사랑 산비탈 자목련 즈믄 봄을 피고지는.
>
> —이정환, 〈자목련 산비탈〉 전문

이 작품을 자유시처럼 대한다면 행·연 갈이를 전혀 하지 않고 길게 연속되어 있으므로 빠른 리듬을 타고 촉급하게 읽어내야 할 것이다. 그리하여 여기서 읊은 사랑의 내질이 거칠고 불같은 격렬한 것이라 오해하기 쉽다. 그러나 이 작품은 시조의 외형율을 그대로 따른 평시조 한 수로 된 단시조 양식으로 노래된 것이므로 구와 장 구분에 따라 율독을 균형 있고 완만한 리듬으로 가져가야 한다. 따라서 이 작품의 리듬은 시조의 율동모형에 따라 3개의 장(초장–중장–종장) 끝에 긴 휴지가 오고 각장의 내구 다음에 작은 휴지가 오도록 율독해야 하는 것이다. 그런데 이런 외형율과는 상관없이 작품 전체를 1행으로 강제하는 시행발화를 함으로써, 시적 형식으로서 1행으로 연속하려는 힘과 시조 율동 모형에 따라 그것을 차단하려는 힘이 서로 상충하면서 율동적으로 묘한 구조적 긴장감을 불러일으키고, 이로 인해 시조 특유의 균형과 절제의 미감이 사라진 듯한 분위기를 보여준다. 이처럼 행·연 갈이를 하지 않고 의도적으로 긴 호흡으로 연속하게 함으로써 경주 남산 산비탈에서 천년의 긴 세월을 끈질기게 피고 지는 자목련에 대한 깊고도 끈끈한 사랑을 장중한 어조로 환기해내는 효과를 가져 오고 있다.

　만약 이 작품을 잦은 행갈이와 연 구성으로 호흡을 짧게 가져간다면 자목련에 대한 끈질긴 사랑은 그만큼 비중이 가벼워질 것이다. 혹은 정통형으로 표현했다면 그 사랑이 안정된 균형감을 갖추기는 할 것이나 끈끈한 사랑의 정감으로 승화되지는 못할 것이다. 이 작품의 특장은 오랜 세월 경주 남산 산비탈에서 피고 지는 자목련을 景[풍경]으로 하여 거기서 촉발되는 시적자아의 情[감흥]을 대등하게 융합시켜 정지(情志)와 물상(物象)이 만나 형성되는 의상(意象, image)이 잘 구현된, 시적자아의 사물에 대한 일방적인 감정이입이나 투사가 아닌 정경교융(情景交融, 시적 주체와 바깥세계가 공생하는 결합)의 경지를 노래한 데 있다.

이러한 예와는 반대로, 때로는 잦은 행·연 갈이를 시적 형식으로 취함으로써 어조를 짧은 호흡으로 가져가기도 하고, 때로는 구 구분이나 장 구분마저 무시하고 연속으로 진행되게 강제함으로써 휴지의 기대를 차단하여 긴 호흡으로 가져가는, 그리하여 정감적 파고의 모양과 크기를 무한히 다양한 흐름이 되게 변화를 준 경우를 보기로 하자.

> 봄마다
> 내 몸 속에
> 죄가 **꿈틀**, 거린다네.
> 티 없는 눈길로는 피는 꽃도 차마 못 볼,
> 들키면 알몸이 되는
> 죄가 **꿈**
> **틀**, 거린다네.
>
> 죄가 **꿈**
> **틀**, 거린다네
> 들키면 알몸이 될,
> 망치로 후려치고 때릴수록 일어서는 두더지 대가리 같은,
>
> 피는 꽃도
> 차마
> 못
> 볼.
>
> —이종문, 〈고백〉 전문

이 작품의 양식적 원형은 평시조 2수가 연결된 연시조인데, 실제 작품에서는 시조의 양식 단위로 연 갈이를 하지 않고 둘째 연을 다시 분할하여 종장의 바깥 구를 독립 연으로 함으로써 전체를 3연으로 처리

한 독특한 연 구성을 하고 있다. 거기다 행갈이는 보다 복잡하여 때로는 음보 단위 수준에서, 때로는 구 단위 수준에서, 때로는 장 단위 수준에서 다양하게 이뤄지고 있다. 그보다 특히 주목되는 것은 '꿈틀'이라는 하나의 어휘를 "꿈/틀"로 강제 분할하여 별개의 시행에 갖다 붙이는 파격적인 행갈이를 함으로써, 작품 안에서 강제 분리로 인한 충격으로 시선을 집중케 하는가 하면(거기다 고딕체로 표기하여 집중을 더욱 강화함), 종장의 바깥 구 마지막 음보는 "차마/못/볼"로 행갈이를 하여 기껏 한 음보를 이루는 하위 단위의 어휘를 행 단위로 격상시켜 행 말의 휴지와 분리를 통한 시각적 효과의 극대화를 꾀했다. 작품 내에서 의미비중을 그만큼 높인 것이다. 아울러 어휘단위의 잦은 행갈이로 하여 호흡을 짧게 가져감으로써, 그 반대의 긴 호흡(첫째 수의 중장 전체를 1행으로 처리한 것과, 둘째 수의 중장 전체와 종장의 안쪽 구를 합쳐 1행으로 처리한 것)과 극명한 대비를 이루도록 했다. 그로 인해 시조의 안정된 균형감이 깨어지고 그만큼 불안하고 복합적인 심리상태를 드러내주는 시적 형식으로 당위성을 얻고 있다.

이 작품에서 이러한 시적 형식은 봄이 되면 만물의 생동과 함께 자연스레 찾아오는 성적 욕망의 꿈틀거림(이를 춘정(春情)이라 함)이라는 충동과, 그것을 부끄럽게 여겨 제어하지 않을 수 없는 순수한 수오지심("티 없는 눈길로는 차마 못 볼"이라 함) 사이에서 시적 화자가 느끼는 갈등의 묘한 복합심리를 솔직 담백하게 고백(작품 제목)하는 데에 아주 적절한 의미생산을 이뤄내고 있다. 시조의 양식적 원형을 활용하여 이러한 불안정한 심리 고백을 탄력 넘치는 긴장감(행갈이와 연갈이의 효과에 의한, 짧은 호흡과 긴 호흡의 적정한 교체를 통한 팽팽한 줄다리기)으로 표출해낼 수 있는 시인의 형식 운용이 돋보이는 작품이라 하겠다.

그런데 이러한 행갈이와 연 구성의 파격성은 그것이 시조의 양식적 원형을 준수하는 범위 내에서 이루어진다는 점에서 정통형에서의 변화만 추구한 것이지 결코 '파탈'로 나아가지는 않았다는 점에서 변화형이라 지칭할 만하다. 그러므로 변화형은 시조의 상투적 관습성을 벗어나 현대적 미감과 심리적 복합성, 의미의 다층성을 부여하는 시적 형식으로 현대시조에서 더욱 주목되는 유형이라 할 수 있다. 다음의 사례가 그 점을 더욱 뒷받침해준다.

> 으능나무 가지마다 두레박 줄 걸어 놓고 참매미 떼로 와서 개울물을 퍼 올린다 퍼올려 목물을 한다
>
> 고요하구나
>
> 단애
>
> —박기섭, 〈대낮〉 전문

이 작품의 행갈이와 연 구성은 아주 유별나다. 평시조 1수에 해당하는 단시조를 3장 6구의 정통형에 따라, 혹은 약간의 변화를 주는 정도의 행과 연 배분을 하지 않고 시조 율격모형의 기대와는 너무나 어긋나게, 정말로 엉뚱하고도 기발하게 시행발화를 내보이고 있기 때문이다. 즉 초장과 중장을 장 구분 없이 한 행으로 길게 이어 붙여 긴 호흡으로 가져가는 것도 모자라 종장의 둘째 음보까지를 하나의 행으로 처리하면서 그 자체를 독자적 연으로 구성해 놓고, 이어서 종장의 바깥 구를 이루는 제3음보와 제4음보를 독자적 행이자 연으로 독립시켜 장이나 구의 구조에서 별도로 격리시켜 놓았다. 그리하여 작품의 특정한 단어("고요하구나"와 "단애")를 완전히 노출된 위치에 갖다 놓음으로써

그 의미 비중을 극대화 하고 있다. 이로 인해 "고요하구나"라는 작품 속의 정적의 분위기가 유난히 강조되고, "단애"라는 깎아지른 천길 벼랑이 또 하나의 막대한 의미 비중을 가지고 '대낮'(작품 제목)의 意象(image)을 구성하고 있는 것이다. 그 의미 비중의 정도는 연 구성의 의도적 배분으로 보아서 상대적으로 엄청나게 긴 호흡으로 표출한 첫째 연과 대등한 무게를 갖는 것으로 파악된다.

그리하여 이 작품은 대낮의 이미지를, ①개울가 으능나무 가지마다 떼로 몰려와서 시끄럽게 울어대는 매미소리(그 소리를, 한여름 뜨거운 대낮이라는 시간과의 연관적 상상력을 발휘하여 매미 떼들이 두레박으로 개울물을 퍼 올려 목물하는 소리로 형상화 하는 '미적 상상력' 또한 참신하고 놀랍다), ②고요함, ③단애라는 세 가지 구성 요소로 대등하게 배치하고, 이 세 가지 이미지가 서로 유기적인 긴장의 의미 연관을 갖도록 행과 연 구성을 함으로써 작품을 시조 양식의 관습적인 운율화를 따라 읽어내길 거부하고 새로운 의미생산적 율동화로 읽어줄 것을 주문하고 있는 것이다.

그런 점에서 매미의 시끄러운 울음소리가 대낮의 일상적 풍경이라면 그 울음소리가 시끄러우면 시끄러울수록 고요함이 더욱 생동하는 의미를 갖는 것이고(실제로 매미소리가 엄청나게 시끄럽다는 것은 그만큼 고요하다는 것을 반증하는 것이다. 고요할수록 매미소리는 더 시끄럽게 들릴 테니까), 그 시끄러움과 고요함의 대조적인 낙차— 그 엄청난 낙차의 크기를 단애(천길 벼랑의 깎아지른 낭떠러지)라는 한 단어에 집중하는 이미지의 집약과 완결을 이룸으로써 행·연갈이를 통한 시조 양식의 관습성을 벗어나 미적 긴장력을 최고조로 끌어올리는 참신성을 획득하고 있다. 고요함과 시끄러움의 대조적 환기가 조성하는 미적 긴장

력, 그것을 뒷받침하는 행과 연의 대조적인 배분(첫 연의 엄청나게 긴
호흡, 둘째 연의 엄청나게 짧은 호흡, 셋째 연의 극단적인 짧은 호흡), 그것
을 한 단어("단애")로 집약하여 완결하는 그 시적 형상력이 참으로 경
이로울 정도로 탁월하다.

끝으로 행·연갈이를 통해 **시각적 회화미**를 최우선으로 삼는 시도가
있어 주목된다. 다음 작품이 그 모범적 사례에 든다.

애
　비가
　　준 이름
　　　석자 받
　　　　침붙여 읽
　　　　　지 못해도
　　　　　제 속살 다
　　　　　파내어 자
　　　　　식한테 바
　　　　　친 어머니,
　　　　굶을라
　　　　고뿔이
　　　　들라 창
　　　을 몰래
　　기웃
　　대
　네

－민병도, 〈그믐달〉 전문

이 작품을 시조 율동모형으로 재편하면 "애비가 준/ 이름 석 자/ 받
침 붙여/ 읽지 못해도// 제 속살/ 다 파내어/ 자식한테/ 바친 어머

니,// 굶을라/ 고뿔이 들라/ 창을 몰래/ 기웃대네.”라는 단시조가 된
다. 그런데 이 작품의 행갈이가 그믐달의 도형을 그려내는 데 진력함
으로써 시각적 회화미를 가장 중심에 두고 있지만 그 그믐달 형상이
자식을 위해 허리가 휘도록 희생하는 어머니의 사랑을 표상한 것이라
는 점에 눈길을 돌리면 그믐달 이미지는 새로운 의미의 울림으로 다가
온다. 착안이 기발하여 참신한 개성을 보인다. 그러나 대부분의 이런
작품들은 작품의 시적 어조나 분위기를 전혀 고려하지 않고 오로지 시
각적 도형의 기계적 형상화에만 진력하고 있어 의미생산적 울림으로
기능하지 못한다는 문제점이 있다.

4. 양식적 원형의 창조적 표출 : 파탈형

오늘을 사는 현대는 규범적인 것보다 창조적이고 개성적인 것이 강
조되고 환영받는 시대라 할 수 있다. 따라서 시조의 양식적 원형이 아
무리 민족적 차원에서 향유되고 중대한 의의를 지니는, 다시 말해 민
족의 감성을 담아내는 민족적 형식이 되어 오늘에 이른 가장 자연스럽
고 친숙한 양식이라 하더라도, 그 양식모형을 아무런 개성없이 무조건
순응하는 것만이 우리 시의 미래를 보장한다고 고집할 수는 없다. 그
리하여 그런 민족적 형식의 파탈로서 자유시가 즐겨 요구되었듯이, 시
조라는 견고한 양식을 향유하는 범위 내에서도 때로는 파탈의 자유로
움이 요구된다고 할 수 있다. 이제 여기서는 이처럼 시인의 창조적 개
성이 보다 적극적이어서, 시조의 형식규율을 따르되 예술성의 고양을
위해 시행발화를 정통형에 변화를 주는 정도에 머물지 않고 아예 시적
양식의 변화나 절주의 변주효과까지 활용하는 경우를 살펴보기로 한

다. 이런 유형은 시조의 양식적 원형을 파탈하는 지경까지 나아가는 경우이므로 시인의 창조적 표출이 가장 강하게 작용한 **파탈형**이라 명명할 수 있다. 그 구체적인 사례를 살펴보자.

> 1
> 맴돌다
> 감기다가
> 뱅, 뱅, 맴돌다 슬리는
>
> 차지도 뜨겁지도
> 그 중간도 아주 아닌
>
> 그을려 그을려서 된
> 봄…… 꽃……
> 환한
> 그런 꿈.
>
> 2
> 비로소 깨달았네. 회한을 꼭 닮은 것.
> 섧어서 별리가 섧어 화석이 된 공기여.
>
> 3
> 숲에 살자. 갈밭은 싫리?
> 별이 쏟아지는 밤이면 아무 데믄 어떻누?
>
> 목숨을 빚을 무렵에 으레 서리는 촉루.
> -한분순, 〈연기(煙氣)의 추상(抽象)〉 전문

 이 작품은 시인이 번호를 붙여 놓은 대로 3수의 평시조가 잇달아 연속된 연시조 형식을 택한 것이다. 그러면서도 시작(첫째 수)과 마무리

(셋째 수)는 비록 정통형은 따르지 않았다 하더라도 시조의 양식적 원형을 따라 개성적 표출을 보인 변화형으로서 작품의 예술적 고양을 시도한 것으로 보인다. 그러나 작품의 중간(둘째 수)에서는 초장에 이어 중장 없이 곧바로 종장으로 작품을 완결하는 이른바 양장시조 형태를 띠는 파탈을 보여주고 있어 그만큼 창조적 개성이 적극적으로 드러난 것이라 하겠다. 이처럼 시조의 양식적 원형을 받아들이되 파탈이 야기하는 아름다움을 한번쯤 생각하게 되는 것도 개성적 욕구의 측면에서는 자연스럽다 할 것이다. 문제는 이런 파탈이 작품의 유기적 긴장미 조성에 얼마나 필연성을 확보한 것이냐가 관건이 되고, 또 그런 파탈이 시조의 정체성마저 위협하는 정도인가에 달려 있다.

이 작품에서 시적 화자는 연기가 그려내는 형상적 이미지를 때로는 맴돌기도 하고, 때로는 감기기도 하고, 때로는 스러지기도 하는 자유로운 속성을 가진 "환한", "꿈"으로 이루어진 "봄꽃"으로 추상해 내고 있다. 그러나 그러한 자유로움과 환함의 이면에는 굴뚝이라는 보금자리를 떠나야 하는 너무도 서러운 "별리"의 아픔과 그에 따른 "회한"이 자리하고 있다. 누구나 한번쯤 경험해 보는 예사로운 별리가 아니라 생명을 잃고 "화석"이 될 정도의 그런 극단적 회한의 별리로 말이다. 보금자리와의 별리 다음에는 부득이 어딘가로 정착할 곳을 찾아야 하는데, 어차피 보금자리를 떠난 이상, 숲이면 어떻고 갈밭이면 또 어떨까. 잠자리 할 수 있는 "아무 데믄"이라는 자포자기의 암담한 미래만 있을 뿐이다. 그런데 이런 서러운 별리의 회한과 자포자기의 극단적 처지에 몰린 "연기"는 이제 자기의 목숨을 다하고 새로운 생명으로 태어나야 할 순간을 맞게 되고 그 지점에서 연기는 늘상 방울져 엉기는 "촉루"(촛농 : 초의 눈물)의 형상이 된다고 진술함으로써 연기의 실존적 고뇌와 존재의 허무를 말하는 것으로 마무리한다.

　문제는 이러한 연기의 존재론적 허무가 주는 추상을 시적 형식으로 형상화하는 방법에 있어서 그것이 얼마나 의미 생산적 율동화로 나아가 유기적 긴장미를 확보해내었느냐에 시인의 역량이 달려 있다. 그런 점에서 이 작품에서는 아주 적절하고도 탁월한 행갈이와 연 구성의 변화를 보여주고 있음이 주목된다. 먼저 첫째 수에선 유별나게 잦은 행갈이를 보여주고, 둘째 수에선 초장에서 곧바로 종장으로 넘어가는 파탈의 형식을 보여주고, 셋째 수에서는 마지막 종장을 아예 독립 연으로 잡아 그 의미의 비중을 유별나게 높이고 있다. 왜 이런 시적 형식을 취했을까? 이런 형식적 변화가 필연성(당위성과 정합성)을 획득하고 있는가?

　우선 첫째 수에서 잦은 행갈이는 굴뚝이라는 보금자리를 차마 떨치지 못하고 떠나야 하는 연기의 불안정한 내재 정감을 효과적으로 그려내는 데 기여하고 있어 정합성을 얻고 있다. 그리고 둘째 수에선 화자의 정감적 파고가 가장 절정으로 치닫고 있는 지점이 되므로(회한이고, 섧고 또 서러운 별리의 감정이기에) 그러한 절정의 정감을 시조의 3장 구조라는 안정된 호흡으로 가져가기보다 초장에 이어 종장으로 곧바로 완결하는 '파탈'의 호흡으로 묘파해내는 것이 더욱 섬세한 감성의 결을 드러내는 데 그 당위성을 획득한다고 볼 수 있다. 그리고 마지막 수에서 종장이 갖는 역할은 자체 연(셋째 수) 내의 완결 기능으로 그치는 것이 아니라 작품 전체의 시상 전개를 최종적으로 완결하여 마무리하는 총결부에 해당하므로 셋째 수와 분리하여 독자적 연으로 배분한 것이 당위성을 얻는다. 그리하여 작품의 주제에 해당하는 '연기의 존재론적 허무'를 마지막 작품 연에서 단 하나의 단어—"촉루"로 수렴해내는 솜씨가 탁월하다 아니 할 수 없다. 이렇게 고답적인 틀을 벗어나

정감의 다채로운 움직임을 따라 다기한 시적 형식의 변화를 보이고 파
탈로까지 나아간 것은 시인의 창조적 개성이 보인 탁월한 역량이 함께
할 때 빛이 난다.

　그러나 여기서 유념할 것은 둘째 수에서, 시조의 정체성이라 할 3장
구조 체계를 무너뜨리고 2장으로 완결한 것은 아무나 흉내 내도 무방
한 권장사항은 아니다. 다만 그러한 시도가 특수한 환경에서 용납될
수 있는 것은, 고시조의 향유에 있어서도 시조를 편가(篇歌)로 엮어 향
유할 때, 처음에는 규범을 지키는 점잖은 곡으로 시작하여 흥이 고조
에 이르면 파탈의 곡으로 가다가 마무리는 다시 규범적인 곡으로 돌아
오는 그런 구조와 대응되는 면이 있으므로 이 작품과 같이 중간에서의
파탈 정도는 허용되는 것으로 이해되어야 할 것이다.

　다음에는 보다 극단적인, 시조의 정체성을 위협하는 파탈로까지 나
아간 경우를 살펴보자.

　현대시조에서 사설시조의 이러한 양식적 개방성을 가장 적극적으로
공감하고 시단의 선두에서 그것을 이끌어 가는 이가 윤금초임은 누구
나 인정하는 바다.

　　　지느러미를 나풀거리는, 기력 풋풋한 아침바당
　　　고기비늘 황금 알갱이 노역의 등짐 부려놓고
　　　이어도, 이어도 사나, 이어도 사나, 이어 이어……

　　　퉁방울눈 돌하루방 눈빛 저리 삼삼하고
　　　꽃멀미 질펀한 그곳, 가멸진 유채꽃 한나절.

　　　바람 불면 바람소리 속에, 바당 울면 바당 울음 속에
　　　웅웅웅 신음 같은, 한숨 같은 노랫가락 이어도 사나 이어도 사나

아련히 바닷바람에 실려 오고 실려 가고.

다금바리 오분재기
<u>이어도 사나, 이어도 사나</u>
상한 그물 손질하며
급한 물길 물질하며
산호초 꽃덤불 넘어,
캄캄한 침묵 수렁을 넘어.

자갈밭 그물코 새로 그 옛날 바닷바람 쏴쏴 지나가네.
천리 남쪽 바당 밖에 꿈처럼 생시처럼 허옇게 솟은 피안의 섬, 제주 어부 노래로 노래로 굴려온 세월 전설의 섬, 가본 사람 아무도 없이 눈에 밟히는 수수께끼 섬, 고된 이승 접고 나면 저승복락 누리는 섬, 한번 보면 이내 가서 오지 않는, 영영 다시 오지 않는 섬이어라.
<u>이어도, 이어도 사나, 이어도 사나, 이어 이어…</u>

밀물 들면 수면 아래 뉘엿이 가라앉고
썰물 때면 건듯 솟아 푸른 허우대 드러내는
방어빛 파도 헤치며 두둥실 뜨는 섬이어라.

마른 낙엽 몰고 가는 마파람 쌀쌀한 그해 겨울
모슬포 바위 벼랑 울타리 없는 서역 천축 머나먼 길 아기작 걸음 비비 닥질 수라의 바당 헤쳐갈 때 물 이랑 뒤척이며 꿈결에 떠오른 <u>이어도 이어도</u>, 수평선 훌쩍 건너 우화등선 넘어가 버리고
섬 억새 굽은 산등성이 하얗게 물들였네.
　　　　　　－윤금초, 〈이어도 사나, 이어도 사나〉 전문(밑줄은 필자분)

　이 작품은 시조의 완강한 양식적 규범성을 여러 면에서 뒤틀고 흩트리면서 그 양식이 실험할 수 있는 모든 가능성을 시도해 보인, 요즘

말로 표현하면 엣지 있는, 정말로 유별난, 여러 양식의 혼합체로 구성
되어 있다. 평시조를 기본으로 하는 단시조나 연시조의 안정과 균형,
완결과 절제의 미학은 물론이고, 사설시조의 절도 있는 일탈마저도 넘
어서는 시적 형식을 보이고 있어 파탈도 이만 저만한 파탈이 아니다.

  그러나 전혀 엉뚱한, 시조의 정체성을 완전히 벗어서는 파탈은 아니
라 볼 수 있다. 평시조와 엇시조, 사설시조가 하나의 제목 아래 연결되
어 있다는 점에서는 고시조에서 고응척의 연작시조(〈대학장구〉 25수)
를 현대적으로 계승하고 있다 할 수 있으며, 그것과 다른 점은 고시조
형식에 없는 양장시조를 포함하고 있다는 점과, 여러 수의 작품이 개
별성을 가지며 느슨하게 연속되는 '연작 시조'가 아니라 7수의 작품이
긴밀한 연계성을 보이며 전체를 하나의 작품으로 통합해낸 '**혼합 연시
조**'라는 것이다. 이 또한 고시조에서도 무려 40수의 작품을 〈어부사시
사〉라는 하나의 작품으로 유기적 긴밀성을 갖도록 통합해낸 윤선도의
뛰어난 시도가 있어서 전혀 낯선 것은 아니다. 더구나 윤선도의 경우
그 많은 작품을 통합해내는 힘이 "이어라 이어라", "지국총 지국총 어
사와" 같은 후렴구(여음)에 있듯이, 이 작품 또한 "이어도 이어도", "이
어도 사나"라는 후렴구 혹은 여음구가 연의 연계성을 탄탄하게 구축하
는 힘이 되고 있다.

  그뿐만이 아니다. 이러한 여음구를 시조의 종장으로 처리하는 과감
한 시도는 고시조인 이정보의 다음과 같은 사설시조 작품에서도 확인
된다.

  믈 아러 사공(沙工)/ 그 믈 우희 沙工/ 그 놈드리 삼사월(三四月)/ 전세
  대동(田稅大同) 실나갈직//

　　일천석(一千石) 싯는 대중선(大中船)을 자괴다혀 쑤며너여 오색실과(五
色實果) 머리 ㄱ즛것ㄱ초와 노코/ 적(笛)함율(簫) 무고(巫鼓)를 둥둥치며
오강(五江) 성황지신(城隍之神)과 사해(四海) 용왕지신(龍王之神)끠 손
고초와 고사(告祀) 홀지/ 전라도(全羅道)라 경상도(慶尙道)라 울산(蔚山)
바다 나주(羅州)바다 칠산(七山)바다 휘도라셔 안홍(安興)목 손돌(孫乭)목
강화(江華)목 감도라 들지/ 평반(平盤)에 물담드시 만경창파(萬頃蒼波)를
ㄱ는 덧 도라오게 <u>고소러 고소러</u> 소망(所望) 일게 ᄒ오소셔//
　　이어라/ 저어라 비 씌여라/ 지국총(至菊悤) ᄒ고/ 나무아미타불(南無阿
<u>彌陀佛)//</u>

　　또한 중장의 사설 속에 기원을 담은 소망의 언표(밑줄 친 부분)를 반
복적으로 포함하고 있는 점까지 꼭 닮아 있다. 이처럼 현대시조에서
시조 양식 실험의 첨단을 걷고 있는 시인에게서까지 옛시조의 모습을
찾을 수 있다는 것은 그의 심층에 잠재되어 있는 전통적 요소가 자연
스럽게 현재화되어 표출된 것으로 보아야 할 것이다.

　　윤금초 시인의 작품은 어부의 신산하고 고단한 삶과 그럴수록 이상
향(이어도로 형상되는)을 꿈꾸는 그네들 전설 사이의 극복할 수 없는 간
극을 평시조, 양장시조, 엇시조, 사설시조라는 다양한 양식에 담아 아
름다운 색깔의 스펙트럼으로 처리했다는 점에 그 탁월한 역량이 내재
되어 있다 하겠다. 다만 이와 같은 다채로운 시적 형식의 시도는 극소
수의 대가만이, 그것도 어쩌다 한 번씩 보여줄 때 참신하고 개성적인
것으로 평가받을 수 있는 것이므로 모방은 절대 금물이다. 시조는 그
정체성을 지켜나갈 때 아름다운 것이고, 절대다수는 안정된 형식 모형
을 고수해야 모처럼의 이러한 변혁의 시도가 돋보일 수 있기 때문이다.

시조 형식의 절주와 종장 운용의 방향

1. 시조의 서정성과 형식규율의 질서

시를 시답게 하는 가장 중요한 본질은 말할 것도 없이 **형식**에 있다. 여기서 시란 시인의 정서를 담아낸 서정시를 의미하는 개념으로 한정하며, 그것과 장르나 속성을 전혀 달리하는 서사시나 극시는 제외한다. 서정(抒情)에서의 '抒'와 서사(敍事)에서의 '敍'는 둘 다 '펼 서'여서 어떤 것을 펼쳐낸다는 뜻이 있지만 그 방향은 정반대의 함의를 갖는다. 즉 서정은 마음 깊은 곳에 솟아나는 정감을 물 길어 올리듯이 끌어올려 세련된 언어에 담아 주제를 표출한다면, 서사는 사건의 흐름을 따라 순차적으로 잇닿아 벌려놓아 기술함으로써 주제를 표현한다. 그래서 서정은 그 펴는 방향이 수직적이라면, 서사는 수평적이 된다. 서정의 '서(抒)'를 '물 길어 올릴 서(급출(汲出))'나 '풀 서'로 풀이하는 것도 이 때문이다.

이런 연유로 서정은 마음속에 솟아나는 정감을 끌어올려 펼치되 그 펴는 방법은 시적 정서가 유동하는 속도, 즉 정감을 풀어내는 **절주**에 맞추어 언어적 표현 곧 시행발화(시적 형식의 발화)로 펼쳐내야 하는 것이다. 람핑이 서정시를 일러 '시행을 통한 발화'라고 간명하게 정의한 것도 여기에 근거를 두고 있다. 마음속에 유동하는 정감의 속도를 내 **재절주**라 한다면, 이것에 맞추어 의미를 담은 언어로 형상화하면 시가 되는 것이다. 따라서 시란 내재절주에 맞춘 언어적 표현이라 말할 수 있는데, 이는 시를 "음성과 의미의 조화적 통일체"라고 정의하는 것과 도 상관된다. 즉 '음성'은 내재절주에 바탕한 시인의 음악적 미감 곧 '율동'의 드러남이고, '의미'는 그러한 절주에 담은 시인의 세계인식 혹 은 이념에 해당하는 것이어서 한편의 시가 얼마나 감동을 주는 메시지 가 되는가는 그 내적절주의 율동과 의미가 얼마나 조화적 통일체 혹은 긴장의 유기체로 살아 움직이느냐에 달려 있게 된다.

그러나 율동은 파도의 모양과 속도만큼이나 무한히 다양한 흐름이어 서 그 율동에 어떤 '등가적 규칙성'과 그것의 '반복성'에 의한 운(rhyme) 이나 율(meter)이 가해져서 모형화 한 운율(prosody)로 드러날 때 산문 율동과는 다른 시적 율동이 살아나는 것이다. 물론 여기에는 운율적으 로 엄격하게 통제된 근대이전의 정형시뿐만 아니라, 운율적으로 통제되 지 않으면서도 '휴지(pause)를 통한 율동을 지닌 시행발화'로 된 근대 자유시나 현대의 실험적 형태인 전위시까지 모두 포괄되는 것이지만, '등가적 운율자질의 규칙성과 반복성'에 의한 정형률의 미감은 시로 하 여금 음악적 미감의 절정에 이르게 하는 것이다. 아니 그러한 음악적 미감에 그치는 것이 아니라 시에 담긴 인식이나 의미 내용을 윤기 있게 채색하고, 분산되지 않는 완정성을 갖게 하며, 의미의 단위들이 공간적 으로나 시간적으로 아름다움을 갖도록 하는 미적장치로 운율이 기능하 는 것이다. 만약 시에서 운율 장치나 형식적 규율이 없다면 시는 흐트러 져 혼란스럽게 되는 것이다. 운율이 있으므로 앞의 구절이 다음 구절에 연결되며, 또한 앞 구절을 연상하게 하고, 생각의 덩어리나 이념을 서술하는 시가 공통적으로 '의미의 조화적 통일'에 기여할 수 있는 것이다.

그런 면에서 시조는 우리 민족의 감성을 담아내는 가장 아름다운 형식 절주를 가진 율동모형으로서 수백 년을 가꾸어 온 민족시의 대표적 양식이라 할 수 있다. 그렇게 된 근거를 시조의 독특한 운율 양식과 그것이 구현하는 미학을 통해 확인해 볼 수 있다(이에 대해서는 다음 장에서 상론하기로 한다). 다만 시조는 3장으로 완결되는 짧디 짧은 형식에다 엄격한 정형률을 갖추고 있어서 시적 자아의 다면적인 정서나 자유분방한 감성을 담아내기에는 너무 작거나 부적절한 그릇일 수 있는 것이다. 특히 삶의 치열성이 격렬할수록, 시적 감수성이 예민할수록, 내면의 정서가 복잡다단할수록, 시조의 통제되고 정제된 형식규율은 이런 방면으로 열려 있는 시적자아의 무한의지를 표출하기에는 구속이고 감옥일 수 있는 것이다. 자유시는 이런 시적 욕구를 충족하기 위해 산생된 근대적 양식인 것이다. 따라서 자유시는 우리 근대문학사에서 흔히 잘못 설명하듯이 서구에서 일방적으로 수입된 것이 아니라 우리 시문학사의 전개에서 필연적으로 요구되는 시적 형식이었음을 알 수 있다.

그러나 근대 자유시는 이러한 시적자아의 격렬하고 분방한 감정을 여과 없이 드러내기에는 적절하다 할지 모르겠으나 그 현란한 분방함이 오히려 혼란과 무질서를 야기하여 향유층이 쉽사리 다가갈 수 없는 거리감을 자초하게 되고, 나아가 독자로부터 소외되는 단초가 되었던 것도 부인할 수 없는 사실이다. 그리하여 격렬하고 거칠고 복잡다단한 정서를 절제와 균형으로 다스려 질서를 부여하는 시조의 정형률이 다시 요청됨으로써, 오늘의 현실적 상황의 혼돈과 무질서를 치유하고 병든 영혼을 위무하는 시적 형식으로 문학사에서 다시 중요한 자리 매김을 하게 된 것이다.

자유시의 이러한 격렬하고 불안정한 내적 충동을 시조의 유장하고 안정된 질서미로 다스린 구체적인 사례를 이호우의 작품에서 찾아볼 수 있다. 그는 자유시를 실제로 발표하지는 않았지만 그의 시작(詩作) 노트에는 자유시를 썼음이 확인되는데 그 중에서 〈휴화산〉이란 작품이 우리의 주의를 끈다.

① <u>무연(憮然)히 눈감고 앉아 있음은</u>
　불길을 잊었음이 아니요
　다만 <u>퇴색(頹色)한 하늘이</u>
　<u>터뜨려 보기 아까워 섬이로다.</u>

② <u>태초(太初)의 하늘 폭풍(暴風)같은 휘파람에</u>
　<u>젊은 태양(太陽)은 휘잉 휘잉 소리해 달리고</u>
　<u>싱싱한 생명(生命)들이 번쩍 고개 들고 살아</u>
　<u>내 가슴에 송두리째 불꽃으로 탔노라.</u>

③ <u>모든 얼굴과 숨결 뜨겁기만 하고</u>
　<u>모든 소리와 빛깔 밝기만 하여</u>
　<u>나고 자고 또 죽음함이</u>
　<u>똑바로 저로 꾸김없는 날</u>

④ <u>머언 훗날이라도 좋다</u>
　<u>아니 올지도 모를 날이래도 좋다</u>
　<u>아주 올 리 없는 날이래도 좋다</u>
　<u>그러나 기다려 나는 잊지 못하리로다.</u>

　　　　　　－이호우, 〈휴화산〉 전문(단락 번호와 밑줄은 필자분)

　이 작품에서 우선 주목되는 것은 각 음보의 음지속량(모라수)이 등가성을 가지면서 규칙적인 반복을 보이지 못하고 들쑥날쑥하여 극도의 무질서를 보이는 **자유율**로 표출되고 있다는 점이다. 필자가 밑줄로 음보단위를 끊은 데서 확인할 수 있듯이 1음절에서 7음절에 이르기까지 자유분방하게 드러나 있는 것이다. 그 까닭은 지금은 멈춰 있지만 언제 다시 옛날처럼 송두리째 불꽃으로 타오를지 모르는, 아니 타오를 날이 끝내오지 않을지도 모르는 휴화산의 이미지가, 불타는 내적 정열을 끝내 뜨거운 불꽃으로 분출하지 못하고 묵묵히 안으로만 삭이는 시적 자아의 내면세계와 맞물리면서 그가 갈구하는 내적 욕구와 불안정한 심리상태를 아무런 제어 없이 표출하다보니 무려 16행에 이르는 이런 자유시가 되었을 것이다.

　거기다가 그런 불안정한 욕구와 끓어오르는 열정은 3음보격 중심의 안정되지 못한 율동의 흐름을 타고 내적 정감의 속도에 맞추어 표출되고 있어 시인의 정서가 얼마나 격앙되고 긴박되어 있는지를 확인할 수 있다. 3음보격은 중간휴지의 실현 없이 긴 주기를 빠른 호흡으로 진행하는 율동적 긴박감을 보이는데다 음보의 수가 홀수인데서 오는 구조적 안정감의 결여를 보이는 율격양식이어서, 생각이 차분히 가라앉지 못한 정서를 담아내는 데 적절하기 때문이다.

　그리하여 시인은 열정과 욕구로 충만한 이런 작품에 만족하지 못하고 마침내 자신의 내면정서를 가다듬어 다음과 같은 시조의 아담한 항아리를 빚어낸다.

　　일찍이　천(千) 길 불길을
　　터뜨려도　보았도다

끓는 가슴을 달래어
자듯이   이 날을 견딤은

언젠가 있을 그 날을 믿어
함부로ㅎ지 못함일레

   −이호우, 〈휴화산〉 전문(밑줄은 필자분, 이하 음보단위 밑줄은 동일함)

앞서 자유시에서 16행에 걸치는 격정적인 시상을 3음보격에 가까운 자유율에 맡겨 4단 구조(기승전결)로 방만하게 표출하던 것을, 여기 시조에서는 그 분출하는 정서를 2음보 대응의 안정적이고 유장한 4음보격으로 차분히 가라앉혀 3단 구조(초-중-종장)로 압축하여 새롭게 재편함으로써 비로소 격앙되고 혼란된 정서를 다스릴 수 있었던 것이다(다만 워낙 격정적이었던 정서라 중장에서 6음절의 '작은 파격'은 그 반영으로 보임). 그리하여 시조의 3장(자유시의 3행) 분량이 자유시의 16행 분량을 온전하게 감당해냄으로써 훨씬 더 정돈되고 의미의 함축과 생략에서 오는 여백의 미감이 한층 돋보이게 할 수 있었다. 그 방법은 자유시의 ②단락을 시조의 초장으로 압축하고 ①단락과 ③단락을 통합하여 중장으로 정리하고, ④단락을 요약하여 종장으로 완결한 것임이 두 작품의 대비를 통해 드러난다.

이처럼 시조는 혼란되고 격앙된 정서를 다스려 4음 4보격의 균형과 안정된 율조를 바탕으로 초-중-종장의 3장으로 짧게 압축하여 깔끔하게 정리해서 완결하는 시적 형식을 그 특성으로 한다. 이러한 형식 장치의 목적은 쉽게 기억하고, 쉽게 이해하며, 쉽게 노래하고, 감동적인 청취가 짧은 순간에 가능하도록 하는 시적 전략에 있다. 앞의 두 작품에서 드러나듯 시조는 비교적 기억하기 쉽고, 이해하기 쉬우며,

우리의 심금을 울릴 수 있는 감동적 율동이 배어 있지만, 자유시는 감정의 분출을 자유롭게 하는 득이 있는 반면 그것이 정채로운 운율 장치에 실리지 못한 탓에 시의 생각들이 어지럽게 분산되는 느낌을 받을 뿐 아니라 감응과 기억하기가 쉽지 않다는 단점을 가지는 것이다.

2. 시조 형식의 절주와 종장 운용의 묘(1)

시조의 이 같은 특장을 살리면서 종장 운용의 묘를 기하려면, 우선 시조의 서정성의 원천과 미학적 원리를 알아야 하고, 그러기 위해서는 시조의 형식규율과 운율장치의 미적 효과를 이해해야 한다. 잘 아는 바와 같이 시조가 갖는 형식규율과 정형률의 미학은 자수율이냐 음보율이냐의 시비를 거친 끝에 다음과 같이 음량률로 설명되면서 확고히 규정되기에 이르렀다.

초장	4	4	‖	4	4·········· 앞구와 뒷구의 '균형'의 미학
중장	4	4	‖	4	4·········· 앞장의 '반복'의 미학
종장	3	4+4	‖	4	4·········· 앞구에 변화를 주는 '전환'의 미학

·········· 3장으로 시상을 완결하는 '절제'의 미학과 4음 4보격에 의한 '유장'의 미학

※ 표에서 4는 음절수가 아니라 음량의 크기(mora수)임

시조는 아무리 복잡다단한 생각이나 감정의 덩어리를 표현한다 하더라도 이처럼 극히 짧은 3장으로 전체 시상을 압축하여 완결하는 고도의 서술 억제에 의한 절제의 미학을 핵심으로 한다. 거기다 각 장은

4모라의 음지속량을 갖는 등가적 음보를 4개의 음보에 실어 규칙적으로 반복하는(이를 4음 4보격이라 함) 정형률을 가지되, 초장의 4음 4보격을 중장에서 완전 동일하게 되풀이함으로써 반복의 미학을 구현하도록 함과 동시에 앞 장과의 서술의 연속성을 갖도록 뒷받침해준다. 그리고 앞의 두 음보(앞구 혹은 안쪽구라 함)와 뒤의 두 음보(뒷구 혹은 바깥구라 함)를 2음보 : 2음보로 대등한 평형을 이루도록 하여 크기와 질에서 완전히 같은 비중을 갖게 함으로써 감정을 가지런히 정돈하고 어느 한 쪽으로 치우치지 않는 균형의 미학을 구현하도록 한다. 또한 각 장은 앞구 다음에 중간휴지가 오고 뒷구 다음에 행말 휴지가 옴으로써 2음보격 두 개가 서로 호응하면서 결합된, 길고 유연한 유장의 미학을 갖도록 한다.

그리고 시상을 마무리 하는 종장에서는 앞장의 운율을 그대로 반복하지 않고 운율에 변화를 주어(4음 4보격이 아닌 변형 4보격으로) 전환의 미학을 실현하도록 한다. 그 방법은 종장의 첫마디를 음량률의 규율에서 벗어나 반드시 3음절로 고정하여 자수율을 따르는 운율적 전환을 보이고, 둘째 마디에서는 2음보의 결합 형태를 띠는 과음보로 실현함으로써 초-중장의 등가적 반복에 이어 종장으로까지 연속하려는 운율적 관습을 일거에 차단해버림으로써 시상의 마무리가 가능하도록 하는 완결의 미학을 아울러 구현한다. 따라서 시조 형식에 운용되는 운율상의 규칙성은 종장의 첫 음보에만 '글자수의 정형성'이 적용되고, 나머지 모든 음보는 '음보 크기(음지속량)의 정형성'이 적용됨을 유념해야 할 것이다. 그리고 종장의 둘째 음보만은 심층에 두 개의 음보가 결합된 형태를 띠므로 글자 수는 최소 5음절에서 8음절까지 올 수 있는 과음보로 실현되며 그것을 넘어서면 '파격'이라 할 수 있다. 그리고 나머지 모든 음보는 4모라로 실현되는 것이 표준이지만 5모라(5음절 크기)까지는 정격으로 간주할 수 있다. 우리 국어의 적절한 발화 범위로서 음보의 양식화 범위는 2모라에서 5모라까지 한정되어 수행되므로 한 음보를 형성하는 음절량의 범위는 5음까지로 보면 된다. 따라서 시조의 일반 음보인 4음격에서 1음이나 혹은 6음에서 9음까지는 한 음보를 구성하기에는 너무 큰 무리가 오므로 파격으로 보아야 한다.

　그러나 시조가 이같이 정채롭고 완정한 형식규율을 갖추었다 하여 그러한 외형적 형식과 운율장치가 시적 감동을 무조건 보장해주는 것은 아니다. 시조에서 절주와 운율을 이처럼 정식화하고 규범화하는 것은 사람의 정서적 율동의 생동적이고 자유적인 본질을 원칙적으로 위배하는 것이 되어 자칫 기계적이고 옹색하기만 한 낡은 장치가 되기 십상이다. 다음의 시조가 그러한 점을 잘 지적하고 있다.

1.
밤새도록 쓴 시조를
프린트해서 읽는데

3장 6구에 갇힌 말(語)들
썩은 냄새 풍긴다

정형은 늙은 옹관처럼
죽은 풍경을 담고 있다

2.
안과 밖의
경계를 넘나들며

제 맛을 우려낼 줄 아는

옹기 하나 빚고 싶다

안으로 열려 있는 공간
…… 속으로의 오랜 침잠(沈潛)

−장수현, 〈나의 시조론〉 전문

시조의 형식장치인 3장 6구가 썩은 냄새를 풍기지 않기 위해서는, 그리고 정식화되고 규범화된 정형률이 늙은 옹관처럼 죽은 풍경을 담아내지 않으려면, 이러한 외적 형식과 운율의 미감이 반드시 거기에 실린 의미내용과 필연적 호응을 이루어야 하는 것이다. 오직 시적 정서와 서로 결합된 운율만이 **살아 있는 운율**이 되어 썩은 냄새를 풍기거나 늙은 옹관이 되지 않는 것이다. 그러기 위해서는 시조의 형식 절주를 살리는 대우(對偶)나 대구(對句)의 적절한 운용이 언어의 표현력과 생동감을 엄청나게 증가시키고 선회적인 미와 정제의 미를 가져온다는 점을 활용해야 할 것이다. 즉, 시조 작품에서 앞구와 뒷구, 앞절과 뒷절, 장과 장 사이에 굴곡적이고 선회적인 독특한 의미구조나 미적구조를 이루도록 해야 역동적인 운율로 우리에게 다가올 수 있는 것이다.

그 구체적인 운용법은 시조의 절주에 실은 ①언어의 묘용(妙用), ②이미지의 절묘한 연속과 배치, ③의미구조의 선회와 굴곡 등을 활용하는 방법이 있다.

에워쌌으니 아아 그대 나를 에워쌌으니 향기로워라 온 세상 에워싸고 에워쌌으니 온 누리 향기로워라 나 그대 에워쌌으니

−이정환, 〈에워쌌으니〉 전문

이 작품을 시조의 절주를 따라 음보 단위와 구 및 장 단위를 따라

재편해 보이면 다음과 같은 형태여서 시조의 전형적 형식 규율을 잘 따랐음을 알 수 있다.(한 음보에서 2음에서 5음까지는 파격이 아님)

에워쌌으니 아아/　　그대 나를 에워쌌으니//
　향기로워라 온 세상/　에워싸고 에워쌌으니//
　온 누리 향기로워라/　나 그대 에워쌌으니///

　이처럼 시조의 형식규율과 율격관습을 비교적 엄격하게 지키고 있음이 드러난다. 그럼에도 불구하고 이 작품이 음보 단위는 물론 장 단위나 구 단위를 전혀 무시하고 마치 단 하나의 시행발화처럼 긴 호흡으로 잇달아 연속해 표출해 놓은 것은, 3장 6구를 죽은 풍경을 담은 늙은 옹관이나 썩은 냄새를 풍기지 않게 하기 위한 시인의 의도적 배려임을 작품의 정감적 분위기나 어조를 통해 알 수 있다. 즉 시적 자아는 "그대가 나를" 사랑으로 에워쌈으로 해서 맛보는 희열을, 초장에서 벅찬 감정으로("아아"라는 탄성이 저절로 흘러나올 정도로) 노래하되, 그 앞구와 뒷구를 "에워쌌으니"라는 사랑을 표현하는 핵심어로 시작과 마무리에 대우가 되게 배치함으로써 2음보의 대등한 평형으로 구와 구를 호응하게 하는 형식절주와 절묘하게 어우러져 '균형의 미학'을 생동감 넘치게 구현한다. 이어서 중장에서는 그 사랑의 희열이 그대와 나의 범위를 넘어 "온 세상을 향기롭게" 하는 고조된 사랑으로 다시 한번 강조해보여 줌으로써 '반복의 미학'을 구현해낸다. 끝으로 종장에서는 그러한 사랑의 희열을 맛보는 주체가 그대에서 나로 전환("그대 나를"→"나 그대")함으로 해서 수동적 사랑의 희열이 능동적 사랑의 희열로 바뀌고, 그대가 아닌 내가 사랑의 주체가 될 때 고조된 사랑은 비로소 참다운 "향기로운" 사랑으로 '완성'되어 승화된 사랑으로 되는 것(사랑은 받는 것보다 주는 것)임을 보여줌으로써 종장의 미적 기능인 전환의 미학과 완결의 미학을 동시에 구현하고 있다.

이 작품이 특별히 주목되는 것은 이 모든 사랑의 희열이 언어적 표현의 절묘한 배치와 운용으로 활성화되고 있다는 것이다. 즉 작품의 첫 시작과 마무리를 핵심어인 "에워쌌으니"라는 동일어로 배치하고, 그 사랑의 결과는 환희를 의미하는 "향기로워라"라는 한 단어로 압축해 표현하고, 나아가 그 향기로운 사랑의 주체가 '그대'에서 '나'로 역전될 때 비로소 향기로운 사랑이 완성된다는 단 두 마디 어휘의 적절한 운용을 통해 차원 높은 사랑의 의미를 보여준다는 점이다.

또한 작품이 **사랑담론**이면서도 '사랑'이란 어휘를 한 번도 직접 쓰지 않음에서 오히려 참다운 사랑의 의미가 무엇인지를 선명하게 보여주고, 음보 단위나 구 단위는 물론 장 단위의 경계까지 모두 무시하고 의도적으로 붙여 씀으로써 어휘 활용의 극치를 보여준다. 즉, 앞구의 뒷음보가 의미적으로 뒷구에 연속되는 효과(초장의 "아아"와 중장의 "온 세상"이 그에 해당)와 앞 장의 마지막 음보가 뒷장에도 의미적으로 연속되는 효과를 얻음으로써(초장과 중장의 "에워쌌으니"가 그에 해당) 형식 규율이나 율격관습상으로는 밀어내고 의미상으로는 끌어당기는 팽팽한 긴장과 굴곡의 효과를 얻음으로써 3장 6구가 낡은 옹관에 머물지 않고 장과 구의 "안과 밖의 경계를 넘나들며", "제 맛을 우려낼 줄 아는 옹기"로 다시 태어나는 시적 효과를 거두고 있다. 뿐 아니라 작품의 마지막 마무리를 첫 시작의 어휘와 동일어로 배치함으로써 종장의 마무리로 끝나지 않고 다시 초장으로 선회하는 효과를 얻게 하여 의미의 순환적 깊이까지 이뤄냈다.

이 모든 것이 대구나 대우의 활용을 바탕으로 한 **언어중심**의 교묘한 운용과, 형식의 경계를 넘나들도록 유도한 붙여 쓰기에 비밀이 숨어있는 것이다. 더불어 초장 첫 구부터 불안정한 리듬(4모라를 넘어 5음절로 실현)과 감정의 과잉("아아"라는 감탄사의 사용) 상태를 보이던 것이 종장에서 모두 진정되고 참다운 사랑으로 승화된 것도, 종장의 절주에 맞추어 안정감을 되찾은 그 운용 방식에 있다 할 것이다.

> 허리 가는 바람이 자꾸만 간지러워
> 뿔대 말간 달팽이 천천히 옮겨가고
> 장다리 푸른 꽃대엔 봄을 물고 앉은 새
>
> 낮달도 풀물이 든 여울목 한나절은
> 피부하얀 햇빛들이 레이스를 짜고 있다
> 호밀밭 지나서 오는 메아리도 은빛이다
>
> ─유재영, 〈여울목 한나절〉 전문

온통 '이미지의 연속'으로 직조된 이 작품은 앞의 작품보다 더 철저히 시조의 형식규율과 운율장치를 따르고 있다. 그럼에도 썩은 냄새나 죽은 풍경을 담고 있는 늙은 옹관이 아니라 제 맛을 우려내는 잘 빚은 항아리가 될 수 있는 것은 이미지의 절묘한 연속과 배치에 있다. 아니 각 마디나 구 혹은 장의 범주에 구축된 이미지들이 구 단위나 장 단위, 혹은 구와 장 사이 혹은 장과 장 사이를 넘나들며 곡절적이고 선회적인 화해를 이루면서 공간미와 시간미를 동시에 창조하는, 완정성에 가까운 아름다운 봄날의 여울목 한나절의 풍경을 멋지게 담아내고 있는 것이다.

이를테면 여기 등장하는 모든 사물들은 사물 그 자체로가 아니라 다채로운 이미지의 색깔을 띠고 평화롭고 한가로운 봄날의 향연을 펼쳐내는 세계상의 한 요소들로 간단없이 꼬리를 물고 그려져 있는 것이다. 번거로움을 피하기 위해 첫 수만 살핀다면, '바람'은 그냥 바람이 아니라 봄날의 이미지에 맞는 "허리 가는" 바람으로, 느린 동작으로 움직이는 '달팽이'는 봄날의 한가로운 이미지에 맞을 뿐 아니라 그 형상적 이미지마저 "뿔대말간" 것으로 적절히 그려진다. 또한 장다리는 봄날의 색채 이미지에 어울리는 푸른 꽃대를 가진 그것으로, 새도 먹이를 찾는 날갯짓 대신 한가로이 앉아 주변의 사물들이 어우러진 봄날의 향연을 완상하는 풍경으로 그려 놓는다. 이렇게 하여 3장 6구의 조화로운 시적 공간에 맞추어 아무런 절주 상의 길항 없이 봄날의 정경이란 아름다운 "레이스"를 시인이 전방위적으로 멋들어지게 짜놓음으로써 그 레이스는 온통 밝은 색채이미지로 가득 차 있다. 뿔대말간 달팽이, 풀물이 든 낮달, 피부 하얀 햇빛, 은빛의 메아리 등 밝고 평화롭고 낭만적이지 않은 것이 없다. 그만큼 시적화자의 세계인식이 평화롭고 낭만적이라 할 것이다.

이러한 평화로운 **세계상 담론**은 시조의 형식 절주를 벗어나야 할 이유가 근본적으로 없을 것이다. 벅찬 감정이나 고뇌어린 내면세계, 혹은 불협화의 외부세계를 그리는 것이 아니라 모든 것이 평화롭고 안락하며 순탄한 자족적인 외부세계를 포착하여 직조하다보니 그 실현되는 율동도 시조의 율격장치나 형식규율을 조금이라도 거역하거나 일탈할 이유가 없는 것이다. 그래서 단 1모라의 일탈도 없이 화해로운 율동형으로 시종일관 표출하는 것이 가능했다. 이는 외부세계가 그러하다기 보다 실은 시인의 마음이 화평스럽다는 것을 뜻하며 그러한 화평한 내면세계의 절주에 맞추다 보니 저절로 율동중심의 완정성을 가진 시조의 정통형으로 산출된 것이라 할 것이다.

숨죽여 불렀을 때
너는
갓 핀 꽃이었다

힘주어 안았을 때
너는 안개고 물이었다

그 너머,

여위는 천지간

천적인 양
생이 온다

─정수자, 〈너, 이후〉 전문

김춘수의 자유시 〈꽃〉을 연상케 하는 이 작품은, 그러나 김춘수처럼 실존적이고 존재론적인 고뇌에 잦아들지 않고 있어 그것과는 거리가 멀다. 오히려 그러한 고뇌를 시조의 절주와 미학에 맞추어 절제된 언어와 감성으로 통어하고 극복함으로써 전혀 다른 맛을 내는, 그리하여 감성이 실리면서도 지성의 무게마저 드러내는 높은 품격을 오롯이 맛볼 수 있는 그런 작품이다. 이러한 시적 운용의 비밀을 제대로 음미해 밝히려면 다음처럼 시조 형식의 절주에 따라 재편해 볼 필요가 있다.

숙죽여 불렀을 때/   너는 갓 핀 꽃이었다//
힘주어 안았을 때/   너는 안개고 물이었다//
그 너머, 여위는 천지간/ 천적인 양 생이 온다///

작품을 음미하기에 앞서 분명히 해 둘 것은 시조 형식의 절주에 맞춘 율독 방식을 점검하는 일이다. 이미 말한 대로 시조의 율격은 4모라의 음지속량을 갖는 등가적 자질을 4음보격으로 규칙적 반복을 이루는 데서 오는 미감을 바탕으로 정형률을 이루게 된다. 따라서 이러한 율격장치의 절주를 따라 읽는 것이 율독이므로 시조의 음보 단위를 어떻게 구분짓느냐의 비중은 율격단위가 최우선이고, 그 다음이 의미단위이고, 일상어에 바탕한 통사단위는 마지막으로 고려되어야 한다. 즉, 음보구분에서 **율격단위>의미단위>통사단위**의 순으로 기준이 설정되는 것이다. 시란 "일상어에 가해진 조직적 폭력"이라 정의할 정도로 통사단위를 무시한 말부림을 하는 것이 허용되고, 율격이 일상어의 언어질서를 뛰어넘어 율격 자체의 자족적 질서를 가질 수 있다는 점에서 통사단위나 의미단위를 의도적으로 뛰어넘는 경우가 허다하기 때문이다.

더욱이 정형률을 따라야 할 경우 엄격한 율격규칙이나 통사(문법)규칙에 따를수록 더욱 더 졸렬한 시로 전락하고 마는 경우가 많아 썩은 냄새가 나는 늙은 옹관으로 전락하기 쉬우며, 그런 규칙을 어김으로써 오히려 더 생생한 미적 효과를 산출할 수 있고 생동감 있는 리듬을 조성해 낼 수 있는 것이다. 다만 율격 규율을 따르면서 통사단위나 의미단위의 질서를 넘어설 때는 정격으로 볼 수 있지만, 율격 규칙의 질서마저 넘어 설 때는 파격으로 간주되며, 시조의 경우 작은 파격이 이루어질 때 엇시조 형태가 되고, 큰 파격이 이루어질 때 사설시조가 되는 것이다.

이렇게 볼 때 이 작품은 시조의 율격 규율을 넘어서는 파격은 한 군데도 이루어지지 않았으므로 크든 작든 '파격의 효과'를 노리지는 않았다. 그만큼 감성을 지성의 통어로 다스림으로써 정형의 틀을 엄격히 준수하고 있는 모습이다. 그럼에도 불구하고 늙은 옹관의 모습을 전혀 띠지 않고 생동하는 율조로 될 수 있는 비결은 초장과 중장이 완벽한 대우와 대구의 기법에 의해 반복의 미학을 구현하고 있고(초장과 중장이 "~했을 때, ~이었다"로 대우를 이루고 있으므로 이에 따라 율독해야 함), 이와는 달리 종장은 독자적으로 3개의 연으로 배분할 정도로 그 의미의 비중을 크게 강화함으로써 전환의 미적 효과를 꾀하고 있음에서 찾을 수 있다. 특히 종장 첫 음보에서 "그 너머,"라는 3음절의 간명한 어휘 선택과 더불어 쉼표로 특화한 것이 주목되는데, 이는 초장과 중장이 연속적으로 보여주는 의미를 넘어선다는 뜻과 함께 쉼표에 의한 의미의 전환을 완벽하게 보여주는 것이고, 그 첫 음보로 인해 전환과 절제의 미학을 감동으로 받아들이게 된다. 종장의 운용 방식이 그만큼 돋보이는 것이다.

그런데 이 작품은 언뜻 보면 사랑과 이별의 아픔을 다룬 사랑담론인 것처럼 보인다. 그러나 종장의 운용 방식에 따른 의미를 고려하면 시적 화자의 삶의 양태가 천지간조차 여위는 아픔을 말하고 그 아픔을 너머 "천적인 양/ 생이 온다"고 함으로써 '천적인 양 찾아오는 삶의 현실'에 무게를 둠으로써 좁은 폭의 사랑담론을 너머 넓은 폭의 **인생담론**으로 전위시키고 있음이 감지된다. 따라서 단순히 '사랑'("꽃"으로 표상됨) 이후의 천지간이 여위는 '이별의 아픔'("안개"와 "물"로 표상됨)에서 오는 허무만을 말하고 있는 것이 아니라 모든 인간의 욕망 성취 뒤에 밀려오는 허무의 삶을 천적처럼 맞서고 살아가야 하는 삶의 진리치를 성찰해 보인 작품으로 읽혀진다. 그리하여 초장에서 친밀해지거나 소유하기 이전의 "너"는 존재감을 느끼는 것만으로도 "갓 핀 꽃"처럼 설레는 희열이었던 "너"가, 막상 나의 소유로 되는 순간 어느새 "안개"가 되고 "물"이 되어 나에게서 "너"라는 존재의 실체성은 사라지고, 너와 나의 친밀함에 균열이 가 마침내 "천지간"이 "여위"어버린 "너, 이후"의 삶이 "천적인 양" 냉엄하게 나에게로 다가오는 것이 엄연한 현실임을 시인은 종장에서 그러한 통찰을 예리하게 제시해 놓았다.

따라서 이 작품에서 "너"는 우리 삶의 중요한 부분인 사랑의 대상이 될 수도 있고, 도저히 이뤄질 것 같지 않은 일이나 성취의 도달점이 될 수도 있으며, "이후"는 욕망의 충족 뒤에 필연적으로 찾아오는 허탈감 같은 것 - 사랑하고 난 뒤 아파하고, 성공한 뒤 좌절하고, 충족한 뒤에 더 큰 허탈감이 도래하는 의미를 갖는다. 그리고 그런 것이 사람의 삶이니 천적처럼 생을 느끼면서도 어쩔 수 없이 또 살아가야 하는, 그리하여 인생살이란 좋은 일만 계속될 수 없다는 진리치를 의미중심 - 특히 초 중장의 의미 연속과 종장의 의미전환-의 파동을 통해 간명한 단수의 평시조로 펼쳐낸 인생담론으로 읽혀지는 것이다.

3. 시조 형식의 절주와 종장 운용의 묘(2)

앞에서 우리는 비교적 안정된 절주를 따라 실현된 세 가지 방식 곧, 사랑은 받는 것보다 주는 것이라는 누구나 공감하는 사랑담론을 '언어중심'으로 펼친 경우(이정환)와, 외부세계의 조화로운 모습을 순진무구한 동심으로 포착하여 세계상 담론을 '율동중심'으로 펼친 경우(유재영), 그리고 희로애락의 들뜬 감정으로 빠지기 쉬운 우리네 삶의 희열과 허무를 감정의 통어와 냉철한 지성으로 다스려 인생담론을 '의미중심'으로 펼친 경우(정수자)-를 살펴보았다.

그러나 ①사랑담론이 언제나 단수로 그 의미를 다 말할 수 없으며, 그 감정을 극도의 절제로만 펼쳐낼 수 없고, ②세계상 담론이 평화로운 이미지로만 그려질 수 없으며, ③인생담론이 감성의 통어나 냉철한 지성으로 온전하게 다스려질 수만은 없는 것이다. 그래서 시조의 형식규율이나 율격 장치를 마냥 철저하게 따를 수만 없는 경우도 왕왕 생겨나는데, 이로 인해 때로는 가벼운 일탈이(엇시조로 되거나, 모라수의 파격으로 나타남), 때로는 상당한 일탈(사설시조로 됨)이 일어나게 되는 요인이 된다. 그렇긴 하나 가벼운 일탈이든, 상당한 일탈이든 초장이나 중장에서 그러한 현상을 보이는 것이 흔하고, 종장은 변형 4보격을 지켜야 시조의 독특한 정체성을 잃지 않으므로 특별한 경우를 제외하곤 그대로 준수하는 것이 종장 운용상의 원칙이다.

먼저, 사랑담론을 이정환처럼 어휘중심으로 언어적 차원에서 노래하되 단수로 억제하지 않고 그 의미의 심화나 확대를 꾀하는 경우를 보기로 한다.

> 우리 사랑,
> 단 한 번의 기회임을 믿습니다
> 하고많은 사람 중에
> 오직 한 사람 당신이듯
> <u>당신을 사랑하는 건</u>
> <u>사랑받기 위함이 아닙니다</u>
>
> 기다리는 것처럼
> 가슴 아픈 일도 없습니다
> 아무런 연락도 없이
> 갑자기 그대가 오듯
> <u>사랑은</u>
> <u>기다림이 아니라</u>

찾아가는 것입니다
　　　　－권갑하, 〈사랑은 기다림이 아니라 찾아가는 것입니다〉 전문

　　경어체의 어법을 통해 사랑담론을 사려 깊게 노래한 이 작품은 마치 한용운의 『님의 침묵』 시집에 실린 사랑 시 한 편을 대하는 듯한 착각에 빠지게 한다. 그러나 한용운의 시에서 '님'은 연인, 조국, 중생, 불타나 불법 등의 다의적 의미를 띠는 존재론적, 철학적 사유에 바탕한 것이라면, 이 작품에서 '그대'는 "하고많은 사람 중에 오직 한 사람 당신" 즉, '연인'이라는 단일한 의미를 띠는 차이를 갖는다. 그리하여 그 사랑에 대한 인식이 전자가 지향적 세계에 대한 이념 혹은 관념에 기초한 것이어서 그 인식의 폭이 무한히 확대될 수 있는 성질이고 그래서 자유시가 적절한 양식이었다면, 이 작품은 현실에 구체적으로 존재하는 연인에 대한 사랑법을 "그리움이 아니라 찾아가는 것"이라 선언적으로 명시함으로써 선명하고 단일한 정서에 바탕을 둔 것이어서 그 인식의 폭을 확장할 필요성이 없는 성격이고 그래서 시조라는 간명하고 절제된 양식이 오히려 적절한 선택이었다고 할 수 있다. 다만 그 사랑법을 극도의 감정 통어에 의한 단수로 표출하지 않고 2수짜리 연시조로 작품화 한 것은 사랑의 '의미'를 단수로 집약하기에는 그 의미의 비중이 간단치 않다는 시인의 의도 때문일 것이다.

　　이런 인식과 상관하여 둘째 수에서 종장의 첫 음보를 별도의 행으로 잡아 호흡을 느리게 가져간 운용방식은 첫째 수 종장의 사랑법을 의미론적으로 뒤집기 위한 시인의 의도적인 배려가 세심하게 깔린 것이라 할 것이다. 이 작품이 주목되는 점은 군더더기 없는 사랑담론을 어휘 중심으로 명징하게 펼쳐나가되 감정에 비중을 두지 않고 의미의 심화

와 확장에 중점을 둠으로써 앞수와 뒷수가 서로 호응하여 의미의 응집을 이루면서 유기적인 긴장관계를 수수하도록 짜놓은 데 있다. 그러한 작품 내적 관계를 성공적으로 이끄는 절대적인 힘은 특히 종장의 운용 방식에서 찾아 볼 수 있다.

이를 구체적으로 살피면 앞수의 종장이 "당신을 사랑하는 건 ˇ 사랑 받기 위함이 아닙니다"라는 단호한 선언이 뒷수의 종장에서 "사랑은 기다림이 아니라 ˇ 찾아가는 것입니다"라는 금언적인 명제를 이끌어내는 동력이 되고 있기 때문이다. 그러면서 앞 수의 그러한 단호한 선언이 완전하게 마음을 평정한 후의 결단이 아니라는 것은 다음 수의 초장으로 곧 바로 이어질 때 "기다리는 것처럼 가슴 아픈 일도 없습니다"라는 고백에서 잘 드러나고 있어 아직 "가슴 아픈"(편치 못한) 마음을 제어하지 못한 선언임을 알 수 있다. 그러한 불안정한 선언이 반영되었으므로 앞수의 종장에서 둘째 음보(5음절)보다 셋째 음보(7음절)가 오히려 더 큰 과음보를 이루는 '작은 파격'을 보이게 된 불안정한 율조와 너무나 잘 어울리고 있는 것이다. 파격이 주는 미적 효과와 아울러, 음성(율조)과 의미의 조화적 통일체라고 한 시의 맛을 이런 데서 찾아 볼 수 있는 것이다. 그러한 불안정한 선언을 거친 끝에 둘째 수의 종장에서 보듯 안정된 율조를 바탕으로 사랑에 대한 금언적 명제를 이끌어낼 수 있었던 것이다.

그런데 사랑이란, 특히 이성간의 사랑이란 그것을 마냥 통어하여 단수로 절제하거나 그 의미의 심화나 확대를 통해 일정한 거리를 두고 곱씹어보는 연시조로만 토로하기에는 그 가슴앓이가 너무나 큰 법이다. 그래서 때로는 감정의 통어를 어느 정도 해체하고 사설 엮음으로 풀어내기도 한다.

너를 <u>사랑</u>하고
<u>사랑</u>하는 법을 배웠다

차마, <u>사랑</u>은 여윈 네 얼굴 바라보다 일어서는 것, 묻고 싶은 맘 접어두
는 것, 말 못하고 돌아서는 것 *하필*, 동짓밤 빈 가지 사이 어둠별에서, 손
톱달에서 가슴 저리게 너를 보는 것 *문득*, 삿갓등 아래 함박눈 오는 밤 창
문 활짝 열고 서서 그립다, 네가 그립다, 눈에게만 고하는 것 *끝내*, <u>사랑</u>한
다는 말 따윈 끝끝내 참아내는 것

숫눈길,
따뜻한 슬픔이
딛고 오던
그 저녁

　　　　　　　　　　　－홍성란, 〈따뜻한 슬픔〉 전문(밑줄과 고딕은 필자분)

　앞에서 이정환이 보여준 사랑담론이 사랑의 벅찬 희열과 감격 속에
휩싸여 있음에도 불구하고 '사랑'이란 어휘를 단 한 번도 사용하지 않
는 절제를 보이며 평시조 단 한 수로 서술을 억제하는 단시조의 미학
을 구현했음에 비해, 이 작품은 초장부터 '사랑'이란 어휘를 거리낌 없
이 구사하면서 중장에까지 그런 태도를 이어 감으로써, 우선 말부림에
서부터 상당한 차이를 보인다. 그리고 앞서 권갑하의 초장에서는 사랑
이란 어휘를 첫 수부터 세 번이나 보여주지만 그것은 맨 마지막의 금
언적 명구를 끌어내기 위한 의미의 심화와 확대를 위한 말부림이라는
점에서 또 다른 차이를 보여준다. 이 작품에서의 사랑은 그 사랑에 대
한 감정을 중장에서 주저리주저리 곱씹으면서 그 감정을 끝끝내 제어
하지 못하고 종장에서 "따뜻한 슬픔"으로 반추하고 마는 **감정의 확장**
만을 보여주고 있기 때문이다. 그래서 사랑에 대한 '의미의 확장'이 연

시조라는 시적 형식을 필연적으로 요청하게 된다면 단호하게 제어하지 못하는 '감정의 확장'은 이 작품처럼 사설시조라는 파격의 형식이 너무나 잘 어울리게 된다. 이 작품이 사설시조 형식을 취하게 된 필연적 이유다.

그런 까닭에 사설시조는 미처 제어하지 못한 감정을 실타래처럼 풀어나가는 사설 엮음의 맛에 그 진가가 드러난다. 이 작품의 중장에서 그 맛을 만끽할 수 있다. 이를 자세히 살피면, 사랑이란 어떤 것인가의 진리치를 냉엄하게 선언적으로 말하지 않고, "차마, 하필, 문득, 끝내" 같은 정감어린 부사어를 말머리로 하여 엮어나감으로써 그런 진리치를 하나하나 깨달아 가는 것을 위안으로 삼으면서 사랑의 아픔을 "끝내" 참아내야 하는 감정의 파동을 줄줄이 풀어내는 데 초점을 맞추고 있다. 단호한 의지나 냉철한 지성의 통어를 받지 않는 이유다. 그러면서 여린 감성으로 하나하나 사랑하는 법을 깨달아가는, 아니 깨달아가는 것이 아니라 그런 상처들을 하나하나 반추하면서 보듬어나감으로써 사랑의 아픔을 인고해 내려는 안간힘의 정서를 "사랑하는 법"이라는 이름으로 엮어낸다.

그러면서도 종장에서 그런 사랑법이 아픔에만 머물지 않고 끝내 "따뜻한 슬픔"으로 전환 시키고야 마는 그 승화된 정감이 우리를 감동케 하는 것이다. 그에 더하여 중장의 빠른 템포에 의한 일탈을 거친 다음, 종장의 운용에서는 다시 시조 특유의 절제된 율조로 돌아와 변형 4보격을 철저히 따르되, 각 음보마다 하나의 시행(詩行)으로 배열하는 그런 느린 걸음으로 고조된 감정을 한 땀 한 땀 정리하고 통제된 감정을 보여줌으로써 시조의 정체성과 미학을 온전히 구현하는 미덕을 보이고 있는 점도 주목된다.

다음은 세계에 대한 시인의 인식, 곧 세계상 담론을 보이되, 율조상
으로 중장에서 앞구와 뒷구의 둘째 음보가 나란히 한 개 음보의 한계
치(5음)를 넘어 6음으로 실현됨으로써 대우의 기법과 함께 '가벼운 파
격'을 보이는 것으로 주목되는 작품이다.

> 가족 없이 병든 방에
> 겨울 가고
> 봄이 왔다
>
> 창밖 저 꽃은 개나리
> 그렇지, 이쪽은 민들레
>
> 아니면
> 집 나간 자식이거나
> 먼저 간 영감이거나
>
> ―김영재, 〈독거노인〉 전문

앞서 인용한 유재영의 작품처럼 이 역시 '봄날의 세상풍경'을 담아
내고 있지만 그것을 바라보는 시인의 세계인식은 상당히 대조적이다.
앞의 작품은 시인에게 포착된 외부세계가 평화롭기만 하여 '장'의 경
계나 '구'의 경계를 넘어 다음 '수'에까지 밝고 평화로운 세계가 안정된
율조를 타고 끝없이 펼쳐지지만, 이 작품의 세계는 겨울이 가고 봄이
돌아와 개나리와 민들레가 어김없이 피었음에도 불구하고 봄날의 정
경이 그런 꽃들로 장식된 밝고 아름다운 세상으로만 존재하는 것이 아
니라, "집나간 자식"이 있고, "먼저 간 영감"이 있는 그런 훼손된 가정
이 엄존하는 어두운 세상으로 포착되어 있기 때문이다.

이 작품이 특별히 주목되는 것은 그러한 대조적인 세상풍경을 중장

과 종장에서 대우와 대구의 기법으로 절묘하게 대비하면서 그 의미 지
향을 단순한 대비가 아니라 정반대의 방향으로 가져감으로써, 종장이
갖는 '전환의 미학'을 잘 구현해주고 있을 뿐 아니라 중장에 제시된 세
계가 시인이 드러내고자 하는 세계상이 아니라 종장의 그것이 시인이
진지하게 드러내고자 하는 세계상임을 강조적으로 보여준다는 점이다.
시조에서 종장이 갖는 의미비중을 적극적으로 활용하여 운용한 탁월한
예에 해당하는 것이다. 여기에 더하여 유재영의 평화롭고 낙천적인 세
계인식이 시조의 엄정하고 아정한 평시조 율조에 맞춰 절묘한 조화를
이룸에 비해, 김영재의 세계인식은 외롭고 병든 '독거노인'이 엄존하는
어두운 세계를 절제된 평시조의 절주로 노래하되 그러한 세계상이 마
냥 편치만은 않은 것이므로 중장에서 율조상으로 '가벼운 파격'을 보여
준 것도 '음성과 의미의 조화적 통일체'로서의 시의 모습이면서 "안과
밖의 경계를 넘나들며 제 맛을 우려낸" 작품으로 주의를 끌게 된다.

　앞의 유재영이 온통 밝은 색채의 낭만적 세계 인식을 보이고, 김영
재가 그 반대로 독거노인이 살아가는 어두운 세계인식을 보였다면, 이
번에는 그 중간지점의 세계인식을 보이는 사례를 보기로 한다.

　　숲의 부끄러운 상처와 마른 풀의 주검과 세속도시 위의 모든 인기척을
　지우고,
　　눈은

　　아무도 건너지 않은 미명의 들녘과 산골짜기를 거슬러 오르며 다급하
　게 엉겨 붙는
　　길과 희붐하게 아침의 정서가 묻어나는 나뭇가지 끝 새파랗고 미세한
　실핏줄을 지우고,
　　눈은

붉고도 따뜻한 상처의 새 발자국 하나 남긴다

－박기섭, 〈눈〉 전문

이와 같이 밝음도 어두움도 아닌 날이 샐 무렵의 풍경 곧 "미명"의 들녘이 있고, "희붐하게 아침의 정서가 묻어나는" 그런 회색의 색채 이미지를 배경으로 하면서 눈을 전경화 시킨 작품이다. 그러면서 눈은 "숲의 부끄러운 상처"가 있고, "마른 풀의 주검"이 있고, "세속도시"에서 힘겹고도 부산하게 살아가는 도시사람들의 "인기척"이 있는 그 모든 어두운 세계를 밝고 하얀 자신의 색채로 지우는 존재로 부각된다. 또한 여기서 한 단계 나아가 "미명의 들녘"이 있는 넓은 공간은 물론이고 "다급하게 엉겨 붙는 길"의 좁은 공간과 "나무가지 끝 미세한 실핏줄"이 감지되는 아주 조그만 공간까지 찾아가 그들의 안간힘(움직임)들을 자신의 넉넉함으로 모두 지우는 눈의 순기능에 시인의 시선이 닿아 있다. 그러나 시인의 시적 감수성이 거기에 머물렀다면 범상한 작품에 지나지 않았을 것이다. 이 작품의 백미는 초-중장에서 단계적으로 보인 그러한 "지우는" 역할의 순기능보다, 종장에서 그러한 세계를 지우고 나서 "새 발자국 하나"를 "남기는", 그것도 "붉고도 따뜻한 상처"를 가진 새의 발자국을 남긴다고 말함으로써 '차갑고 흰' 눈의 이미지를 "붉고도 따뜻한" 이미지로 역전시켜 전자의 이미지를 지우고 후자의 이미지로 전환시킨 종장의 대조적 운용에 있다.

그러면서 눈의 존재감을 시인의 감정 가치에 초점을 맞추었다는 것도 주목할 일이다. 왜냐하면 그 존재감이 상처를 가진 새의 발자국을 통해 무엇보다 강조적으로 드러난다는 점에서, 어두움의 세계를 치유하는 눈의 희생과 온정의 이미지가 특별히 부상되기 때문이다. 이는 눈이 갖는 존재론적 의미로서가 아니라 그 존재에 대한 시인의 감정이 투사된 것이어서, '감정의 확장'을 본질로 하는 사설시조 양식의 선택이 적절한 것이었음을 의미한다.

또한 초장에서 "−와, −과, −을 지우고 눈은"이라는 열거와 도치의 어법을, 중장에서도 열거되는 사물만 달리하여 완전히 동일하게 반복함으로써, 사설시조의 일탈에서 오는 파격의 효과를 깔면서도 시조 본래의 '반복의 미학'을 충실하게 보여주고 있을 뿐만 아니라, 초−중장의 "−지우고"를 종장에서 "−남긴다"로 역전시킴으로써 '전환의 미학'마저 온전히 구현해내고 있다. 눈을 매개로 하여 그 기능과 이미지와 말부림의 역전까지 실현해내는 종장의 운용이 특히 돋보이는 작품으로 눈길을 끄는 이유다.

이제 인생담론으로 넘어가기로 하자. 다음은 초장에서 가벼운 파격을 보이면서 인생담론을 펼친 작품으로 눈길을 끈다.

> 곁가지 비비대며 그 봄을 맞기보다 상동 잘려나가도 내 이름 달고 싶다
>
> 비틀어져 빼빼 말라 바람에 서걱거리다
>
> 몇 마디 옹이로 남아 산화하는 그날까지
>
> −박희정, 〈가지치기〉 전문

찬바람 몰아치는 겨울을 지나고 봄을 맞아 가지치기를 할 때 가장 먼저 "상동 잘려나가는" 대상은 "비틀어지고 빼빼마른 가지"다. 시인은 이런 상황을 상정하여 자신의 인생관을 펼쳐놓고 있다. 앞의 정수자의 작품이 '정격'으로 고도의 절제된 생의 담론을 펼쳤다면, 차라리 잘려나가 "몇 마디의 옹이로 남"는 "산화(散華)하는" 길을 택하겠다는

강렬한 불꽃같은 삶의 오기와 열정이 초장부터 '작은 파격'을 이루게 했다. 그리하여 엇시조의 형태를 보이면서 시조의 균제미를 깨뜨림으로써 앞구와 뒷구의 율동적 균형을 유지하리라는 기대를 저버려 작품이 자칫 흐트러지기 쉬웠음에도 불구하고 흐트러지지 않고 단단히 결속될 수 있었던 힘은 종장의 운용에 그 비결이 담겼다. 가지치기로 잘려나가야 하는 자신의 운명을 거역하고 정면으로 맞서는 그 오기는 시조의 주어진 균형적 절주를 깨뜨리면서 드러낼 만한 무모한 것이지만, 그것을 극복하는 힘은 종장에 모아져 있는 것이다.

우선 작품의 핵심 모티프가 되고 있는 "가지"는 다름 아닌 시인 자신의 인생관적 의미와 감정이 투사되어 교묘하게 접점을 이룬 ─그래서 엇시조의 형태미학과 너무나 잘 어울린다─ 형상이다. 그 가지는 말라 비틀어진 몸으로 서걱거리며 모진 바람에 온갖 시달림을 당하면서 겨울을 나야하고, 그렇게 겨울을 견뎌내었다 하더라도 봄을 맞기가 바쁘게 "상동" 잘려나가 "몇 마디 옹이"로 남아야 하는 그런 절체절명의 처지에 놓여있다. 존재론적 운명의 고뇌가 심각한 의미를 띨 수도 있고, 딱한 운명이 감정이입의 대상이 될 수도 있는 것이다. 그러한 절체절명의 순간에서도 "내 이름을 달아" 자기 정체성을 굳건히 지키며 살아가겠다는 삶에 대한 오기와 열정이 "산화"라는 의미에 결집되어 단단히 뭉쳐있는 것이다. 거기다 "그날까지"라는 명사어로 된 단호한 마무리에서 오는 종장의 운용이, 결코 지나치게 진지한 목소리(평시조에 적합)로 울리거나, 그렇다고 허장성세의 목소리(사설시조에 적합)로서도 아닌, 중간적인 적실한 울림(엇시조가 적합)으로 우리에게 다가오는 것이다.

인생담론을 펼치되 이번에는 정감보다 의미부여 쪽으로 무게중심을 두는 경우의 사례를 보기로 하자.

　　수런대는 소문마냥 먼 데 눈발은 치고

　　에굽어 아스라한 철길을 비껴가듯

　　욕망도 희망도 없이 또 그렇게 저무는 하루

　　그 하루를 다 못 채우고 그예 누가 떠나는지

　　낮게 엎드린 채 확, 번지는 진눈깨비

　　더불어 살 비비던 것 먼 길 끝에 남아 있다

　　저물 무렵 한 때를 떠도는 영혼처럼

　　덜 마른 건초더미 어설픈 약속처럼

　　찢어진 백지 한 장이 가슴속으로 날아든다

　　　　　　　　　　　　－이승은, 〈설일(雪日)〉 전문

　눈이 오는 날은 왠지 차분해지고 삶을 되돌아보게 한다. 이미 살핀
대로 앞의 박기섭의 시도 '눈'을 시적 모티프로 삼았지만 그 서정화 방
식은 정반대로 되어 있다. 즉 앞의 시가 시종일관 바깥세계에 초점을
두어 세계상 담론을 보인 것이라면, 이 작품은 시각이 온통 내면세계
에 맞춰져 있어 세상살이를 돌아보는 인생담론이 되고 있다. 그리고
박기섭의 시가 사설시조의 절주를 따랐으므로 눈 덮인 세계에 대한 시
인의 감정에 초점을 맞추어 외부세계로 투사해낸 것이라면, 이 작품은
눈 오는 날, 그것도 진눈깨비가 내리는 날에 돌아보는 세상살이를 연
시조의 절주를 따라 "수런대는 소문마냥" 내리치는 눈발 혹은 "낮게 엎
드린 채 확, 번지는 진눈깨비"의 의미에 초점을 맞추어 내면세계를 반
추해낸 것이라 하겠다. 그리하여 그 눈의 의미가 "떠도는 영혼"으로 혹
은 "어슬픈 약속"의 의미로, 그것도 "찢어진 백지 한 장"이 되어 "가슴

속으로 날아드는", 폐부를 찌르는 의미로 확장되어 시인의 삶을 돌아
보게 하는 것이다.

이 작품의 특장은 "하루를 다 못 채우고 그 예 누가" 다시는 돌아오
지 못할 "먼 길"을 "떠나"는 "진눈깨비 확, 번지는 날"을 시적 정황으로
하면서도 "더불어 살 비비던" 육친의 인연들을 "먼 길 끝"에 남겨두는
그 거리감만큼이나 차분하게 정리된 생각으로 삶과 죽음, 그리고 인연
들의 의미를 거듭 확장해 보인다는 데 있다. 이 작품이 3수의 긴 호흡
을 타고 긴밀하게 연속된 연시조로 구성되지 않을 수 없었던 이유다.
아울러 여기 형상화된 '눈'은 앞의 박기섭의 〈눈〉과는 달리, 내려서 강
렬한 존재적 흔적을 각인하는 새 발자국 하나 남기지 못한 채 이내
"확, 번지고"마는, 그리하여 쌓이지도 못하고 곧장 스러져버리는 '진눈
깨비'에 대한 시인의 섬세한 내적성찰을 바탕으로 하고 있어, 그것이
차분하고 정돈된 시적 발화의 가지런한 행 배열과 어우러져 멋진 조화
를 이루고 있다는 점이 주목에 값한다. 아울러 그것이 '삶'에 대한 정
리된 의미의 확장을 꾀하는 연시조의 **대등한 절주**를 타고 한 치의 흐
트러짐 없이 '긴밀한 연결성'을 보이면서 수행되고 있다는 점에서 작
품을 더욱 돋보이게 하고 있다.

4. 종장 운용상의 문제와 그 방향

시조 종장의 운용에 있어서 흔히 제기 되는 문제는 율격관습으로서
시상의 전환을 유도하는 특별한 장치로 기능하는 첫 음보와 둘째 음보
에 집중된다. 즉, ①첫 음보는 반드시 3자를 지켜야 하는가? ②둘째

음보의 음절 실현은 반드시 과음보(통상 5~7자)로 해야 하는가?에 대한 논란이다.

이를 테면 앞 장에서 인용한 박기섭의 〈눈〉을 예로 들면, 어떤 이는 해당 작품의 종장이 다음과 같이 다양하게 읽히면서 그 의미가 조금씩 달라진다고 주장한다.

(1) 붉고도/ 따뜻한 상처의/ 새 발자국 하나/ 남긴다
(2) 붉고도/ 따뜻한 상처의/ 새 발자국/ 하나 남긴다
(3) 붉고도 따뜻한/ 상처의 새 발자국/ 하나/ 남긴다
(4) 붉고도 따뜻한/ 상처의/ 새 발자국/ 하나/ 남긴다
(5) 붉고도 따뜻한/ 상처의 새/ 발자국 하나/ 남긴다
(6) 붉고도 따뜻한 상처의/ 새/ 발자국 하나/ 남긴다

과연 이러한 다양한 읽기가 가능할까? 만약 이 작품이 자유시였다면 자유로운 율조를 따른 것이므로 이와 같은 다양한 율독이 가능할 것이다. 그러나 이 작품은 3장이 엄연히 구분되면서 시조의 파격으로 창작되었으므로, 자유시가 아니라 사설시조의 기대지평을 따라 읽어야 한다. 즉 시조 종장의 율격관습인 변형 4보격으로 읽어야 한다는 것이다. 그렇다면 종장의 첫 음보는 3자로 실현되는 것이 정상이므로, 위의 다양한 읽기에서 일단, (1)과 (2)만 옳고 나머지는 모두 틀린 것이다. 나머지의 읽는 방식은 이 작품을 자유율로 보고 내재율을 따라 읽은 것으로 볼 수 있다. **내재율**은 외적 형식으로 규범화된 정형률을 따르는 것이 아니라 정서(내면세계의 정감적 흐름, 시인 정신의 움직임)의 자연스런 변화를 반영한 것이므로, 통사–의미론적 연계성을 갖는 율독이 얼마든지 허용된다. 내재율을 **의미율**이라 부르기도 하는 이유다.

아무튼 이 작품이 시조인 한, 종장의 앞구가 아무리 통사−의미론적 연계성을 갖는 의미단위로 실현되었다 하더라도 (3)~(6)처럼 읽어서는 안 된다. 시조의 율독에서 율격단위>의미단위>통사단위로 우선 순위를 두는 것도 이 때문이다. 그리고 (1)과 (2)는 종장의 뒷구 부분에서 차이를 보이고 있는데, 이는 시상을 마무리 하는 부분이므로 셋째 음보보다 마지막 넷째 음보가 더 짧은 호흡으로 되어야 완결성에 더 어울린다. 따라서 (2)보다는 (1)이 가장 올바른 율독이라 할 수 있다. 종장의 첫 음보가 시적 의미단위로서의 '독립성'을 갖지 못하고 다음 음보에 통사−의미론적 연계성을 갖는 어사로 되어도 여전히 3자로 고정되는 것으로 보는 이유는 이 부분이 시조의 특별한 문학적 표현장치로서 작품의 문식성(literacy)을 한층 고양시키는 역할을 하는 것으로 간주되기 때문이다.

참고로 고시조의 사례를 살펴보면 거의 절대다수의 작품이 종장 첫 음보를 3자로 고정한 율격관습이 지켜지고 있다. 다만 유별나게 길어진 연시조나 파격을 지향하는 일부 사설시조에서만 드물게 예외를 보일 뿐이다. 이를 테면 무려 19수로 연속된 권호문의 연시조 〈한거십팔곡〉을 보면 제12수 딱 한 수에서 종장의 첫 음보를 3자로 하지 않은 예외를 발견하게 된다. 그리고 시조의 형식규율을 일탈한 사설시조의 대표적 집합체인 '만횡청류'를 살펴보아도 116수 가운데 딱 7수(작품번호, 475, 492, 513, 540, 542, 558, 564)만 그에 해당한다. 이들은 종장 첫 음보가 2자, 4자, 5자로 실현되어 있다.

종장의 둘째 음보를 과음보로 실현하는 율격관습도 엄청나게 길어진 연시조나 파격을 지향하는 사설시조에서 예외를 발견하게 된다. 예를 들면 윤선도의 〈어부사시사〉 40수가 맨 마지막 수를 제외하고 나머지 39수 모두 4음절의 평음보로 되어 있다. 그리고 만횡청류 116수에는 단 1수(작품번호 570)가 평음보로 실현되었을 뿐이다. 〈어부사시사〉의 절대다수(40수 중 39수)가 예외를 보인 것은 한 수 한 수를 완결하면서 다음 수로 연결하는 연시조(聯時調)방식을 택하지 않고, 봄 여름 가을 겨울 사계절의 연속성을 중시하는 연시조(連時調)라는 특수방식을 택해 '어부단가(短歌)'가 아닌 '어부장가(長歌)'로 노래했기 때문이다. 시조는 원칙적으로 단가 형식을 취했지 장가로 부르지는 않았다. 따라서 윤선도의 〈어부사시사〉 일부가 단가 곧 시조로 선택되어 불릴 때는 시조 종장의 형식 규율을 따라 둘째 음보를 과음보로 고쳐 불렀음이 『청구영언』을 비롯한 각종 가집에서 확인된다.

여하튼 〈어부사시사〉 39수를 예외로 보는 것을 비롯하여, 종장 첫마디를 율격단위로 끊지 않고 통사단위나 의미단위에 따라 음보 구분하는 잘못된 율독을 함으로써 고시조에도 예외적인 작품이 상당수가 존재하는 것처럼 제시한 통계(서태수, 현대시조시의 사적 연구, 한국교원대 석사논문)가 있는데, 이는 믿을 것이 못된다. 이 연구에 따르면, 『한국시조대사전』에 실린 고시조 4,736수 중 종장 첫 음보의 파격이 124수나 되고, 둘째 음보의 파격이 114수였다고 한다.

그러나 시조의 첫마디가 3자로 고정되는 것은 시조를 다른 시가와 변별되게 하는 장르적 정체성의 표지여서 철저히 지켜야 하는 것을 원칙으로 삼았음을 확인할 수 있다. 황윤석이 『이재난고』에서 "우리나라의 모든 노래(가곡창의 5장으로 부른 시조를 지칭함)는 **대중소편(大中小篇)을 막론하고 모두 5장으로 되어 있으며 제4장은 반드시 3자로 세 번끊어 노래하는데, 이것은 중국에는 없는 형태이다**"라고 한 발언이 이를 잘 말해준다. 시상의 전환을 유도하는 특별한 장치로 기능하는 종장의 첫마디는 단순한 장 구조 속의 한 부분이 아니라 전대절(前大節, 초-중장에 해당)이 끝나고 후소절(後小節, 종장에 해당)로 넘어가는 낙구(落句)에 해당하는 것이어서 가곡창의 5장으로 부를 때 제4장으로 독립해 부르는 비중을 차지하는 것이다. 그런 만큼 중국시가에도 없는 3자로 차별화해서(한시의 정형률인 절구나 율시는 5자나 7자로 됨) 양식화한 시조 특유의 율조로 이해되었던 것이다.

시가(詩歌) 예술이 삶을 반영하는 데 있어서는 언제나 '번잡함'과 '간편함'의 두 가지 방식이 있다. 번잡한 것은 드러내고자 하는 형상이나 정감을 다채롭고도 과장되게 부각시킬 수 있다는 데 특장을 보이는 방식이고, 간편한 것은 말을 구사하되 아주 필(筆)을 아껴서 쓰거나 대부분을 생략해서 함축의 묘를 살리고 독자의 상상력을 높여 여운을 남기는데 적절한 방식이다. 시가 예술의 정수를 보이는 시조도 이 두 가지 방식 중 하나로 운용된다고 할 수 있다. 번잡한 방식은 사설시조가 담당하고, 간편한 방식은 원칙적으로 평시조 한 수로 완결하는 단시조가 담당한다. 다만 후자의 경우 그것으로 시적 의미지향을 마무리 하지 못할 경우 평시조의 간단명료한 완결성을 하나의 단위로 삼아 그것이 연속되는 중첩을 통해 의미의 확장과 심화를 꾀하는 연시조의 방식이 활용되기도 했다.

시조의 형식 운용에서 말을 아주 아끼는 간편한 방식은 마치 선승이 도(道)를 '무자화(無字話)'로 설(說)하듯 극도의 언어절약을 보여야 한다. 그러면서 초장이나 중장에서는 작은 파격을 이루는 것이 허용되지만 종장에서만은 변형 4보격을 따르는 것이 시조가 준수해야 할 종장의 운용방식이다. 다음 작품이 그러한 예의 전범을 보여준다.

백담사 무금당 뜰에
뿌리없는 개살구 나무들

개살구 나무들에는
신물이 들대로 다 들어

그 한 번
내립떠보는
내 눈의 좀다래끼

—조오현, 〈무자화·4〉 전문

　선승들이 터득한 도나 진리는 불립문자여서 원칙적으로 문자로 표
시할 수 없으며, 만약 문자로 표현하려 들면 그것은 이미 진리와 거리
를 가질 수밖에 없게 된다. 그러나 깨달음의 도(道)를 외부로 드러내려
면 부득이 언어나 문자를 빌리지 않을 수 없는데, 이 경우 언어를 최소
화하여 표현하는 방식 곧 '서술을 억제하는' 문학양식인 시(詩)가 즐겨
선택되었다. 시 가운데서도 가장 명쾌한 정형구조를 가진 한시의 절구
와 단시조(혹은 평시조로 일단 완결하면서 연속형태를 띠는 연시조)가 압
도적으로 선택되었던 것도 이러한 이유에서다. 인용한 〈무자화〉가 단
한 수의 단시조로 지어진 것도 그런 점에서 이해가 된다. 선지식에게
서 아주 짧은 단시조나 단시조의 연결체인 연시조는 터득한 도를 설하
기에 가장 적절한 양식이었다.
　이 작품에서 눈여겨 볼 것은 초장과 중장은 밑줄 친 부분이 다같이
6음절로 실현되어 작은 파격을 이루고 있음에 비해, 종장은 변형 4보
격을 잘 지키면서 특히 종장의 첫 음보가 3자로 고정되고 둘째 음보가
과음보로 실현되는 정격을 따랐음을 행갈이를 통해 뚜렷하게 부각시

켜주고 있다는 점이다. 그리고 이러한 대조적 율조에 맞추어 초–중장의 의미와 종장의 의미가 대비적으로 제시됨으로 해서 '율조와 의미가 조화적 통일체'를 이루는 '잘 빚은 시적 옹관'의 모습으로 우리에게 다가온다. 즉 사찰(백담사)의 선원(무금당) 뜰에 심겨져 있는 개살구나무는 비록 살구나무 가운데 천하게 여겨져 거들떠보지도 않는 근본 없는 ("뿌리 없는"으로 표현됨) 존재지만, 그럼에도 불구하고 "신물이 들대로 다 들어" 맛의 일가를 이루어 냄으로써 제 본성을 다하고 있다.

그와 대조적으로 선원에서 참선하고 있는 시적 자아는 아직도 견성(見性)을 이루지 못하는("내 눈의 좀다래끼"라는 흉허물을 가진 존재로 표현됨) 존재여서 그런 부족한 자아를 경멸의 눈으로 "내립떠보는" 자괴감을 보여준다. 그러나 그런 언표(言表)된 이해만으로는 선지식이 터득한 언외(言外)의 숨은 진리를 파악해낼 수 없다. 자신의 '좀다래끼'를 경멸의 눈으로 바라볼 줄 아는 그 자체가 이미 자신의 본성을 깨달아 견성을 이룬 선승의 높은 경지를 무자(無字)의 설법으로 보여주기 때문이다.

이 작품의 절묘함은 그러한 높은 경지의 종교적 진리가 율조와 의미의 교묘한 결합으로 드러나는 그 운용방식에 있다. 즉 뿌리도 없는 개살구나무는 때가 되면 신물이 들대로 다 들어 특별한 수행 없이도 자연스럽게 견성을 이루지만, 좀다래끼를 가진 시적 자아는 오랜 세월 수행 정진을 해도 인위적으로는 견성을 이루어 내기 어려움을 대비적으로 보여주고, 그러한 의미내용을 담은 율조도 그에 상응하는 운용 방식을 택한 점이다. 즉 초–중장의 가벼운 일탈에 의한 **자연스런 변격**과 종장의 변형 4보격을 충실히 따른 **인위적 장치로서의 정격**의 율조가 선명한 대조를 이루면서 이러한 율조가 자기 성찰의 높은 경지를 무자화로 설

(說)하는 의미내용과 상응하는 결합을 보여주고 있음이 그것이다.

여기서 짚고 넘어갈 것은 이 작품의 초장과 중장에 보이는 가벼운 일탈에 의한 신선한 파격을 두고 이러한 일탈의 운용이 바람직한 현대 시조 창작의 전범을 보여주었다고 평가하기도 하는데 과연 그런 주장에 무조건 동조할 수 있느냐는 것이다. 이 작품과는 달리, 대부분의 작품에 보이는 정형률의 일탈은 시조 율조에 대해 숙련되지 못한 경우거나, 조심성의 결핍에서 일어나는 경우가 허다하기 때문이다. 섣부른 파격은 시조의 정체성만 훼손할 뿐이므로 권장할 사항은 못 된다. 율조의 운용에서 필연성이 확보되지 않은 파격은 혼란만 야기할 것이다.

그러나 인간의 정서적 욕망은 무한정 통제될 수 있는 성질의 것만도 아니다. 그리하여 극도의 언어절약을 꾀하는 이러한 방식과는 정반대로, 인간사를 드러내거나 자연 경물을 묘사 혹은 표현할 때 그로부터 야기되는 정감을 펼쳐내고 뜻을 영탄하고자 할 때는 간편한 방식으로는 도저히 감당이 될 수 없어 번잡한 방식을 택하지 않을 수 없게 된다. 현대 사설시조의 절창으로 꼽혀왔던 다음의 작품이 그 전범적 사례를 보여준다.

> 사람이 몇 생이나 ˇ 닦아야 물이 되며 ˇ 몇 겁이나 전화해야 ˇ 금강에 물이 되나! ˇ 금강에 물이 되나!
>
> 샘도 강도 바다도 말고 ˇ 옥류 수렴 진주담과 ˇ 만폭동 다 고만두고 ˇ 구름 비 눈과 서리 ˇ 비로봉 새벽 안개 ˇ 풀 끝에 이슬 되어 ˇ 구슬구슬 맺혔다가 ˇ 연주팔담 함께 흘러
>
> 구룡연 천 척 절애에 ˇ 한 번 굴러 보느냐
>   −조운,〈구룡폭포〉전문(2음보 단위의 ˇ 부호는 필자분)

이 작품은 금강산 구룡폭포의 절경을 보고 감격한 나머지 시적 자아
도 그 벼랑에 굴러 떨어지는 물이 되고 싶어 하는 염원을, 아니 가슴
벅찬 감정을 시조의 일탈 형식인 사설시조로 풀어낸 것이다. 그런데
만약 시인이 구룡폭포의 그러한 장관에서 비롯된 감격을 정감 소통에
만 비중을 두어 노래하고자 했다면, 다음과 같은 평시조 양식으로도
자신이 말하고자 하는 메시지는 충분히 담을 수 있었을 것이다.

<u>사람이</u>　　<u>몇 생을 닦아</u>　　<u>금강에</u>　　<u>물이 되나!</u>
<u>샘도 강도</u>　<u>바다도 말고</u>　　<u>풀 끝에</u>　<u>이슬 되어</u>
<u>구룡연</u>　　<u>천척절애에</u>　　　<u>한번 굴러</u>　<u>보느냐</u>

그러나 어찌 천하의 절경을 보고 솟아오르는 감격을 팍팍하기만 한
절제로 다스려 시적 메시지 전달에만 시종일관 할 수 있단 말인가. 비
록 이것과 앞의 사설시조 작품이 시적 메시지 전달면에서는 차이가 없
다 하겠지만, 이 둘을 직접 비교해 읽어보면 사설시조의 맛과 멋을 떠
나서는 그 감격을 노래할 수 없음이 이해될 것이다.

이와 더불어 조오현의 〈무자화〉를 사설시조로 엮는다면 어떻게 될
까를 가정해보라. 작품에 담긴 오묘한 진리치를 평시조식의 시적 진지
성을 버리고 반복이나 열거 혹은 과장의 수법으로 주저리주저리 엮어
설명해나간다면 그 진리치가 주는 진정성은 감동을 상실하게 될 것이
다. 단시조라는 짧지만 단정한 감동의 율동에 담아 표현해야 그 진지
한 주제가 진한 여운을 깔고 제 맛이 우러나게 되기 때문이다. 그와
대비하여 〈구룡폭포〉에서 천하의 절경으로 인해 용솟음치는 감격을
야멸차게 사상(捨象)해버리고 단 몇 마디의 수사나 언어로 압축해버린
다면 그러한 절경에 맞닥뜨린 시인의 정감을 어찌 다 부상(浮上)시키

고 전경화(前景化)할 수 있을 것인가. 그런 점에서 사설시조는 필연의 선택이었다.

〈무자화〉가 평시조의 단수로써 4보격의 안정되고 유장한 율조를 따라 의미심장한 시적 주제를 감화의 무게에 담아 명쾌하게 드러내는 데 성공했다면, 〈구룡폭포〉는 사설시조의 2보격 율조를 따라 빠른 템포와 생동감 넘치는 사설엮음으로 뜻과 이미지, 감정과 생각 모두가 뚜렷이 부각되어 누구나 그 절경을 상상할 수 있고, 그리워할 수 있는 여지를 주게 되어 결과적으로 커다란 만족을 주는 데 성공했다 할 것이다.

그리고 〈구룡폭포〉의 평가에 있어서 어떤 이는 시인의 "역동적인 시선과 예민한 감각"을 높이 사고, 중요 모티프가 되고 있는 '물'의 움직임을 나타내는 시각적·청각적 이미지에 주목한다. 그리하여 '샘, 강, 바다, 시내, 연못, 폭포' 등은 맑고 청아하며 화려한 이미지로 읽어내고, '구름, 비, 눈, 서리, 안개' 등은 무겁고 어두우며 차가운 이미지로 읽어 그러한 이미지가 교차되고 있는 점을 부각시키기도 한다. 그러나 이 작품은 사설시조로 엮어진 것이므로 그러한 다양한 자연 사물들은 그 자체의 신선한 이미지나 의미로서 표상된 것이 아니라, 종장의 단 한 줄 "구룡연 천 척 절애에 한 번 굴러보느냐"라는 감격을 전경화시키기 위해 동원된 수사적 말부림에 지나지 않음을 명심해야 할 것이다. 이 작품이 돋보이는 것은 종장의 운용이 초·중장의 번다한 수사적 나열과 대조되는 간결성과 집중성에 있다 할 것이다. 종장은 이처럼 아무리 '감격에 겨운 정감'을 노래한다 할지라도 그 도취에서 벗어나 단정함을 되찾을 때 '시조양식으로서의 완결된 자족성'을 비로소 확실하게 보여주는 것이다. 종장 운용의 바람직한 방향이라 아니할 수 없다.

사설시조의 형식 절주에 있어서 2음보격의 운용은 그 정감적 내용과 밀착될 때 더욱 빛을 발한다. 그러한 사례를 다음에서 찾아볼 수 있다.

　　별 떨기 튀밥같이 어지러이 흩어질 때

　　어둑새벽 등 떠밀고 ˇ 달려오는 먼 산줄기, ˇ 풍경이 풍경을 포개어 ˇ 굴렁쇠 굴려간다, ˇ 자궁 훤히 드러낸 ˇ 회임의 연못 하나, ˇ 제각기 펼친 만큼 ˇ 내려앉은 햇살 속으로 ˇ 염소떼 주인을 몰고 ˇ 질라래비 질라래비… ˇ 이 땅의 잔가지들 ˇ 손잡고 살 비비는가. ˇ 질라래비휠휠, 질라래비휠휠, ˇ 활개 치는 풀빛 아이들,

　　봄날도 향기로 와서 생금 가루 흩뿌린다
　　　　　　－윤금초,〈질라래비휠휠〉전문(2음보 단위의 ˇ 부호는 필자분)

　어떤 이는 이 작품을 외형적으로 보면 사설시조이나 "자세히 뜯어 읽으면 세 수로 된 연시조임을 알 수 있다"고 말하기도 한다. 세 수의 연시조로 보는 것은 이 작품을 시인의 제시형식과는 다르게 다음과 같이 해체하여 재편할 경우 가능한 것이다.

　　별 떨기 튀밥같이 ˇ 어지러이 흩어질 때
　　어둑새벽 등 떠밀고 ˇ 달려오는 먼 산줄기,
　　풍경이 풍경을 포개어 ˇ 굴렁쇠 굴려간다.

　　자궁 훤히 드러낸 ˇ 회임의 연못 하나,
　　제각기 펼친 만큼 ˇ 내려앉은 햇살 속으로
　　염소 떼 주인을 몰고 ˇ 질라래비 질라래비….

　　이 땅의 잔가지들 ˇ 손잡고 살 비비는가.
　　질라래비휠휠, 질라래비휠휠, ˇ 활개 치는 풀빛 아이들,

봄날도 향기로 와서 ˇ 생금 가루 흩뿌린다

이렇게 3수로 된 연시조로 재편해서 읽으면, 4보격의 유장하고 진중한 리듬이 되어 사설시조 특유의 2보격으로 신나게 연속되는, 경쾌발랄한 율조와는 거리가 멀어진다. 그러나 시인은 중장에서 일탈을 보이는 3장 한 수의 사설시조로 읽으라는 '3장 구조의 제시형식'을 분명히 해놓고 있다. 시인이 의도한 이러한 제시형식은 세 수의 연시조로 읽지 말고 반드시 한 수의 사설시조로 작품이 구조화되어 있음을 알리는 '장르 표지'에 해당한다. 따라서 이 작품은 시인이 의도한 대로 '사설시조의 기대지평'으로 읽을 때 비로소 제 맛이 나는 것이지 연시조로 읽으면 그 특유의 맛과 멋을 다 잃어버리는 문제가 발생한다.

이를 자세히 검토하면, 만약 연시조로 읽는다면 둘째 수의 종장 뒷구와 셋째 수의 중장 앞구에 자리하고 있는 "질라래비" 혹은 "질라래비 훨훨"이라는 순진무구하고 신나는 동작의 의태어 때문에 둘째 수에서는 종장으로서의 무게를 상실하고 말며, 셋째 수에서는 중장의 활갯짓하는 "풀빛 아이들"의 천진난만한 모습이 생동하는 의미를 상실하고 만다. 따라서 이 작품을 시인이 제시한 그대로 사설시조로 읽어야 제 맛을 음미할 수 있고 맨 마지막에 별도로 제시된 종장의 운용이 비로소 무게 중심을 잡을 수가 있는 것이다.

또한 이 작품을 어떤 이의 주장처럼 봄날의 "의미심장한 정경을 역동적으로 제시하면서, 삶에 대한 의욕을 복돋우는" 작품으로 읽어서는 아니 된다. 2음보격 연속의 경쾌한 사설엮음이 "의미심장"함으로 읽을 것을 거부하고 '생기발랄한' 의미로 읽을 것을 요구하기 때문이다. 어린아이의 신나는 활갯짓이 작품의 중심모티프가 되어 있어 더욱 그러하다. 이와 같이 중장을 사설시조 특유의 경쾌 발랄한 2보격 연속으로 읽을 때 비로소 그와는 대조적 율조를 타는 종장의 4음보격 운용이 빛을 발하고 이 부분에서 주제적 무게를 감당하게 되는 것이다. 아이들의 활갯짓이 갖는 함의가 삶의 의욕을 돋우는 정도의 신나는 동작에 그치지 않고 향기로운 봄날에 생금가루를 뿌려놓은 듯, 세상을 온통 황금세상으로 전화시키는 비의적(秘儀的) 의미가 담겨 있음을, 그러나 그러한 주제적 의미를 의미심장하다거나 진지하게 제시하지 않고 유희적 분위기로 보여주었다는 데 이 작품의 특장이 있음을 읽어내야 하는 것이다.

시조의 형식 원리와
그 미적 운용의 묘(妙)

1. 머리말

　시조는 한국이 낳은 전통시 가운데 가장 정제된 민족의 대표적 정형시로 누구나 공인하고 있다. 중국의 절구나 율시, 일본의 하이쿠, 서구의 소네트에 비견될 수 있는 우리 시가의 대표 브랜드란 점에 이의를 달 사람은 아무도 없다는 것이다. 그럼에도 불구하고 국제 사회에서 절구나 하이쿠, 소네트에 비해 그 브랜드적 가치와 위상은 너무나 빈약한 위치에 놓여 있는 것이 엄연한 현실이다. 마치 한국의 국민총생산(GDP)이 세계 12~13위를 점하면서도 한국이라는 국가 브랜드는 세계 33위로 저평가되고 있는 것과 비슷한 현상이라 아니할 수 없다. 브랜드란 '혜택(benifit)을 소통시키는 매개체'라 볼 때, 소통의 주역인 누가 그 제품을 만들었는가와 누가 그 제품 뒤에 있는가가 중요한 관건이 되므로 결국 저평가 된 연유는 소통의 주역 탓이다.

　그런 점에서 일본의 대표 브랜드이자 국민시가라 할 하이쿠는 그 창작-향유에 가담하는 애호가만 1,000만 명을 헤아린다 하며, 그 전문

월간지만 해도 8개, 동인지만 해도 800개쯤 된다고 하니 그 소통 주역의 열기가 어느 정도인지 짐작이 간다. 이러한 열기 뒤에는 신문·잡지·텔레비전·라디오 같은 절대적 영향력을 갖는 소통매체가 '하이쿠란'을 만들어 투고의 기회를 무한정 열어주고 있으며1), 거기다 상징적으로 해마다 신년 하례행사에 곁들여 일본 국왕이 하이쿠를 직접 짓는 모습을 TV로 방영하는 등 일본인들의 하이쿠 사랑이 세계적 문학으로 성장시킬 만한 저력을 탄탄하게 갖추고 있다는 점이다.

이러한 거국적 사랑과 열기가 있기에 하이쿠는 한낱 지나간 시대의 전근대적 시가의 골동품적 가치를 갖는 애호품이 아니라, 오늘날에도 일본인의 심리 정서 속에 살아 호흡하는, 그리하여 현대 일본인의 물질주의로 인한 폐해와 공허한 마음을 달래주고 치유해주는 소중한 시가로 자리매김 되어 현대에 이르러서도 '하이쿠의 시대'라는 표현이 나올 만큼 전성기를 구가하고 있는 것이다. 어디 그뿐이랴. 일본인의 이러한 하이쿠 사랑은 마침내 일본을 넘어 세계적 브랜드로 성장할 수 있었으며, 그 결과로 일찍이 에즈라 파운드의 이미지즘 시 운동의 발단이 되게 했으며, 엘리어트 같은 대시인에게도 상당한 영향력을 미치게 되고,2) 현대비평의 세계적 대가라 할 노드롭 프라이로부터 특정 하이쿠 작품이 세계에서 '가장 위대한 작품의 하나'라는 찬사를 받기에 이르는3) 영예를 누리고 있다. 뿐 아니라 '국제 하이쿠 교류협회'가 결성되고, 50개 이상의 나라에서 자국의 모국어로 하이쿠를 읊으며 '하이쿠 문화'를 가

---

1) 전이정, 『순간 속에 영원을 담는다 : 하이쿠 이야기』, 창작과비평사, 2004, 12면.
2) 위의 책, 36면 참조.
3) 노드롭 프라이, 「서정시에 대한 접근」, 『서정시의 이론과 비평』(호제크 파크, 윤호병 역), 현대미학사, 2003, 60면.

꾸어 나가는데 동참하고 있다고 한다. 이 얼마나 부러운 일인가!

그에 비해 우리나라의 시조 사랑은 어떤가. 1920년대의 국민문학파에 의해 시조부흥운동이 시작된 이래 오늘에 이르기까지 현대시조를 창작–향유하는 시인이 유·무명 합쳐 1,000명 수준이라 하며, 시조 전문지나 동인지 숫자는 손가락으로 꼽을 정도로 빈약하고, 그보다 시조의 창작과 향유에 가담하거나 관심을 가지면 이미 봉건시대의 유물에 지나지 않는 죽은 장르를 살려내겠다는, 시대착오적 복고주의자나 자기 것만 고집하는 국수주의자의 망상일 뿐이라고 경멸하거나 일축해버리는 것이 우리의 실정이다. 우리 자신부터가 이 정도로 시조를 홀대하고 있는데 하물며 남들이 소통해주길 어떻게 기대할 수 있겠는가. 시조가 우리의 대표 브랜드로 명실 공히 자리를 굳히고 나아가 글로벌 브랜드로 성장할 가능성은 이런 풍토에선 꿈도 꾸지 못할 것이다.

그러나 아주 비관적인 것은 아니다. 해마다 신춘문예 등 언론이나 문예지를 통해 시조시인들을 배출하고 있고, 시조관련 행사가 미미하나마 꾸준히 지속되고, 시조의 브랜드적 가치를 인지해가는 숫자가 점차 늘어나는데다, 올해 5월엔 하버드대 한국학연구소에서 시조를 알리는 세미나가 개최되고, 영문으로 시조 짓기와 낭독회도 이루어져 구미에 소개되는 등 고무적인 현상이 보이기 때문이다.

이런 시점에서 600년 역사를 가진 성균관대학에서 600년의 장르 전통을 가진 시조를 정면으로 다루는 세미나가 개최되는 것은 참으로 의미심장한 일이라 아니할 수 없다. 시조 전문학회가 아닌 대학에서 시조 세미나가 열린다는 것은 앞으로 시조 사랑의 열기에 불을 지피는 기폭제가 될 것이라 믿어 의심치 않는다. 이를 적극 지원해준 백담사 만해사상실천선양회에 깊은 감사를 드린다.

2. 시조의 형식 규율과 그 원리

시조는 외국의 어떤 시문학과도 다른 가장 독특한 '한국적인 양식'
이다. 물론 향가나 속요, 경기체가, 가사도 한국 문학사에서만 찾아볼
수 있는 우리의 독특한 전통양식이긴 하지만 시조만큼 정교한 짜임새
를 가지면서 오늘날까지 그 장르적 혜택을 소통시키는 매개체는 달리
찾아보기 어렵기 때문이다.

그런데 정작 시조를 시조답게 하는 양식적 틀이 구체적으로 어떠한
짜임과 원리로 이루어졌느냐에 대해서는 아직 명확한 해명이 제출되
지 못한 실정에 놓여 있다. 시조의 형식 모형이나 그 구조화의 원리가
확고하게 밝혀지지 못했다는 것은 시조를 우리 서정시가의 대표 브랜
드로, 나아가 글로벌 서정시 브랜드로 성장시켜 나가는데 있어서 근본
적인 걸림돌이 되고 있으므로4) 이 문제의 해명이 시급히 요청된다.
일본의 하이쿠 같으면 5-7-5의 17자 음절로 이루어진 단 한 줄의 시
구라는 단순 명쾌한 자수율(음수율)의 형식규율로 설명이 가능하고,
한시의 절구는 5음이나 7음의 음수율을 바탕 틀로 하면서 거기에 압운
과 '평측(平仄)'이라는 운율형식을 덧붙이는 복합율격으로서의 형식규
율을 갖추고 있다는 데에 아무도 이의를 달지 않지만, 시조의 경우는
아직도 그렇지 못한 형편에 있기 때문이다.

이제 우리의 시조 양식이 갖는 독특한 형식틀과 그 원리를 확고히
규명하기 위해 기존에 제기되었던 중요한 논의들을 반성적으로 재검

---

4) 어떤 것이 세계적 브랜드가 되려면 그 특색과 정체성이 뚜렷해야 하고, 또 그 뚜렷
한 정체성이 올바로 이해되어 널리 공감대가 형성되어야 한다. 시조는 정체성은 뚜
렷하게 갖췄으나 그에 대한 이해가 아직 많이 부족하고 그로 인해 미미한 공감대를
형성하고 있을 뿐인 것이 현재의 실정이다.

토함으로써 문제 해결의 실마리를 찾아보기로 한다.

잘 알다시피 시조의 형식규율은 자수율로 규정하는 데서 출발되었다. 그런데 그 구체적인 결과는 상당히 다른 것으로 제시되었다.

	제1구	제2구	제3구	제4구
초장	3	4	4(3)	4
중장	3	4	4(3)	4
종장	3	5	4	3

〈표 1〉[5]

	제1구	제2구	제3구	제4구
초장		6~9		6~9
중장	5~8	6~9		
종장	3	5~8	4~5	3~4

〈표 2〉[6]

같은 양식을 두고 이토록 다른 결과가 도출된 것이다. 이는 시조의 형식원리가 자수율로 규정될 수 없음을 말해주는 단적인 증거다. 실제로 〈표 1〉과 같은 엄격한 자수율로 제시할 경우 그 형식규율을 준수하는 자료보다 그렇지 않은 자료가 압도적으로 많다는 사실이 이미 밝혀진 바 있다. 실제 자료가 그러하므로 〈표 2〉와 같은 느슨한 자수 규정이 먼저 나오게 된 것이고, 〈표 1〉의 경우도 '3장 12마디 45자 내외'라 하여 '내외'라는 융통성을 두었던 것이다.

그러나 자수율(음수율)은 글자수(음절수)의 규칙성에 의해 형성되는 운율이므로 글자수의 엄격한 고정성을 포기하고 느슨한 규정을 할 수

---

5) 조윤제, 「시조자수고」, 『신흥』 4호, 1930. 11.
6) 이병기, 「율격과 시조」, 〈동아일보〉, 1928. 11. 28 ~ 12. 1.

밖에 없었다는 자체가 이미 자수율로는 시조의 형식원리를 설명할 수
없음을 뜻하므로, 그 대안으로 나온 것이 다음과 같은 음보율이다.

	제1음보	제2음보	제3음보	제4음보
초장	小(平)	平	小(平)	平
중장	小(平)	平	小(平)	平
종장	小	過	平	小(平)

〈표 3〉[7]

이렇게 시조를 음보의 크기로 규정함으로써 시조가 '4음보격 3행시'
라는 음보율에 의한 형식틀을 가진 것으로 파악하고 있다. 여기서 평
(平)음보는 실현빈도와 평균치로 보아 기준이 되는 4음절의 음보를 가
리키고, 그보다 작은 음보를 소(小)음보, 큰 음보를 과(過)음보라 하여
규정한 것이고, 괄호 안의 것은 출현빈도가 적지 않으므로 '허용형'으
로 제시한 것이다. 그러나 시조의 형식 규율을 음보의 수로만 지정하
면 그러한 운율패턴을 이루는 자질(규칙적으로 반복됨으로써 음보를 이
루는 등가적 자질)이 무엇인가에 대한 해명이 없으므로 문제 해결에 도
움이 되지 못하며, 그러한 규율을 음보 단위에서 실현되는 음절수의
크기로만 지정하자니 〈표 3〉의 결과처럼 규율을 벗어나 허용되는 음
보(괄호 친 것)가 총 12개 가운데 5개나 되므로, 이 또한 정형시로서의
엄정성을 갖는 시조의 형식규율을 해명해 내었다고 하기는 어렵다.
그리하여 이러한 문제점들을 극복하고 그 대안으로 제출된 것이 다
음과 같은 음량률에 의한 형식규정이다.

---

7) 김흥규, 『한국문학의 이해』, 민음사, 1986, 45면.

	제1음보	제2음보		제3음보	제4음보	
초장	4	4	‖	4	4	……… 4음 4보격
중장	4	4	‖	4	4	……… 4음 4보격
종장	4	4+4	‖	4	4	……… 변형 4보격

〈표 4〉8)

여기서 숫자 4는 음절수를 나타내는 것이 아니라 4음절량의 크기, 곧 모라(mora) 수를 나타낸 것으로 음보를 이루는 자질을 음절 외에도 장음(長音 : 1음절 길이만큼 길게 뺌)과 정음(停音 : 1음절 길이만큼 멈춤)이 관여한다는 전제 아래, 각 음보가 4개의 음절량(4모라)에 해당하는 크기의 등가성을 가지며 그것이 4개씩 모여 한 장(章)을 이루면서 반복되는 리듬 패턴으로 보아 '4음 4보격 3장시'로 시조 형식을 규정한다. 단 종장의 둘째 음보는 두 음보의 축약 형태를 띠는 특수한 성격을 갖는 음보로서 4모라 크기의 다른 세 음보와 운율적 평형을 맞추면서, 동시에 심층의 두 음보를 하나로 결합시키려는 운율적 조정이 작동하여 빠르게 율독하려는 경향이 나타나고 그에 따라 종장의 운율은 4보격의 형식을 취하면서도 초–중장의 그것과는 질적으로 다른 '변형 4보격'으로 실현되는 것이라 설명한다.

이제 시조의 형식구조는 '4음 4보격 3장시'라는 음량률에 바탕한 운율적 형식에 의해서 그 정형성이 명확하게 해명된 듯이 보인다. 이에서 어긋나는 시조 작품을 찾기는 어렵기 때문이다. 그럼에도 불구하고 음량률에 의한 형식 규정이 완벽한 설득력을 얻지 못하고 아직도 자수율적 규율에 대한 미련을 떨치지 못하는 것은 단순히 시조의 형식 원

---

8) 성기옥, 손종흠, 『고전시가론』, 한국방송통신대학교 출판부, 2006, 283~288면.

리에 대한 이해부족이거나 율격에 대한 무지의 소치로만 돌릴 수 없음을 말해준다.[9] 왜냐하면 우리 시가에서 자수율적 징후를 가장 강하게 드러내는 경기체가의 양식을 보면, 그 형식의 정형성이 '334/ 334/ 444/투식구[10]// 44/44/투식구///'라는 자수율로 해명될 수 있을 정도이기 때문이다. 이는 우리 시가에서 자수율적 고정성의 욕구가 텍스트의 형식 요건으로 한편에서 긴요하게 작용해 왔음을 의미한다.

그렇다면 시조 형식에서 자수율로 접근을 시도했던 〈표 1〉과 〈표 2〉의 두 모형이 그 방법과 결과에서 상당한 차이를 보임에도 불구하고 시조 종장의 첫 음보 만큼은 3자로 고정시키는데 동의하고 있고, 실제로 어떤 시조 작품에서도 그것을 벗어나는 경우를 찾기 어려운데 이는 무엇을 의미하는 것일까? 시조의 형식 규정에서 종장 첫 음보의 형식 모형을 4모라 크기의 음량률적 규정으로 그냥 넘어가서는 안 된다는 사실을 말해주는 것이 아니겠는가.[11]

사실 시조의 형식 모형 설정에서 종장 첫 음보가 갖는 비중은 그냥 하나의 음보 단위로만 파악될 수준이 아니라는 점이 이미 논의된 바 있었다.

---

9) 아직도 중고교 교육현장에서 우리 시가의 운율을 자수율로 가르치는 경우가 흔하며, 최근까지도 자수율로 우리시가의 율격을 해명하려는 시도가 제기되고 있는 실정(오세영, 김정화)이 그 점을 말해준다.

10) 대부분의 경기체가에 보이는 "위 ~경 긔 엇더ᄒ니잇고"를 가리킴.

11) 성기옥은 종장 첫 음보가 3음절로 고정되는 규칙성을 인정은 하면서 그것을 시조의 중요한 형식요건으로 표면화시켜 드러내지는 않고 있다(284면). 그는 그것을 다만 종장 내의 특유한 장치로 인한 "운율적 상호조정의 영향과 직결되어 나타나는 현상"(287면)이라고만 설명할 뿐이다.

	제1척사	제2척사	제3척사	제4척사
제1구	–	–	–	–
제2구	–	–	–	–
제3구	–			
제4구	–	–	–	–

〈표 5〉12)

이에 따르면 시조의 형식 단위를 장(章)을 구(句)로, 음보를 척사(隻辭)라는 용어로 바꿔야 옳다고 주장하면서, 종장의 첫 음보를 별도의 독립된 구(제3구)로 설정하고 그것은 1개의 척사만으로 하나의 구를 이루므로 '척구(隻句)'라는 독특한 용어로 명명하고 있다. 그만큼 종장 첫 음보의 비중을 다른 장과 대등한 수준으로 격상시켜 보고 있음이 특징인데 이는 한시의 절구가 기-승-전-결의 4행구조로 되어 있음과 비견할만한 형식모형이라 할 수 있다. 실제로 이 견해는 시조를 제1구(또는 기구(起句)), 제2구(또는 승구(承句)), 제3구(또는 전구(轉句)), 제4구(또는 결구(結句))로 이루어진다고 보아 절구의 시상전개 방식과 일치하는 것으로 명명하고 있고, 이에 따라 제3구(척구)를 전구로 본다.

그러나 한시의 절구에서 전구는 운율적으로나 통사-의미론적으로나 다른 구와 대등하게 구조화되어 명백한 4구(행) 구조를 형성하지만, 시조의 종장 첫 음보는 운율면에서나 통사-의미론적 면에서 다른 장과 대등한 비중을 갖지 못하므로 별도의 독립구(행)로 보는 것은 지나친 면이 있다.13) 시조는 분명 통사-의미론적 면에서 3장의 구조로

---

12) 홍재휴, 「시조구문논고-기왕의 시조 장구(章句)론을 변정함-」, 『효대학보』 433호, 효성여자대학, 1977년 11월 10일자 게재.
13) 이와 관련하여 시조와 한시 절구의 형식구조의 차이를 대비해 살핀 견해에서는 "시조는 절구의 전(轉)구조를 소외한다"라는 결론을 낸 바 있다(최진원, 「시조의 전개」,

파악되고, 그것을 악곡에 얹을 때도 가곡창을 제외하고 북전이나 시조창으로 부를 때는 3장 구조로 실현되기 때문이다.

그럼에도 시조의 3장 구조를 보다 고급 예술로 향유하는 가곡창에 얹을 때는 종장의 첫 음보를 제4장으로 분리 독립하여 가창한다는 점을 고려하면 그것이 다른 장의 한 음보와는 질적으로 전혀 다른 비중을 갖고 있음을 말해준다. 뿐 아니라 시 텍스트로서의 운율면에서도 다른 모든 음보는 음량률로 규율화 되지만, 종장 첫 음보만은 그것을 따르지 않고 유별나게 3자로 고정하여 엄정한 자수율적 통제로 규칙화되는 것은 그것이 작품 내적인 구조에서 예사 음보의 기능에 머무는 것이 아니라 장(章)의 비중을 감당할만한 기능적 '초점화'가 이루어짐을 의미하는 것이 될 것이다. 말하자면 시조에서 종장의 첫 음보는 시 텍스트로 보나 가(歌) 텍스트로 보나 작품의 특별한 지점 곧 묘처(妙處)에 해당하는 것이다.

다음의 자료가 그 점을 증명해준다.

> 근래에 유종(柳淙)이 말했다. "우리나라의 모든 노래는 정서(鄭敍)의 과정곡(瓜亭曲) 이후로 대중소편(大中小篇)을 막론하고 모두 5장(章)으로 되어 있으며, 제4장은 반드시 삼자(三字)로 세 번 끊어 노래하는데, 이것은 중국에는 없는 형태이다"[14]

『한국문학연구입문』, 지식산업사, 1982, 403~405면 참조). 그러나 시조의 종장 첫 음보가 통사의미론적으로는 전구에 해당하지 않지만 기능적으로는 전구의 구실을 톡톡히 해내고 있으므로 전구조를 소외한다기 보다는 그것을 흡수하여 작품 내에 '내면화 한다'고 보아야 할 것이다. 종장 첫 음보의 독특함 때문에 시조는 통사적으로 (탄사로 될 경우) 혹은 의미론적으로(탄사가 아닐 경우) '전환'이 일어나기 때문이다. 시조의 3장 구조가 절구의 4행 구조를 충분히 감당할 수 있었던 것도 이에 기인한다.
14) 황윤석, 『이재난고(頤齋亂藁)』, 5책, 1779년(기해, 己亥)년 6월 14일조.

서두에 '우리나라의 모든 노래(동속만언가사(東俗萬言歌詞))'라 하여 국문시가의 모든 양식을 두루 지칭하는 것처럼 말했지만, 노래형식이 모두 5장으로 되어 있다는 점과, 〈정과정곡〉으로부터 유래했다는 점을 감안한다면 시조를 얹어 부르는 가곡창에 대해 언급하고 있음이 분명하다. 그렇다면 이 자료를 통해 모든 가곡창 작품이 종장의 첫 음보에 해당하는 제4장을 반드시 3자로 고정시켜 노래하는 것이야말로 중국에는 없는 특유의 핵심 장치이며 장르 정체성을 보여주는 표지로서 당대인이 분명히 인식해 왔음을 말해준다. 따라서 **시조의 형식 규율에서 종장 첫 음보를 3자로 고정한다는 것은 시조를 시조답게 하는 장르 표지로 기능한다는** 점에서 결코 소홀히 할 수 없는 구성요소다.

그러면 시조의 이러한 독특한 형식 규율은 어떠한 '미학적 원리'에 의해 산출된 것일까? 기왕의 견해에서는 시조의 형식화 원리를 순전히 시 텍스트로서의 운율 구조에 기대어 해명함으로써 다소 소루한 면을 벗어날 수 없었다. 즉, 초장과 중장의 운율 구조가 4음 4보격으로 '반복' 됨에 주목하고, 이어 종장은 그와 달리 둘째 음보의 특수성에 의한 변형 4보격으로 운율적 '전환'을 이룸으로써 '반복과 전환의 구조'라는 미적 원리를 끌어낸 바 있다.[15] 그러나 이러한 원리는 시조 아닌 다른 장르, 곧 경기체가나 연장체 고려속요에도 똑같이 적용되는 것이어서 시조의 독특한 형식미학으로는 미흡한 감을 지울 수 없다.

---

15) 성기옥, 앞의 책, 287면~288면 참조. 필자도 이를 수용하여 시조의 미학적 원리를 상론한 바 있다(김학성, 「시조의 형식미학과 그 현대적 계승」, 『한국고전시가의 전통과 계승』, 성균관대 출판부, 2009, 327~330면). 그에 앞서 성무경, 「가사의 존재양식 연구」, 성균관대 박사논문, 1997에서는 시조의 진술구조에서 종장에 의한 '전환'의 구조를 〈초장+중장〉에 의한 통사구조와 〈종장〉이라는 통사구조가 '차단성'을 갖는 것으로 설명한 바 있다.

시조는 '부르는 문학'으로서, 문학적 향유와 음악적 향유를 동시에 구현한 텍스트이므로, 시로서의 운율적 원리에 더하여 노래로서의 음악 미학적 원리도 함께 고려할 때 보다 정밀한 이해가 가능하다고 보면 시조의 형식규율을 통해서 다음과 같은 원리를 끌어낼 수 있을 것이다.

초장	4	4	‖ 4	4 ··········	앞구와 뒷구의 '균형'의 미학
중장	4	4	‖ 4	4 ··········	앞장의 '반복'의 미학
종장	3 /	4+4	‖ 4	4 ··········	앞구에 변화를 주는 '전환'의 미학
				··········	3장으로 시상을 완결하는 '절제'의 미학

〈표 6〉16)

첫째, 시조는 전체가 3장으로 완성되는 아주 짧은 양식이라는 점이다. 시조에서 어떠한 파격이 일어나더라도 이것만은 반드시 지켜야 하는 엄정한 형식 규율인 것이다. 시조가 3장 구조의 짧은 형식으로 완결된다는 것은 그만큼 담화방식에서 '서술의 억제'가 강하게 일어난다는 것이고, 이것이 시조로 하여금 아무리 숙엄한 사상이나 이념을 담는다 하더라도 서정시다운 감정의 환기를 가능케 하는 요건이 되는 것이다. 여기에는 고도의 압축에 의한 절제의 미학이 작용하는 것이다. 또한 이처럼 짧은 양식이므로 잔치마당에서 즉흥적으로 창작–향유하기에 적절하고, 잔치마당이 아니라 하더라도 순간의 솔직한 내면 정감을 간명하게 드러내는 데도 적절하여 사대부층의 애호를 받을 수 있었던 것이다.

둘째, 시조는 4모라 크기의 2음보가 하나의 구(句)를 이루며, 이러한

---

16) 〈표 6〉에서 숫자는 모라수를, 고딕체 숫자는 글자수의 고정성을 의미하고, 기호
　　(‖ /)의 고딕체는 상대적으로 보다 강한 경계표지를 나타냄.

구 2개가 앞구(안짝)와 뒷구(바깥짝)로 짝을 이루어 하나의 장을 이룸으로써 작품 전체가 3장 6구의 짧은 형식으로 완성된다. 특히 작품의 첫머리를 장식하는 초장의 경우 운율면에서 앞구와 뒷구가 2음보 : 2음보로 대등한 평형을 이루어 안정된 '균형'의 리듬을 유지하도록 하고, 그것을 가곡창에 얹어 부를 때는 아예 2개의 장으로 나누어 장단마저 균등하게 배분함으로써 음악미학적으로도 '균형'의 미감원리가 작동되도록 배려되어 있다. 이는 시조가 아무리 희로애락의 내재정감을 표출한다 하더라도 그러한 감정을 가지런히 '정돈'하고, 어느 한쪽으로 치우치지 않는 '안정과 균형'의 미감을 유지하고자 하는 유가의 '중화(中和)'(균형과 조화) 철학을 작품에 구현함을 의미한다.

셋째, 중장은 운율 구조면에서 초장과 동일한 리듬의 반복으로 실현된다는 점에서 이미 초장에서 음미한 바 있는 '안정과 균형'의 미감을 흐트러짐 없이 다시 한 번 즐기게 되는 '반복'의 미학원리를 쉽게 끌어낼 수 있으며, 다만 앞구와 뒷구의 대등한 배분에 의한 균형의 미감은 운율적으로는 초장과 동일하게 반복 실현되지만 음악적으로는 앞구와 뒷구를 연속해 부름으로써 구와 구의 경계표지가 초장만큼 선명하지는 않다는 차이점이 존재한다. 이는 중장의 기능이 앞구와 뒷구의 대응적 짝에 의한 안정과 균형의 미감 원리보다 앞구와 뒷구가 호응하면서 연속된다는 점과 나아가 초장과 동일한 반복에서 오는 장과 장 간의 연속성이 중심이 됨을 의미한다. 그러므로 시조의 엄정한 형식 규율을 일탈할 경우(중형이나 장형시조에 해당) 초장보다는 상대적으로 연속성이 강한 중장에서 사설확장이 주로 이루어짐은 이러한 중장의 위치에서 볼 때 자연스러운 것이라 하겠다.

넷째, 종장의 첫 음보는 작품의 전반에 규율화되는 음량률의 지배를 받지 않고 반드시 3자로 고정하여 자수율에 따르는 운율적 이단성(異端性)을 보임으로써, 이 지점에서 초-중장으로 이어지는 서술적 연계와 운율적 연속성을 일거에 차단하는 효과를 가져 오도록 하며, 이 3자의 고정성으로 시조 양식의 장르표지로 삼는다. 그리고 이러한 특수성에 상응하여 이 부분을 가곡창에 얹을 때는 별도의 제4장으로 독립하여 부르는 음악미학적 배려도 겹쳐 있다.

여기서 주목되는 것은 '3자의 고정성'이다. 이는 시조의 형식틀이 **자연발화**에 의존하는 음량률의 지배로만 일관하기에는 시로서는 미흡하므로, 한시를 즐겨 향유해 왔던 시조 향유층이 우리말 노래에 대한 '시 텍스트로서'의 욕구 곧 시성(詩性) 부족을 한시 수준으로 격상하기 위한 인공적인 시적 의장(意匠)으로 창안된 것으로 이해된다.[17] 그리하여 종장 첫 음보에서 자수율[18]로 고정하는 인공적 의장이 다른 모든 음보의 음량률에 의한 자연발화에 둘러싸여 자연과 인공의 절묘한 조화를 이루도록 하면서도 그 지점을 유난히 특화하는 묘처가 되게 함으로써 장르표지로 역할하게 된 것이다.

다섯째, 기능상으로는 엄연히 독립성을 갖는 종장의 첫 음보가 형

---

17) 한시에 익숙한 담당층이 '334/ 334/ 444/투식구// 44/44/투식구///'라는 자수율로 경기체가의 정형을 운용함으로써 국문시가를 한시적 어법으로 격상하여 작품에 문식성(literacy)을 더하는 사례를 시조 이전에 이미 경기체가를 통해 보여준 바 있다.

18) 川本 皓嗣, 「동아시아 시학 구축을 위해-음수율이라는 숙명-」, 『한국시가연구』21집, 한국시가학회, 2006, 44~51면에서는 우리 시가의 운율이 중국이나 일본시가처럼, 자수율을 기본틀로 한다고 보아 자수율을 동아시아 시가의 숙명이라고까지 말한다. 그러나 우리 시가의 경우 자수율적 고정성은 운율적 기본 틀로써가 아니라 시적 의장이나 문채(文彩)를 더하기 위한 시로서의 문학적 욕구(시성, 詩性)를 충족하기 위한 것으로 보아야 옳다고 본다. 경기체가와 시조 종장 첫 음보의 자수율적 고정성이 그 증거다.

식상으로는 종장의 내부로 들어와 첫머리를 차지하게 됨으로 해서 이러한 특수 구조 속에서 종장의 둘째 음보는 특수한 형태로 실현된다. 즉, 다른 장과의 평형을 맞추기 위해서 4음 4보격이라는 운율 구조를 정상으로 실현하지 못하고 부득이 둘째 음보에서 2개의 음보를 하나의 음보로 축약하는 변화를 주어 종장이 변형 4보격이 되도록 함으로써 첫 음보의 특수성에 이은 시상의 '전환'과 '마무리'를 동시에 이루도록 한다.

이제 시조의 형식 규율과 그 미감원리를 종합하면 다음과 같이 정리된다.

①작품 전체가 초장–중장–종장으로 구조화된 '3장' 체계로 '**완결**'된다.(장(章)구조)

②각 장은 앞구(안짝)와 뒷구(바깥짝)의 호응과 '**균형**'에 의한 '2개의 구'로 이루어진다.(구(句)구조)

③초장과 중장은 4음 4보격의 운율을 기조로 하여 동일하게 '**반복**'함으로써 이루어진다.(초–중장의 운율 구조)

④각 음보는 자연발화를 따라 4모라 기준의 음량률을 따르되, 종장의 첫 음보는 반드시 **3자로 고정**하여 '장르 표지'로 삼는다.(종장 첫머리의 특수 구조)

⑤종장의 둘째 음보는 2개의 음보를 하나의 음보로 축약하는 형태로 변화를 주어 첫 음보와 함께 종장이 '변형 4보격'이 되도록 함으로써 '**전환**'과 '**마무리**'를 동시에 이루도록 한다.(종장의 마무리 구조)

3. 시조 양식의 전개와 그 운용의 묘

시조가 이처럼 엄정한 형식 규율을 갖춘 데다 짧디 짧은 3장 체계로 완결하는 정형의 틀을 양식적 모형으로 가지고 있어서 그러한 추상적으로 존재하는 양식적 모형을 실제로 향유층이 어떻게 구체적 장르로서 운용해 왔느냐는 시대와 개인 혹은 계층의 취향과 가악관의 차이에 따라 다소의 변화나 편폭을 보여줄 수밖에 없는 것이다. 이제 그 구체적 양상을 대강이나마 파악하여 그 운용의 묘를 살펴보기로 한다.

시조의 장르적 운용 양상은 무엇보다 그 명칭에 잘 반영되어 있다. 명칭이 시조의 특징적 면모와 그 운용 방식을 꼭 집어주기 때문이다. 시조의 명칭으로 가장 보편화 된 것은 아무래도 '단가(短歌)'다. 시조는 어떠한 사상 정감을 드러낸다 하더라도 일단 3장 6구의 짧은 형식에 담아 완결해 내야하는 극히 짧은 노래 양식이므로, 노랫말의 길이가 긴 '장가(長歌)'에 대비되는 명칭으로 적절했기 때문이다. 그러나 시조를 이토록 짧고 엄정한 형식 규율을 지키는 기본형(평시조)으로만 향유할 경우, 여러 복잡한 세계상이나 사상 감정을 담는 그릇으로는 지나치게 협소하며, 그 구현하는 미학 또한 너무나 고상하거나(숭고) 단정하여(우아), 일탈에서 오는 여유로움(골계)을 갖기 어려우므로 그러한 제약에서 벗어나기 위한 **사설의 확장**을 다각도로 시도하여 운용하게 되는데, 그 확장하는 방식이나 크기의 정도는 상당한 낙차를 보이게 된다.

즉, 사설 확장의 정도가 그리 크지 않은 것에서부터 상당한 크기로 늘어난 작품에 이르기까지 다양한 텍스트 실현을 보이는데 그 가운데는 단가라는 명칭에 걸맞지 않을 정도로 크기가 증폭되어 마침내 '장

가'라는 명칭으로 수렴되는 경우까지도 생겨나게 되었다. 이형상의 한
역시조집 '금속행용가곡'(『지령록』(1706)에 수록)에 〈장진주사〉, 〈맹상
군가〉(〈옹문주〉라는 이칭), 〈탄식알(歎息謁)〉(『청진』의 만횡청류에 수록
된 541번 "창내고쟈 창내고쟈…") 같은 사설시조 4수를 따로 묶어 '장가'
로 지칭한 사례[19]가 그것을 말해준다.

앞서 인용한 자료(황윤석, 이재난고)에서도 가곡창이 "대-중-소 편
을 막론하고 모두 5장으로" 구조화되어 있다는 언급에서 시조가 '대중
소편'의 세 가지로 지칭될 정도로 다양하게 운용되었음을 확인할 수
있는데, 그 가운데 **대편**이 '장가'라는 명칭에 포괄될 정도로 길이가 크
게 늘어난 장형의 시조 곧 사설시조를 가리킴은 쉽게 짐작이 가며, 또
소편은 기본형(평시조)을 가리킴은 그것이 단강(短腔)이나 소곡(小曲)
이란 이칭을 갖고 있음에서도 알 수 있다. 그렇다면 **중편**은 평시조처
럼 단형도, 사설시조처럼 장형도 아닌 어중간한 크기의 중형시조 곧
엇시조를 지칭함은 미루어 짐작이 가능하다.

시조를 얹어 부르는 가곡창이 이와 같이 대-중-소편의 세 가지로
운용되었다는 언급을 통해서 시조의 하위 장르로 평시조와 사설시조
만 인정하고 엇시조의 존재를 부정하는 일[20]이 있어서는 안 된다는

---

19) '장가'라는 명칭은 심수경의 『견한잡록』(1590)이나, 이수광의 『지봉유설』(1614), 홍
  만종의 『순오지』(1678)에 따르면 주로 〈면앙정가〉〈관동별곡〉 같은 가사 장르를 지
  칭하지만, 그에 한정하지 않고 〈한림별곡〉 같은 경기체가, 〈감군은〉 같은 악장, 〈어
  부가〉 같은 한시체 노래, 〈장진주사〉 같은 사설시조 등에 이르기까지 노랫말이 긴
  것을 범칭한 것으로 확인된다. 기존 견해에서는 이런 점을 고려하지 않고 장가라는
  용어를 가사와 동일시하여 〈장진주사〉와 〈맹상군가〉를 가사 장르로 보기도 하나 이
  는 분명 잘못된 견해다. 이수광, 홍만종이 제시한 장가 목록 가운데 시조 장르의 요
  건, 곧 '5장으로 부르되 제4장을 3자로 고정하여 부르는 가곡창'(앞서 황윤석, 『이재
  난고』에 언급)에 해당하는 노래에 이 두 편이 명백히 해당하기 때문이다.

사실을 확인케 한다. 실제로 조선 중기에 시조와 가사 장르에 걸쳐 많은 걸작을 남긴 송강 정철의 경우만 예를 들어도 가곡창의 대-중-소 편을 이미 모두 창작-향유한 것으로 드러나며[21], 그런 일탈의 시조에 들지 않는, 연시조 혹은 연작시조의 경우에도 그런 사례를 볼 수 있다.[22] 이러한 운용방식은 중국에서 절구나 율시 같은 한시와는 별도로 송대에 융성했던 '사(詞)' 양식에서도 발견되는데, 즉 길이가 짧은 소령(小令, 58음 이내)과 중조(中調, 59-90음까지), 그리고 장조(長調, 91음 이상)라는 세 가지 크기로 향유되었음과 대응되는 것이다. 송대의 '사'를 '시여(詩餘)'라 별칭하기도 하는데 시조 또한 이러한 별칭을 갖고 있어서 흥미를 끈다.

그런데 중국에서 '시여'라는 명칭은 '당시(唐詩)'의 말기에 이르러 '시(詩)'가 노래로서는 거의 향유되지 못하고 문학으로만 기능함에 따라, '시'의 잃어버린 음악성을 회복하고자 하는 시대적 요구에 부응하여 등장한 '사'를 가리킨다. '사' 곧 '시여'는 엄격한 형식규율을 지키는 근체시와 달리 길고 짧은 다양한 가락과 노랫말을 섞어 '장단구(長短句)'로 자유로이 노래하게 되는데, 원래 일정한 악곡에 따라 노래말을 지어 넣던 것이 뒤에 악곡이 사라지고 노래의 사조(詞調)만 남아 그에

---

20) 성기옥, 앞의 책, 295~300면에서는 엇시조가 미학적 독자성을 갖고 있지 못하다 하여 그 존재를 부정하고 있다.

21) 작자가 명백히 확인되는 송강의 중형시조로는 "심의산(深意山) 세네 바회 휘도라 감도라들 제…"가 있고(『청진』에는 만횡청류에 수록), 장형시조로는 〈장진주사〉가 있음은 주지하는 바다. 이로써 보면 만횡청류에는 엇시조라 일컫는 중형시조와 사설시조라 일컫는 장형시조가 함께 포함되어 있음을 알 수 있다.

22) 한두 가지만 들면 고응척(1531~1605)의 〈대학장구〉 25수의 연작시조와 강복중 (1563~1639)의 〈청계통곡육조곡〉 같은 연시조에 엇시조형과 사설시조형이 간간이 섞여 실현되고 있다.

맞춰 '사'를 짓기에 이르렀다.

그에 비해 우리의 시여, 곧 시조는 그 반대로 처음에는 사뇌가의 3구 6명 형식을 계승하면서 그보다 훨씬 간명한 문학적 형식으로 응축하여 순간의 감정을 솔직 담백하게 '읊는 정도'의 노래양식으로 출발했다가 점차 대엽조 가락과 북전 가락에 얹어 '전문적인 곡/악'으로 강조(腔調)가 가다듬어져 예술적인 고급 음악 양식으로 상승해 감으로써 악곡의 분화가 후대로 갈수록 활발하게 되었다. 그런 과정에서 문학양식인 한시로서는 도저히 다 풀어내지 못하는 흥취, 곧 남은 흥취를 노래로서 풀어내는 시여, 곧 시조가 향유되었던 것이고, 그러한 흥취의 욕구가 더욱 음악적 전문화를 요구했던 것이다. 이러한 차이에도 불구하고 중국의 '사'나 우리의 시조가 한시로서 충족하지 못하는 흥취를 노래양식으로 풀어낸다는 점에서, 한시와 대비되는 명칭으로 '시여'라는 이름이 붙기도 했다는 점에서는 동질적인 면이 있다.

이렇게 시조가 한시로서 충족하지 못하는 음악적 욕구를 감당하다 보니 문학적 세련성보다는 음악적 전문화와 예술성에 무게 중심을 두는 쪽으로 역사적 전개를 보였고, 그에 따라 음악과 관련된 명칭으로도 불리게 되는 양상을 보이게 된다. 즉 초기에는 시조가 장단의 가락을 붙여 '영언(永言)'으로 읊조리는 정도의 노래라는 일반적인 개념으로 가(歌)나 가요(歌謠), 영언(永言) 등으로 호칭되다가, 점차 전문적 예술성의 욕구에 따른 곡/악의 개발과 악곡적 분화가 이루어짐에 따라 가곡(歌曲), 대엽(大葉)곡(曲), 우계면(羽界面)이라는 가곡창법의 노래로 지칭되기에 이른다.23) 나아가 시조(時調), 시절가(時節歌), 시절단가(時

---

23) 『서경(書經)』순전(舜典)에 "뜻을 말하면(言志) 시가 되고, 시에다 장단의 가락을 붙여 '말을 길게 빼면(永言)' 가(歌)가 되고, 그 가에다 악기반주와 곡조를 붙이면 악

節短歌) 같은 대중화된 새로운 창법이 생겨나 그런 명칭으로 불리기도 하고, 이렇게 다양한 악곡 분화와 개발이 이루어질 때마다 그 시대의 새로운 노래 욕구에 부응하는 '새 노래'가 지어지면서 신성(新聲), 신번 (新飜), 신조(新調), 시조(時調)와 같은 명칭이 생겨나게 되었다.

이러한 명칭의 추이는 시조를 연행하고 향유하는 방식과도 직결되는데, 즉 초기에는 작자가 단순한 가락과 장단으로 직접 읊조리거나 노래하던 것이 그 음악적 세련성이 더해 감에 따라 가동(歌童)이나 가비(歌婢), 기녀에게 전문적으로 창을 하도록 수련시켜 향유하는 데로 나아가고, 조선후기 이래로는 아예 가곡을 전문으로 하는 가객을 등장케 하여 그들을 후원함으로써 끝없이 새로운 곡목의 노래를 향유할 수 있었다. 시조의 이러한 변화의 추이는 시조 양식을 텍스트화 하여 운용하는 방식의 세련성으로 나타나는데 이를 시조사의 전개를 따라 살펴보면 그 운용 양상이 드러난다.

시조 양식의 장르적 운용은 고려 말에 이미 시작된 것으로 보인다. 시조를 수집한 각종 가집이나 고악보에 이조년, 우탁, 이존오, 최영, 정몽주, 변안렬, 이색, 원천석, 길재, 이방원 등의 작품이 수록되어 있기 때문이다24). 그런데 이들의 작품은 당대의 실증적 기록물로 전하

(樂)이 된다"라는 말을 참고하고, 형성기인 고려 말에는 시조가 어떤 악곡에 실려 불렸다는 특별한 기록이 없는 것으로 보아 그렇게 추측한다. 시조가 악곡에 붙여지기는 현재로선 조선 초기 세조 때 악곡을 근거로 편찬한 대악후보에 만대엽 악보가 실린 것이 최초이고, 그 뒤 이현보(1467~1555)가 전해져 내려온 〈어부단가〉 10장을 얻어 5결로 줄여 엽을 부쳐 창을 했다(위엽이창지, 爲葉而唱之)는 기록에서 종래 영언(永言)으로 읊조려 가창되던 것을 대엽조에 얹어 악곡에 담아 전문 가창으로 향유한 것으로 확인된다.

24) 김천택의 청진에는 고려조의 작품으로 정몽주의 〈단심가〉와 이색의 〈백설이 ᄌᆞᄌᆞ진 골에 구롬이…〉를 [이삭대엽]의 첫머리에 수록하고 있는데 이 작품을 실은 고악

지 않고 구비적 혹은 연행적 방법으로 전승되다가 수십 년 혹은 수백 년이 지난 후대의 문헌이나 가집에 그 제작 경위나 작자명이 전하기 때문에 실증주의 논자들은 무조건 후대의 위작(僞作)으로 보고 시조의 고려 말 발생설을 부정한다.

그러나 구비적 전승물이라 하여 무조건 그 역사적 실재성을 부정할 일은 아니다. 다중의 전승에 의한 구비물이 오히려 문헌 기록물의 실증성보다 더한 신빙성을 보장해줄 수 있다는 사실도 속속 밝혀지고 있기 때문이다. 호머의 대장편 서사시 〈일리아드〉나 〈오디세이〉 같은 것도 그 신빙성 논란이 있음에도 불구하고 부정되지 않고 있는데 하물며 구술시대도 아닌 문자시대에 3장 6구의 짧은 서정단시에 불과한 시조 전승물을 놓고 확실한 증거도 없이 무조건 후대의 위작으로 간주하는 것은 바람직한 태도라 하기 어렵다. 고려 말 나옹화상이 지었다는 〈서왕가〉나 〈승원가〉 같은 가사도 수백 년을 암기에 의한 구송물로 청허휴정의 법맥을 따라 전승되어 왔지만 작자가 한 번도 휴정으로 대체되거나 텍스트의 심한 변개를 보이지 않았다는 사실로 보아도 구비전승의 확고성과 실증성을 함부로 부정해서는 안 될 것이다.

그런 점에서 고려 말 이방원이 베푼 주석(酒席)에서 수창(唱酬)되었다는 〈하여가〉와 〈단심가〉 그리고 〈불굴가〉의 존재는 발생 초기 시조의 향유양상과 그 미학적 운용의 묘를 파악할 수 있게 해주는 귀한 자료가 아닐 수 없다.

보(『양금신보』)에 따르면 전자는 평조 중대엽으로, 후자는 북전으로 불렸음을 알 수 있다. 이들은 모두 고조(古調)에 해당하고 이삭대엽으로 불리지 않았지만 유명씨 항목에 실려야 했으므로 김천택이 이삭대엽의 자리에서 곡목 표기를 할 수 없었던 것으로 이해된다.

이런들 엇더ᄒ며   뎌런들 엇더ᄒ료

만수산(萬壽山) 드렁츩이   얼거진들 엇더ᄒ리

우리도 이 ᄀᆺ치 얼거져   백년(百年)ᄭ지 누리리라

-이방원, 〈하여가〉

이 몸이 주거주거   일백번(一白番) 고쳐 주거

백골(白骨)이 진토(塵土)ㅣ 되여   넉시라도 잇고 업고

님 향(向)ᄒᆫ 잎편단심(一片丹心)이야   가싈 줄이 이시랴

-정몽주, 〈단심가〉

가슴에/ 궁글/ 둥시러케/ 뚤고//

<u>왼ᄉᆺ기를 눈길게 너슷너슷 ᄭᅩ와</u>/ <u>그궁게 그ᄉᆺ 너코</u> 두놈이 두긋 마조자

바/ 이리로 훌근 뎌리로 훌젹 훌근훌젹 홀저긔는/ <u>나남즉 늡대되 그는 아</u>

<u>모ᄧᅩ로나</u> 견듸려니와//

아마도/ 님외오살라면/ 그는그리/ 못ᄒ리라.//[25]

-변안렬, 〈불굴가〉[26]

이 가운데 〈하여가〉와 〈단심가〉는 심광세의 『해동악부』(1617)를 비
롯해서 10종의 문헌에 그 제작 경위와 함께 전하고 있어 널리 알려

---

25) 이 작품의 초장과 중장의 경계선을 '통사적 의미구조'에 비중을 둘 경우는 "…너슷
너슷 ᄭᅩ아// 그궁게 그ᄉᆺ 너코…"로 볼 수 있으나, 여기서는 가곡창에서 사설시조가
대체로 초장은 2개로 분장하되 짧게 하고 중장이 많이 길어지는 일반적 관례를 따라
장(章)구분한 것이다. (〈장진주사〉도 그러함)

26) 이 작품의 한역가를 〈단심가〉의 그것과 함께 그대로 옮겨 길이를 비교해 보면 〈불
굴가〉가 중장이 길어진 사설시조의 한역임이 드러난다.

  此身死復死一百回// 白骨化塵土 ˇ 魂魄縱有無// 向君一片丹心 ˇ 那有磨滅理//
〈단심가〉

  穴吾之胸洞如斗// 貫以藁索長又長 ˇ 前牽後引磨且戞(알) ˇ 任汝之爲吾不辭// 有
欲奪吾主 ˇ 此事吾不屈(*從)//〈불굴가〉

있으나, 〈불굴가〉가 그 자리에 함께 불려졌다는 사실은 그의 5대손인 변희리(1435~1509)가 남긴 『전가록(傳家錄)』을 인용한 『원주변씨세보』에 한역가로 전하고 있어 이를 토대로 가집에서 찾은 결과 인용한 사설시조(『청진』 만횡청류 549번 작품)임이 비로소 드러나 알려진 것이다.

그런데 앞의 두 작품은 실증주의 논자를 제외하면 모두 인정되고 있지만, 〈불굴가〉는 사설시조의 출현 시기를 고려 말까지로 앞당길 수 없다는 이유로 무조건 부정하고 원주 변씨 후손의 위작으로 보는 경우가 대부분이다. 그러나 만약 후손들이 변안렬을 고려말 충신으로 추모할 마음으로 안작(贋作)한 것이라면, 정몽주의 〈단심가〉에 버금가는 근엄한 평시조형 노래의 한역가를 남길 일이지 하필 남녀 연정지사로 오인되기 쉬운 노랫말을 가진 파격의 사설시조형을 원작으로 하는 한역가를 기록에 올릴 이유가 어디에 있을까.[27] 사설시조는 음왜하여 본받을 바 못된다고 오히려 기피의 대상이 되어 왔지 않은가. 그렇다면 〈불굴가〉가 후대의 위작이라는 결정적 근거가 나타나지 않는 한 그 후손의 기록을 신빙할 수밖에 없다는 관점에서 다루기로 한다. 이는 "만횡청류의 유래가 이미 오래되었다"는 김천택의 말과도 부합되기 때문이다.

여하튼 앞의 세 작품이 술잔치가 베풀어져 있는 현장에서 즉석에서 주고받는 수작시조로 지어졌음이 주목된다. 시조의 형식틀과 생성 메커니즘이 이렇게 현장의 즉흥적 창작이 가능하도록 배려되어 있어 가능한 것이다. 우선 3장으로 간명하게 완결된다는 점에서 의미나 정감의 전개에 부담이 없고, 각 장을 4음 4보격이라는 우리말의 자연스런

---

27) 〈불굴가〉의 신빙성 여부에 대한 상론은, 김학성, 앞의 책, 373~381면 참조.

어법에 따른 가장 보편적인 율격양식을 기조로 한다는 점에서 자연발화에 가깝게 창작할 수 있다는 점이 즉흥성을 가능케 한다.[28] 더구나 앞의 두 작품처럼 엄정한 형식 규율을 따르는 기본형으로 창작할 경우 시조양식의 기대지평에 한 치도 어긋남이 없는 엄밀성과 완정성에 도달하게 되므로[29] 쉽게 기억하고 쉽게 이해하며 쉽게 노래하고 쉽게 마음을 전달하는 소통이 가능토록 한다.

그리고 셋째 작품처럼 주어진 정형을 일탈하여 사설의 확장을 보인다 하더라도, 반드시 시조 양식으로서 갖춰야 할 형식 요건을 충족시키는 범위 내에서 이루어져야 한다. 즉 3장으로 완결해야 하며, 종장의 첫 음보를 3자로 고정시키되, 다만 각장을 '4음 4보격'으로 하는 엄정한 규율을 벗어나 '4음보' 길이를 '4개의 통사-의미 단위구'(셋째 작품의 중장에서 빗금으로 표시함)로 사설을 확장하여 구조화 한다는 점이 다를 뿐이다.[30] 이 지점에서 주목되는 것은 시조의 형식을 이루는 기

---

28) 시조의 장르표지로 기능하는 종장 첫 음보를 제외한 시조의 모든 음보는 4음절(모라)량을 기준으로 하는 음량률의 지배를 받음으로써 실제 음절수의 실현에 있어서는 4음절을 지켜야 하는 자수율적 고정성의 규율이 아니므로 '일상 언어에 따른 발화' 곧 '자연발화'를 따라 읊조리게 되면 음보가 자연스럽게 형성되므로 잔치마당이나 그 밖의 풍류현장에서 즉흥적으로 창작-향유하기에 적절하다. 이렇게 발화된 각 음보는 실제 음절수 실현에서는 기준음절수인 4음절에서 한 두음절의 가감이 허용되어, 글자수로 표시하면 '4±1또는 2자'가 되어 최소 2에서 최대 6자로 실현된다(김종서의 〈삭풍은/ 나무 끝에 불고‖ 명월은/ 눈속에 찬데//…〉 참고). 단 종장의 둘째 음보는 2개 음보를 하나로 축약한 형태이므로 한 음보의 최소 2음절의 2개 결합인 4음절에서 최대 6음절의 2개 결합인 12음절까지 가능하나 실제로는 5음절에서 9음절까지로 나타난다.

29) 시 텍스트가 이렇게 주어진 율조에 따라 정형의 틀을 완벽하게 지킬 때 시상이 분산되지 않고 완정성에 도달할 수 있는 것이다. 정형의 율조가 없다면 시는 분산되고 만다. 율조는 다음 구절에 연결되며, 또한 앞 구절을 연상케 하고, 사상 이념을 서술하는 시로 하여금 의미의 통일에 기여하기 위함이다.

본 도구로 2음보라는 단위가 적극 활용된다는 점이다. 즉 기본형에서는 이 도구가 안짝과 바깥짝으로 배치되어 서로 대등한 평형을 이루는 구(句)로 운용되지만, 일탈형에서는 '구'라는 단위와는 상관없이 사설 확장의 기본 도구로 운용된다는 것이다.

그리하여 기본형에서는 앞구와 뒷구의 균형과 안정에 의한 결합으로 4보격의 유장한 율동감을 이루어 **확고한 의지나 안정된 정서 혹은 교훈적 목소리를 내기에 적절한 장치로 운용됨**에 비해, 일탈형에서는 사설 확장의 리듬 패턴으로 운용되어 2음보격 연속체로 사설을 엮어 나가는데 활용됨으로써 2보격에 의한 짧고 빠른 율동감으로 전환되어 **마음에 맺힌 긴장을 풀어내거나 경쾌 발랄한 정감을 유희적 어조로 담기에 적절한 도구**가 되는 것이다.

이에 따라 앞의 세 작품을 살펴보면 먼저, 이방원이 역성혁명의 야망을 가지고 고려왕조의 문(文)과 무(武)를 대표하는 두 기둥인 정몽주와 변안렬을 술잔치에 초청하여 기우는 왕조에 대한 미련을 버리고 새로운 왕조를 창업하는데 동참해줄 것을 '현실적 경세론'을 바탕으로 '숙엄하지도 경(輕)하지도 않은 단아한 어조'(우아미)로 자신의 '속뜻을 넌지시 말하면서(언지, 言志)' 응답을 요청한다. 이에 대한 두 사람의 화답은 똑같이 고려왕조에 대한 충성심을 결단코 굽힐 수 없음을 말하지만 그 목소리는 사뭇 다르다. 즉, 정몽주는 이학(理學)의 조종(祖宗)답게 '명분적 의리론'으로 맞서 백골이 진토가 되더라도 고려왕조에 대한 충(忠)의 도리를 다하겠다는 의리의 '도를 담아(재도, 載道)' 시종

---

30) 따라서 가장 심한 사설확장을 보이는 사설시조도 이러한 시조로서의 형식 요건을 반드시 갖추어야 하므로 시조형식의 '일탈'은 보인다 하더라도 '파괴'까지 이르지는 않는다. 그런 점에서 사설시조는 결코 '자유시'가 될 수는 없는 것이다.

일관 '진지하고 숙엄한 어조(숭고미)'로 응답한다. 그에 비해 변안렬은
그런 유가적 이념이나 도와는 상관없이 오로지 무인다운 기개로 자신
의 의지를 시정(市井)의 언어에 담아 '비흥(比興)의 기법'[31]으로 말하
되, 평시조식 진지성이나 엄숙성을 깨뜨리고 '가벼운 농조로 희화화하
여(골계미)' 상대방의 회유책에 대한 내면의 '감정을 펼쳐내는(연정, 緣
情)' 대응을 한껏 보여주고 있는 것이다.

　이처럼 시조는 형성 초기부터 '재도'를 중심지향으로 하는 숭고미와
'언지'를 중심지향으로 하는 우아미, '연정'을 중심지향으로 하는 골계
미를 두루 보여줌으로써 그 미학적 운용을 다양하게 구현하는 것으로
드러난다. 그 이후 시조의 구체적인 운용 방식은 개인이나 향유집단의
취향 혹은 가악관에 따라 상당한 편차를 드러내지만, 도를 싣고(재도),
뜻을 말하고(언지), 정을 펴는(연정)- 이 세 가지 요소를 어떻게 교합하
고 조정하고 지향하느냐에 따라 텍스트로 실현되는 양상은 달라진다
할 것이다. 그 지향과 장르의 실현 양상을 표로서 간명하게 정리하면
다음과 같다.

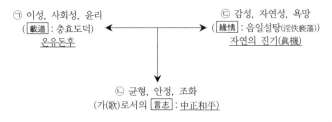

⟨표 7⟩

---

31) '비흥'이란 화자의 주관적 감정을 객관적 형상을 찾아 사물에 의탁하여 말을 일으키
　는 방식(托物興詞)으로, 여기서는 가슴에 구멍을 뚫어 새끼줄을 넣어 끌어당기는 고
　통에 빗대어 감정을 표출하고 있다.

　여기서 중앙(ⓛ)에 위치하고 있는 '언지'는 원칙적으로 한시의 몫임은 주지하는 바다. 시조 향유층인 유가에게서 '시언지', '가영언'으로 역할이 분담되기 때문이다. 그렇지만 가 역시 언지를 노래로 읊조린 것이므로 언지가 다 같이 중요한 요소임은 말할 것도 없다. 그러나 시의 언지와 가의 언지는 그 질이 다르다. 시는 마음이 갈구하는 바나 혹은 희로애락의 정감 일체를 사사로이 표출하는 것이지만, 가는 대소 연회의 자리에서나 가문, 친지, 학연 같은 공동체에서 공적으로 향유하므로 그 드러내려는 언지가 성정의 치우침이 없는 균형과 안정, 조화를 지향하는 중정화평의 미학을 구현함으로써 공동체의 안녕과 질서에 기여해야 하는 것이다.

　시조가 이처럼 공적인 자리에서 희로애락의 정감 의미를 절제로 다스려 악이절락(樂以節樂, 음악으로써 즐거움을 절제함)을 이룸으로써 중정화평의 미학을 구현코자 하는데, 그러자면 그 드러내고자 하는 '언지'는 두 가지 측면에서 강한 절제를 요구한다. 하나는 '의미'의 절제이고 하나는 '감정'의 절제이다. 시조는 서정이고, 서정은 정서를 기본 동력으로 하며, 정서는 심미적 쾌감에 연결된 감정적 측면과 윤리적 쾌감에 연결된 인지적(의미적) 측면을 동시에 구유하고 있기 때문이다. 그러나 시조는 시로서 못 다한 흥취를 풀어내거나(풀이성) 혹은 놀이로서 즐기는(놀이성) '노래'이므로 그것을 향유하는 자리에서 일관되게 절제를 유지하기란 앞의 두 가지 측면 모두 한계가 있다.[32]

---

32) 대부분의 시조는 이 두 가지 면의 절제를 통해 정서가 평형을 유지하도록 함으로써 기본형의 엄정한 형식규율을 통해 중정화평의 미학을 실현한다. 그러나 생리적-심리적 차원에서도 시종일관 절제로 일관하기에는 무리가 있으니, 그 한계를 벗어나는 방법으로 성기옥, 앞의 책, 305면에서 "연시조의 장형화가 주로 세계상의 의미확장을, 사설시조의 장형화가 세계상의 감정확장을 지향하는 쪽으로 나아간다"라고

우선 의미적(인지적) 측면에서 시조의 기본형, 곧 평시조 한 수로 완결하는 단시조로서 그 의도하는 바의 언지를 모두 풀어내기에는 그릇이 너무 협소하여 한계가 있다. 표상하고자 하는 공간이나 시간적 세계상 혹은 이념이나 사상 정감의 다양한 국면을 어찌 3장 6구의 단 한수로 모두 읊어낼 수 있으랴. 그리하여 완결의 미학을 자랑하는 기본형을 넘어서 그것을 연(聯)의 단위로 삼아 여러 수를 잇달아 유기적으로 긴밀하게 연결하여 지어나가는 '연시조' 혹은 그 보다 느슨한 연결로 언지를 펼쳐나가는 '연작시조'라는 장형의 형태를 통해 '의미의 확장'을 꾀하여 그 한계를 극복한다.

다음으로 감정적 측면에서도 충일하는 내면 정감을 평시조 단형 하나에 담아 모든 감정 가치를 풀어내기에는 그 그릇이 역시 협소하므로, 단시조로서의 틀은 그대로 유지하되 다만 주어진 틀 내에서 사설을 촘촘히 엮어 짜나가는 방식으로 '감정의 확장'을 꾀하여 보다 장형의 형태인 '엇시조'와 '사설시조'를 통해 그 한계를 극복한다. 그런데이 방법은 감정의 내재 절주를 따르다 보니 그 감정의 편폭에 따라 초-중-종장의 어느 쪽에서도 길이의 다변화로 나타나게 되지만 대체로기본형이 중장에서 연속성을 강하게 드러내므로 중장의 사설 확장을꾀하는 방법이 보편적이다. 그러나 그 모든 사설 확장이 감정의 기복을 따르게 되므로 작품 전체의 크기나 장(章)별 크기가 전형화 되지 못하고 들쑥날쑥 이어서 엇시조와 사설시조의 경계를 크기에 따라 명확히 구획하지는 못한다. 다만 그 감정의 흥청거리는 정도나, 농을 부리는 정도, 악곡적으로 한배(tempo)가 빨라지는 정도, '엇나가는 멋'을

지적한 바 있어 좋은 참고가 된다.

추구하느냐 사설을 '엮는' 재미를 추구하느냐에 따라 엇시조와 사설시
조의 경계를 가름할 수 있을 뿐이다.[33]

　이렇게 시조의 하위 장르로서의 운용 방식은 의미와 감정 지향의 어
느 쪽에 중점을 두느냐에 따라 연시조-연작시조와, 엇시조-사설시조
라는 양방향으로 갈라지지만, 텍스트 자체의 운용방식은 〈언지〉를 기
본 중심축으로 두고 여기에다 ㉠〈재도〉 지향 쪽으로 강화하느냐, 그
반대로 ㉢〈연정〉 지향 쪽으로 강화하느냐에 따라 거기 실린 주제의식
이나 서정화 방향이 달라지게 된다. ㉠쪽을 극단적으로 추구하면 〈오
륜가〉, 〈훈민가〉 같은 윤리적 덕목을 숭엄하게 노래하게 되고, ㉢쪽을
극단적으로 추구하게 되면 인륜과는 거리가 먼 인간의 본능적 욕구를
희화화하여 노래하는 성담론의 만횡청류 같은 사설시조로 텍스트화
된다. 시조 작품을 모은 가집의 서문에 충효도덕을 노래한 것도 있고,
음일설탕을 노래한 것도 있다고 한 것은 바로 이런 양방향의 지향이
텍스트화 된 것을 두고 한 말이다.

　그러나 시조의 서정화 방향이나 미학적 운용이 이런 극단화의 방향
으로 나아가기보다 ㉠쪽 지향을 ㉡ 속에 녹여서 온유돈후의 미학으로
나아간 〈도산십이곡〉, 〈고산구곡가〉 같은 승화된 작품이 사림파나 향
촌사족들에 의해 빛을 발하고, ㉢쪽 지향을 ㉡ 속에 융해시켜 자연 인
성론(천기론, 성령론, 동심설 등)에 바탕한 자연의 진기를 드러냄으로써
인정의 아름다움을 드러내는 승화된 사설시조로 텍스트화 되어 경화
사족이나 가객들에 의해 빛을 발하거나, 아니면 ㉠과 ㉢의 어느 쪽으
로도 치우치지 않고 그 두 지향을 ㉡으로 수렴하여 절묘한 통합을 이

---

33) 이에 대한 상론은 김학성, 앞의 책, 136~141면 참조.

루어낸 고산 같은 걸출한 시조시인에 의해 빛을 발하게 된 것이 시조
사의 전개 방향이다.

4. 맺음말

시조는 우리의 역사적 장르 가운데 가장 독특하고 정교한 짜임을 가
지면서 동시에 가장 애호 받아 왔던 서정시가 장르라는 점은 누구나
동의하는 바다. 그럼에도 정작 그 형식 규율이나 구조화의 원리가 확고
하고도 명쾌하게 밝혀졌다고 하기 어려우므로 지금까지 제기된 유력한
견해들을 점검하고 정리하면서 문제의 해결을 시도해보고자 했다.

그리하여 시조의 형식 규율은 자수율이나 음보율에 바탕한 것이 아
니라 우리말의 자연스런 발화구조에 기대고 있는 음량률에 기저하되,
그 독특한 장르표지를 자체 내에 내장하고 있음을 밝혀 그 형식원리를
다음과 같이 정리했다.

①작품 전체가 초장–중장–종장으로 구조화된 '3장' 체계로 **'완결'**된
다.(章구조)

②각 장은 앞구(안짝)와 뒷구(바깥짝)의 호응과 **'균형'**에 의한 '2개의
구'로 이루어진다.(句구조)

③초장과 중장은 4음 4보격의 운율을 기조로 하여 동일하게 **'반복'**
함으로써 이루어진다.(초–중장의 운율 구조)

④종장의 첫 음보는 반드시 **3자로 고정**하여 '장르 표지'로 삼는다.
(종장 첫머리의 특수 구조)

⑤종장의 둘째 음보는 2개 음보를 하나로 축약하는 형태로 변화를

주어 첫 음보와 함께 '변형 4보격'이 되도록 함으로써 '**전환**'과 '**마무리**'를 동시에 이루도록 한다.(종장의 마무리 구조)

그러나 시조를 이토록 짧고 엄정한 형식 규율을 지키는 기본형(평시조)으로만 향유할 경우, 여러 복잡한 세계상이나 사상 감정을 담는 그릇으로는 지나치게 협소하므로 사설의 확장을 다각도로 시도하여 운용하게 되는데, 그 확장하는 방식이나 크기의 정도는 개인이나 계층의 취향이나 가악관에 따라 상당한 낙차를 보이게 된다.

구체적으로 작품의 크기는 기본형을 엄격하게 준수하는 단형의 평시조와, 거기서 농이나 낙을 부리는 정도의 가벼운 일탈의 멋을 즐기는 중형의 엇시조, 그리고 사설을 크게 확장하여 말을 엮어 짜는 재미로까지 나아가거나 한껏 정감을 풀어내는 장형의 사설시조라는 대-중-소편의 세 가지로 운용됨을 살폈다. 그리고 시조의 확장에 의한 장르화 방향은 언지를 기본축으로 하여 재도 쪽으로 나아가느냐, 연정 쪽으로 나아가느냐에 따라 연시조-연작시조로 운용되거나 엇시조-사설시조로 운용됨을 확인했다. 또한 그 시조의 서정화 방향은 앞의 세 가지 기본 요소를 어떻게 교합하고 조정하고 지향하느냐에 따라 온유돈후의 미학을 드러내는 방향, 자연의 진기를 드러냄으로써 인정의 아름다움을 드러내는 방향, 그러한 양 방향의 미학을 절묘하게 통합하여 중정화평의 최고 절정을 보여주는 방향으로 다양하게 드러남을 살폈다.

한국시가의 향유전통과
사설시조의 양식적 개방성

1. 머리말

　최근에 우리 시조사의 전개를 고쳐 기술해야 할 새로운 자료가 학계에 보고되어[1] 시조 향유 관습에 관한 인식의 방향을 다시 성찰해야 할 계기를 마련해 주고 있다. 문제의 자료는 홍만종(1643~1725)의 아직 간행되지 않은 친필 교정본인 『부부고(覆瓿藁)』라는 저술 속의 서(序) 부분에 있는 「청구영언서(靑丘永言序)」와 「이원신보서(梨園新譜序)」라는 서문이다. 이를 통해 홍만종이 『청구영언』과 『이원신보』라는 가집을 잇달아 편찬한 바 있다는 사실을 알게 된 것이다. 하지만 두 가집은 현전하지 않는 것이어서 그 실체는 알 수 없다. 그럼에도 짤막한 두 개의 서문을 통해 우리는 가곡의 향유 실상에 관한 많은 정보를 얻을 수 있게 되었다.

---

1) 김영호, 「현묵자 홍만종의 청구영언 편찬에 관하여」, 『대동문화연구』 61집, 성균관대 대동문화연구원, 2008 참조.

마침 서문의 발견자는 유가철학 전공이어서 해당 자료에 관한 상세한 정보와 해석에도 불구하고 시조사의 전개를 새로이 인식하는 데는 한계를 보여줘 국문학이나 한국음악 전공자들의 새로운 조명이 필요하게 되었다. 그러나 귀중한 자료의 발굴은 그 자체만으로도 높은 의의를 가지기에 그 성과를 높이 치하하지 않을 수 없다. 이제 남은 기대는 서문이 아닌 가집 자체가 속히 발견되기를 바랄 뿐이지만 서문의 출현만으로도 해당 가집의 큰 틀이나 성격은 어느 정도 추정이 가능하게 되었으니 그나마 다행이다. 서문을 통한 가집의 규명은 어렴풋한 숲을 보고 나무의 실체를 알아 맞춰야 하는 격이어서 막막하기 그지없으나 주어진 한계에서 시조사의 구도에 기여할 수 있는 큰 그림을 그려 보고, 이를 통해 사설시조의 성격과 향유 전통을 읽어내어 장르의 근원과 정체성 그리고 양식적 개방성 문제를 성찰해 보고자한다.

2. 우리시가 향유의 두 가지 전통

그 실체는 알 수 없지만 홍만종이 잇달아 편찬한 두 개의 가집은 지금까지 최초의 가곡 가집으로 알려진 김천택의 무신본 『청구영언』(1728년)보다 한 세대 앞선 인물에 의해 편찬되었다는 점에서 최초의 가곡 가집이 김천택 같은 중인 서리층의 가객이 아니라 홍만종 같은 사대부층에 의해 이루어졌음을 새로이 알게 되었다. 이는 그동안 우리가 흔히 알고 있던 가곡 향유의 주도층이 17세기말에서 18세기 초를 전후하여 서민 가객층으로 전환되었다는 논리를 확고하게 뒤집는 결정적인 자료가 되는 것이다.

필자는 일찍이 단편적인 자료를 통하여 이 시기까지도 가곡의 향유 주도층은 가객이 아니라 사대부층－특히 경화사족층－이라는 주장을 해왔으나 그것을 입증할 만한 실증적 근거가 없어 확고한 지지를 받지는 못해 왔었다. 그러나 이 자료의 발견을 통해 홍만종을 비롯한 경화 사족층의 시조 향유가 조선 후기 전환의 시대에도 중심을 이루어 왔음을 확인할 수 있게 된 것이다. 나아가 발견된 가집의 서문을 통해 시조 향유의 실상을 어느 정도 감지할 수 있게 되어 시조사의 구도를 좀 더 명확하게 그릴 수 있게 되고 시조의 본질이나 성격 등을 보다 깊게 파악할 수 있게 되었다. 이제 그 서문의 분석을 통해 의의를 발견해 보자.

우선 홍만종이 편찬한 두 개의 가집 가운데 먼저 엮은 것의 명칭이 『청구영언』이라는 점에서 김천택은 홍만종의 가집 이름을 그대로 따랐다는 점이 주목된다. 가집 이름뿐이 아니라 가집의 체제나 수록 작품에 대한 서문이나 발문 등에서 홍만종의 글을 그대로 옮겨 온 경우가 허다해서 이 자료를 발굴한 이는 김천택이 홍만종의 『청구영언』을 전면적으로 수용 혹은 표절한 것으로 결론을 내리고 있다.[2] 그러나 당시의 글쓰기 관행이나 문헌의 편찬이란 것이 근대 이후처럼 저작권법이 있을 정도로 독창적이냐 아니냐를 중요시하거나 문제 삼지 않던 시대이고, 오히려 그 반대로 선현이나 선례의 모범적 글쓰기나 저작은 후대인이 그대로 따르는 술이부작(述而不作)의 정신이 작용했던 것을 감안한다면 김천택의 『청구영언』을 표절이라고까지 몰아세울 것은 없다고 본다. 다만 김천택이 앞선 사대부층의 가집 편찬의 모범을 그대로 충실하게 따른 부분이 많다고 이해하면 될 것이다. 나아가 김천택

---

2) 앞의 논문, 338면.

의『청구영언』은 홍만종의 그것을 전적으로 수용한 부분과 그렇지 않은 다른 점도 발견할 수 있는데 이에 대하여는 홍만종의 두 가집 서문을 통한 체제를 추정해 김천택의 가집과 비교해보면 자연스레 드러날 것으로 생각된다.

홍만종이 먼저 편찬한『청구영언』의 서문에 "우리 조선의 명유(名儒), 석사(碩士), 문인(文人), 사객(詞客)이 저술한 방언가곡(方言歌曲)을 모아 합하여 한 권으로 만들어『청구영언』이라 이름 지었다. (그 근본 취지는) 모두『시경(詩經)』삼백 편의 시가를 조술하는 것이고, (또한) 신라와 고려의 악보에 깊이 침잠한 결과"라고 편찬의 의도와 경위를 밝히고 있다. 이로써 이 가집이 조선의 유명 작가의 방언가곡을 모은, 즉 우리말로 된 가곡집임을 알 수 있고 그것은『시경』삼백 편에 맞먹는 무게와 신라 및 고려의 음악까지 전통이 닿는 역사적 의의를 갖는 명작집이라는 자부심으로 편찬했음을 알 수 있다. 가집의 이름을 『청구영언』이라 한 것은 '청구'가 중국에 대응하는 우리나라의 별칭이고, '영언'은 '시언지(詩言志) 가영언(歌永言)'에서 따온 말로, 시(詩) 곧 한시에 대응하는 가(歌) 곧 가곡을 지칭함은 말할 것도 없다.

여기서 방언가곡의 맥을 신라와 고려의 악보에까지 소급한 것은 단순히 오랜 전통의 역사적 무게를 말하려는 수사적 표현이 아니라 신라에서부터 고려로 이어지면서 향가나 속요는 음곡위주(音曲爲主)의 창(唱)으로 널리 대중화 되어 애호되고, 한시는 사조위주(詞藻爲主)의 음영(吟詠)으로 일부 문인귀족에게나 향유되는 분화의 길을 걸으면서, 한시의 영(詠)으로 충족시키지 못하는 고조된 감정을 창(唱)으로 해소시켜왔던 가요의 전통3)을 이은 것임을 말하려 했던 것임을 알 수 있다. 가곡에 속하는 시조를 '시여(詩餘)'라 지칭한 이유를 이로써 알 수

있게 한다. 즉 시조는 한시로 못 다한 남은 흥취나 정감을 노래로서 풀어낸 장르라는 것이다.[4)]

조선시대 사대부나 문인들은 개인의 구체적 삶에서 겪는 현실의 고난이나 희로애락의 내면정감을 사적(私的)으로 드러내고자 할 때는 한시로 표현하고, 그것으로도 충족하지 못하는 남은 정감을 공적(公的)으로 드러내고자 할 때는 시조로 표현하고자 했다. 그러면서도 시와 노래를 별개 분야로 구분지어 인식했기 때문에 시라면 으레 한시를 가리키고, 가요의 노랫말은 시로서는 온전하게 대우받지 못했다. 그런 까닭에 노래로서의 시조는 **가곡**이란 명칭으로 예우함에 비해, 시 곧 문학으로서의 시조는 하잘 것 없는 기예(技藝)로 폄하하여 '소기(小技)' 혹은 '소예(小藝)'라 칭하기도 했던 것이다.[5)] 그러나 퇴계, 율곡 같은 명유(名儒) 석사(碩士)나 송강, 고산 같은 이름난 문인(文人), 허정, 장현[6)] 같은 뛰어난 사객(詞客)들이 시조를 가곡이란 명칭으로 창작 향유한 전통이 면면히 이어져 왔으므로 이들 부류의 작품들을 모아 홍만종이 『청구영언』이란 가집을 편찬하게 된 것으로 보인다.

그럼 왜 홍만종은 『청구영언』으로 만족하지 않고 『이원신보』라는 또 하나의 가집을 별도로 엮었을까? 그의 후속 가집인 『이원신보』서

---

3) 이우성, 「고려말·이조초의 어부가」, 『성대논문집』 9집, 성균관대학교, 1964, 6~10면.

4) 하나의 예를 들면 윤선도가 32세 때 경원에 유배되어 부모나 임금을 그리는 내면정감을 절절하게 담아 많은 한시 작품을 썼음에도 불구하고 그 남은 정감을 시여(詩餘)인 시조 〈견회요〉를 지어 풀어냄이 그것이다. 이에 대한 상론은 졸고 참조.

5) 김영욱, 「조선후기 歌集의 樂論 연구」, 『근대로의 전환기적 음악양상』, 민속원, 2004, 191면.

6) 허정, 장현은 주씨본 『해동가요』의 '고금창가제씨' 난에 가장 시대가 앞선 인물로 소개되어 있다.

문을 보면 짐작이 간다.

> "내가 젊었을 때 선친을 모시고 호남과 영남을 두루 여행하였고, 외숙
> 을 따라 서북(西北)을 두루 보아 여러 기녀들의 청가(淸歌)와 묘창(妙唱)
> 을 실컷 들었는데 그 때마다 문득 기록하여 이에 책을 이루었다.
> 　내가 이제 한가하게 머물며 방랑하여 세상 사람과 날로 멀어져 해학과
> 가요의 사이에 흥을 붙이고 있는데, 드디어 전날 모은 명유 석사 문인 사
> 객의 장가(長歌) 걸작(傑作)을 드러내, 혹은 세교(世敎)에 관계되고 혹은
> 한적(閑寂)에 마땅한 것을 이미 기록하여 『청구영언』이라 하였다. 그 나머
> 지는 단강(短腔) 소곡(小曲)으로 말이 곡진하면서도 뜻이 새로운 것은 또
> 따로 한권을 이루어 『이원신보』라 하였다.
> 　이 책은 대략 향렴지분(香奩脂粉)의 말과 남녀연완(男女嬿婉)의 정(情)
> 이 많은데 만일 향렴이 아닌데 빌려서 뜻을 의탁하거나 남녀가 아닌데도
> 늘어놓아 비유하여 흥취를 말한 것은 또 충분히 인심(人心)을 감발시키므
> 로 폐기할 수 없는 것이 있다. 책을 펴 한번 완상하면 환하게 눈에 가득
> 차 마치 상원(上苑)의 꽃바다에 붉고 푸른 꽃이 향기가 넘치는 것 같다."

이에 따르면 경향 각지의 관아나 풍류방에서 기생의 창(唱)으로 향유
하는 우리 말 가곡에는 성격이 대조되는 두 종류의 노래가 있으니 하나
는 유명씨(명유 석사 문인 사객)의 장가 걸작으로 인륜 세교와 강호 한적
을 노래한 계열이고, 다른 하나는 누가 지었는지 작자는 중요하지 않고
다만 어여쁜 여인네의 고운 마음씨와 정을 담은 노래와 비록 그러한
여인네가 아니더라도 우의적으로 그런 표현을 빌어 속뜻을 담아 노래
한 것이나 남녀의 연정에 비유하여 흥취를 노래한, 즉 텍스트 자체를
향유하는 무명씨 노래 계열이다. 이 두 가지 계열의 가요를 합철하지
않고 전자는 『청구영언』으로, 후자는 『이원신보』로 엮었다는 것이다.

여기서 중요한 것은 가곡의 창작-향유 전통이 두 가지 다른 성격으로 파악된다는 것이다. 하나는 작자의 이름을 내세워 인륜세교와 강호한적 같은 유가적 출(出)-처(處)에 관련한 주제를 진지한 담론으로 노래하는 계열이고, 다른 하나는 작자는 누구든 상관없이 어여쁜 여인네의 고운 목소리로 혹은 그런 목소리를 빌어 남녀연정이나 그와 상관하는 듯이 재미있는 표현으로 엮어 인정적이고 희락적인 담론으로 노래하는 계열이다. 그런데 홍만종 같은 유가들의 가악관(歌樂觀)은 "정(情)에서 발하여 예(禮)에서 멈춘다(發乎情 止乎禮)"는 미적 표준을 견지하고 있기 때문에 그것에 맞는 전자의 계열은 가악의 규범이 되고 또『시경』삼백 편에 맞먹는 무게와 신라 고려에 이어지는 역사적 전통으로 내세워도 손색이 없는 걸작으로 후대에도 평가 될 수 있다는 자부심을 가져 '우리나라(청구)의 자랑스런 가요(영언)'이므로 가집 이름을『청구영언』이라 붙여 우선적으로 엮었던 것이다.

그러나 가곡의 향유 실상은 그런 가요만 있는 게 아니라 후자의 계열도 엄연히 존재하고 있는 것이므로 이를 무시하고 폐기할 수는 없는 것이다. 사대부의 풍류방이나 관변 풍류로서는 오히려 전자보다는 이것들을 향유하는 것이 중심이 될 것이므로 그것이 비록 남녀의 연정이나 여인네의 신변잡사를 읊은 것이라서 가곡의 규범은 되지 못할지라도 또한 인심을 감발시키고 "한가한 근심을 씻어내고 그윽한 근심을 헤쳐낼 수 있다"는 근거를 들어 따로 묶어『이원신보』라는 또 하나의 가집을 잇달아 엮게 된 것이다. '이원(梨園)'의 본래 뜻은 속악(俗樂)을 익히던 곳이므로 아악에 비해서는 격이 떨어지지만 널리 일반화되어 부르던 노래의 뜻을 가지므로『청구영언』에 실린 노래보다 오히려『이원신보』에 실린 노래가 풍류방에서는 더 인기가 있었을 것임을 미루어 짐작할 수 있는 것이다. 그래서 이 책을 또한 엮지 않을 수 없었던 것이다.

　이러한 두 가지 가곡 향유의 전통은 고려 말의 시조 출현 시기부터 조선 말기에 이르기까지 연면히 이어졌던 것으로 보이니, 일찍이 고려 말의 시조가 출현하던 무렵에도 이방원이 〈하여가〉로 뜻을 묻자, 정몽주는 작자의 인격이 담긴 진지하고 근엄한 목소리로 고려왕조에 대한 변함없는 충성심을 담아 〈단심가〉로서 화답하고, 변안렬은 자신 역시 고려에 대한 충성심을 굽힐 수 없음을 말하되 남녀의 연정의 목소리를 빌어 희락적인 표현으로 흥취와 재미로 엮어 〈불굴가〉로 화답했던 것에서 이미 시작되고 있는 것이다. 이방원의 〈하여가〉가 이미 진지함과 더불어 희락적인 요소를 함께 띠고 있는데다가, 변안렬의 경우 자신의 충정을 떠보는 이방원의 저의는 진지하게 대답할 가치조차 없는 정의롭지 못한 것이므로 이렇게 희락적으로 화답하는 것이 판의 분위기에 어울렸던 것으로 보인다. 〈하여가〉와 〈단심가〉는 익히 아는 터이므로 〈불굴가〉를 들면 다음과 같다.

　　가슴에/ 궁글/ 둥시러케/ 뚤고//
　　왼삿기를 눈길게 너슷너슷 쏘와/ 그궁게 그슷 너코 두놈이 두긋 마조자바/ 이리로 훌근 져리로 훌적 훌근훌적 훌저긔논/ 나남즉 늠대되 그는 아모쯔로나 견듸려니와//
　　아마도/ 님외오살라면/ 그는그리/ 못ᄒ리라.//

　　『甁歌』(991)樂戱調/『靑珍』(549)蔓橫淸類/『海一』(526)樂時調/『詩歌』
　　(654)×/『靑가』(557)蔓大葉　樂戱幷抄/『古今』(284)蔓橫淸類/『靑六』
　　(834)言樂/『歌譜』(289)산락/『大東』(292)編樂/ 異『源國』(606)旕樂/『源
　　奎』(605)旕樂지르는낙시됴/『源河』(597)旕樂/『源六』(546) 旕樂지르는낙
　　시됴/『源佛』(548)旕樂/『源朴』(479)旕樂/『源皇』(474)旕樂/『海樂』(590)

羽舉/ 『源一』(575)旕樂/ 『協律』(586)旕樂/ 『花樂』(601)旕樂

〈불굴가〉는 이처럼 자신의 충성심을 남녀지사(男女之事)에 가탁하여 희락적인 비유로써 재미로 엮어 표현함으로써, 진지하고 엄숙한 목소리로 노래한 〈단심가〉의 '님'이 임금을 지칭함을 쉽게 눈치 챌 수 있음에 비해 이 노래의 '님'은 연지분을 바른 여인네의 가면을 쓰고 연정의 상대(相對)인 것처럼 임금을 지칭하는 '님'을 새로운 영역으로 확장하고 있는 것이다. 이런 부류의 노래는 작자의 이름을 걸고 진지하고 엄숙한 발화를 하는 것이 아니므로 익명성의 허튼소리로 치부되어 속화되기 쉬운 것이어서 풍류방에서 널리 향유는 되면서도 누구의 명작이라 일컬을 수는 없지만 오히려 인심을 감발하기는 더 효과적이고 근심을 씻어내기에 적합했을 것이다. 〈불굴가〉를 수록한 여러 가집에 무명씨로 그것도 가곡의 정통이 아닌 변주곡 계열(낙희조, 낙시조, 만횡청류 등)로 향유되어 왔음이 그런 사정을 말해준다. 변안렬의 가문인『원주변씨세보』라는 문헌에 전하는 한역가[7]가 없었다면 이 노래의 작자가 누구인지, 어떤 뜻을 담은 노래인지를 영원히 모를 뻔하지 않았는가.

여하튼 시조(가곡)의 출발부터 이렇게 노래의 향유 전통으로 두 계열이 함께 존재했으며, 이런 전통은 조선 말기까지 지속되었으니『대동풍아』서문에 "우리나라의 가요를 보면 혹은 충효도덕을 노래한 것도 있고 또 음일설탕(淫泆藝蕩)을 노래한 것이 있으니, 충효도덕은 누가 노래한 것이고 음일설탕은 누가 노래한 것인가, 이것이 있으면 저것이 있는 것이고 저것이 있으면 이것이 있게 되는 것이다"라고 한 진

---

7) 이 자료는 황패강, 「大隱의 〈不屈歌〉 補攷」, 『국어국문학』 49·50호, 국어국문학회, 1970, 667~680면.

술의 의미를 깨닫게 된다. 아울러 홍만종이 두 개의 가집으로 따로 엮은 사연도 이로써 분명히 이해할 수 있는 것이다.

아울러 우리가 탐구하고자 하는 사설시조의 양식적 근원도 〈불굴가〉 계열을 잇는 『이원신보』에 실린 방언가곡의 전통과 상관됨을 알 수 있는 것이다. 그렇다면 『이원신보』에 〈불굴가〉 같은 사설시조, 혹은 김천택의 『청구영언』에 보이는 만횡청류 같은 사설시조가 실렸을까? 이에 대한 답을 풀어가는 과정에서 사설시조의 텍스트적 특성과 양식적 근원이 보다 명쾌하게 드러날 것이다. 앞에 인용한 『이원신보』 서문을 분석해 길을 찾아보자.

3. 장가(長歌)의 향유 전통과 사설시조의 양식적 근원

인용한 『이원신보』 서문에 따르면, 『청구영언』에는 장가(長歌) 걸작 (傑作)을 싣고, 『이원신보』에는 단강(短腔) 소곡(小曲)을 실은 것으로 되어 있다. 그렇다면 〈불굴가〉나 만횡청류 같은 가곡의 장가는 단강 소곡에 해당하는 짧은 노래가 아니니 『이원신보』에 실렸을 리는 없고, 그렇다고 유명씨의 장가 걸작을 실어놓은 『청구영언』에는 더더욱 실었을 리는 없을 것 같은데 이 문제를 확실히 풀려면 **장가 걸작과 단강 소곡**은 도대체 어떤 작품들을 가리키는지 추정해 봐야 할 것이다. 이 둘이 문맥상 대비적 성격을 띠고 있음을 염두에 두고 살펴보자.

먼저 『청구영언』에 실었을 '장가 걸작' 가운데 '장가'의 함의부터 살펴보면, 홍만종의 경우 장가라는 용어를 그의 저술 『순오지』(1678)에서 '가곡'이란 표제 아래 14편의 장가를 들고 간단한 평어를 달아놓은 데서 용례를 찾을 수 있다. 거기에 따르면 〈역대가〉, 〈권선지로가〉, 〈만분가〉, 〈관서별곡〉 같은 가사 작품이 중심이고, 〈장진주사〉, 〈맹상군가〉 같은 사설시조도 함께 다뤘다. 이에 비해 시대가 앞선 이수광은 『지봉유설』(1614)에서 〈감군은〉 같은 국문체 악장 장르와, 〈한림별곡〉 같은 경기체가, 〈어부사〉 같은 한시체 가창 가사, 〈장진주사〉 같은 사설시조 등 여러 장르를 포괄하여 장가라는 용어로 지칭하면서도 송순의 〈면앙정가〉, 백광홍의 〈관서별곡〉, 정철의 〈관동별곡〉, 〈사미인곡〉, 〈속사미인곡〉을 위시하여 〈수월정가〉, 〈역대가〉, 〈관산별곡〉, 〈고별리곡〉, 〈남정가〉 등 가사 작품이 중심을 이룸은 마찬가지다. 이로써 보면 홍만종의 『청구영언』에 이런 부류의 장가들 가운데 명공석사가 지은 유명씨의 국문가사(송순, 정철 등의 가사)나 이름을 내 걸고 지은 명공석사의 사설시조(장진주사, 맹상군가)들만 실었을 리는 없을 것이고, 방언가곡에서 이들보다 더 중요한 범주라 할 시조를 틀림없이 실었을 터이므로 '장가 걸작'이란 용어에서 '장가'는 가사 중심의 긴 노래를, '걸작'은 단가 곧 시조 중심의 짧은 노래를 지칭한 것으로 이해된다.

그리고 보면 우리의 가악 향유 관습에서 장가와 단가는 신라시대부터 늘 함께 해 왔던 전통을 갖고 있다. 향가 시대에 사뇌가 같은 단가와 〈실혜가〉, 〈해론가〉 같은 장가가 공존했고, 미실의 단가 〈송랑가〉와 사다함이 지은 〈청조가〉라는 장가가 함께 하고 있었다.[8] 고려시대에는 장가 〈어부가〉와 단가 〈어부가〉가 있었고, 또 〈쌍화점〉 같은 장가류와 '청가(淸歌)'로 지칭된 '지르는 소리'의 단가류가 공존한 것으로

---

8) 필사본 『화랑세기』에 이 두 작품이 실려 있는데 이에 대해서는 졸저 『한국고전시가의 거시적 탐구』 참조.

보인다.9) 이런 전통은 조선 시대에도 그대로 이어져 이현보의 경우 고려 말 이래의 전래 장가 〈어부가〉 12장10)을 9장으로 고쳐 짓고, 단가 〈어부가〉 10결은 5결로 고쳐 지어 향유했다. 정철은 〈관동별곡〉, 〈사미인곡〉 등 인구에 회자되는 장가 곧 가사와 〈장진주사〉 같은 사설시조를 짓고, 단가 가곡인 시조도 많이 남겼던 것이다.

　여하튼 명공석사가 중심이 되는 유명씨의 작품들은 이와 같이 장가와 단가 양쪽을 창작-향유하는 경우도 상당히 있었으므로 이들 작품을 모두 담은 홍만종의 『청구영언』에서는 이름을 내세워 장가와 단가(결작)를 아우르며 시대순과 작가별로 편찬한 것으로 추정이 가능한 것이다. 이를테면 이현보의 경우 전래하는 농암의 가집에 수록된 〈어부장가〉와 〈어부단가〉를 장가와 단가 순으로 함께 수록했을 것이며, 정철의 경우 이선본 『송강가사』(여기에 송강의 가사가 먼저 실리고 단가가 뒤에 실림)와 똑같은 체제로 엮어 넣었을 것이 분명하다.11) 이런 체제이기에 홍만종이 명공석사의 '장가 결작'을 엮은 것이 『청구영언』이

---

9) '청가'라는 용어는 안축의 〈관동별곡〉 8연과 〈하익재상국시(賀益齋相國詩)〉라는 한시에 보이고, 주세붕이 황준량에게 보낸 답신(答信)에 "〈쌍화점〉・청가의 종류들은 모두 사람을 꾀어 악하게 되도록 합니다"라는 진술이 보인다. 이에 대하여는 김동욱, 「관동별곡 죽계별곡과 안축의 가문학」 참조. 김동욱은 이 글에서 청가를 '한림별곡류' 같은 경기체가를 지칭한 것으로 추정하나, '청가'라는 지르는 소리는 그런 장가에서 보다 '삼삭대엽'이나 소용, '단가 낙시조' 같은 후대의 단가에서 흔히 쓰이는 것이므로 고려시대의 청가도 경기체가 같은 장가가 아니라 단가 계통으로 보는 것이 옳을 것이다.

10) 『악장가사』 소재 〈어부가〉 12장이 이것으로 추정된다. 이우성은 꼭 이 작품은 아니라 하더라도 고려 말의 공부(孔俯)가 장가 〈어부가〉를 지은 것으로 추정한 바 있다. 이우성, 앞의 논문, 19면 참조.

11) 김천택의 『청구영언』에 송강의 작품수록이 끝난 지점에 이선본 송강가사의 이선의 발문이 그대로 전재되어 있는 데서 이런 추정이 가능하다.

라 한 진술이 이해된다. 가사 장르 같은 '장가'를 앞세우고 '결작'이라
한 단가를 뒤이어 배치한 편찬체제와 맞아떨어지기 때문이다. 그러나
맹사성이나 퇴계 같은 경우는 연시조 형태의 단가는 있어도 가사는 짓
지 않았으므로 장가 없이 단가 걸작(〈강호사시가〉, 〈도산십이곡〉)만 실
었을 것은 물론이다.

　그와 달리 작자와 시대를 알 수 없고 또 설령 알 수 있다하더라도
그와 상관없이 무명씨의 상태로 텍스트 자체를 향유하는 노래들을 담
은 『이원신보』는 어떠한 편집 형태를 취했을까? 앞에서 '장가 걸작'이
란 진술을 통해 가집 체제를 추정할 수 있었듯이 그것과 대응되는 '단
강 소곡'에서 해답을 찾을 수 있을 것이다. 그래서 국악의 전문가인 한
양대 김영운 교수에게 문의해 보았더니 어려운 문제라면서도 '장가'에
뚜렷하게 대비되는 것이 '단강'이므로 굳이 곡조가 짧은 것을 이 시기
음악에서 찾는다면 '북전'이 어떨가라는 답변을 주셨다. 홍만종의 시
기는 중대엽과 삭대엽이 주종을 이루던 시기이므로 소가곡이라 부르
는 농·낙·편은 아직 보편화되기 이전이어서, 5지(旨)와 여음으로 구
성된 중대엽과 삭대엽에 비해 3지와 여음으로 구성된 북전은 '짧은 곡
조'로 지칭될 수 있다고 했다. 또 황준연 교수는 북전이 훗날 '시조'(악
곡)가 되었다고 보므로 만약 단강이 북전을 지칭하는 것이라면 오늘날
'가곡'은 격조 높은 음악에 좀 더 긴 노래이고 시조는 격이 낮은 음악
에 짧은 노래이므로 우연히 일치한다는 것이다.

　그러나 『이원신보』가 가곡 중 삭대엽을 배제하고 북전의 노랫말을
모은 책 같지는 않고, 북전의 작가들이 모두 명공석사가 아닌 사람들
일 수는 없다는 점에서 딱히 북전을 지칭한다고 보기에도 문제가 있다
는 첨언도 해주셨다. 필자의 급작스런 질문에 즉석으로 답을 주신 김

교수의 교시에 이 자리를 빌어 감사드린다. 아마도 김 교수도 이 문제를 깊이 파고들어 전문가 입장에서 명쾌한 답을 내는 날이 곧 있을 것으로 기대된다.

'단강 소곡'을 '북전'으로 볼 경우 김 교수가 의문점으로 제기한 두 가지를 해결하려면, 홍만종의 가집을 표절은 아니더라도 전적으로 수용하여 편집한 김천택의 무신본『청구영언』[12] 체제를 통해 역추적할 필요가 있어 보인다. '단강 소곡'이 '장가 걸작'에 뚜렷이 대비되는 용어이므로 그것이 북전 하나만을 지칭한다고 보면 김 교수가 지적한 두 가지 문제점(명공석사도 지었을 것과 북전 노랫말만 모았을 리 없다는 것)이 야기되는 것이지만 단강과 소곡이 서로 악곡이 다른 계통의 두 범주를 지칭한다고 보면 그런 문제점이 해소되리라 생각한다.

국악에 문외한인 필자의 단견으로는 홍만종의 시대에는 중대엽과 삭대엽이 주종을 이루었던 시기였으므로 무신본『청구영언』의 체제를 통해 역추적 한다면 무신본이 상대적으로 격이 높은 중대엽과 격이 낮은 북전의 순으로 이들 고조(古調)를 먼저 실은 다음, 이어서 신조(新調)에 해당하는 삭대엽을 초삭대엽-[이삭대엽]-삼삭대엽의 순으로 본가곡 계통을 먼저 싣고, 그 뒤를 이어 본가곡보다 격이 낮은 소가곡 계통[13]에 해당하는 낙시조(소가곡에 해당하는 '낙'에 '-시조'라는 명칭이

---

12) 김천택이 직접 편찬한 무신본『청구영언』은 현전하지 않지만 그것의 전사본으로 보이는 진본『청구영언』을 무신본과 거의 일치한다는 가정하에 본고에서는 이런 논리를 감히 일관되게 밀고나가고자 한다. 김천택의 가집 편찬체제에 대하여는 졸고, 「18세기 전환기 시조양식의 전변과 장르실현 양상」 참조.

13) 본가곡과 소가곡이란 용어는 김영운, 「가곡연창형식의 전개양상 연구」, 성균관대 박사논문, 2004, 74~80면에서 사용한 것을 따온 것이다. 『학포금보』에 사용된 소가곡과 '단강 소곡'에서의 소곡은 시대적 거리로 인해 일치하지는 않겠지만 계통이 같은 악곡일 가능성을 부정할 수는 없어 보인다.

붙은 것에 주목할 때 '낙' 계통의 원류라 할 '낙희조'에서 당시대에 새로 유행되기 시작한 신조임을 알 수 있음)를 수록한 것으로 보아 『이원신보』도 이런 체제가 아니었던가 생각된다. 즉 고조(중대엽-낙시조 순)에 이어 신조(삭대엽의 본가곡-소가곡 순)를 악곡에 따라 무명씨 작품의 단가를 배열한 것으로 보인다는 것이다.

이를 좀 더 상론하면 『이원신보』는 김천택의 『청구영언』처럼 당시대 가곡의 주종을 이루는 무명씨의 노래들을 엮은 책으로, 그 체제는 고조인 중대엽과 북전을 먼저 싣되 격이 높은 중대엽 1, 2, 3을 우선하고 이어서 북전 1, 2를 수록했을 것이고,[14] 그 뒤를 이어 신조인 삭대엽을 싣되 역시 격이 높은 삭대엽 1, 2, 3(본가곡)을 우선하고 그 뒤를 이어 격이 낮은 낙시조(소가곡 계통)를 실은 것으로 추정된다. 이렇게 되면 '단강'은 격이 높은 중대엽 1, 2, 3과 삭대엽 1, 2, 3을 지칭하고, '소곡'은 그보다 격이 낮은 북전 1, 2와 낙시조를 견준 말이 될 것이고[15] 『이원신보』는 이런 체제로 악곡별 편집을 한 것으로 이해된다. 결국 홍만종은 『청구영언』으로 명공석사 같은 유명씨의 장가와 걸작을 모아 작가별로 편집하여 인륜세교와 심신수양에 기여코자 했으며,

---

14) 홍만종의 시대에 중대엽이 1, 2, 3으로 분화되고, 북전도 1, 2로 분화되었는지 확정할 수는 없지만 한 세대 뒤인 김천택의 『청구영언』에는 이미 분화된 것이 확인되므로 이런 가정을 편다.

15) 고조에서 중대엽이 북전보다, 신조에서 삭대엽이 낙시조 보다 격이 높을 것이라는 추정은 김수장이 노래한 사설시조 "노릭ᄌ치 조코 조흔 거슬~"이란 작품에서 당시대에 가곡을 마치 '한 바탕'처럼 편가(篇歌) 형태 비슷하게 '엇걸어' 부른다고 하면서 노래의 품격에 따라 세 가지로 등급화 하여 제시한 데서 근거를 찾을 수 있다. 즉 "중한닙(중대엽을 지칭) 삭대엽은 요순우탕문무 ᄌ고, 후정화(북전을 가리킴) 낙시됴ᄂ 한당송이 되여잇고, 소용이 편락은 전국이 되여이셔…"라고 하여, 북전과 낙시조는 격이 가장 높아서 요순우탕문무에 비유한 중대엽과 삭대엽의 다음 급으로 보면서 악곡의 격을 한당송에 비유하고 있는 데서 짐작된다.

『이원신보』를 통해 작가의 유무와는 상관없이 풍류방에서 텍스트 자체를 향유하는 무명씨의 작품들을 악곡별로 편집하여 근심을 씻고 인성을 감발하는데 기여코자 한 것이다.

따라서 『이원신보』에 수록한 단강 소곡은 비록 무명씨의 작으로 텍스트 자체를 향유하는 노래이지만 거기에는 명공석사의 작품도 상당히 있을 것임은 말할 것도 없다. 김천택의 『청구영언』에 무명씨 작품으로 수록된 것들은 홍만종의 『이원신보』를 그대로 수용하면서 편자가 새로 수집한 것을 덧붙였을 가능성이 크다고 생각할 때 거기에는 명공석사의 작품도 상당히 끼어 있기 때문이다. 이를테면 송순의 〈면앙정잡가〉의 2수 가운데 한 수인 "십년을 경영ᄒ여 초려삼간 지여ᄂᆡ니~"라는 단가 작품은 '면앙정' 정자를 짓고 지은 송순의 작품이 분명한 데 '무명씨'난에 수록되고, 고산의 〈어부사시사〉 40수 가운데 하나인 "우ᄂᆞ 거슨 버국이가 프른 거슨 버들숩가~"라는 작품은 이원(풍류방)에서 단가 한 수로 텍스트 자체를 향유하기 좋게 종장의 완결장치를 갖추어 '단강'의 형태로 역시 무명씨의 작으로 수록되어 있음에서 그 점을 확인할 수 있다. 그 밖의 작품에도 무명씨의 것은 후대 가집에 작자의 혼선이 심한 것이 많은데 그러한 사실 자체가 작자와는 상관없이 텍스트 자체를 즐긴 것이라는 좋은 증거가 되고 바로 이런 것들이 『이원신보』에 실렸음을 미루어 짐작할 수 있는 것이다.

이제 우리의 관심은 〈불굴가〉나 '만횡청류' 같은 사설시조가 홍만종의 가집에 실렸을까를 천착해 보는 것이다. 한마디로 이런 사설시조는 홍만종의 가곡 편집 기준에 어긋나기에 수록되지 않았을 것으로 본다. 이것들은 형식상으로는 장가 가곡이면서, 내용상으로는 음일설탕한 노래에 해당하기 때문이다. 그러므로 형식상으로 본다면 『청구영언』

에 실어야 하지만 거기에는 인륜세교와 심성수양에 관련한 내용을 담은 유명씨의 '장가 걸작'을 실어야 하는 원칙에 저촉되는 것들이므로 제외될 수밖에 없고, 내용상으로 본다면『이원신보』에 실어야 하지만 거기에는 '단강 소곡'만 실어야 하는 원칙 때문에 장가 소가곡 계통에 해당하는 사설시조 곧 만횡청류를 실을 수가 없는 것이다.

따라서 홍만종의 가집에는 만횡청류의 사설시조는 싣지 않은 것으로 추정되며, 뒷날 김천택이 이 두 가집을 모범으로 하여 그것을 통합하여 한권의 가곡가집(무신본)으로 펴낼 때 바로 이 만횡청류를 어떻게 처리할까가 문제 되었던 것도 홍만종의 가집에는 실리지 않았다는 증거가 된다. 바로 그 때문에 김천택은 만횡청류 서문에서 "노랫말이 음왜하고 뜻이 보잘 것 없어 모범으로 삼을 만하지 않지만 그 유래가 오래되어서 버릴 수 없는 것이라 **특별히** 싣는다"고 했던 것이다. 홍만종의 가집에 실렸다면 이미 선례가 있으므로 특별히 실어야 할 이유는 없기 때문이다. 다만 소가곡 계통 가운데 평시조 형태로 된 '낙시조'는 단강 소곡을 싣는 원칙에 어긋나지 않는 짧은 노래이므로『이원신보』에 실었을 것이고 김천택도 그런 선례를 따라 특별히 싣는다는 언급 없이 '낙시조'항에 10수를 실은 것으로 이해된다. 그러나 사설시조 형식으로 된 장가 낙시조는 짧은 노래가 아니므로『이원신보』에는 싣지 않았을 것이지만, 김천택은 마악노초의 자문에 힘입어 '만횡청류'에 몰아넣은 것으로 보인다.16)

---

16) 김천택이 '낙시조' 항목에 평시조 형태로 된 단가 낙시조만을 싣고 사설시조 형태의 장가 낙시조는 모두 '만횡청류'로 몰아넣었다는 심증은, 홍만종의『청구영언』에서는 장가 걸작을 싣는 가집이므로 송강 작품의 경우 이선본『송강가사』를 통째로 편집해 넣어도 아무런 문제가 없었을 것이나 김천택은 장가를 제거하고 단가 가곡집의 성격을 갖는 가집을 만든다는 차이점이 있으므로,『송강가사』에서 장가류에 해당하

그런데 김천택은 홍만종의 두 가집을 한 권으로 통합하면서 장가 가곡은 일단 제외하고 단가 가곡집을 엮으려는 의도를 갖고 있어서 홍만종과는 가곡 선택의 원칙과 가집 체제에서 필연적인 차이를 보일 수밖에 없었다. 김천택 자신이 단가 가곡의 명가였고, 가사류 장가의 창작과 향유에는 전혀 관심을 갖지 않았기에 가객의 가곡가집 편찬은 홍만종과 달리 단가 가곡집이 될 것은 당연한 것이다. 따라서 그는 가사나 경기체가, 악장, 〈어부장가〉 같은 장가류의 가곡은 모두 편집에서 제외하고 유명씨의 '단가 걸작'과 무명씨의 '단강 소곡'을 수록 원칙으로 하여 한권으로 엮되 만횡청류는 특별히 책의 말미에 싣는 방식을 취하여 무신본 『청구영언』을 편찬한 것으로 이해된다.

그리고 그는 홍만종의 『청구영언』에 수록된 유명씨의 걸작들은 [이삭대엽] 항목에 시대별 **작가별 편집**으로 그대로 수용하여 수록하고, 『이원신보』에 수록된 무명씨의 작품들은 **악곡별 편집**을 그대로 수용한 탓에 가집의 체제가 악곡별 편집과 작가별 편집이라는 두 개의 서로 다른 기준이 혼합된 형태로 엮을 수밖에 없었을 것이므로 이런 혼합체제에 대한 의문도 풀리게 된다. 그리고 이삭대엽에 수록된 유명씨의 걸작들과 무명씨의 것들은 홍만종의 두 가집에서 통째로 가져와 자신이 수집한 것을 추가했을 가능성이 커 보이며, 특히 유명씨분은 대부분이 이삭대엽으로 불렸겠지만 이들이 모두 일률적으로 이삭대엽으로만 불리는 것

는 가사 작품은 모두 삭제하고 장가 가운데 단가 계통의 장가인 〈장진주사〉는 그 특수성 때문에 제목을 내세워 따로 편집해 거두고, 거기 실린 단가는 모두 통째로 [이삭대엽]에 거두어 넣되, 그렇게 일괄 처리하기에 문제가 되는 것은 단가 속에 있는 단가계 장가인 "심의산 바회아리~"란 사설시조로, 이것은 따로 빼내어 만횡청류로 넣은 데서도 확인할 수 있다. ※ 단가 낙시조와 장가 낙시조에 대한 이러한 편집 태도는 김영운, 앞의 논문, 136면에서도 필자의 견해를 적극 주목한 바 있다.

은 아니었기에 악곡표지를 하지 않았던 것으로 보인다. 또한 무명씨는 주제별 분류로 실었는데 이것도 홍만종의 『이원신보』의 것을 그대로 수용했을 가능성이 커 보인다. 주제 분류가 너무 정밀하고 세부적인 데다가 거기 사용된 용어가 가곡이나 한시의 평어(評語)를 많이 달아본 홍만종의 솜씨를 엿볼 수 있게 하기 때문이다.

　문제는 이런 원칙을 따를 때 형식상으로는 장가에 속하지만 악곡상으로는 단가 가곡에 원천을 두고 있는 〈장진주사〉와 〈맹상군가〉라는 두 작품을 어떻게 처리해야 하느냐다. 이 두 작품은 풍류방에서 어떤 악곡으로 불렸는지 확실치 않으나 현행 여창가곡으로 향유되는 〈장진주〉를 고려할 때, 같은 장가라도 가사류 장가보다 단가계통(특히 소가곡)의 장가와 친연성을 갖는 노래이어서 김천택의 단가 가곡집에서 여타 가사류 장가처럼 쉽게 제외할 수 없는 특수성을 가진 텍스트인 것이다. 추측컨대 김천택은 이원(풍류방)에서 널리 애호되는 이 두 명작을 본받을 바 못되는 만횡청류로 몰아넣기에는 문제가 있고, 그렇다고 소가곡계 장가와 친연성을 갖는 이 두 작품을 평시조로만 구성된 짧은 노래의 악곡 분류 속에 넣을 수는 더욱 없으므로 가집의 말미에 작품 제목을 달고 별도로 편집해 두는 방식을 택한 것으로 보인다. 이러한 편집방식은 이형상이 『금속행용가곡』(1706)이란 단가중심의 한역(漢譯) 가곡 가집에서 이미 선례를 보인 체제를 김천택이 수용한 것으로 이해된다. 그 가집에서 이형상은 단가 55수를 악조와 악곡에 따라 분류하고 뒤에 '장가'라는 항목을 두어 〈장진주〉, 〈옹문주〉(〈맹상군가〉를 가리킴) 등 4수의 사설시조를 작품의 제목을 내세워 수록했던 것이다.

　김천택이 무신본 『청구영언』을 단가 가곡집으로 단일화하여 편찬하고자 했을 때 단가 계통의 장가인 이 두 작품은 워낙 유명한 작품이라 이형상처럼 작품 제목을 내세워 수록하는 방법을 택하여 해결했지만, 그보다 더 큰 문제는 같은 단가 계통의 장가인 만횡청류는 홍만종처럼 일률적으로 폐기하기에는 가곡의 향유실상과는 너무나 거리가 먼 것이어서 가요의 민멸을 방지하려는 편자의 의도와 어긋날 뿐 아니라 마악노초가 발문에서 언급했듯이 김천택의 시대에는 "자연의 진기"를 드러내는 '음일설탕'한 노래들이 적극적으로 요구되는 문화적 전환기를 본격적으로 맞고 있었기 때문에, 이런 시대 상황에 힘입어 단가 가곡집으로 펴내는 가집에서 장가를 폐기하고 남은 공백의 허전함을, 같은 단가 계통의 장가인 만횡청류로 메움으로써 가집의 완성도를 높일 수 있었던 것으로 보인다. 즉 단가 계통 내에서 단가가곡과 장가가곡을 아울러 향유하는 관행이 이로써 굳혀져 김수장의 시대에는 "노릭ㅈ치 조코 조흔 거슬~"이라는 작품에 보이는 편가적 연행의 바탕이 마련되어 농·낙·편이 본가곡에 이어 반드시 연행되는 사설시조의 위치를 확립해 간 것으로 보인다.

요컨대 이러한 가곡가집의 편집체제와 원칙, 그리고 향유 전통을 통하여 사설시조는 그 역사적 근원이 형식적으로는 장가이면서도 악곡의 계통상으로는 단가의 정통에서 파생되어 격이 낮다고 평가되는 소가곡 계통에 근원을 두고 있으며, 내용 및 표현상으로는 여항−시정의 진솔한 말(사설)로 거침없는 음일설탕함을 노래하고, 향유적 측면에서는 이원(풍류방)에서 작가의 유무와는 상관없이 텍스트 자체를 익명의 허튼소리로 향유하는 특수성을 띠는 텍스트라는 점이 밝혀진 셈이다. 그 때문에 장가 걸작에서도 밀려나고 단가에서도 특별히 실어야 겨우 가집의 말석에 오를 수 있는 비운의 가곡이었음이 드러난 셈이다.

4. 사설시조의 향유 전통과 양식적 개방성
─현대사설시조의 두 가지 가능성 : 윤금초와 박기섭의 시도

　지금까지 사설시조가 우리의 방언가곡의 두 가지 향유전통에서 어떻게 근원하여 자리 잡아 갈 수 있었나를 가집 편찬의 원칙과 체제를 통해 살펴보았다. 사설시조는 태생적으로 비운의 숙명을 타고난 장르였다. 형식적으로는 엄연히 장가에 속하면서, 내용상으로는 인심을 감발하거나 음일설탕을 노래하고, 악곡상으로는 단가 계통의 소가곡에 맥을 대고 있는 것이어서, 인류세교와 심신수양을 목적으로 하는 가집에서는 장가의 목록에서 밀려나고, 인심을 감발하고 근심을 씻어내는 데 목적을 두는 가집에서는 그 지나치게 음일설탕함 때문에 단가라는 테두리를 벗어나서 아예 그 범주에 끼지도 못하고, 악곡상의 체제를 갖추면서 가요의 민멸을 방지하려는 데 목적을 둔 가집에서는 본받을 바 못되는 노래라고 맨 마지막 구석지로 몰려 목록의 분류도 없이 갇혀 있어야 하는 처지로 가곡 향유의 말석에서 숨죽여 지내야 하는 삼중의 고난을 감수해야 했다.

　그러나 김천택의 시대를 전후하여 사설시조는 가곡의 정통의 반열에 비록 말석이긴 하지만 정식으로 자기 정체성을 확보하기에 이르고, 조선 말기에 이르러서는 가곡의 한바탕에 필수적인 목록으로 그 위치를 확고히 하게 되었다. 김천택의 시대 이래 가곡은 당대에 부상한 '천기론'과 '성령론'에 힘입어 사설시조가 지향하는 '자연의 진기'를 드러냄과 맞아떨어졌으며, "詩라는 것은 情에서 생겨나는 것으로 정이 있은 연후에 절대불후의 시가 있게 된다. 情의 최우선은 남녀만한 것이 없다"라는 주장에서 보듯이 조선 전기(前期)의 성정론((性情論 : 정(人

心)보다 성(道心)을 우선시 하는)에서 후기의 정성론(情性論 : 성보다 정을
우선시하는)으로 역전되는 시대를 맞아 사설시조는 비로소 음지(陰地)
를 벗어날 수 있었다. 그리하여 여항–시정의 신변잡사나 남녀 연정,
나아가 노골적인 성(性)담론까지 어느 정도 그 가치를 인정받을 수 있
게 되었다. 사설시조의 양식적 특성에 대하여는『청구영언』후발(後
跋)을 쓴 마악노초 이정섭의 진술에 잘 드러나 있다.

> 김천택이 하루는『청구영언』한 책을 가지고 와서
> ………… 위항(委巷) 시정(市井)의 음란한
> 담론과 상스럽고 외설스런 노랫말도 더러 있습니다.
> ………… 이항(里巷)의 노랫소리에 이르면
> 곡조는 비록 아름답고 세련되지 못하지만 무릇 '기뻐서 즐기고 원망하며
> 탄식하고 미처 날뛰며 거칠게 구는 모습과 태도'는 모두 '자연의 진기(眞
> 機)'에서 나온 것이라네.

여기 고딕체로 된 진술은 모두 사설시조 곧 만횡청류에 대해 그 특
성을 지적한 것임을 쉽게 알 수 있는데 실제로 만횡청류에 익명으로
수록된 변안렬의 〈불굴가〉와 대비해보면 이런 특징이 그대로 들어맞
음을 알 수 있다. 〈불굴가〉는 여항–시정의 상스럽고 외설스런 말로 거
침없이 서술되어 있어서 아름답고 세련되지는 못하지만, 그 진술하고
꾸밈없는 태도는 '자연스러움의 진정성'에서 나온 것이기에 가치를 갖
는다는 것이다. 이는 인륜세교나 심신수양과는 거리가 먼 것이다. 그
러면서 그 인간다움의 진정성 때문에 오히려 가치를 갖는 것이다. 여
기서 주목할 것은 사설시조에 쓰이는 말(사설)은 작가 신분의 귀천을
떠나 여항–시정 곧 민간의 말로 '거침없이' 그리고 '자연스럽게' 진술

함으로써 인간의 솔직함과 진정성을 보여주어야 하고, '말 부림'에서 시조의 한정된 격식이나 틀을 자유로이 벗어나되, 그 일탈의 정도가 시조의 양식적 큰 틀을 벗어나서는 안 된다는 것이다. 여하튼 사설시조는 말의 '거침없음'과 '자연스러움'을 생명으로 하되, 시조의 양식적 틀의 제어를 받는다는 특징을 장르의 정체성으로 한다.

사설시조에 민요나 무가, 판소리, 잡가적 서술이 자연스럽게 표출되고, 민담과 소설(삼국지, 구운몽, 숙향전 등)의 모티프를 끌어들이며, 이런 데서 사설시조의 양식적 개방성을 찾을 수 있다. 또한 중놈·승년·오입장이·막덕어멈(막돼먹은 년 : 된장녀?), 서방질하는 년·유녀(遊女)·과부·시집살이 며느리·한량·장사꾼·호색한·병신·취객·노총각·노처녀 등등 이루 말할 수 없는 여항–시정의 군상들과 그들의 진솔한 말이 양식적 개방성을 담보하고 있다. 평시조와는 너무나 거리를 갖는 말부림이기 때문이다. 그러나 이러한 양식적 개방성에도 불구하고 시조의 양식적 큰 틀을 벗어나는 일이 없다는 것에도 주목해야 한다. 〈불굴가〉의 진술이 민요적이고, 정녀(情女)의 담론으로 깊숙한 속정을 거침없이 솔직하게 토로하는 개방성을 보이지만, 초–중–종장의 3장으로 완결하고, 각 장은 아무리 말을 촘촘하게 엮어 짜더라도 4음보 혹은 그에 대응하는 4개의 통사–의미론적 단위구로 구성해야 하고, 종장의 첫 음보는 3음절을 고수하고 있어 민요나 잡가, 판소리 단가, 유행가 등의 다른 장르와 엄연히 구분되는 것이다. 아무리 일탈을 하더라도 시조의 양식적 큰 틀을 준수하고 있기 때문이다. 이것이 다른 장르와 변별되는 사설시조의 정체성이다.

여하튼 사설시조는 '말부림'을 가장 중요시하는 '말의 장르'다. 시라는 것이 본질적으로 말 부림을 중시하는 장르이긴 하지만, 말을 그냥

부리는 것이 아니라 치렁치렁 '엮어 짜면서' 말을 부려야 하는 장르라
는 점에서 다른 시 장르와 변별된다. 그리고 그 말은 여항-시정 곧 민
간의 말 냄새를 짙게 풍겨야 한다. 그러기에 사설시조를 가곡창 쪽에
서는 만횡청류라 했고, 시조창 쪽에서는 사설시조라 했던 것이다. '만
횡'은 직역하면 '덩굴이 어지럽게 얽히는 것'이니, '얽힘' 또는 '얽음'이
되어 '엮음'의 의미를 가지고, '청'은 '높은 음'이란 뜻이니, '만횡청'은
결국 '엮고 지르는 소리'라는 의미를 가지며17), '사설시조' 역시 시조
가운데 사설을 가장 중시하는 장르라는 뜻을 가지니 양쪽이 다 공통되
는 것이다.

　사설시조의 이러한 엮음의 말부림을 가장 먼저 깨달아 현대사설시
조로의 양식적 개방성을 적극적으로 그리고 성공적으로 시도한 이가
윤금초 시인임은 누구나 알고 있다. 시집 『주몽의 하늘』에서 절정을
보였으며, 그 이전에도 『이어도 사나, 이어도 사나』등에서 높은 수준
의 엮음의 말부림을 체득했음을 보여주었다. 그의 말부림은 민요, 잡
가, 판소리와 두루 통하는 거침없는 말과 성 담론의 과감한 시도에까
지 이르는데, 이것들은 모두 여항 –시정적 입담을 바탕으로 하고 있어
사설시조의 진수를 오늘에 되살리고 있는 동력이 되고 있다. 한마디로
그의 사설시조의 특장은 **'말의 거침없음'**에 있는 것이다.

　이에 비해 박기섭 시인이 최근에 선보인 연작 사설시조집 『엮음 수
심가』는 사설시조의 말부림에서 또 하나의 중요한 측면인 **'말의 자연
스러움'**을 시도해 보인 주목할 만한 성과로 인정된다. 사설시조의 본
령이 여항-시정의 수많은 인간 군상들의 말을 엮어내는 데 있다는 앞

---

17) '만횡청'의 이러한 의미는 김영운, 앞의 논문, 120면 참조.

서의 지적을 오늘에 되살린 값진 성과물의 하나라는 것이다. 거기에는 현대를 살아가는 갖가지 서민군상들의 고단한 삶과 인생의 경험이 그 당사자의 말로 혹은 그를 너무나 잘 알고 있는 이웃의 말로 녹여 가장 '자연스럽게' 체현해 내고 있는 것이다.

이 두 시인의 이와 같은 시도는 현대사설시조가 나아가야 할 방향을 제시한 점에서 문학사적 의미를 부여할 수 있을 것이다. 그러면서도 엮음의 말부림에 있어서 윤금초 시인은 사설시조의 양식적 틀까지도 '거침없이' 깨나감으로써 과도한 개방성을 보인다는 문제점을 드러내고, 박기섭 시인은 2음보 연속의 동적 율동에 의한 사설시조 특유의 말 '엮음'의 재미가 지나치게 약화되어 있다는 문제점을 드러내고 있음을 지적하지 않을 수 없다. 이 두 시인의 이러한 공과(功過)에 대한 구체적인 분석과 자세한 논증은 훗날 다른 기회로 미루고 그 대강을 지적하는 선에서 끝맺기로 한다.

사설시조의 전통과 미학

1. 사설시조는 근대시의 단초(端初)인가

사설시조는 18세기에 김천택이 편찬한 『청구영언』(1728)에 와서야 비로소 우리 문학사에 처음 모습을 드러내었다. 〈만횡청류〉라는 이름으로 책의 말미에 특별히 116수를 수록했던 덕분이다. 총 580수를 엮은 시조 가집이므로 예로부터 시조 향유에서 사설시조가 차지하는 비중이 만만치 않음을 말해준다.

그런데 〈만횡청류〉의 면면을 보면 시조라 하기엔 그 형식의 일탈이 심하고, 노랫말도 음왜(淫哇)한 것이 많아 시조의 정통성과는 거리가 먼, 저자거리 취향의 작품들로 가득 차 있다. 이로 인해 우리는 사설시조가 사대부층의 평시조에 대립하는 이름 없는 서민층의 작품일 거라는 추정을 하면서 계통이 다른 장르로 파악하기도 했다. 이러한 이해는 임병양란(壬丙兩亂)이후 신분제도의 혼란, 실학파의 등장, 도시 발달에 따른 시장경제의 형성 등에 주목하여 우리의 '근대'사 기점을 18세기에서 찾는 역사학계의 동향과 맞물려, 사설시조가 근대시의 단초를 보인 것으로 위상을 정립하기에 이른다. 즉 문학사에서도 18세기의 시대적 변화에 맞춰 시조에서는 서민층이 적극 개입하면서 사설시조로 변형을 일으키고, 소설에서는 실학파 박지원의 한문단편이, 한시에서는 김삿갓의 희작시가 등장해 중세문학의 패러다임을 벗어나 근대문학으로 이행하게 되었다는 것이다.

　이러한 자생론적 문학사 이해는 우리의 근대시 이행 경로를 '개화가사—창가—신체시—자유시'라는 서구 이식론에서 벗어나게 하는 논리로 각광을 받으면서 사설시조에 대해 과도한 의미를 부여하게 되었다. 즉 '형식적 측면의 자유로움(정형률로부터의 탈피)'과 '내용적 측면의 자유로움(정감의 자유로운 표출/ 서정적 개인의 등장)'을 이 시기 시가의 근대성 징후로 받아들이면서, 사설시조가 형태면에서 새로움과 내용면에서 진보적인 근대의식을 드러냄으로써 '자유시적 면모'를 보였다는 것이다. 거기다 속어, 비어는 물론 음담패설, 생활어 등 민중언어를 시에 새로 끌어들이고, 시대비판과 고발, 전근대적 모럴에 대한 도전 등 이념적 측면에서도 '사실주의' 경향을 보여 '근대성'을 갖추었다는 논리로 나아감으로써 사설시조에서 근대시의 출발점을 찾게 된 것이다.

　그러나 사설시조의 실상은 이러한 문학사 구도와는 달리 근대의 출발점으로 삼은 18세기보다 훨씬 이전부터 존재해 왔다. 김천택이 〈만횡청류〉 서문에서 "노랫말이 음왜하여 모범으로 삼을 수 없지만, 그 '유래가 오래되어' 버릴 수 없으므로 특별히 싣는다"라고 명백히 밝힌 바와 같이 그 역사가 오래된 것이다. 구체적으로 어느 정도 오래인지는 〈만횡청류〉가 시조의 모범이 아니므로 작자를 드러내지 않고 무명씨로 향유되어 온 탓에 쉽사리 알 수 없다. 그럼에도 각종 문헌을 통해 작자를 밝힐 수 있는 것을 든다면 고려말의 변안렬(?~1390)의 작품 〈불굴가〉(만횡청류 549번 : "가슴에 궁글 둥시렇게 뚫고……")까지 소급된다. 혹자는 이 작품을 후대인의 안작(贋作 : 위조된 작품)이라고 불신하지만, 작품의 한역가(漢譯歌)가『원주변씨세보』라는 후손의 가승(家乘) 문헌에 실려 있고, 그 전거는 고려말 길재와 이숭인, 이방번과 5대손 변희리의 기록이어서 신빙성을 의심할 이유가 없다. 더욱이 〈불굴가〉는 군자가 모범으로 삼을 수 없는 사설시조로 되어 있는데 그것을 무슨 자랑거리라고 굳이 자기 조상작품이라며 안작해서 가승 문헌에 올렸을까.

변안렬 이후에 사설시조를 남긴 이는 송강 정철(1536~1593)의 유명한 〈장진주사〉와 "심의산 바회 아래……(만횡청류 484번)"라는 2수가 확인되고(이들은 정철의 가집『송강가사』에도 수록되어 있어 작자를 의심할 수 없음), 또 김춘택(1670~1717)의 작품(만횡청류 570번)이 있다. 거기다 이덕수(1673~1744), 이광덕(1690~1744) 같은 경화사족층이 사설시조를 많이 지었다는 기록이 신빙할만한 문헌(홍한주,『지수염필』)에 전한다. 이로써 볼 때 사설시조의 출현은 이미 고려 말에 평시조와 더불어 시작되었고, 그 작자층도 이름 없는 서민계층이 아니라 송강이나 경화사족 같은 당대의 사대부 풍류를 주도했던 인물들임이 확인된다. 사설시조가 18세기에 서민계층의 시조향유로 비로소 문학사의 전면에 부상했다거나, 사대부층의 평시조에 대립하는 장르로서 근대시의 단초를 열었다는 이해는 잘못이며 편견임이 드러난다.

2. 사설시조의 형식과 미학적 전통

그러나 무엇보다 사설시조를 근대 자유시의 단초로 여기게 했던 근거는 평시조의 정형으로부터의 일탈이나 율격의 자유로운 창출이라는

‘형식의 새로움’에 놓여 있다. 그렇다면 과연 사설시조의 형식은 평시
조에서 얼마나 자유로운지 송강의 〈장진주사〉에서 확인하자.

> ①훈 잔(盞) 먹새그려˘/ ②坯 훈 盞 먹새그려˘/ ③곳 것거 산(算) 노코˘/
> 무진무진(無盡無盡) 먹새 그려//
>
> 이 몸이 주근 후(後)에˘/ 지게 우희 거적 더퍼˘ 주리혀 믹어가나˘ 유소
> (流蘇) 보장(寶帳)에˘ 만인(萬人)이 우러녜나˘ 어옥 새 속새˘ 덥가나무 백
> 양(白楊)수페˘ 가기곳 가면˘/ 누른 히 흰 달˘ ᄀ는 비굴근 눈˘ 쇼쇼리 ᄇ람
> 불 제˘/ 뉘 훈 盞 먹쟈 홀고//
>
> ④흐믈며/ ⑤무덤 우희˘ 진나비 ᄑ람 불 제/ 뉘우춘들/ 엇지리//
>
> (/는 토막, //는 장 구분, ˘는 2음보격으로 단위화됨을 의미)

위에서 숫자로 표시한 것은 현행 여창가곡(〈장진주〉)을 따라 5장의
가곡창으로 부르는 악곡구조를 따른 것이다. 그러나 이 작품을 문학적
어법을 따라 초-중-종장의 3장으로 재편하면 위와 같은 형식이 된다.
애초에 3장 구조의 시조였던 것을 5장 구조의 고급 가창음악(가곡)으
로 향유하게 되면 그 음악적 예술성의 추구로 인해 형식이 여창가곡처
럼 달라지는 것이다. 우리의 관심은 문학적 형식에 있으므로 그에 따
라 이 작품을 다시 분석해 보면 다음과 같은 평시조(고딕글씨로 표기한
부분)에다 말을 길게 확장하여 늘여놓음으로써 사설시조가 되었음을
확인할 수 있다.

> **훈 盞**∨ 먹새그려/ **坯 훈 盞**∨ 먹새그려//
> **이 몸이**∨ **주근 後에**/ 뉘 훈 盞∨ **먹쟈 홀고**//
> 흐믈며∨ 진나비 ᄑ람 불 제/ **뉘우춘들**∨ **엇지리**//
>
> (∨표는 마디, /표는 구(句), //표는 장(章)을 구분한 것임)

〈장진주사〉 같은 장형의 사설시조도 전달하고자 하는 메시지 중심으로 압축하면 결국 이와 같이 간결한 평시조로 재구성된다. 이는 무엇을 의미하는가? 사설시조는 평시조의 정형을 일탈하거나 율격을 자유롭게 창출한 것이 아니라, 3장으로 완결하는 평시조를 기본 틀로 하면서 다만 말을 촘촘히 엮거나 길이를 확장함으로써 장형(長型)을 이루는 생성 메커니즘을 갖고 있다는 것이다. 즉 사설시조는 평시조를 모태로 하여 생성된 모자(母子)관계의 장르인 것이다. 결코 시조와 계통이 다른 장르라거나 대항 장르가 아니라는 의미다.

그러므로 사설시조는 아무리 말이 길어진다 하더라도 다음의 세 가지 형식요건을 반드시 준수해 왔다. 첫째, 초장-중장-종장의 3장으로 완결하는 시조의 정형 틀을 벗어나지 않는다. 둘째, 종장의 첫째 마디(음보)는 반드시 3음절로 하고 둘째 마디는 5음절 이상으로 하는 형식규율을 준수함으로써 시조로서의 정체성을 유지한다. 셋째, 각 장의 길이는 자율적으로 조정하되, 평시조에서 '4개의 마디(음보)'로 실현되던 것을 '4개의 토막(통사-의미 단위구)'으로 확장한다. 각 토막은 '2음보격 연속체'로 말을 엮어 짜나감으로써 평시조의 절제된 형식을 풀거나 혹은 말을 엮는 재미의 미감을 갖도록 한다.

이처럼 사설시조는 평시조의 주어진 형식이나 율격을 벗어나 자유로이 창출하는 것이 아니라 그 기본 틀은 그대로 유지한 채 말의 길이를 늘이기 위해 '4개의 마디'를 '4개의 토막'으로 확장하는 차이만 보일 뿐이다. 다만 각 토막 내의 음량(음절수)은 감정의 분출 추이에 따라 자율적으로 확장-조정하는 까닭에, 반드시 어느 장이 길어진다거나 얼마만큼 길어지는지에 대한 주어진 정형(定型)이 없이 자율성을 갖는 정형(整形)을 이룬다. 사설시조 작품의 길이가 제 각기 다르고 초-중-

종장의 어느 장이 길어지는 지에 대한 엄격한 규율이 없는 것은 '감정 분출의 자유로움'에 따르기 때문이다. 그런 면에서 평시조는 정형시(定型詩)라 할 수 있고, 사설시조는 평시조의 정형에서 '토막'을 짜는 데만 자율적 확장−조정이 가능한 정형시(整形詩)라 할 수 있다.

사설시조가 감정의 자유로운 분출에 기반을 두다보니 그 형식적 벗어남이나 미학은 평시조와의 대립적 긴장관계 속에서 의미를 갖게 된다. 즉 사설시조의 형식적 의미는 평시조의 정형틀 내에서 그 엄정하고 절제된 틀을 벗어나는 데서 오는 '파격의 미학'에서 찾아지고, 그 음악적 의미는 평시조의 평담하고 유장한, 그러면서 아정(雅正)한 격조를 벗어나는 데서 오는 '일탈의 미학'에서 찾을 수 있다. 이로 인해 사설시조는 평시조의 우아하고 단정함, 엄숙하고 진지함을 깨뜨리고, 뒤트는 데서 오는 파격과 일탈의 즐거움에서 그 특유의 미학을 맛볼 수 있는 것이다.

이런 일탈을 보증하는 장치로 사설시조는 작자가 진술에 책임을 진다거나 인격적 목소리로 발화하지 않아도 되는 익명성을 가진다. 그리하여 엄정함과 진지함에서 벗어난 '허튼 소리'로 일관할 수 있어 '도덕적 가치에서 벗어나 미적 가치'만을 온전히 추구할 수 있는 골계미(해학)를 구현할 수 있었다. 18세기의 대표적 경화사족인 이정보의 사설시조("간밤에 자고 간 그놈……")가 도덕적 표준을 벗어나 유녀(遊女)의 쾌락적 성희(性戱)를 '과장된 열거'의 해학으로 다뤄 감정의 분출을 자유롭게 할 수 있었던 것도 익명성이 가능한 사설시조의 특성 때문이다. 이런 유(類)의 사설시조가 이름 없는 서민층의 작품이어서 무명씨로 된 것이 아니라는 것이다. 또한 그 표현의 감정과잉과 과장된 열거로 인해 '사실주의'(근대성의 징표)와도 거리가 멀다. 실재의 세계와 인

간을 날카롭게 인식하는 사실성보다는 인간애와 욕망에 기초한 '진정
성'을 추구할 뿐이다.

3. 사설시조의 현대적 계승을 위하여

현대의 우리에게 사설시조는 평시조의 엄정한 형식틀을 벗어나 자
유로이 일탈하는 것으로만 각인되어 있다. 그러나 사설시조는 송강의
〈장진주사〉에서 확인한 바와 같이 평시조의 기본 틀을 바탕으로 하면
서 다만 4개의 마디를 4개의 토막으로 확장하고 각 토막을 2음보격 연
속체로 하는 세 가지 형식규범을 갖춰야 비로소 정형시(整形詩)로서의
'사설시조의 정체성(사설시조의 사설시조다움)'이 확보된다. 이러한 사
설시조의 정형 틀을 무시한 채 시조의 형식을 무한정 자유로이 일탈해
도 되는 것으로 오해해 왔던 것이다. 이로 인해 사설시조를 현대적으
로 계승함에 있어서 그 정형의 틀(절제 속의 일탈)을 인지하지 못하고
무조건 '산문성'을 강화하여 사설을 확장하는 '잘못된 현대화'로 나아
가는 경향이 주류적으로 자리 잡게 되었다. 2007년에 결성된 현대사
설시조 포럼의 동인지 활동을 비롯한 대부분의 현대사설시조 작품에
서 그런 경향을 확인할 수 있다.

그러나 현대사설시조라고 다 그런 것은 아니다. 사설시조의 형식과
리듬을 민족시가의 DNA로 천성적으로 터득한 일부 시인들은 그 정형
틀을 숙지하지 않았음에도 불구하고 자연스럽게 준수하는 사설시조의
전범을 보여준다.

　　사람이/ **몇 생이나 닦아야**˘ 물이 되며˘/ 몇 겁이나 전화해야˘ **금강에 물**
이 되나!˘/ 금강에 물이 되나!///

　　샘도 강도 바다도 말고˘/ 옥류 수렴 진주담과˘ 만폭동 다 고만두고˘/ 구
름 비 눈과 서리˘ 비로봉 새벽 안개˘ **풀 끝에 이슬 되어**˘ 구슬구슬 맺혔다
가˘/ 연주팔담 함께 흘러//

　　구룡연/ **천 척 절애에** ˘/ **한 번 굴러**/ 보느냐///

－조운, 〈구룡폭포〉 전문
(토막 단위의 /표와 2음보 단위의 ˘ 표는 필자분)

　　현대사설시조의 절창으로 평가되어 온 작품이다. 금강산 구룡폭포
의 절경을 보고 감격한 나머지 시적 자아도 그 벼랑에 굴러 떨어지는
물이 되고 싶어 하는 염원을, 아니 가슴 벅찬 감정을 시조의 일탈 형식
인 사설시조로 풀어낸 것이다. 주목되는 것은 화자가 벅찬 감격을 한
껏 발산함에도 불구하고 위에 기호로 표시한 바와 같이 사설시조의 형
식 규범 세 가지를 놀랍게도 모두 준수하고 있다는 사실이다. 여기서
확장된 말을 소거하고 메시지 중심(고딕 글씨 부분)으로 재구성하면 다
음과 같은 평시조로 되는 것도 〈장진주사〉와 일치한다.

사람이	몇 생이나 닦아야	금강에	물이 되나!
샘도 강도	바다도 말고	풀 끝에	이슬 되어
구룡연	천척절애에	한번 굴러	보느냐

　　그런데 사설시조를 통한 감정 발산은 '말(사설)의 확장'을 통해 실현
되는 것이므로 결국은 '말을 어떻게 운용하느냐'가 관건이 된다. 사설
시조는 그 명칭이 그러하듯 '말부림'을 가장 중요시하는 '말의 장르'라

는 것이다. 그 운용은 세 가지 방향으로 나타난다. 말 자체의 재미 곧 입담(일종의 pun처럼)으로 향유하는 방향과, 평시조의 엄숙함과 진지함에서 오는 숭고미를 허물어뜨려 골계미로 향유하는 방향, 텍스트의 상황을 이야기 식으로 혹은 극적으로 구성함으로써 상황 자체를 즐기는 방식이 그것이다.

현대사설시조에서 이러한 세 가지 운용 방식을 가장 성공적으로 보여주는 작품 하나씩만 든다면, 구수한 서민적 입담으로 말의 재미에 흠뻑 빠져들게 하는 윤금초의 〈뜬금없는 소리 3〉, 현대사회의 어두운 면에 대한 풍자의 가능성을 보인 홍성란의 〈조세잡가〉, 스토리텔링으로 사설시조의 상황적 묘미를 한껏 드높인 조오현의 〈무설설(無說說)〉을 들 수 있다.

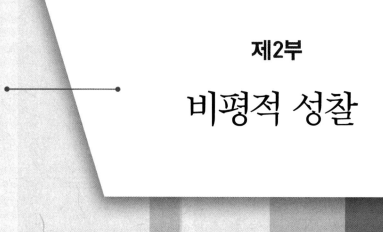

제2부

비평적 성찰

민족문학으로서의 현대시조의 의의

1. 머리말

시조란 무엇인가? 중국의 절구, 일본의 하이쿠, 서구의 소네트에 견줄 수 있는 한국의 대표적인 정형시가 아닌가? 그럼에도 그에 걸맞는 아낌과 사랑을 받고 있는가? 이와 관련하여 어떤 시인 겸 중견 학자는 『프린스턴 시학사전(*The Princeton Encyclopedia of Poetry and Poetics*)』의 '한국시(Korean Poetry)'라는 항목 서술에서, 한국의 현대시(자유시를 의미)에 대한 설명이 이외로 소략한 데 비해, 시조는 "한국 시 형식 중에서 가장 대중적이며, 가장 융통성 있고, 가장 기억할 만한" 장르로 소개하면서 압도적인 비중으로 다루고 있음에 "예상 밖이었고 충격적이었다"고 고백한다. 그러면서 우리 현대시(자유시를 의미)와 현대문학이 내용이나 형식에 있어서 외국문학의 연장에 불과한 것은 아닌가 하는 반성을 하게 되었으며, 나아가 시조에 대한 새로운 인식을 하게 되고 그것이 가진 독자성과 문학적 성과에 대해 다시 생각하는 계기가 되었다고 한다.[1]

시조에 대한 재인식과 자유시에 대한 이러한 반성은 우리의 문학사를 올바로 이해하고 미래의 한국문학을 튼실한 방향으로 정립해 나가는 데 크게 이바지할 것임에 틀림없다. 그럼에도 불구하고 아직도 자유시만이 한국 현대시의 전부로 생각하고 오로지 자유시의 창작과 비평, 감상에만 전념하는 시인, 비평가, 독자들이 대다수를 차지하고 있어 참으로 걱정이 아닐 수 없다. 그들은 이른바 글로벌 시대를 살아가는 오늘날 지나간 시대의 전통 장르였던 시조가 도대체 왜 현대에 존재해야 하는지부터 회의적이다. 세계화의 이념에 맞지 않으니, 혹은 현대의 취향이 아니니 과거의 고리타분한 유산 정도로, 아니면 국수주의라는 폐쇄적 이념에 연루되기 십상이니 타기해야 할, 아니면 적어도 무관심의 영역 속에 방치해 두어야 할 대상쯤으로 여기고 있는 것이 엄연한 현실이다.

이러한 현실은 민족문학으로서 시조 자체에 문제가 있어서가 아니라 그것의 진정한 가치와 의의에 대해 무지한 탓이 크다. 시조가 민족 차원의 저력을 가지고 오늘날에도 그 강인한 생명력을 지속하고 있으며, 한국의 현대 서정시 장르의 하나로 자유시와 함께 어깨를 나란히 하고 있다는 사실을 누구도 부정할 수 없는 이상, 이제는 시조의 이러한 문학적 가치와 의의에 대해서 보다 적극적인 탐구와 발견을 통해 그것을 널리 선양해야 다중(多衆)들이 그러한 무지와 편견에서 깨어날 수 있을 것이다.

민족문학으로서의 시조의 의의와 가치에 대해서는 일찍이 1920년대에 이미 최남선이 피력한 바 있다. 그는 시조야말로 "시의 본체가 조선국토, 조선인, 조선심, 조선어, 조선음율을 통해 표현한 필연적인

---

1) 박현수, 「시조의 현대성, 어떻게 구현할 것인가」, 『만해축전』 자료집 下권, 2012 참조.

한 양식이며, 세계의 온갖 계통과 조류의 문화, 예술이 흘러 흘러서 조선이란 체로 들어가서 걸러 나온 정액(精液)이며… 우리의 희망하는 정금미옥(精金美玉)을 만들 수 있는 양식"이라고 주장한 것이다.2) 그러나 이러한 주장은 너무 추상적이고 관념적이어서 구체적으로 시조의 가치나 의의가 무엇인지를 상정(想定)해 낼 수가 없는 것이 문제다. 일제강점기였던 시대적 특수성을 배경으로 우리 고전의 재발견을 통해 민족적 자존심과 정체성을 확립하려는 고전부흥운동의 일환으로 제시된 것이라는 점과, 일제 식민지 치하에서 나라를 잃었을 때 무엇보다 '민족'이 소중한 가치였으므로 그 정신적 버팀목을 전통문화의 정수(精髓)에서 찾겠다는 시대적 소명이 작용한 것이어서 당대적 의미가 있음은 인정해야 할 것이다.

그러나 객관적 엄밀성보다는 민족적 감정의 논리가 강하게 개입되었다는 혐의를 벗어날 수는 없다. 특히 시의 본체가 조선국토, 조선인, 조선심, 조선어, 조선음율을 통해 표현된 필연적 양식이라는 것은 비단 시조에 한하지 않고 우리문학사에서 산생한 시가 장르들 즉, 향가, 고려속요, 경기체가 같은 다른 양식에도 적용되는 특성이어서 이들과 변별되는 시조의 양식적 정체성이 무엇인지에 대해서는 알 길이 없는 것이다.

그런 점에서 우리는 시조가 어째서 가장 '조선적'인지를 추상적으로가 아니라 구체적으로 밝혀 나가야 하며, 나아가 "우리의 희망하는 정금미옥을 만들 수 있는 양식" 곧 우리 민족의 미래 문학의 모델로서 시조는 또 어떤 모습이어야 하는지를 구체적으로 그려볼 필요가 있다.

---

2) 최남선, 「조선국민문학으로서의 시조」, 『조선문단』 16호, 1926 참조.

이 두 가지가 만족스럽게 규명될 때 우리 민족을 대표하는 문학으로서의 시조의 가치와 의의가 와 닿을 수 있을 것이다. 이에 대한 본격적인 탐색은 앞으로의 과제로 두고, 이 글에서는 이 두 가지를 해명하기 위한 밑그림으로서 먼저 시조라는 한국적 특수성을 지닌 텍스트를 어떻게 이해해야 올바른 독해가 되는지를 구체적 사례를 통해 검토해 보고, 이어서 민족시로서의 현대시조의 모습은 어떠해야 하는지를 자유시와의 관계 속에서 가늠해보려 한다. 시조 텍스트에 대한 올바른 독해야말로 시조를 시조답게 이해하는 첫걸음이며, 시조의 정체성을 통한 가치 발견으로 나아가는 지름길이기 때문이다.

2. 현대시조 텍스트의 바르게 읽기

오늘날 우리는 공장에서 만들어낸 물건을 소비하고 살아가는 '산업사회'를 지나 정보와 기술, 지식 등을 활용해 새로운 기술과 상품을 만들고 수익을 올리는 '지식 기반사회'를 살아가고 있다. 이렇게 지식 기반사회로 이동하면서 그 어느 때보다 창의성, 상상력, 감성, 직관 등의 능력이 중요한 생산요소가 되었으며, 시대가 요구하는 인재상(人才像)도 '도구적 인간(homo faber)'에서 '놀이하는 인간(homo ludence)'이 주목받는 시대가 되었다. 여기서 놀이는 기본적으로 '자유로운 활동'이어야 하므로 어떤 규격화된 정형과 표준으로 옭아맨다면 창의성이나 상상력 같은 지식 활동은 제로(zero)지대가 되지 않을 수 없다. 그런 점에서 자유시는 어떤 규격화된 형식에 얽매이지 않고 자유분방한 감성 충동의 율동으로 시적 욕망을 마음껏 충족할 수 있는 양식이어

서, 운율·형식·짜임새에 있어서 정교한 통일성과 엄격한 정형을 요구
하는 시조와는 비교할 수 없을 정도로 '놀이하는 인간'에 어울리는 시
의 적절한 양식이라 할 수 있다. 산업사회의 근대를 지나 지식 기반사
회의 현대에도 자유시가 현대시조를 누르고 시문학에서 주류장르로
군림하고 있는 이유가 이로써 해명된다.

그러나 놀이도 지나치면 피로만 쌓이고, 창의성과 상상력에 의한 새
로운 것의 끊임없는 추구는 '새것 콤플렉스'의 병적 징후에 갇혀, 마침
내 그 임계점에서 극도의 소외감을 맛보거나 자아 함몰에서 헤어나지
못하게 된다. 그리하여 '세련된 새것'에 식상하게 된 현대인은 결국 검
박하면서도 잘 다듬어진 옛것에 대한 긍정으로 선회하게 되기도 하는
것이다. 이렇게 '새것 콤플렉스'를 벗어나 '옛것에 대한 긍정'으로 돌아
설 때, 자유시를 밀어내고 시조를 현대의 시적 욕망으로 적극 받아들
이게 되는 것이다.

그런 점에서 자유시와 현대시조는 현대사회에서 그 시적 욕망을 다
른 방식으로 충족하는 것으로 이해할 수 있다. 뿐 아니라 이 둘은 같
은 현대 서정시의 장르체계 속에 편입되어 있으면서도 서로 장르를
달리 하므로 문학적 본질이나 속성을 달리한다. 이렇게 문학텍스트로
서의 본질이나 속성을 달리 함에도 불구하고 이 둘을 같은 지평에 두
고 독해한다든지, 같은 분석방법으로 비평하거나, 같은 잣대로 평가
하는 경우를 왕왕 보게 된다. 그 대표적인 예를 하나 들어 검토해 보
기로 하자.[3]

---

3) 특정인을 거론할 필요 없이 대부분이 그런 경향을 보이지만, 논리 전개상 부득이
박현수 교수의 각주 1)의 논문을 대표적인 예로 들어 검토해 보기로 한다. 양해 있으
시기 바란다.

태양이 그대로라면 　　지구는 어떨 건가
수소탄 원자탄은 　　　아무리 만든다더라도
냉이꽃 한두 송이에겐들 　그 목숨을 뉘 넣을까
-이병기, 〈냉이꽃〉 부분

능금한알이추락(墜落)하였다.
지구(地球)는부서질정도(程度)만큼아팠다. 최후(最後).
이미어하(如何)한정신(精神)도발아(發芽)하지아니한다.
-이상, 〈최후〉 전문4)

　이 두 작품에 대해 박현수 교수는 시조의 현대성을 어떻게 구현할 것인가를 모색하는 과정에서 그 장르 선택이 서로 다름에도 불구하고 현대시라는 같은 지평에 놓고 동일한 시각과 잣대로 독해하고 비평한다. 그리하여 가람 이병기의 작품은 "현대문명의 문제를 진단하는 시각이 피상적이다. 아무리 과학이 발달해도 생명의 신비함은 규명하지 못할 것이라는 이런 생각은 현대문명에 대한 심오한 비판이라 할 수 없다. 그것을 실현할 수 있는 안목은 이병기에게 준비되어 있지 않은 것이다. 일종의 사상 차원에 도달할 만한 현대에 대한 문제의식이 없었던 것이다. 그래서 종장의 문제의식이 절실해 보이지 않는 것이다"라는 평가를 내린다.

　이에 비해 이상의 작품은 가람의 작품과 유사한 소재와 내용을 다루고, 짧은 형식의 작품이라는 점에서도 유사하지만 "소재의 선택과 처리 방식, 문제의 본질을 꿰뚫어보는 통찰력에 있어서 많은 차이가 단

---

4) 원 텍스트는 일본어로 된 작품이고 행갈이도 되어 있다고 한다. 여기서는 박현수 교수의 독해를 재검토하려는 것이므로 그가 수정 번역하여 인용한 텍스트 그대로 가져온 와 살피기로 한다.

다. '냉이꽃'과 '능금'의 차이는 소재에 있어서 그 차이가 크지 않을 수 있다. 그러나 결과적으로 현대문명의 문제를 다루는데 뉴턴의 만유인력 법칙과 관련된 능금이 짧은 형식을 통해 문제의 핵심에 명쾌하게 도달하는 데 더 도움이 된다는 것은 분명해 보인다. 소재를 처리하는 방식에 있어서도 이상의 작품은 비슷한 형식과 길이를 지니고 있지만 단 한 번의 독서로 독해가 완료되지 않아 시조의 가창시간과 맞먹을 만한 감상 시간이 필요한 수사학을 구비하고 있다. 또한 통찰력에 있어서 주제를 더 깊이 있게 만들고 있다"라고 평가함으로써 가람보다 이상의 작품이 비교 우위에 있음을 논한다.

그러나 이러한 평가는 두 작품의 장르 선택의 차이를 무시하고 다 같이 현대시라는 관점에서 동일한 시각과 분석 방법으로 비교한 것이어서 정당한 독해와 평가가 이루어졌다고 하기 어렵다. **장르는 단순히 표현장치에 머무는 것이 아니라 세계상을 바라보는 수단과 방법**이라는 점에서, 두 작품이 장르를 달리한다는 것은 세계관과 미의식에서 상당한 차이를 보인다는 것이므로 이런 차이를 우선적으로 고려해야 비로소 올바른 텍스트 읽기와 평가가 가능하기 때문이다. 즉 가람의 작품은 시조라는 장르적 본질과 속성에 비추어 이해되어야 하고, 이상의 작품은 자유시라는 장르적 본질과 속성에 맞는 독해가 이루어져야 한다는 것이다.

이러한 장르의 다름에 따른 세계관과 미의식의 차이를 염두에 두면서 두 작품을 다시 읽어 보기 위해 구체적인 작품 분석에 앞서 그 '세계인식의 차이'부터 이해해 보자. 자유시에서 자아는 현대인의 불안과 고독, 공포와 아픔 속에서 자리하는 경우가 흔하지만, 시조에서 자아는 세상 속에 있고 세상과 연결되어 있으며 세상과 같은 생명을 공유

한다고 사유한다. 즉 세상과 자아가 전체적인 하나로 엮이어 있다고
보는 것이다. 자아는 세상의 생명에서 유래되고 세상의 생명과 직결되
어 있으므로 자아와 세상은 출발부터 공생과 조화 관계 속에서 하나일
수밖에 없는 동일 생명체로 인식하는 것이다. 그리하여 시조에는 늘
자아가 있고 또 세상이 있는 것이다. 가람의 시조도 이러한 세계관이
투영되어 있다.

그에 비해 이상의 시적 자아는 세상과 나의 관계가 단절되어 있고,
동일 생명체로서의 공존이나 조화 관계로 인식되지 않는 탓에 자신만
의 주관주의, 자아중심주의에 묶여 결국은 자아-세계의 관계가 손상
되는 아픔을 맛볼 수밖에 없는 것으로 나타난다. 그리하여 이상은 자
아중심주의에 함몰하여 불안과 고독(소외감), 공포와 아픔에서 자유롭
지 못하지만, 가람의 시적 자아는 자아가 세상과 동일 생명체로서의
공생과 조화 관계에 있는 까닭에 세계에 대한 불안과 고통, 소외감의
깊이는 쉽사리 드러나지 않는다. 이는 자유시가 서구의 문화적 패러다
임을 수용한 바탕에서 장르관습이 형성 발전되어 왔음에 비해, 시조는
동양의 혹은 민족의 전통문화 패러다임으로 장르관습이 굳혀져 왔던
차이에 기인하는 것이다.[5]

---

5) 이런 동 서양의 차이를 인류학자 Edward Hall은 인간과 맥락(context)의 관계에
   대한 인식의 차이로 설명한 바 있다. 즉 서양은 **저맥락**(low context) 사회로서 "인간
   을 맥락에서 떼어내어 말하는 것이 가능하므로 개인은 맥락에 속박되지 않은 독립
   적이고 자유로운 행위자로서 이 상황에서 저 상황으로 자유롭게 옮겨 다닐 수 있다"
   고 함에 비해, 동양은 **고맥락**(high context) 사회로서 "인간이란 서로 긴밀하게 연결
   되어 있는 유동적인 존재로서 주변맥락의 영향을 크게 받는다. 인간을 가족이나 사
   회, 도(道)의 원리와 같은 전체와의 관련성 속에서 파악한다."라고 지적한다. 이는
   시각을 '사회'라는 한정된 범주로 설명한 것이어서 한계가 있지만, 개인과 사회를
   넘어 자연과 세계, 우주의 차원으로 확대한다 해도 이러한 맥락에 대한 동-서의 인

이러한 장르관습의 차이를 바탕으로 두 작품을 다시 읽어보기로 하자. 먼저 가람의 시조는 인간과 세계를 **고맥락**의 관계로 파악하면서 현대문명의 문제를 '**근대과학의 몰생명성**'에서 찾는다. 그리하여 생명 탄생의 신비함을 맥락과 단절한 인간만의 문제로 한정하지 않고, 우주와 자연의 관계 맥락에서 보편적-거시적 담론으로 노래한다. 즉 이 글거리는 태양이 지구를 생성하지 않고 불덩어리 그대로였다면 인간을 포함한 수많은 생명을 품고 있는 지구라는 대자연은 과연 어떻게 되었을 것인가라고 하여 대우주와 대자연의 관계 맥락에서 인간 생명의 신비한 탄생을 초장에서 진술한다. 이어 중장에서는 그러한 우주 탄생의 위대한 신비를 수소탄 원자탄 같은 인간의 경이로운 발명품과 대비하여 거론하고, 결론적으로 종장에서는 인간의 그런 파괴적-인위적 발명은 제아무리 위대해보여도 대자연 속의 조그만 야생의 풀꽃인 냉이꽃 한두 송이에 생명을 불어넣는 일에도 미치지 못함을 각성시킨다. 이는 냉이꽃은 존재감이 없는 야생의 아주 작은 풀꽃에 지나지 않지만, 봄이 오면 앙징스레 꽃을 피워내는 그 살아있음의 신비로움으로 인해 우리 인간에게 새록새록 기쁨을 줄 수 있다는 체험을 겪지 않는다면, 그리고 그 풀꽃의 강인한 생명력과 마찬가지로 우리 인간도 살아 있다는 깨달음을 얻지 못한다면 이런 메시지를 던질 수 없을 것이다.

이처럼 냉이꽃(소우주)이란 작은 생명체의 소중함을 노래하기 위해 그와 엮이어 있는 인간 세계(중우주)의 위협받는 안위(安危)를 말하고, 더 나아가 태양이 지구를 생성하는 대우주의 생명 탄생의 신비를 전제

식 차이는 그대로 유지된다.

하고 있는 것이다. 이는 "대장부란 천하의 넓은 집에 살며(仁), 천하의 바른 자리에 서며(禮), 천하의 큰길을 걷는다(義)"(『孟子』)는 넓고 크고 **바르게 보는 세계관**에 기초한 동양적 패러다임에 의한 가르침이 시적 메시지로 승화한 것이라 하겠다. 그러면서 그 메시지가 너무나 직설적이어서 오히려 절실하게 다가온다. 그리하여 근대과학의 몰생명성을 인식케 하는 주제를 선명하게 제시하는 교사로서의 가르침의 발화에 적절한 어조(語調)로 우리를 각성시킨다. 이것이 **시조의 어법**이다.

이에 비해 이상의 자유시는 가람의 시조와 여러모로 대조된다. 가람이 자연 혹은 우주의 질서 속에 엮이어 있는 인간의 생명성을 문제 삼아 근대과학의 몰생명성을 지적하고 있다면, 이상은 능금 한 알의 추락으로 상징되는 사물의 추락의 아픔이 지구가 부서질 정도의 정신적-심리적 충격으로 다가옴에도 불구하고 그것을 냉엄한 물리적 법칙으로만 설명해 내는 위대한 과학적 발견이란 것이, 인간의 정신을 싹 틔우거나 상상력의 자유로움을 잉태하는 데는 아무런 기여도 하지 못한다는 **근대과학의 몰정신성**을 문제 삼고 있다.

이처럼 이상의 경우는 가람과 달리 능금이 추락하는 자연의 세계와 그것을 사유하는 인간의 세계 곧 '정신'이 엮이어 있는 것이 아니라 철저히 단절되어 있는 것이다. 이러한 단절된 상황에서 바라보는 시적 자아의 세계관은 물리적 법칙의 위대한 발견으로 세상이 그만큼 환해지는 것이 아니라 오히려 어두움으로 가득한 것이다. 정신이 죽어가고, 사유가 사라지고, 신이 떠나간 황무지엔 한줄기 빛도 없는 것이다. 그런 점에서 과학적 합리주의라 할 물리적 법칙의 명쾌한 발견은 달나라에서 토끼가 방아를 찧고, 금도끼와 은도끼로 계수나무를 찍어내어 초가삼간 집을 짓고, 거기서 부모와 더불어 정답게 살아가는 인간의 낭만적인 꿈 곧 정신이 발붙일 조그만 틈도 주지 않게 될 뿐이다. 과학적 합리주의로 바라보는 세계는 얼마나 숨 막히는 삭막한 세계인가. 이와 같이 근대과학의 몰정신성은 자아(인간 정신)와 자연(물질 세계)의 단절로 말미암아 그 낭만적인 관계가 손상되는 아픔, 즉 "지구가 부서질 정도의 아픔"을 맛보아야 하는 것이다. 자아와 세계 간의 이러한 단절의 아픔은 그 둘의 관계를 **저맥락**으로 인식하는 서구문화의 패러다임에 관습을 둔 개인주의 혹은 인간중심주의 세계관에 있음은 물론이다. 이러한 이상의 인식은 세계를 **넓고 크게** 보라보는 가람과 같은 동양적 사유와는 대조되는, **좁고 깊게** 바라보는 서구적 세계관이 깔려있다.

이러한 세계관의 차이를 고려하지 않고, 가람의 시조에는 현대문명의 문제를 진단하는 시각이 피상적이라든지, 심오한 비판이 결여되어 있다거나 통찰력에 있어서 이상의 자유시가 주제를 더 깊이 있게 만들고 있다는 평가는 올바른 것이라 하기 어렵다. 두 작품을 놓고 보면, 가람이 자연의 생명을 중시하는 반문명론자이자 생태주의자라면, 이상은 과학적 합리주의를 배격하는, 그리하여 시대정신을 거부하는 이단자이며 자신의 정신 곧 영혼이 훨씬 더 절박한 문제가 되는 자아중심주의자라고 그 **시적 지향이 다름**을 말할 수 있을 뿐이다. 또한 세계를 바라보는 눈이 가람은 **외부세계**(태양→지구→냉이꽃)로 열려있음에 비해 이상은 **내면세계**(사과의 추락→지구의 아픔→정신의 발아)로 침투해 있어 그만큼 문제를 진단하는 시각에 차이가 있는 것이다. 이런 시각의 차이가 곧 바로 작품의 우열을 가름하는 차이가 될 수는 없을 것이다.

여기에 더하여 가람의 시조는 단 한 번의 독서로 독해가 완료되는 쉬운 시이고 소재를 처리하는 방식이 시적 차원으로 제대로 소화되지 못하고 있어 소재주의에 불과한 수준이라는 폄하적 평가에 비해, 이상의 자유시는 시조의 가창시간에 맞먹는 감상시간이 필요한 수사학을 구비하고 있고, 주제를 깊이 있게 만드는 통찰력이 뛰어나다는 높은 평가를 하고 있는데 이러한 평가는 과연 정당한가를 검토해 보자.

잘 알다시피 시조는 엄격한 형식틀과 외형률을 갖춘 정형시여서 이를 따르지 않으면 시조가 될 수 없다. 그런 까닭에 시를 음성과 의미의 조화적 통일체라 할 때, 훌륭한 시가 되려면 음성과 의미의 두 가지 요소를 탁월하게 조화로운 통일체로 갖춰야 하지만, 시조와 같은 정형시는 아무래도 외재절주를 준수해야 하므로 의미보다는 음성(엄밀히 말하면 음성을 자원으로 하는 운율)에 중점을 두는 장르관습에 치중하지 않을 수 없게 된다. 이에 비해 자유시는 마음 한가운데 일어나는 시적 정감 곧 내재절주를 따라 그것이 유동하는 속도에 맞추어 자유롭게 시정(詩情)을 펼쳐나가면 되므로, 외적 형식에는 크게 구애를 받지 않는 대신 의미생산에 치중하기 마련이다. 그러므로 시조는 외적 형식이 중시되는 시라면 자유시는 의미율에 오로지 의존하는 시라는 차이가 있다.

따라서 자유시는 한 행, 한 행, 시행이 나아갈 때 마다 의미 생산이 고도로 이루어져 한 번의 독서로 독해가 완료되는 경우는 거의 없고 난해시로 가는 경우도 적지 않게 되는 것이다. 이에 비해 시조는 의미 생산보다는 외재절주에 치중하므로 독해가 단번에 이루어지는 쉬운 시도 상당히 있게 마련이다. 그러므로 시적 의미 생산에서 절대적으로 우위를 차지하고 있는 자유시와 그것과는 시적 지향을 달리하는 시조의 이러한 장르관습의 차이를 무시하고 동일한 지평에서 주제의 깊이, 소재를 다루는 방식, 수사학의 비중, 통찰력의 수준 등을 논하는 것은 올바른 텍스트 읽기라 하기 어렵다.

시조는 자유시처럼 의미율로 감동을 주기보다 **민족적 감성의 형식으로 심금을 울린다.** 시조가 갖추고 있는 4음 4보격(초-중장)의 반복과 변형 4보격(종장)으로 마무리하는 율격양식은, 그저 단순히 어떤 특정의 장르가 갖고 있는 특정한 형식에 지나지 않는 것이 아니라 우리 민족이 일구어 온 **가장 전형적이고 호소력 높은 대표적 미적양식**6)이기 때문이다. 시조가 갖는 율격양식이나 독특한 형식은 개인의 차원에 머물지 않고 집단의 차원, 민족의 차원에서 이루어진 것이어서 그 형식은 우리 민족의 감성을 담아내는 민족적 형식이 되어 왔고, 그 시는 그냥 시가 아니라 민족시가 되는 것이다. 이런 점에서 프린스턴 시학사전에서 한국의 대표시로 시조가 비중 있게 다루어지고 자유시는 몇몇 시인을 개별적으로 다루고 있는 것은 전혀 이상스러운 것이 아니라 당연한 것이다.

그러므로 자유시가 개인중심의 일반시라면 시조는 집단중심의 민족시라는 점에서 그 감동의 정도는 자유시가 민족시를 따를 수는 없다. 그러므로 의미상으로 단번에 독해가 완료되는 쉬운 시라 해서 그 가치가 폄하되어서는 아니 될 것이다. 다만 시조가 3장의 의미구조로 단순 명료하게 양식화되는 미학적 단위여서 의미상으로 단선성, 경직성, 견고성을 갖기 쉽다는 것은 인정해야 할 것이다. 자유시의 세련된 의미

---

6) 우리 시가에서 활용하고 있는 율격 양식은 2음 2보격에서부터 4음 3보격, 3음 4보격, 4음 5보격, 충량보격 등등에 이르기까지 13종이나 되어 참으로 다양하지만, 그 가운데 시조가 활용하고 있는 4음 4보격은 우리 말의 발화구조에 가장 잘 어울려서 모든 시가 영역에 두루 쓰였고, 지금까지 가장 즐겨 사용해온 율격 양식으로서 그 대표적인 위치를 굳혀 왔다고 한다. 이에 대한 상론은 성기옥, 『한국시가 율격의 이론』, 새문사, 1986 참조.

생산적 율동은 시조의 이러한 단성성이나 경직성, 견고성을 부드럽게
해주는 간호사의 역할을 할 것이라는 점은 인정해야 할 것이다.

3. 민족시로서의 현대시조의 모습

　지금까지의 검토를 통해 느끼듯이 이제부터라도 시조에 대한 잘못
된 편견이나 비평 기준으로 그 가치를 함부로 훼손하거나 폄하하는 일
은 더 이상 없어야겠다. 아니 그 반대로 민족시로서의 시조의 가치 발
견에 적극적으로 동참해야 할 것이다. 옥돌도 잡석으로 무시해버리면
보물이 되지 못하고, 오동나무도 땔감으로 써버리면 가야금이 될 수
없듯이 잠재된 소중한 가치를 발굴해내어야 비로소 우리 것이 될 수
있지 않은가. 그런 점에서 영국의 민족주의 담론 형성에서 셰익스피어
문학의 가치 발굴이 기여한 공로를 참고해볼 필요가 있다. 일개 런던
극장의 단역 배우이자 대본 작가였던 셰익스피어를 영국의 민족 시인
으로 격상시켜 얻어낸 결과 '셰익스피어는 영국적이고, 영국적인 것은
셰익스피어다'라는 명제가 성립할 정도로 그의 문학을 민족적 우월성
을 보증하는 증표로까지 공인하는 가치발견으로 나아갔으니 말이다.
　그리하여 마침내는 당대의 여왕이 "인도를 다 줘도 셰익스피어와는
바꾸지 않겠다"고 선언하는 민족적 자부심으로까지 이어질 수 있었다.
이러한 민족적-문화적 자부심은 그 나라의 국격(國格)을 높은 차원으
로 상승시킴은 말할 것도 없다. 이런 관점에서 시조를 창작하고 감상
하는 일에 못지않게 그 가치를 발견하고 격상시키는 연구나 비평 활동
은 민족적-문화적 자부심을 갖게 하고 국격을 높이는 중차대한 시대

적 과제가 아닐 수 없다.

21세기 글로벌시대에 새삼스레 웬 **민족** 타령인가라고 반문할 수 있다.7) 이미 눈치 챘겠지만 한마디로 시조를 통해 국격을 찾자는 것이다. 그럼 국격은 어떻게 찾는가. 있는 가치를 훼손하거나 폄하하지 않

---

7) 21세기는 바야흐로 글로벌시대 혹은 다문화시대라 하여 민족과 국가 단위를 넘어 전(全)지구적으로 정보를 교환하고 여러 국가 간의 다양한 문화의 융합이나 복합을 꾀하는 시대라 하는데, 이런 시대적 조류에서 새삼스레 민족 혹은 국가 운운하는 것은 시대정신을 거스르는 '수구 꼴통'적 발상이거나 '자국 우월주의'에 목매는 퇴행적 국수주의는 아닌지 비판의 대상이 될 수 있다. 더욱이 근년에는 농촌 총각을 중심으로 국제결혼이 다수 이루어지고, 서구중심문화가 다량으로 유입됨으로써 민족문화가 급격히 해체되는 다변화시대를 맞아 선진 강대국의 세계주의 흐름에 맞춘 포스트모더니즘이나 해체주의가 기승을 부리고 있고, 이에 편승하여 우리 민족 자체의 존재 근거마저 부정하는 논리가 성행하고 있다. 즉 민족이란 단위 개념은 무엇보다 종족의 혈연적 순수성을 고수해야 가능한데 민족 이동이나 전쟁, 결혼, 귀화 등으로 피의 뒤섞임이 있어왔으므로 그런 개념은 성립할 수 없다는 것이다. 그러나 **민족은 혈연적(생물학적)·언어적 공동체라기보다 체험과 문화의 공동체에 더 가깝기 때문에 민족의식은 공유된 역사적 경험으로 이루어진다고 봐야 옳다.** 농촌에서 국제결혼으로 피의 뒤섞임이 상당수 일어나는 현상을 놓고 이제 순혈주의는 아무런 의미가 없어졌다는 둥, 문화적 순일성을 벗어나 다문화가 이루어진 것처럼 과대 포장하는 논리를 자주 보게 되는데, 그 정도의 뒤섞임은 거대한 강물에 이질적인 피 몇 방울을 혼합한 것에 지나지 않는 수준인 것이다. 우리가 주목할 것은 세계화를 강조하는 나라에서, 예를 들면 유럽에선 반(反)이민자 정서와 극우 민족주의가 득세하고 있고, 미국에선 반(反)중국 정서가 확산되고 있는 등, 오히려 선진 강대국일수록 배타적 민족주의나 국수주의가 기승을 부리고 있다는 사실이다. 이러한 타자의 국수주의는 우리 같은 약소국의 생존과 자립을 위협해 올 것이고, 그러한 타자의 국수주의에 대항하는 길은 **자국의 민족주의로 맞서는 길밖에 다른 선택이 없다는 점을 명심해야** 할 것이다. 강대국의 세계주의 논리는 그들의 경제–문화적 세력을 세계로 확산하려는 의도가 배면에 깔려 있고, 그러기 위해 약소국의 민족주의를 해체하려는 저의가 숨어 있다 할 것이다. 그런 까닭에 선진강국의 포스트모더니즘 혹은 해체주의에 멋모르고 편승하여 우리의 자생적 민족주의 가능성이나 역량을 강조하는 논리를 배타적 민족주의나 국수주의로 몰아쳐 우리 스스로 무화(無化)시킴으로써 타자의 국수주의에 맞설 정신적 힘의 원천을 근본적으로 해체해왔던 어리석은 탈민족주의나 세계주의로의 편승은 이제 그만두어야 할 것이다.

고 잠재된 가치를 찾아내는 일이다. 이를테면 윤선도의 시조 작품에서 셰익스피어에 비견되는 민족 시인으로서의 가치를 발견해내고, 오늘날의 시조에서 현대화된 제2, 제3의 윤선도를 발굴해내는 일이 그러한 과제를 충족하는 작업이 될 것이다. 이와 관련하여 이웃나라 일본의 예를 들어보자. 그곳에선『국가의 품격』이란 책이 2005년 출간되어 200만부 넘게 팔리면서 품격 붐이 일어났다고 한다. "일본에는 국가의 품격이라는 것이 있다"라고 호소한 책인데 그 요지는 한마디로 '일본이여 프라이드를 가져라'였다고 한다. 중심 내용은 일본의 빛과 그림자 중에 빛(품격)을 이야기한 것이라 한다. 우리가 주목할 점은 그 책이 무슨 대단한 학술적 논증을 갖춘 일본론이라기 보다는, 대놓고 일본을 두둔한 책이라는 것이다. 그럼에도 선풍적인 인기를 끌고 일본인에게 자긍심과 자신감을 불러일으키는 획기적인 기여를 했다고 한다. 우리는 그렇게까지는 아니더라도 우리 민족의 잠재된 가치만은 적극 발굴해야 하지 않겠는가.

어디 그뿐인가. 최근에 일본은 이웃나라에 대한 무력침략, 일본군 위안부 강제동원 등 일본의 잘못된 역사마저 궤변적인 논리로 부정하고 있다. 그 바탕에는 일본의 역사는 무조건 옳고 자랑스러워야 한다는 '일본 무오류사관'이 자리하고 있다. 이런 상황에서 우리만 민족적 역량을 폄하하거나 훼손하고 세계주의라는 미명아래 민족의 잠재적 가치 발굴을 외면하는, 거꾸로 가는 길을 선택해서야 되겠는가.

이제 거창스런 일반논리를 벗어나 우리의 본업인 문학으로 시선을 돌려보자. 국가도 사회의 공동선과 미덕이 없으면 국격이 없듯, 문학도 공동선의 문학, 기품 있는 미학이 없다면 누구나 공감하는 높은 경지의 감동적 명작이 나올 수 없다는 명제가 우선적으로 주목된다. 그

런 점에서 600여년을 민족적 차원에서 일구어낸 **공동선의 문학, 기품
있는 미학**을 시조에서 찾아내는 것은 당연한 작업이 될 것이다. 그러
한 조건을 충족하는 현대 시조의 모습은 어떠해야 할까.

우리는 그러한 이상적인 시조 상(像)을 다음의 작품에서 찾아볼 수
있다.

> 발묵 스릇 번져나는 해질 무렵 평사낙안
> 시계 밖을 가로지른 큰기러기 어린진이
> 빈 강에 제 몸피만큼 갈필 긋고 날아간다.
>
> 허공은 아무래도 쥐수염 붓 관념산수다
> 색 바랜 햇무리는 선염법을 기다리고
> 어머나! 뉘 오목가슴 마냥 젖네, 농담으로.
>
> 곡필 아닌 직필로나 허허벌판 헤매 돌다
> 홀연 머문 자리에도 깃털 뽑아 먹물 적시고
> 서늘한 붓끝 세운다. 죽지 펼친 저 골법(骨法).
>
> ─윤금초, 〈큰기러기 필법(筆法)〉 전문

이번에 한국시조대상의 영예를 안은 수상작이다. 이 작품에 대한 즉
각적인 비평은 "윤금초 시인 자신의 섬세한 미학적 자화상", "시인으로
서의 자신을 자전적으로 성찰한 결실" 혹은 "윤금초 시인 특유의 필법"
이 녹아 있는 "시조로 씌어진 윤금초론"이라 한다[8]. 혹은 "큰기러기에
자신을 투사하여 긴 여정을 헤매어 돌아온 자신의 노정을 술회하고 있
는 것"[9]으로 보거나, "큰 기러기의 속성을 시인의 시정신과 은유한

---

8) 유성호, 「작품론 : '시인'의 존재론적 은유, '시조'의 양식론적 자각」, 『한국시조대상
   작품집』, 고요아침, 2013.

것", "시인(윤금초)이 끊임없이 융합해온 시조 작법"[10]으로 이해한다. 이처럼 기존의 비평은 윤금초 시인 개인의 특성과 특유의 시작법에 초점을 맞추어 논하고 있다. 특정 시 작품이 특정 시인의 산물이므로 이와 같은 **생산미학**에 입각한 논리와 비평은 어쩌면 당연한 것으로 이해될 수 있다. 그러나 작품은 일단 창작되어 작자의 손을 떠나면 그 자체의 독립적 텍스트로 존재하므로 텍스트 해석을 오로지 그것을 생산한 시인에게만 초점을 맞출 필요는 없다. 텍스트 자체가 진술하고 있는 **서술미학**에 초점을 맞출 때 오히려 텍스트에 잠재되어 있는 진정한 가치와 진리를 찾을 수 있기 때문이다.

그런 점에서 필자는 이 작품을 생산미학이 아닌 서술미학의 관점으로 이해하고자 한다. 그러기 위해 이 작품의 핵심이 무엇보다 제목에 드러나 있다는 점을 주목할 필요가 있다. 즉 '큰기러기'가 그려내는 '필법'이 작품의 중심 소재 곧 제재라는 점을 놓쳐서는 안 된다는 것이다. 작품의 제목은 단순히 그 머리에 놓인 장식이 아니라 작품의 가장 중요한 일부이며, 해석의 통로를 열어주는 키워드가 되는 것이다. 그러므로 이 작품에 동원된 여러 소재들은 모두 작품의 중심이 되고 있는 제목과 연관하여 이해되어야 할 것이다. 그런 점에서 큰 기러기가 그려내는 필법으로 이룩된 화폭은, 넓게는 한 편의 동양화이면서, 좁게는 시조라는 문학양식의 특징적 모습이지 결코 시인의 자화상에 한정되지 않음이 분명하다.

이러한 관점에서 작품을 세밀히 분석해 보기로 하자. 먼저 첫째 연에서 작품의 배경은 "발묵 스릇 번져나는 해질 무렵"의 시간과 "평사낙

---

9) 김재현, 「심사평 : 간결하나 곡진한 표현의 시편」, 위의 책 참조.
10) 권성훈, 「작품론 : 현대시조의 꽃을 개량하는 언어 농사꾼」, 위의 책, 참조.

안"의 공간으로 설정되어 있다. 시간적으로 해질 무렵 곧 석양은, 낮의 환함과 뜨거움이 서린 양기(陽氣)와 밤의 어두움과 차가움이 서린 음기(陰氣)가 교차하면서 절묘한 조화를 이루는, 지나치게 환하지도 어둡지도 않고 혹은 지나치게 뜨겁거나 차지도 않은, 음양이 조화를 이루는 시간이다. 여기에다 한가로운 모래펄에 가볍게 내려와 앉은 기러기의 매끈한 모습을 담은 "평사낙안"의 평화로운 공간이 겹쳐져 있다. 이러한 시공간은 동양의 산수화에서 빼어난 경치를 담을 때 즐겨 쓰는 화제(畫題)로 자연의 조화로움과 평화로운 모습이 형상화된 것이다.

그러나 이러한 자연의 풍경은 어디까지나 정적(靜的)이어서 동적(動的)인 풍경이 어우러져야 정중동(靜中動)의 조화로운 모습이 갖춰진다. 초장의 정적인 모습에 이어 중장에서 큰기러기 떼가 "어린진"을 치며 날아가는 동적인 모습이 그려짐으로써 비로소 정과 동의 어느 한쪽으로 치우치지 않은 중정화평(中正和平)의 모습이 갖춰짐을 알 수 있다.

그러나 이러한 중정화평의 모습은 자연의 조화로움의 극치일 뿐 그것으로 풍경이 완성되는 것은 아니다. 거기에 인간의 모습이 더해져야 비로소 '천인합일(天人合一)'이나 '물아일체(物我一體)'라는 인간적 삶의 궁극적 목표가 완성되는 것이다. 동양사상의 바탕을 이루는 유가의 중심 사상이 '인(仁)'이라 하고, "인(仁)은 곧 인(人)이요, 인심(人心)이다"(『맹자』 仁者人也, 仁者人心也)라고 정의하는 데서 그 점이 잘 드러난다. 따라서 큰기러기 떼가 사람 인(人)자 모양으로 어린진을 치고 날아가는 모습은 단순히 자연의 동적(動的)인 풍경에 지나지 않는 것이 아니라 거기에서 인간의 모습을 보고(첫째 연), 나아가 인정(둘째 연)과 인격(셋째 연)을 봄으로써, 인간의 모습이 개입되어 자연과 인간(인심, 인정, 인격)이 어우러지는 조화의 완성을 마침내 이룰 수 있는 것이다.

그런데 그 조화의 완성을 추구함에 있어서 이상적인 태도는 청빈하고 검박하게, 그리고 무엇보다 자기분수에 맞게 해야 예(禮)와 이지성(理智性)을 갖춘 덕인(德人)이 될 수 있는 것이다. 첫째 연의 종장에서 큰기러기가 "제 몸피만큼 갈필 긋고 날아간다"고 한 것이 이러한 덕성을 말해준다. 제 분수를 모르고 화려하고 사치스럽게 살아가는 삶은 예(禮)가 아니며, 자연과 더불어 몸에 밴 청빈과 검약으로 가식 없이 살아가는 것이 가장 인간적이고 예를 갖춘, 아름다운 삶이자 천인합일적인 삶이라는 유가미학의 형상화로 이해된다. '갈필'은 수묵화에서 물기가 거의 없는 붓에 먹을 조금 묻혀 사용하는 필법이므로 그것으로 그려진 화폭에는 호화와 사치란 있을 수 없기 때문이다.

큰기러기 떼가 그리는 조화와 덕성을 갖춘 화폭은 둘째 연에서 보다 구체화된다. "허공"이란 무한 포용의 화폭에 담은 그 그림은 자연과 인심(인정)이 잘 어우러진 동양화의 추상파 화풍, 곧 "쥐수염 붓으로 그린 관념산수화"다. 즉 큰기러기 떼가 자연 속에서 연출해내는 풍경이 객관적으로 존재하는 자연 그 자체의 의미를 뛰어넘어 형이상학적인 의미가 부여된 품격 높은 산수화를 그리는 것으로 그 성격을 규정한다. 그리고 그 관념산수화는 황혼녘의 "색 바랜 햇무리"에 햇살이 번지는 "선염법"의 화법으로 그려진 것으로 구체화 된다. 선염법이란 화면에 물을 칠하고 마르기 전에 먹물이나 색을 섞어 물감의 번짐을 활용함으로써 어렴풋하면서 침중한 묘미를 갖게 하는 효과를 보이는 화법이 아니던가. 그리하여 그 그림은 화려한 물감을 사용하지 않아 선비의 높은 품격이 자연스레 배어남을 말하고 있다. 거기다 "농담(濃淡)"의 기묘한 조절로 인간의 감성을 "오목가슴이 마냥 젖도록" 자극함으로써 수묵 산수화의 인정을 감발시키는 매력을 말하고 있다. 즉 자연에게서 인격과 인정을 보는 것이다.

그러나 큰기러기의 그림이 중정화평의 미학을 바탕으로 하고 자연과 인간이 어우러지는 조화의 완성을 이루어내며(첫째 연), 선비의 높은 품격이 배어나는 화법으로 남종화풍의 관념산수화를 그려낸다(둘째 연) 하더라도, 그것은 중국을 중심으로 하는 동양화 일반의 관념산수화이고 미학일 뿐 한국적 현실에 바탕한 민족화는 될 수 없다.

마지막 셋째 연은 동양 일반의 화풍을 넘어 한국의 자기 정체성을 가질 때 비로소 의미 있는 화법이 됨을 큰기러기의 독특한 필법으로 보여줌으로써 진정한 민족화로서의 모습이 어떠해야 하는가를 말해주고 있다. 그것은 남종화풍의 관념산수화를 모방하거나 계승하는 것이 아니라 "곡필 아닌 직필"로 우리의 현실 경(景)을 진경(眞景)으로 표현하는 노력을 보일 때 가능하고, "머문 자리에 깃털 뽑아" 자기의 흔적을 뚜렷이 남기듯이 자기 위상과 정체성을 분명히 하고, 나아가 "서늘한 붓끝을 세워", "죽지 펼친 저 골법"으로 각인함으로써 굳세고 빼어난 골기(骨氣)가 그림에 배어날 때 비로소 **남종화풍의 관념산수화가 아닌 우리 고유의 진경산수화**가 태어나는 것으로 귀결 짓고 있다.

이러한 큰기러기의 필법은 어디 그림에서만 통하는 것이랴. 철학에서도 주자중심의 성리학을 넘어 자기 정체성을 가질 때 퇴계나 율곡같은 한국의 성리학이 뚜렷한 골기를 가지고 태어나고, 글씨에서도 스승 옹방광의 서체를 넘어서야 자기만의 졸박청고(拙樸淸高)한 추사체(秋史體)가 빛을 발하고, 시에서도 중국의 한시 작풍이나 서구 패러다임에 침윤된 자유시를 넘어 우리 고유의 시조로 노래할 때 비로소 곧고(직필) 서늘한 붓끝을 세운 '맑은 흥'(淸興)의 골법이 완성되는 것이다.

그런 면에서 이 작품에서 큰기러기를 시인의 "은유적 분신"으로 보거나, 그것이 그려내는 필법을 "시인 특유의 작시법이나 시정신을 은유"한 것으로 보아, 은유가 수사학의 골간이 되는 것으로 이해하는 것은 좁은 시야의 해석이라 할 수 있다. 큰기러기가 그리는 자연의 필법을 인간의 필법으로 비견하여 노래한, 다시 말해 어떤 사물을 가지고 표현하고자 하는 다른 사물을 비교하는, 『시경』 육의(六義) 가운데 비(比)의 수사학으로 노래한 것으로 이해해야 할 것이다. 특히 이 작품에서 큰기러기의 필법을 시조의 필법에 비(比)한 것으로 한정한다면, 현대시조의 모습이 어떠해야 하는지를 그려준 윤금초 시인의 시조학 강의를 담은 작품으로 이해됨직 하다. 큰기러기가 그리는 필법에서 현대시조가 추구해야할 미학과 작시법, 그리고 시정신이 잘 드러나 있기 때문이다.

4. 맺음말

  앞에서 필자는 시조가 갖추고 있는 4음 4보격이란 율격 양식이 우리 말의 발화구조에 가장 잘 어울리는, 가장 전형적이고 대표적인 미적양식이기 때문에, 그것이 개인의 차원에 머물지 않고 집단의 차원, 민족의 차원에서 이루어진 것이어서 그 형식은 우리 민족의 감성을 담아내는 민족적 형식이 되어 왔고, 그 시는 그냥 시가 아니라 민족시가 됨을 강조했다. 그러므로 육당이 추상적으로 논했던 조선심, 조선혼을 '정금미옥'으로 담을 수 있었던 그릇의 실체가 바로 이 양식의 미적 감동력에 있음을 말하고, 나아가 그 형식을 구체적으로 운용하는 필법은 "큰기러기 필법"으로 그려진 진경산수화처럼 우리의 독특한 골법과 직필이 담긴 고유한 모습으로 승화되어야 함을 말했다.

끝으로 사족 삼아 한 가지 덧붙인다면, 시조의 율격 양식인 4음 4보격의 운용에 관해서다. 잘 알다시피 시조는 가사나 민요처럼 4음 4보격을 그냥 반복 운용하는 것이 아니라, 종장에서 첫 음보를 3음절로 고정시키고 둘째 음보를 과음보로 실현하여 변형 4보격으로 운용함으로써 전환과 완결의 미학을 멋스럽게 구현한다.[11] 그런데 문제는 이런 변형의 율격이 허용되지 않는 초장과 중장에서의 4음 4보격의 구체적 운용이다. 앞에서 인용한 윤금초 시인의 〈큰기러기 필법〉의 심사평에서 "내 개인적 취향에서는 조금 불만스러운 점이 없지도 않다. 시조가 정형시라면 기본적으로 정형률을 지키려는 시작 태도가 바람직하지 않을까. 가령 제2연의 초장의 넷째마디('관념산수다')나 3연 중장의 넷째마디('먹물 적시고')에서 보여주는 5음절의 음수율 같은 것들이다."[12] 라고 하여 초장과 중장에서 정형률을 따르지 않고 5음절의 과음보로 실현된 것에 대한 불만의 토로에서 그 문제가 뚜렷이 부각된다.

이러한 초–중장의 정형률 준수 문제는 실제 시조를 창작하는 많은 시인들이 직접 경험해본 것이어서 초미의 관심사가 되고 있다. 이의 해결을 위해 먼저 시작(詩作)과정을 생각해볼 수 있다. 시작과정은 창작 이전의 단계와 창작의 단계로 나누어 생각해볼 수 있는데, 이전 단계에선 율격장치로서 시조라는 양식의 율격모형이 정립되어 있어 그것을 선택하는 행위이고, 그것을 근거로 실제 창작단계에선 작품에 구

---

11) 이에 대한 상론은 김학성, 「시조의 형식질서와 그 품격의 효용성」, 『만해축전』자료집 下권, 2012 참조할 것.

12) 오세영, 「심사평 : 시상의 폭이 넓으며 그 표현에 막힘이 없다」, 『한국시조대상 작품집』, 고요아침, 2013.

체적으로 언어화되는 현상으로 율문표출로 나타난다.

그러므로 실제로 언표 되는 율문표출에서는 엄격한 정형률을 따라 규범율문으로 표출 되는 경우가 대부분이지만, 감흥의 고조나 작품의 미적 효과를 위해 정형률을 벗어나는 파격이 일어나기도 한다. 이러한 파격은 4음 4보격에 대한 율격의식이 희박한 경우나 충분한 내면화의 과정을 거치지 않은 상태에서 표출된 경우라면 불만이나 비판의 대상이 될 수 있다. 그러나 〈큰기러기 필법〉의 경우는 다르다. 즉 시적인 의미가 시의 정형적 율동을 압도하는 상황 때문에 일어난, 한 두 음절이 초과되는 작은 파격이어서(고시조에서도 이런 파격은 왕왕 발견된다) 불만의 대상으로 보기는 어렵다.

기실 4음 4보격은 정형률을 준수하는 규범율문 안에서도 2~4음절에 걸친 큰 폭의 음절 실현이 가능하고, 파격으로는 1~5음절 혹은 6음절까지도(김종서, "삭풍은 <u>나무 끝에</u> 불고 명월은 <u>눈 속에</u> 찬데…") 율문표출이 가능한 것이다. 거기다 그것이 4개의 음보(마디)에 걸쳐 각각 다르게 실현될 수 있는 자유까지 가지고 있어서 음절 실현이 규칙적인 '음절 정형적 유형'보다 음절 실현이 비교적 자유로운 '자유형'이 더 우세한 경향을 보이기 때문에[13] 초장과 중장에서 음절 정형을 반드시 고수해야 한다고 강요할 수는 없는 것이다. 오히려 그러한 파격이 때로는 작품의 미적 효과를 높일 수도 있고, 감정 표현의 기능이 강화될 수도 있는 것이다. 이런 발화상의 자유로움이 허용되기 때문에 4음 4보격 율문양식의 시조가 민족시로서 지위를 굳히는 요인이 되었다고 할 수 있다.

---

13) 이에 대한 상론은 성기옥, 앞의 책 참조.

시조의 아버지 상(像)과
그 현대적 변주

1. 고시조 : 숭고한 부상(父像)을 외경(畏敬)의 마음으로

　시조를 일러 시여(詩餘)라 했다. 그래서 신흠도 그의 시조를 〈방옹시여(放翁詩餘)〉라는 이름으로 묶었다. 이는 고려시대 이래 상층지식인들이 한문중심의 문자생활을 영위하고 자신들의 시적 욕구를 한시 양식으로 즐겨 충족한 이래, 시를 짓는다 하면 한시 양식을 선택하는 것이 일반화되었던 사정과 관련된다. 즉 개인의 희노애락 같은 정감을 시로써 표현할 때는 으레 한시를 선택했고, 그 시로써 다하지 못한 남은 흥취는 가악으로 풀어내었으므로 시조와 같은 노래 양식은 시의 '여흥(餘興)' 혹은 '여기(餘技)'로 즐기는 것이라 하여 '시여'라는 명칭이 붙게 된 것이다.

　그러나 이를 근거로 시조와 같은 노래 양식을 아무런 공력을 들이지 않고 단지 '시의 여기'로 지은 것이라 무조건 폄하해 본다면 그건 커다란 오해다. 시조를 모은 가집의 서문에 보면 "시가일도(詩歌一道)"라 하여 시(한시)와 가(시조와 같은 가악)는 한 가지 도라 함으로써 한시와 시조가 같은 도를 지향하며 대등한 가치를 가진 것으로 강조하고 있다. 대등한 가치를 가지되 다만 시(한시)는 **개인의 내면적 감성 영역**을 맡게 되고, 시조는 **집단의 외향적 풍류 영역**을 맡게 되는 기능적 분할을 보이게 된 것이다. 그런 까닭으로 풍류를 싫어하는 사람은, 한시는 즐겨 창작-향유하되 시조 같은 가악은 외면하는 경우가 많았다(조선시대 수많은 문인들이 한시 작품은 남겼어도 시조는 짓지 않았던 이유다).

그럼에도 가악은 일찍이 공자 같은 성인도 소(韶)라는 음악을 듣고 그에 심취해서 석 달 동안 고기 맛을 몰랐다는 일화가 전할 정도로 문인들의 교양적 필수 요목이기도 하다. 공자는 "시(詩)에서 일어나고, 예(禮)에 서고, 악(樂)에서 이룬다(興於詩 立於禮 成於樂)"라 하여, 즐기되 정도가 지나치지 않는(낙이불음(樂而不淫)), 절제된 범위 내에서의 가악으로서의 풍류는 적극 긍정했던 것이다. 아니 '성어악(成於樂)'으로 마무리한 것을 보면 시가 아니라 가악에서 유가적 이상이라는 최종 목표를 실현했던 것이다.

고려 말 이래 조선시대 선비의 가악으로 중심에 섰던 시조는 그런 점에서 개인의 감성적 영역보다는 공동의 이념적 가치를 공적(公的)인 향유현장에서 구현하는 방향으로 발전해 갔다. 그리하여 그들은 노래가 인심을 감발하게 하여 인간의 성정을 바르게 하고 풍속을 교화하며 나라를 화평하게 하여 마침내 치세(治世)에 이르는 역할을 하는 것으로 믿었다. 즉, 시조를 단순한 풍류로 생각하지 않고 그것을 통해 심성을 수양하고 성정(性情)을 조화롭게 하여 덕을 펼쳐내는 것으로 향유했던 것이다.

그런데 시조를 향유하는 방식으로는 두 가지가 있어 왔다. 하나는 거문고, 가야금, 피리, 대금, 해금, 장고 같은 관현반주에 얹어 **가곡**이라는 고급의 전문적 음악으로 향유하는 것이고, 다른 하나는 그런 고

급의 음악 자체를 즐기기보다는 노래 **사설**의 의미 내용을 음미하는 데
목적을 두는 것이다. 그러기에 전자는 전문 가집이나 고악보에 악곡
표지와 함께 실려 그 음악적 향유가 가능케 했으며, 후자는 개인의 문
집이나 가사집에 실려 관현반주 없이 그 사설을 읊조리는 것으로 의미
의 전달이 가능토록 했던 것이다. 여기서 다루려는 아버지의 형상도
오륜과 같은 유가의 이념을 펴서 백성을 교화하고 민풍을 바로잡으려
는 의도로 창작되고 향유된 것이므로 그 사설을 읊조려 음미하는 데
목적이 있는 것이지, 고급의 음악으로서 향유하는 데 목적이 있었던
것은 아니다.

이 글에서는 시조에 형상화된 아버지 상(像)을 살펴보고 이러한 전
통적 '아버지 이미지'가 현대시조에 와서는 어떤 변주를 이루는가를
살펴, 시조의 현대적 계승이라는 한 측면을 가늠해 보고자 한다. 고시
조에서 아버지 모티프는 그 자체로 형상화된 적이 단 한 번도 없으며,
늘 오륜이라는 유가적 기본 덕목의 하나로서 이념이라는 무게에 담아
표현해내는 특징을 보인다. 오륜 가운데서도 첫 번째 덕목으로 강조되
는 **부자유친**이라는 항목에서 그려지고 있는 것이다. 그 아버지 상을
구체적으로 살펴보자.

> (1) 아바님 날 나흐시고　　　　　　어마님 날기르시니
> 　　　두분곳 아니시면　　　　　　　이몸이 사라실가
> 　　　하늘ㄱ튼 ㄱ업손은덕(恩德)을　　어ᄃ다해 갑스오리
>
> 　　　　　　－송순,〈부자유친(父子有親)〉, 정철,〈부의모자(父義母慈)〉
>
> (2) 아비는 나으시고　　　　　　　　어미는 키옵시니
> 　　　호천망극(昊天罔極)이라　　　　갑흘길이 어려우니

대순(大舜)의 종신성효(終身誠孝)도 못 다한가 ᄒᆞ노라
　　　　　　　　　　　　　　　　－박인로, 〈오륜가〉 부자유친

(3) 부모(父母)의 일생정력(一生精力)　　자식으로 갈(竭)허거다
　　십삭후(十朔後) 성동전(成童前)에　　바라너니 성인(成人)이라
　　아마도 인자(人子)의 도리(道理)는　　성본중(本性中)에 잇나니라
　　　　　　　　　　　　－조황, 〈인도행(人道行)〉(이상 고딕체는 필자분)

　작품 (1)과 (2)의 초장 첫머리에서 보듯이 고시조에서 아버지는 시
적 자아로 하여금 이 세상에 생명을 가지고 살아가게 하는 '내 존재의
근원'으로서 절대적 권위를 갖는 존재로 서술되어 있다. 이렇듯 부모
는 존재의 근원이기에 "신체발부(身體髮膚)는 수지부모(受之父母)라"하
여 부모로부터 물려받은 몸의 터럭 하나라도 훼손하는 일은 지극한 불
효가 되는 것으로 인식했다. 이런 절대이념의 인식이 있었기에 "차두
가단(此頭可斷)이나 차발불가단(此髮不可斷)"(내 목은 자를 수 있지만 내
상투는 자를 수 없다)이라는 외래적 가치에 대한 죽음의 항거가 구한말
위정척사파 유림을 중심으로 가능했던 것이다. 거기다 작품 (3)의 초
장에서 보듯이 아버지라는 존재는 자식을 위해 한평생의 정력을 온통
소진해버리는 그런 자기희생의 화신으로 그려진다.

　그래서 아버지는 나를 있게 한 것만으로도 외경의 대상이 되고, 숭
고한 존재가 되고, 절대이념의 표상이 되는 것이다. 아버지라는 존재
는 그에 대해 노래한다는 것 자체로 숭고한 미적 체험을 갖게 하는 이
유다. 거기에 서술상의 어떤 수사적 화려함을 덧붙이거나 정서상관물
로서의 다층적 이미지를 묘출해내는 잔재주를 연출하는 것은 오히려
절대적 가치의 존재로 군림하는 아버지상에서 유발되는 숭고미를 훼

손할 뿐이다.

박인로가 〈오륜가〉 총론장에서 "문자(文字)는 졸(拙)ᄒ되 성경(誠敬)
을 삭여시니/ 진실로 숙독상미(熟讀詳味)ᄒ면 불무일조(不無一助) ᄒ
리라"라고 노래했듯이, 아버지 같은 절대 이념의 존재를 문자로 서술
할 때는 화려한 수식을 피하고 고졸(古拙)한 서술로 일관하되 오히려
진력할 것은 그 문자 속에 성(誠)과 경(敬)을 새겨 넣는, 그리하여 지극
한 정성으로(誠), 보이지 않는 곳에서도 삼가며(敬), 그 들리지 않는 곳
에서도 두려워하는(畏) 〈중용 제1장〉 마음으로 도(道)를 실현하는 것이
고시조에서 아버지 상을 그리는 요체가 되는 것이다. 아버지는 한 마
디로 **도(道)의 표상**으로 존재하는 것이다. 그러므로 고시조에서 아버
지 상은 언어 표현에서 화려한 수사가 배제되듯이 가곡창에 의한 관현
반주의 풍류 역시 배제되고, 오로지 사설을 깊이 읽어서 자세히 맛봄
(숙독상미)으로써 성(誠)과 경(敬)으로 새겨진 그 의미를 차근차근 짚으
며 읊조리는 **음영**의 방식으로 향유할 뿐이다.

2. 고시조의 현대적 변주
- (1) 추락(墜落)한 부상(父像)과 혜안적 성찰

고시조와는 달리 현대시조는 숭고를 상실한 시대에 존재한다. 신이
죽음을 선고받고, 중세적 권위가 추락하고, 도덕적 가치가 무화된 시대
인 것이다. 이런 절대적인 가치 상실의 시대에 아버지의 권위라고 온전
하게 지속될 리가 없다. 존재의 근원으로서 절대 이념의 무게에 담겨
성(誠)과 경(敬)을 다하여 읊조려지던 아버지 형상은 이제는 더 이상
숭고한 미적 체험의 대상일 수 없는 것이다. 그저 아버지에 대한 희미

한 추억의 그림자 속에 아련히 떠오르는 그리움 사이로 그가 남긴 자취
에서 삶의 지혜를 읽어내는 자기 성찰의 모티프로 남을 뿐인 것이다.

> 컴퓨터, 전자계산기 팍팍한 그런 거 말고
> 아홉 알, 열 알짜리 주판 하나 갖고 싶다
> 차르륵 **털고 놓기**를, 처음처럼 늘 그렇게.
>
> 어릴 적 울 아버지 반짝 종이 곱게 싸서
> 꺼내 놓던 안주머니 아릿한 그 허기까지
> 또 한 번 **털고 놓**을까, 헐렁한 이 해거름을.
>
> 감당할 수 있을 만큼의 숫자판을 앞에 놓고
> 허방을 짚더라도 다시 **털고 놓**고 싶다
> 세상을 쥐었다 펴듯 그리운 그 계산법으로.
>
> ─이승은, 〈그리운 계산〉 전문(고딕체는 필자분)

이 작품에서 아버지의 형상은 "헐렁한 이 해거름"의 희미한 그림자
로나 존재하는 그런 이미지로 그려져 있다. 존재의 근원으로서 아버지
의 숭고한 모습은 더 이상 찾아볼 수 없는 것이다. 그러나 아버지의
신성성은 사라졌다 하더라도 그가 은박지에 곱게 싸서 선물로 주신
'주판'은 그리운 계산법으로 시적 화자의 내면에 각인되어 있다. 그 주
판은 컴퓨터나 전자계산기처럼 간단한 조작만 하면 그냥 딱 정답이 나
오는 현대의 간단명료한 계산법이 아니라, 정신을 똑바로 차리지 않으
면 몇 번이나 "털고 놓기"를 거듭해야 하는, 그래서 "허방을 짚"기 마
련인 전근대적 계산법의 상징이다. 그런 계산법으로 살아오신 아버지
는 늘 안주머니가 텅 비어 "아릿한 허기"로 남아 있다. 텅 빈 안주머니
를 가진 아버지는 그래도 가장(家長)이라는 위상에 힘입어 가정 안에

서는 "세상을 쥐었다 폈"다 하는 호기를 부리지만 그건 속빈 강정이다. 그런 아버지의 형상은 주판을 잘못 놓아 한번 털어버릴 때 허무하게 사라지는 오답처럼, "헐렁한 이 해거름"녘에 희미한 모습으로 나타났다 허무하게 사라지는 그런 초라한 모습일 뿐이다.

그러나 시적 화자는 아무리 현대가 정밀한 계산법으로 일거에 정답을 산출해내는 전자계산의 시대라 하더라도 그런 "팍팍한" 비인간적 계산법으로 살아가는 삶을 지향하지 않는다. 설령 허방을 짚더라도, 그래서 몇 번이나 다시 털고 놓아야 하더라도 "감당할 수 있을 만큼"의 겸허한 숫자에 만족하면서 안분지족(安分知足)하는 삶의 지혜를, 아버지가 선물로 주신 주판의 계산법을 통해 체득하는 자기 성찰을 보여준다. 이 자기성찰이 아버지를 외경의 대상이나 숭고의 체험으로가 아닌 아련한 그리움의 존재로 떠올리게 하는 마력을 보여주고 있다.

또한 주목되는 것은 필자가 고딕체로 표시했듯이 각 연마다 "털고 놓는"다는 주판의 계산법을 동일한 어휘로 반복하여 배치함으로써 그것이 이 작품의 '자안(字眼)'임을 보여줌과 동시에, 연시조가 숙명적으로 안고 있는 각각의 연의 독립적 완결성을 유지하면서도 '연과 연 사이를 관통하는 지속적인 의미생산'이 내밀한 긴장관계를 수수하도록, 이 두 가지를 동시에 이루어 내는 효과를 획득하고 있어 연시조로서의 탄탄한 구성력을 보여주는 데 성공하고 있다.

> 아찔한 날 선 삶을 온몸으로 껴안으며
> 낫을 갈 듯 살아오신 아버님의 팔순 생애
> 등 굽어 푹 패인 가슴 허연 뼈로 누웠다
>
> ―균형을 잘 잡아야 날이 안 넘는 겨

> 갈무린 기도문인 양 깃을 치며 솟는 햇살
> 하늘빛 흥건한 뼛가루 목숨인 양 뜨겁다
>
> 가슴 마구 들이치던 내 유년의 마른 바람
> ―물을 자주 뿌려야 날이 안 상하는 겨
> 촉촉한 귓전의 말씀 눈물 속에 날이 선다.
> ―권갑하, 〈숫돌〉 전문(고딕체는 필자분)

앞 시의 경우 아버지가 선물로 주신 "주판"을 통해 삶의 지혜를 터득하는 자기 성찰을 보여주었다면, 이 작품은 유년시절 아버지가 낫을 갈던 "숫돌"을 통해 삶의 지혜를 터득하는 자기 성찰을 보여준다는 점에서 통하는 면이 있다. 그러면서도 이 작품은 아버지가 낫을 가는 형상을 통해 무언의 가르침 두 가지를 아버지의 말로 인유하는 방식을 택함으로써, 시적 화자의 내면을 울리는 "촉촉한 귓전의 말씀"으로 와 닿게 하는 고도의 탁월한 시적 기술을 보여주고 있다.

그 중 "―균형을 잘 잡아야 날이 안 넘는 겨"라는 무언의 말씀은 "날 선 삶을 살아갈 때", 덜 갈아도 더 갈아서 날이 넘쳐도 안 되는 '중용의 도'로써 세상을 지혜롭게 살아가야 한다는 유가철학이 밴 소중한 가르침이 되고, "―물을 자주 뿌려야 날이 안 상하는 겨"라는 무언의 말씀은 인심이 고갈되어 삭막한 사회 속에서 유년시절부터 "마른 바람" 속에 시달리며 살아가야 하는 현대의 각박한 삶을 어떻게 하면 지혜롭게 살아갈 수 있는가에 대한 소중한 가르침이 되고 있다. 그리하여 현대인은 '중용의 도'라는 중세적 철학만으로는 각박한 현대를 살아가기 어렵고, 거기에 더하여 숫돌과 날이 정면으로 부딪히지 않게 하는 유연성이 오늘의 삶을 살아가는 지혜로 요청됨을 보여주고 있다. 이러한 지혜는 숫돌을 매개로 한 시인의 자기 성찰에서 나온 것임은 말할 것도 없다.

이 작품에서 아버지의 존재는 세 가지 형상적 이미지로 그려지고 있다. 하나는 "등 굽어 푹 패인 가슴 허연 뼈로 누은" 시각적 이미지이고, 둘은 비록 "하늘빛 흥건한 뼛가루" 형상이지만 "목숨인 양 뜨거운" 촉각적 이미지이고, 셋은 "촉촉한 귓전의 말씀"으로 눈물 없이는 들을 수 없는 청각적 이미지다. 이 세 가지의 형상을 각각의 완결성으로 노래하자니 3연의 연시조로 구성되게 하는 필연적 소이가 된 것이다. 그러면서 세 연 모두에 '날'이라는 동일어를 반복함으로써 연의 경계를 넘어 지속적인 의미 생산이 가능하도록 하는, 잘 빚어진 유기적 덩어리로 작품화하는 데 성공하고 있다.

아버지라는 존재의 "아릿한 허기"(이승은), 혹은 "날 선 삶"(권갑하)에서 시인이 자기 성찰을 통해 세상을 살아가는 삶의 지혜를 얻어내는 일이 앞에서처럼 늘 명징하게 이루어질 수 있는 것은 아니다. 아버지라는 존재의 숭고함은 사라졌을지라도 그가 남긴 유품을 통해서, 말로는 형언할 수 없고 그 뜻을 도저히 헤아릴 수 없는 유현(幽玄)의 세계를 발견해내는 것으로 만족할 수도 있다. 단 그 유현의 깊이는 숭고함이라거나 외경과는 관계가 없다. 다음 작품에서 그 점이 확인된다.

서랍을 정리하다
주워든 수첩 하나

아버지가
두고 가신 생전의 체온이다

힘없는
꼬부랑글씨로
평생을 다진 흔적

바람 부는 대한 무렵
창밖엔 눈 쌓이고

희미한 붓자국에
밤은 더욱 깊어가도

당신의
그때 그 말씀
천릿길 우물이다

－이보영, 〈아버지의 수첩〉 전문(고딕체는 필자분)

아버지가 남기고 가신 수첩은 그냥 그가 생전에 썼던 한낱 글씨들의 집합에 불과한 것이 아니라 적어도 시적 화자에게는 "그의 평생을 다진 흔적"으로서의 "생전의 체온"을 생생하게 느낄 수 있는 아버지의 자취로 인식된다. 그러나 그가 남긴 수첩의 글씨들은 "힘없는 꼬부랑글씨"이고, "희미한 붓자국"에 불과할 뿐이어서 거기서 외경스러움이나 숭고한 말씀을 찾아내기는 어려운 것 또한 사실이다. 그러나 그것이 힘이 없고 볼품이 없을수록, 그리고 심중한 어떤 의미도 읽어낼 수 없는 희미한 흔적에 불과할수록 시적 화자에게 다가오는 그 체온의 온기는 더 살갑고, 그 말씀의 의미는 오히려 성인의 말씀보다 더 깊은 "천릿길 우물"로서 감지된다.

이처럼 이 작품의 묘미는 아버지가 유품으로 남기고 가신 수첩 하나에서 "천릿길 우물" 같은 유현한 세계를 살갑게 발견해내는 그 소박한 꿈에 있다. 비록 거기에는 자기 성찰을 통한 삶의 지혜를 직접적으로 이끌어내는 혜안어린 천착은 없었다 하더라도, 절대권위의 아버지상이 여지없이 추락된 현대에서, 그에 대한 진솔한 사랑이 행간을 타고 면면히 배어나온다는 사실만으로도 잔잔한 감동의 무게로 우리를 울려준다.

3. 고시조의 현대적 변주
- (2) 부상(父像)에 대한 연민과 홀로서기의 어려움

앞에서 살펴본 세 작품은 비록 아버지의 이미지가 절대 권위의 외경스런 존재라는 면에선 추락한 모습이지만, 아버지란 돌아가신 후에야 보고 싶은 그리운 존재이고(이승은), 돌아가신 뒤에도 두고두고 그 행위가 가르침으로 남는 존재이고(권갑하), 그 흔적이 깊은 말씀이 되어 생각나는 존재(이보영)로 오래도록 기억되어, 세상을 살아가는 자기 성찰의 계기를 마련해주는 긴요한 모티프가 됨을 확인할 수 있었다.

그러나 아버지란 존재는 다른 한편으로는 그에게서 생명을 건네받은 순간부터 새로운 독립적 삶을 각오해야 하는 필연을 배태하는 계기를 주는 존재이기도 하다. 이러한 계기는 아버지의 삶을 연민의 시선(홍성란)으로 돌아보게 하고, 새로운 삶에 대한 불안스런 걸음마(이태순)로 떠밀려 나오게 하고, 새로운 이상을 향하는 존재로서의 자기 다짐(정수자)을 인식케 하는 시적 모티프로 작용한다. 그 각각의 예를 하나씩 들어본다.

> 두 말 가웃 가난이 모인
> 아버지 낡은 가죽가방
>
> 발우 말끔 비우듯
> 속내 환히 들키듯
>
> 산(算) 놓고
> 대차 어긋나니
> **또 어눌한 저녁이다**
>
> —홍성란, 〈아버지〉 전문(고딕체는 필자분)

이 작품에서 아버지의 형상이란 "가난이 모인", "낡은 가죽가방"으로 표상되듯 경제적으로 무능하기 그지없는 존재였다. 그런 가난을 초래하게 된 원인은 늘 "대차 어긋나는" 적자 운영을 면하지 못한 데다, "속내 환히 들키듯" 남들에게 계산속을 다 들키면서 "어눌"하게 살아왔기 때문이고, 그로 인해 가족들은 언제나 "발우 말끔 비우듯" 밥알 한 톨, 반찬 한 오라기라도 남김없이 헹구어먹어야 하는 신세였음을 짧은 시행 속에 극도의 압축을 통해 실감나게 묘파한 작품이다. 아버지의 일평생의 삶을 이처럼 평시조 단 한 수(단시조)로 압축해내는 그 언어 절약의 솜씨란 경이롭기까지 하다. 절제의 미학이 오롯하게 살아 움직이는 작품이라 아니할 수 없다.

여기서 주목되는 것은 시적 화자가 극도의 가난을 야기하신 아버지의 무능한 삶을 전혀 타박하거나 원망하지는 않고 있다는 점이다. 오히려 행간에는 아버지에 대한 연민의 감정이 잔잔하게 묻어난다. 그렇다고 이 작품을 단순히 아버지에 대한 연민의 시선으로만 읽어서는 절반의 깊이로만 본 것이 된다. 종장의 마지막 구(고딕체로 표시한 부분)에서 똑같은 삶의 반복을 의미하는 "또~"라는 말의 의미는 아버지의 어눌한 삶만을 의미하는 것이 아니라 그러한 어눌한 삶을 대물림해 받은 시적 화자의 삶 또한 그러하다는 의미를 복합적으로 내포하고 있기 때문이다.

그래서 아버지를 떠나보내고 난 시적 화자의 "저녁"은 단순히 하루를 마감하고 마무리 계산을 하는 물리적 시간이 아니라 어둠이 깔린 불안한 삶을 표상하는 것이고, 그런 불안의 원인은 화자 역시 아버지의 전철을 밟아 속내가 환히 드러나는 계산법으로 살아감으로써 아무리 열심히 "산을 놓"더라도, 늘 "대차 어긋나는" 삶을 살 수밖에 없는 "어눌한" 삶에서 배태된 것이다. 즉 아버지가 부재하는 화자의 새로운 삶 역시 "어눌한 저녁"을 맞을 수밖에 없는 존재의 불안 속에 휩싸여 있는 것이다.

　이 작품의 절제의 미학이 극치를 보이는 지점은 종장의 마지막 구로 인한 아버지 삶의 반복에서 오는 미래의 불안한 초상을, 전혀 반복하지 않고도 반복 음미할 수 있도록 설비한 데 있다. "어눌한 저녁"은 이처럼 아버지의 삶이면서 동시에 아버지가 부재하는 삶을 새로이 살아가야 하는 시적 화자의 삶이기도 한 이중적 의미를 지닌다. 그 앞에 놓인 "또"라는 시어가 그것을 말해준다. 그리하여 "어눌한 저녁"이 아버지 삶을 지시할 경우는 아버지에 대한 연민의 정감으로 의미화되고, 시적 화자의 삶을 지시할 경우는 미래의 불안한 삶으로 의미화 된다.

　아버지로부터 떨어져 나온 삶의 초상이 어떠한가를 좀 더 행동화된 자의식을 통해 보여주는 다음 작품을 음미해 보자.

> 구부린 새우처럼 야윈 등**뼈** 그 위로
> 잠시 내려앉았던 엷은 햇살 지나가고
> 일어설 힘조차 잃은 아버지는 **애벌레**다
>
> 부러진 발가락 사이 툭툭 힘줄 끊기고
> 마르고 들뜬 껍질 허물로 누워 있다
> 아버지 발끝에 나는 갓 깨어난 **흰나비**
>
> 숨 몰아쉬며 몰아쉬며 가야 할 길 생각한다
> 펴지 못한 날개죽지 슬프게 파닥이고
> 내 속엔 꼬물거리는 **애벌레**가 자란다
> 　　　　　　　　－이태순, 〈애벌레〉 전문(고딕체는 필자분)

　이 작품에서 아버지의 모습은 새우처럼 구부러지고 등**뼈**가 야윈, 거기다 발가락은 부러지고 힘줄은 끊겨 마르고 들 뜬 껍질의 허물로 병상에 누워 일어설 힘조차 잃은, 목숨의 벼랑 끝에 내몰린 "애벌레"로 형상화되어 있다. 거기다 그 애벌레는 "잠시 내려앉았던 엷은 햇살"마저 지나가버려 곧바로 어둠의 세계를 맞게 되는 최후의 상황 속에 놓여 있을 뿐 아니라, "엷은 햇살"이 암시하듯 눈부신 햇살의 뜨거운 온기를 한 번도 제대로 누려보지 못한 아버지 생애를 상징적으로 보여주는 매개어다. 그러면서도 아버지는 한낱 허물로 누운 흉물스런 애벌레의 존재로 끝나는 것이 아니라 그로부터 나비가 되어 나오듯 시적 화자를 "흰나비"로 깨어나게 하는 존재의 근원으로 형상화 되어 있다. 물론 거기에는 고시조에서 보는 절대권위의 외경스런 아버지상은 전혀 찾아볼 수 없다. 일어설 힘조차 잃어버리고 마르고 들뜬 껍질의 허물(이미 생명체로서의 모습을 상실한)로 누워, 죽음을 눈앞에 두고 있는 아버지의 모습은 오히려 한없는 연민의 대상일 뿐이다.

그러나 시적 화자는 아버지에 대한 연민의 정감에만 함몰되어 있지 않다. 존재의 근원이었던 아버지의 발끝을 떠나, 숨을 몰아쉬고 날개 죽지를 파닥이며, 아버지의 그늘을 벗어나 새로운 세상을 향해 독자적으로 "가야 할 길"을 모색하려고 하는 행동화된 자의식을 보여주고 있는 것이다. 그러면서도 그 홀로서기의 날갯짓이 여의치 않음은 최후를 맞게 된 아버지의 상실에 대한 "슬픔"이 너무도 크기 때문이다. 아버지를 죽음의 세계로 남겨두고 그가 부재하는 세상살이에서 홀로서기란 "숨"을 아무리 "몰아쉬며" 각오를 다진다고 되는 일이 아니다. 그의 곁을 떠나 날개를 펼쳐 날아보기도 전에 이미 아버지라는 존재는 "꼬물거리는 애벌레"가 되어 시적 화자를 떠나지 않고 마음속에서 자라나고 있는 것이다. 애벌레에서 깨어나 나비로 되어 존재의 근원을 벗어나려 했지만 다시 마음속의 애벌레를 떨쳐내지 못하는 아버지 상실에 대한 마음의 상처를 이보다 더 적실하게 그려내기란 쉽지 않을 것이다. 아버지를 떠나보내는 상실의 슬픔과 홀로서기의 어려움이란 주제가 고딕체로 표시했듯이 '애벌레→흰나비→애벌레'로 존재론적 순환을 겪으며 전개되고 있는 탄탄한 짜임에 녹아들어 유기적 긴장을 이루도록 짜놓은 그 솜씨 또한 돋보이는 작품이기도 하다. 아버지의 최후를 맞는 시적 자아를 많은 나비 가운데 굳이 "흰나비"로 설정한 것도 흰 색깔이 "상(喪)"을 의미한다는 세심한 배려에서 나온 것이리라.

절대권위로부터 추락한 아버지상은 이처럼 연민의 대상이면서 존재의 불안과 슬픔, 그리고 홀로서기의 어려움을 자의식으로 실감하게 하지만, 다음 작품은 그런 연민의 시선이나 불안감을 떨치고 자신의 미래를 새롭게 설계하는 다짐의 단초로 삼는다.

> 못물이 그들먹한 오월 들녘 지날 때면
> 흙물 든 어깨 위로 새로 빚은 햇귀들과
> 봄 내내 하늘물 받든 **삽의 시간**이 비쳤다
>
> 천수답의 일생이란 하늘과의 동침인 듯
> 아버지 **삽날**엔 가끔 낯선 빛이 서리었다
> 새벽 내 무릎 꿇고 읽은 바람의 문맥 같은
>
> 그런 논의 족보로 출렁이는 소만(小滿) 무렵
> 조회선 듯 파르란 모 뭉클 젖어 쓸다가
> 시라는 내 천수답 어귀 녹스는 삽을 보았다
> ─정수자, 〈천수답〉 전문(고딕체는 필자분)

이 작품에서 아버지 모습은 "흙물 든 어깨"로 새벽 내내 논에 물꼬를 살피고 들일을 하며 "삽의 시간"으로 일생을 보낸 농부의 형상으로 그려져 있다. 시적 화자는 그런 아버지의 삶을 "못물이 그들먹한 오월 들녘을 지날 때면" 그냥 지나치지 못하고 늘 회상해 낸다. 그 삶이란 논물을 전적으로 하늘에 의지해야 하는 "천수답의 일생"이어서, "하늘과 동침"을 하듯 언제나 하늘의 질서를 따라야 하고, "삽날에 낯선 빛이 서릴" 정도로 새벽부터 더 부지런하게 일하되 하늘의 기맥과 통하는 신비로움도 지녀야 한다. 그리하여 하늘의 질서에 순응하면서도 그 조화의 원리를 터득해야 하기에 늘 하늘에 "무릎 꿇고", "바람의 문맥"까지도 정확히 읽어내야 하는 농사의 지혜를 보여 왔던 아버지 형상이다.

그런 아버지의 모습은 농사일로 다져진 어깨 위로 "새로 빚은 햇귀"들이 비치고, 녹슬 시간을 두지 않고 일하던 삽날엔 "낯선 빛이 서리"는 경이로움이 엿보이지만, 그렇다고 그런 모습이 고시조에서 볼 수 있는 숭고함이나 외경스러운 경지까지 가는 것은 아니다. 천수답에 의지해 살아가는 보통의 부지런한 농부의 모습과 크게 다르지 않기 때문이다. 그런 아버지의 천수답을 관리하던 "삽날"의 회상을 통해 시적 화자는 "조회선 듯" 줄을 맞추어 단정하게 자라난 소만 무렵의 싱그러운 "파르란 모"의 물결을 접하고 새삼스레 감상에 젖어 느꺼워한다.

그러나 시적 화자는 이런 감상에 머물지 않고, 시를 쓰는 시인으로서 자기 인식으로 선회하여 자신의 시업(詩業)이 천수답에서 모를 길러내는 아버지의 형상을 닮되 그와는 대조되는 "녹스는 삽"을 보았다고 함으로써 아버지의 농사일과는 다른 방법으로 자신의 시작을 생산하고 또 그렇게 하리라는 의지를 천명해 보이고 있다. 아버지의 부지런한 삽날의 농사법과는 달리 자신의 시 작업은 천수답에 물을 대듯 하늘의 섭리에 맡겨 시행을 가다듬되, 가능한 삽질을 삼가고 녹슬게 자연 그대로 두어 절차탁마의 인공적 의장을 하지 않고도 완미한 시편

을 빚어내는 그런 천의무봉의 작품을 이상으로 삼는다는 것이다(제3연
에 보이는 "녹스는 삽"이란 일차적으로 "삽의 시간"으로 일생을 보내신 아버
지의 부재와 관련된 의미로 읽히지만 그보다 이처럼 아버지와 대비되는 시
작 방식과 관련된 삽의 의미로 읽어내는 것이 작품의 심중한 의미를 찾아내
는 길이 될 것이다).

이와 같이 이 작품에서는 아버지가 남긴 자취에서 자기 성찰의 계기
를 마련하여 삶의 혜안을 얻어내는 방법을 택하기보다, 아버지가 살아
온 삶의 방식(천수답의 경작 방식)에서 자기 인식의 계기를 마련하여 삶
의 이상을 시작(詩作) 방식(천수답과 통하되 삽날을 녹슬게 두는 방식)을
통해 실현하려는 의지를 오달지게 다지는 모습을 보여주고 있다. 아버
지에 대한 연민의 시선이 전혀 개입되지 않은 것도 이런 자기 다짐의
결연한 의지와 상관됨은 물론이다. 그것은 이 작품이 "삽"이라는 시적
모티프를 유기적으로 활용하여 그 내밀한 의미의 조직을, 고딕체로 표
기했듯이, '삽의 시간(아버지의 생애)→삽날(아버지의 노력)→녹스는 삽
(시인의 이상)'의 3단계로 의미의 확장과 심화를 가져오도록 구조화 하
여 3수의 연시조 형식으로 치밀하게 구성함으로써 마침내 시적 화자
가 이상으로 삼는 천의무봉의 완미한 작품으로 실현하는 데 한 발짝
다가선 것으로 보인다.

4. 고시조의 현대적 변주
― (3) 부상(父像)에 대한 거리두기의 두 방식

고시조에서 아버지상은 절대권위를 바탕으로 한 신성적 존재로서의
외경과 숭고의 대상이었기에 일탈의 미학을 추구하는 사설시조로 아버

지의 형상을 서술한다는 발상은 상상조차 하기 어려웠다. 그러나 아버
지의 절대권위가 추락한 현대에 와서는 아버지의 형상을 사설시조로
서술하는 것이 금기시될 이유는 없다. 그런 점에서 현대시조에서 아버
지의 추락한 형상이 사설시조의 두 가지 서술방식―엄정하고 절제된 정
감의 구속에서 벗어나 세계상에 대한 **감정확장을 맘껏 펼쳐내고자 하는
풀이성의 방식**과, 아정(雅正)한 격조를 갖추는 데서 오는 규범적 미학
을 맘껏 벗어나 **희화화하여 즐기고자 하는 놀이성의 방식**―으로 계승되
어 독특한 미학을 구현해내는 것은 자연스럽다 할 것이다. 두 가지 방
식의 어느 쪽이나 아버지 형상에 대한 진지한 언술이라기보다는 '거리
두기'의 시선을 바탕으로 하고 있는 것도 공통된다. 이제 두 방식의 아
버지상을 적실하게 보여주는 사례를 차례로 들어보기로 한다.

> 아버지, 그랬을는지 몰라. /
> 겨울 초입에서 어느날 아침/ 갑자기 쓰러진 뒤로 /**반신불수 되신 울아버지.** //
>
> 해남 땅 그 정든 옥답 빚보증에 다 날리고 대두병 술로 지새던. / 안되겠
> 다 이대로는 안되겠다 상경하더니 리어카 끌고 쩔걱쩔걱 한 세월 캄캄히
> 넘더니, 넘다가 어디에 걸렸을까. 못 쓰게 된 **반쪽**, / 말도 정신(精神)까지
> 도 영 가져가버린 성남 단대동 셋방의 그 추운 겨울. 문에 벽에 머리를 쿵
> 쿵 박고 눈 가장자리 점점이 쏟아내던 그 검붉은 핏방울. / 걸어가고 싶었
> 겠지 정정하게 그 논두렁길. //
>
> 두엄을/ 쇠스랑에 찍다말고/ 허리 펴 땀 훔치던/ 그 봄날 환한 산길로///
> ―이지엽, 〈반쪽에 관한 명상 2〉 전문(고딕체와 빗금은 필자분)

이 작품에서 아버지는 몸의 반쪽을 못 쓰게 된 반신불수의 형상으로
그려져 있다. 그런 형상을 가진 아버지를 제목에서 드러나는 바와 같이

명상을 하듯 담담하게, 거리두기의 시선으로 언술하고 있는 것이다. 그 언술의 가장 많은 비중을 차지하는 중장의 세밀한 서술에 초점을 두어 아버지가 '왜 반신불수가 되었는가'에 대해 그 자초지종을 설명하려는 의도를 담고 있다고 생각해서는 안 될 것이다. 작품의 무게 중심은 종장에서 아버지가 반쪽이 되기 이전의 시간으로 돌아가 "그 봄날 환한 산길"을 걸어서 두엄으로 농사짓던 그 "정정한" 모습으로 되돌리고자 하는 갈망을 정감어린 목소리로 마무리하는 데 있기 때문이다.

그런데 시적 화자의 정감은 아버지 몸의 반쪽이 상실된 데 대한 한없는 아픔을 거리두기의 객관적 시선으로 서술하고 있어 연민의 감정과는 거리를 보이지만, 그 말하는 방식마저도 서정자아로서보다 중개 서술자가 발화하듯 이야기성을 지향한다는 데 특이점이 있다. 즉 아버지의 삶이 고통과 고난으로 가득한 눈물겨운 이야기임에도 불구하고 마치 남의 이야기를 하듯, "정겨운 이야기"를 들려주듯, 두런두런 남도의 정겨운 사투리를 섞어가며 풀어나감으로써 오히려 사실감 넘치는 절절한 호소력을 발휘하고 있는 것이다. 사설시조의 풀이성이 이 작품에서 그 진가를 드러내고 있는 이유다.

여기서 유념할 것은 두런두런 이야기체로 풀어내는 아버지의 아픔이 서사문학에 보이는 서사성을 지향하지 않음은, 중장에서 서술의 억제 없이 확대되는 이야기가 사건 자체의 전개에 초점을 두지 않고 사건이 유발하는 정감에 초점을 두고 있다는 것에서 확인된다. 그리하여 아버지의 "눈 가장자리 점점이 쏟아내던 그 검붉은 핏방울"이 함축하는 아픈 생애를 세세히 언술하려다 보니 곧 그런 아버지 형상에 대한 절제된 감정의 통어를 벗어나 감정의 확장을 필연적으로 가져오고 그 감정 확장이 평시조의 절제의 미학을 깨뜨리고 중장이 엄청나게 길어져 사설시조가 되는 필연이 되었던 것이다. 그런 서술태도는 초장부터 이미 점화되기 시작했던 탓에 거기서 어느 정도 길어지고, 그런 여운이 채 가시지 않아 종장에서도 어느 정도 길어진 채로 작품을 마무리하는, 초-중-종장이 모두 평시조의 서술 억제를 벗어나는 일탈의 미학을 보여주게 된 것이다.

그러나 그러한 일탈이 절도를 완전히 벗어나 자유방임의 수준으로까지 나아간 것은 아니다. 필자가 빗금으로 표시했듯이 각 장에서 평시조의 4음보 길이를 4개의 통사-의미단위구로 길이를 확장하여 사설시조로서의 **절도 있는 파격미**를 보여주고 있기 때문이다. 이 절도 있는 파격미가 이 작품으로 하여금 아버지의 아픔을 감정의 확장을 통해 이야기하듯 풀어나가면서도 감정과잉에 흐르지 않고 정겨운 이야기로서 우리의 가슴을 울리는 서정의 미감을 한껏 맛보게 하고 있는 비결인 것이다. 거기에는 평시조의 '진지성'을 벗어난 사설시조의 인간적 '진정성'이 자리하고 있음도 유념할 일이다.

사설시조의 '일탈의 미학'은 이런 진정성에 기초한 풀이성에만 머물지 않고 한 단계 더 나아가 적나라한 인간의 모습을 희화화하여 즐기는 **놀이성**에 기반을 두기도 하는데, 이런 방식으로 사설시조가 '희극미'의 극치를 보여줌으로써 평시조의 진지하고 아정한 미학에서 벗어나는 일탈의 심미적 즐거움을 제대로 맛볼 수 있게 된다. 사설시조를 '말시조'라 하기도 하고, '엮음시조'라 부르기도 하는데 전자가 풀이성에 기초한 말 그 자체의 진정성에 전념하는 방식에서 나온 이칭이라면, 후자는 말의 진정성보다는 놀이성에 기초한 경쾌 발랄한 말 엮음의 방식에서 나온 이칭이라 할 수 있다. 이제 후자의 예를 보이는 작품에서 그 말 엮음의 진수를 맛보기로 하자.

아서 아서,/ 꽃샘잎샘 지나/ 보리누름/ 아니 오고//

저녁 에울 고구마를 옹솥에 안쳐 두고 풋보리 풋바심을 찧고 말려 가루
내어 죽 쑤어 먹을때까지 산나물 들나물 먹으나 굶으나 쉬지 않고 주전거
려도 만날 입이 구쁘고,/ 발등어리가 천상 두꺼비 등짝 같고, 손도 여물 주
걱마냥 컸던 아부지, 울 아부지./ 참나무 마들가리 거칠어 보이는 손가락으
로 올올이 애정이 무늬 진 명주필 사려내고, 목비녀 삐딱하게 꽂힌 솔방울
만한 낭자에선 물렛가락이 뽑아낸 무명실 토리가 희끗거리던 엄마,/ 울
엄마가 삶아 낸//

밀개떡,/ 그날 그 밀개떡이/ 달처럼만/ 오달졌지.///

　　－윤금초, 〈아직은 보리누름 아니 오고〉 전문(고딕체와 기호는 필자분)

이 작품에서 아버지의 모습은 가부장제적 유습이 아직 잔영으로 남
아 있었던 시절의 삶을 살아오신 아버지를 형상화하고 있음에도 불구
하고, 가장으로서의 절대권위나 숭엄한 가치는 찾아보려 해도 찾아볼
수 없다. 그 대신 고딕체로 표시했듯이 아버지란 존재는 손발이 "두꺼
비 등짝"같이 흉물스럽기만 하고, "여물 주걱마냥" 크기만 하다고 희화
화하여 표현함으로써 절대가치의 전락에 의한 희극미의 절정을 보여
주고 있는 것이다. 어떻게 보면 아버지의 모습이 추미(醜美)에 가까울
정도로 추락하고 있는 것이다. 이런 형상화가 가능할 수 있었던 것은
산업화로 경제적 근대화를 이루기 이전에, 이른바 '보릿고개'라 하여
가을에 거둔 양식이 바닥나는 꽃샘추위 무렵부터 "보리누름"이 와 "풋
보리 풋바심"을 "죽 쑤어 먹을 때까지" 우리의 삶이 극도의 궁핍 속에
내몰리던 시절, 아버지란 존재는 자식들이 끼니를 굶어 "만날 입이 구
쁜" 데도 그 어떤 호구책도 내놓지 못하는 무늬만 가장의 지위에 있는
흉물스런 존재로 전락해 있었기 때문이다.

그리하여 이러한 궁핍의 시절에 아버지란 존재는 "참나무 마들가리" 처럼 거칠어진 손가락으로 머리가 희끗거리도록 오랜 세월 고생하며 밀개떡을 삶아내 주시던 "울 엄마"보다 훨씬 못한 존재이고, 오랜 굶주 림 끝에 허기진 배를 움켜잡고 먹어보는 "밀개떡"보다도 못한 존재에 불과했던 것이다. 마지막 종장에서 허기를 채워주는 밀개떡이 "달처럼 만 오달졌지"라고 하여 올차고 여무진 보름달의 이미지로 형상화됨으 로써 흉물스런 아버지의 형상과는 사뭇 대조되는 이미지로 마무리되 고 있음에서 그 점이 확인된다. 이 작품이 타의 추종을 불허하는 압권 으로 될 수 있는 것은 극단의 가난 속에서 맛보는 밀개떡이 달처럼 오 달져 보인다는 함축적 마무리에 있기도 하지만, 그보다 그런 고난과 고통의 현실을 진정성으로 풀어내는 풀이성의 방식을 택하지 않고 필 자가 밑줄로 표시했듯이 2음보격 연속체로 말을 엮어내는 그 경쾌 발 랄한 시적 리듬을 활용한 희화화에 있다.

기실 이 작품이 형상화하고 있는 삶이란 보릿고개를 굶주림으로 넘 겨야 하는 처절한 고통의 현실인 것이다. 그런 삶에서 굶주림이 더 리 얼하고 강렬한 고통이 될수록 밀개떡은 더 환한 모습의 오달진 달이 되고, 그런 고통의 현실이 더욱 실감나는 아픔일수록 그것을 리얼하게 직핍하여 서술하기보다, 그런 진지하고 무거운 주제에서 벗어나 경쾌 발랄한 리듬에 기대어 희화화하여 표현함으로써 그 팍팍하고 고난스 런 현실의 고통을 벗어날 수 있는 여유를 갖게 되는 것이다. 2음보격 연속체라는 단순한 율동구조가 뿜어내는 빠른 템포는 '표현의 **자유로 움**'과 '율동적 **자연스러움**'을 온전히 구현할 수 있는 율격 양식이어서 삶의 질곡에서 오는 고통의 정서를 완화하고 그에서 벗어나게 하는 효 과를 연출할 수 있었던 것이다. 아버지를 추미에 가까운 형상으로 그

렸음에도 그것이 아버지의 인간적 결함에 대한 조롱이거나 비판으로 느껴지지 않는 희화화의 여유로움, 극도의 곤궁이라는 심각하고 무거운 주제를 비통이나 분개의 정서로 담지 않고 희극적 위안이라는 거리 두기와 경쾌 발랄한 시적 율동의 장치를 통해 탁월하게 묘출해냄으로써 이 작품이 사설시조 특유의 웃음의 파토스를 한껏 향유할 수 있게 하는 진수를 보여주는 데 성공할 수 있었다.

시조의 형식질서와 그 품격의 효용성

1. 우리 것이 홀대받는 시대

놀라운 일이다. 나라의 관문인 인천 국제공항은 우리 제품이나 문화예술을 알릴 수 있는 가장 유리한 곳임에도 불구하고, 공항 면세점에서부터 외국산 명품은 좋은 위치에 좋은 조건으로 절대다수의 점유율을 보이며 입점해 있고, 국산품은 후미진 곳에서 겨우 9%의 점유율을 보이며 온갖 악조건 속에서 찬밥신세를 면치 못하고 있다 한다. 이를테면 영업요율을 매기는 데서도 루이비통은 6.95~7.56%로 저렴하게 대우하고, 국산품은 무려 20%라는 높은 요율을 적용한다고 한다. 거기다 루이비통 매장은 100억여 원을 들여 자발적으로 실내장식을 해주면서 국내입점 업체는 자부담하게 하는 차별을 두어 외산 우대정책이 도를 넘었다는 지적을 받고 있다. 국산품 취급내역도 그 차지하는 비중이 너무 낮고 여건도 열악해서 외국산 취급점과 경쟁이 되지 않는다는 것이다.

이런 환경에서 우리 고유의 국산 공예품이나 기념품은 얼굴을 드러낼 수 없는 지경이란다. 우리 것이 터무니없이 홀대받는 시대를 살아가는 씁쓸한 풍경이 아닐 수 없다. 눈부신 산업기술의 성장을 거듭해 온 국산품이 이런 천대를 받을 만큼 수준이 떨어지는가? 최근 신문기 사를 보니 한국에 와서 루이비통이나 샤넬, 구찌, 프라다 같은 일반 명품을 찾던 일본 관광객들이 요즈음엔 우리 토종 장인(匠人)의 손맛 이 살아있는 'Maid in Korea' 수제품 가방이나 구두를 즐겨 찾는다고 한다. 한국산 수제품이 명품 브랜드에 결코 밀리지 않는다는 증거다.

이런 씁쓸한 풍경과 맞물려 또 한 번 놀란 일은, 국내 최대 발행부수 를 자랑하는 어떤 신문의 새해(2012) 첫날 발행 일자에 실린 신춘문예 특집난의 순서. 우연히 보노라니 자유시, 단편소설, 동화, 희곡, 동 시, 시조의 순으로 게재되어 있는 게 아닌가. 시조가 맨 꼴찌에 자리하 고 있었다. 시는 문학의 꽃이고 현대적 장르인 자유시를 최우선 순위 로 삼는 것은 어쩌면 당연하고도 자연스러울지 모르지만, 그것이 외국 산은 아니라 하더라도 외국시의 번역물 같은 무미건조한 자유시는 최 고의 예우를 해주면서, 정작 세계의 어디에도 없는 우리의 고유 양식 으로 된 시 곧 시조는 꼴찌로 밀려나 찬밥신세로 있으니, 공항의 면세 점 풍경과 하나도 다를 바 없는 우리의 부끄러운 자화상이라 아니할 수 없다[1]. 참고로 최고의 예우를 받은 자유시 당선작을 인용해 본다.

그는 입안에 송곳니가 점점 커지고 있는 것을 느꼈다. 두발로 걷는 것 이 불편할 때도 있어 혼자 있을 때 네 발로 걸어도 보았다. 야생은 그의 직업이 되었고 조련은 가늘고 긴 권력이 되었다.

---

1) 시조에 대한 순위상의 이런 홀대는 다른 신문이라고 크게 다르지 않을 것이다. 그 보다 신춘문예에서 중앙지 몇 군데는 이런 홀대를 넘어 시조를 아예 퇴출시켰다고 한다. 다만 지방의 어떤 유력지는 이와 반대로 시조부문을 신설했다니 그나마 다행 이다.

모든 권력은 손으로 옮겨갈 때 가벼워진다. 눈치를 보는 것들의 눈빛은 언제나 심장을 겨냥하는 법. 다만 두려운 것은 손에 들려 있는 권력일 뿐이니까.

조련사 k. 그는 아침마다 동물원을 한 바퀴씩 도는 순방이 있다. 금빛 은행잎이 k의 머리 위로 왕관처럼 씌워진다. 철조망에 갇힌 초원이 펼쳐져 있다. k는 손을 흔들거나 휘파람을 분다. 잠자던 맹수가 눈을 뜨더니 달려온다. 무릎을 꿇는다.

k는 맹수의 꼬리를 목에 두르고 맹수코트를 걸치고 곤봉을 휘두르는 자신을 상상하곤 한다.

어느 날부터인가 k의 얼굴에 구레나룻이 생기고 몸에 털이 자라고 손톱은 길어졌다. 모든 모의(謀議)는 자신도 모르는 사이에 생긴다. 말 안 듣는 맹수에게 먹이를 주지 않고 채찍을 휘두르며 맹수보다 더 맹수처럼 사나워져갔다.

얼마전 야생의 모의(謀議)가 철조망을 빠져나갔다. 그 후 k의 통장으로 감봉된 월급이 들어왔다. k는 자기 목을 조르는 조련사가 있다는 것을 처음으로 느꼈다. 머리카락이 빠지고 몸에 털이 빠지고 손톱이 빠졌다.

조련으로 청춘을 보낸 k는 결국, 야생을 놓치고 말았다.

새로운 조련사들이 들어오고 그들은 맹수들과 더 빨리 친해졌다. 동경하던 야생은 저 쪽에서 어슬렁거렸다. 이빨 빠진 맹수 한 마리가 다른 맹수 눈치를 보며 어슬렁거렸고 금빛 왕관은 가을 저 쪽으로 다 날아가 버렸다. 얼마간 퇴직금의 조련을 받는 힘없는 맹수가 되어 있었다.

-〈조련사 k〉 전문

잘 알다시피 신춘문예는 시인 지망생이 가장 열망하는 최고의 등용문이어서 그 당선작은 시의 모습이 어떠해야 하는가를 표준으로 삼을 만한

가늠자 역할을 한다. 그런데 이 작품에서 보듯이 자유시 당선작이라는
것이 '의미 생산적 율동'마저 감지하기 어려운 산문적 진술로 일관하고
있다. 이런 작품을 과연 서정시의 본질인 '노래하기'로 진술했다고 할
수 있나?[2] 그럼에도 이 작품의 필자는 당선 소감에서 "세상에 소외된
것을 노래하겠다"는 포부를 밝히고 있어 서정시의 진술 특성이 '노래하
기'라는 점은 잘 인지하고 있다. 그러나 심사평에서도 작품의 특장으로
추켜세운 "세상에 대한 치밀한 관찰과 묘사가 눈길을 끌었다"는 점을
높이 사서 당선작으로 뽑았다고 했듯이 이 작품은 '노래하기'와는 거리가
멀고 '이야기하기'에 오히려 가까운 진술 특성으로 시종일관하고 있다.

따라서 이런 작품은 외형적 율동은 없다하더라도 그에 버금가는 의미
생산의 율동적 파동은 깔고 있어야 '노래하기'라는 최소요건을 갖춘 서정
시(혹은 산문시)라 할 수 있을 터인데 그렇지 못하니 무감동의 서구 번역
시 같은 느낌을 갖지 않을 수 없다. 그렇다면 '치밀한 관찰과 묘사'는
서사 장르에서나 실력을 겨룰 만한 것이고, 서정시에서는 일단 노래하기
라는 진술양식은 기본적으로 갖춘 바탕 위에서 그것이 부수적 특장으로
평가될 수 있을 것이다. 한마디로 서정의 기본조차 갖추지 못한 이런
자격미달의 작품이 치밀한 관찰과 묘사를 보인 것이 무슨 대수란 말인가.

우리는 언제까지 이런 무감동의 자유시에 현혹되어야 할 것인가?
심사자의 서정시에 대한 평가 안목을 의심하지 않을 수 없게 된다. 아

---

2) 문학의 4대장르(서정(lyric), 교술(didactic), 서사(epic), 희곡(dramtic))를 그 드러
내고자 하는 세계의 환기방식인 **진술 양식**(담화체 양식)의 특성을 따라 구분하면,
서정은 어떤 정황을 **노래하기**, 교술은 어떤 사실을 **전달하기**, 서사는 어떤 사건을
이야기하기, 희곡은 어떤 행동을 재현하기, 곧 **행동하기**라고 간명하게 정의할 수 있
다. 이에 대한 상론은 졸저, 「가사의 장르적 특성과 현대사회의 존재의의」, 『한국고
전시가의 전통과 계승』(성균관대학교 출판부, 2009) 참조.

무런 정서적 교감을 불러일으키지 못하는 이런 소통부재의 무감동 시가 넘쳐나는 오늘날의 시작(詩作) 현상에 대해, 오죽하면 자유시를 선도하는 시인이 "깨달음과 감동을 주는 시를 쓰자"3)라고 새삼 힘주어 강조하고 있을까. 시작(詩作)에서 의미 생산이 세상을 각성케 하면서 끝없이 이루어질 때 '깨달음'은 저절로 열리고, 그것이 정서적 교감의 파고를 타고 서정적 리듬으로 형성될 때 '감동'으로 다가와 우리의 심금을 울릴 것이기 때문이다.

 현대 자유시가 좀처럼 깨달음과 감동을 주지 못하는 가장 큰 이유는 형식의 자유에서 오는 현란함과 발랄함은 있으나 무국적이고 색깔이 없기 때문이다. 서구 취향의 무미건조하거나 요란스런 광란 혹은 난해한 말장난이 주류를 이루고 있다. 자유시라는 한국 현대시 제품은 세련됐지만 우리 특유의 문화성을 등에 업고 있지 않아 율동이 괴멸되고 지리멸렬한 외국 번역시 같은 무국적의 시가 된 것이다.4) 말하자면 시에서 한국이라는 자기정체성을 강렬하게 느끼게 하는 독특한 문화성이 결여됨으로 해서 신춘문예 당선 자유시도 무국적이 될 수밖에 없는 것이다. 요즘 세계로 뻗어나간다는 K-Pop도 World-Pop일 뿐 무국적의 음률이어서 자랑스러운 한류가 되기는 어렵다. 삶의 배경을 이루는 우리의 고유 문화성이 작품 속에 녹아들어야 가능할 것이다. 한국적 정체성을 찾기 어렵다는 점에서 현대 자유시는 K-Pop과 동의어라 할 수 있다. 어쩌면 시조를 꼴찌로 밀어낸 바탕에는 문화 식민지로서의 자기 정체성을 상실한 현대의 건전하지 못한 병적 사회를 반영하

---

3) 오세영, "깨달음과 감동을 주는 시를 쓰자", 『유심』 통권 55호, 2012, 3~4월호.
4) 이런 현상에 대하여는 졸저, 「현대시조의 문학사적 전망」, 『한국고시가의 거시적 탐구』(집문당, 1997)에서 상론한 바 있다.

고 있는지도 모른다.

이러한 병적 문화 사회에서 벗어나서 자기 정체성을 찾아 가는 길은 우리에겐 독특한 문화성이 없다는 비난어린 세계적 평가(K-Pop에 대한 영국을 비롯한 서구 언론지들)를 귀담아들어 독특한 자기 문화성의 바탕 위에서 세계와 호흡할 수 있는 문화를 개척해야 할 것이다.

그런 점에서 시 문화 부문에서는 우리 민족의 가슴 속에서 600년을 소통해온 우리시, 곧 시조의 형식질서와 그 미학적 독특성을 먼저 터득한 바탕 위에서 자유시의 길을 모색해야 할 것이다. 그래야 자유시가 문화성이 결여되어 외국 번역시 같은 느낌을 준다는 비난에서 벗어나 한국을 강렬하게 느낄 수 있는 진정한 우리의 현대시가 될 것이다. 그런 점에서 시조가 한국 시문화의 기초가 되고 대표 브랜드가 되어야 하는 것이다. 시조가 세계 어디에도 없는 우리의 민족시이고 국민시임에도 불구하고 오늘날 홀대 받는 이유는 자유시가 근대이후 서구문화의 유입을 거치면서 시의 주류 장르로 부상한 원인이 가장 크지만, 시조의 형식 질서와 그 미학에서 오는 높은 품격을 제대로 이해하지 못하고, 또한 현대사회에서의 치유적 효용성을 가치 있게 파악해내지 못한 우리 자신의 부족함에 있다. 이 글은 이런 두 가지 측면에 대한 작은 보탬을 주기 위해 마련된 것이다.

2. 시조의 형식질서와 그 미학

옥돌을 잡석으로 무시해버리면 보물이 되지 못하고, 오동나무도 땔감으로 써버리면 가야금이 될 수 없듯이 시조가 딱 그러한 이유로 현대사회에서 홀대 받아온 근본 이유가 아닌가 생각된다. 시조의 소중한 가치를 잘 알지도 못하면서, 혹은 아예 알아내려고 하지도 않으면서 우리는 그동안 대체로 시조를 한낱 봉건시대의 낡은 장르로 인식하고, 그로 인해 현대에는 소통할 수 없거나, 적어도 소통하기가 불편한 장르로 생각해 온 것이 사실이다. 이는 오로지 자유시만을 쓰고 있는 시인들에게서 보편적으로 발견되는 현상이다.

그러나 그들이 시조의 형식규율과 그 미학이 갖는 높은 품격을 이해한다면 결코 시조를 홀대하지 못할 것이다. 일본에서 하이쿠는 한낱 옛 시대의 낡은 장르로 외면 받지 않고 오늘날에도 그 창작-향유에 가담하는 애호가만 1,000만 명을 헤아리고, 하이쿠 전문 월간지만 해도 8개에, 동인지는 800여 개나 쏟아져 나온다고 하니 그들의 하이쿠 사랑이 어느 정도인지 짐작이 간다. 그런 바탕이 있기에 하이쿠는 일본을 넘어 세계적인 시로 주목받고 있지 않은가.

이제 우리는 시조의 가치와 그 아름다움에 대해 얼마나 알고 있는지 자문해볼 필요가 있다. 이런 물음에 대해 제대로 된 응답을 하기 위해서는 시조의 형식 질서와 그 미학이 갖는 높은 품격에 대해 먼저 정확히 파악할 필요가 있다.

시조의 형식규율이 갖는 높은 품격의 질서는 그것이 갖는 시학과 미학을 제대로 알아야 인지될 수 있다. 그러나 유감스럽게도 아직도 우리는 그에 대해 만족할 만한 해답을 찾지 못하는 경우가 허다하다. 그렇게 된 사정에는 형식 규율의 가장 기본적 질서인 시조의 율격마저 아직 확고히 인식하지 못한 데 가장 큰 원인이 있다. 시조를 창작하는 대부분의 시인과 그것을 향유하는 독자, 등단을 준비하는 예비 시인, 심지어 시조를 비평하는 많은 평론가들, 그리고 연구하는 학자들에 이르기까지 아직도 시조의 율격적 규범을 음수율(자수율)로 인식하는 망령에서 완전히 벗어나지 못하고 있는 점이 잘 반영해 준다. 이런 사람들의 뇌리에는 시조가 다음과 같은 음수율의 규제를 받는다는 선입견이 깊숙이 각인되어 있다.

초장	3 4	3 4
중장	3 4	3 4
종장	3 5	4 3

만약 시조의 율격이 이러한 음수율의 규제를 받는다면 일본의 하이쿠(5-7-5로 총 17자)처럼 글자수를 철저히 지켜야 한다. 그러나 위에 제시된 음절수를 시종일관 완벽하게 지키는 작품은 조선시대 이래 지금까지 창작된 수천의 작품에서 약 4%에 불과한 것으로 나타나고[5] 나머지 96%가 음절수를 지키지 않으니 시조의 율격을 더 이상 음수율로 인식하는 태도는 완전히 사라져야 할 것이다. 그럼에도 우리 시가 율격을 음수율로 규정해 보려는 시도는 최근까지도 이어져 오고 있다.[6] 왜 우리 시가에서 음수율에 대한 망령이 사라지지 않을까? 아마도 그것은 시조 종장의 첫마디가 철저히 3음절이라는 글자수를 고수하기 때문일 것이다.[7] 이에 현혹되어 시조의 다른 마디도 음절수의 규제를

---

5) 이러한 통계 수치는 김흥규, 「한국시가 율격의 이론 I」, 『욕망과 형식의 시학』에서 다룬 바 있다. 시조의 글자수 운율 실현 확률을 높이기 위하여 초장과 중장의 셋째 마디를 3음절로 고정하지 않고 4음절도 규범으로 허용하여 앞의 도표를 "3 4 3(4) 4/ 3 4 3(4) 4/ 3 5 4 3"으로 수정하여 제시하는 경우도 있는데, 이렇게 글자수 이탈을 허용해버리면 그것은 이미 음수율(자수율)이 아니라는 증거가 된다. 글자수를 고정하는 것이야말로 음수율의 근본적인 율동단위를 형성하는 것이기 때문이다.

6) 오세영, 「한국시가 율격 재론」, 『관악어문연구』 18집, 1993 및 고정희, 『국어교육연구소 발표문』, 2011.

받는 것으로 착각해 왔던 것이다. 우리 시가문학사에서 음절수의 고정성을 철저히 준수한 정형률을 보인 것은 경기체가 장르가 유일하다.

> 334/ 334/ 444/ 위 ~경 긔 엇더ᄒ니잇고// 44/ 44/ 위 ~경 긔엇더ᄒ니잇고///

이러한 음절수 고정의 자수율은 5언(2+3언으로 구조화됨)과 7언(4+3언으로 구조화 됨) 절구와 율시 같은 장르에 익숙했던 고려후기와 조선시대 문인 사대부층이 한시 취향의 '인공적 율격미'를 개발하여 향유했던 것이어서 우리 시가의 '자연스런 율격미'에는 맞지 않았다. 이 장르가 우리의 국민시가나 민족시가로 발전해가지 못하고 소멸해버렸던 근본적 이유다. 사실 우리 시가에서 글자수를 지킨다는 것은 자연스런 운율적 기본 틀로서가 아니라 문인 취향의 시적 의장(意匠)이나 문채(文彩)를 더하기 위한 문식성(文飾性)의 인위적 발로에 지나지 않아 우리 시가로서 큰 호응을 받기엔 한계가 있었다. 지나치게 화려한 인공미는 일시적으로 현혹될 수는 있어도, 자연스런 미감을 질박하게 풍기는 자연미와는 경쟁 상대가 되지 않기 때문이다.

이에 비해 시조는 종장 첫마디의 다소 인위적인 3음절 고정만 제외하면 어떠한 마디도 일상담론의 자연발화로만 일관하는 가장 자연스런 질박미를 구현하고 있어 계층을 초월하여 누구나 쉽게 창작하고 향유할 수 있는 운율적 요건을 갖추고 있는 것이다. 일찍이 선학이 지적했듯이 우리말의 어휘는 절대다수가 2음절 혹은 3음절로 조어(造語)되

---

7) 정확한 통계는 나오지 않았지만 종장 첫마디에서 3음절 글자수를 지키는 작품은 98%를 상회할 것으로 추정된다. 그래서 황윤석은 『이재난고』에서 이러한 형태를 중국에 없는 우리만의 특징이라 한 바 있다.

어 있어서 여기에 1~2음절의 조사(助詞)나 어미(語尾)가 붙으면(우리말은 '첨가어'에 속하므로) 저절로 3음절 혹은 4음절의 어절이 가장 많이 이루어지고,8) 2음절에서 5~6음절까지는 자연스런 일상담화로 발화되는 것이어서 시조는 **어떤 음절수의 제약을 전혀 받지 않고** 가장 자연스럽게 진술이 이루어지는 것이다.

　가장 최근까지도 시조의 운율을 정의하여 "4·4조의 4음보 리듬을 한 행(장)으로 두고, 종장은 음수율의 규제를 받아 종장의 첫 음보는 3음절로 고정하고, 둘째 음보는 반드시 5음절 이상이어야 한다"9)고 시조의 운율을 정의하고 있다. 여기서 4·4조란 말 자체가 음수율의 규제를 받는다는 의미이니 이렇게 되면 초-중-종장 모두가 음수율에 기반을 둔다는 뜻이므로 시조의 율격은 음수율이 된다.

　그러나 다시 말하지만 시조가 글자수의 규제를 받는 곳은 종장 첫마디일 뿐 그 밖의 다른 어떤 마디에서도 글자수의 제한을 받지 않고 자연발화(2~6음절)로 노래하면 되는 것이다. 다만 각 장의 마디가 율격을 이루는 근본 조건인 '등가적 운율자질의 규칙성과 반복성'은 4모라의 음량(우리 국어는 음의 '장단'이 음운의 변별자질에 관여하므로 음절은 필수이고 장음(長音)과 정음(停音)도 모라 수에 포함됨)10)에 기준을 두고 4음

---

8) 정병욱, 「고시가 운율론 서설」, 『국문학산고』에서 지적된 바 있다. 초창기에 우리 시가의 기본 율격을 3·4조 혹은 4·4조로 오해하여 왔던 것도 이런 우리말 조어의 특성을 무시한 데서 오는 오류였다. 그러므로 우리 시가의 율격을 말할 때 3·4조니 4·4조니 하는 음수율로 파악하는 논의는 앞으로 다시는 있어서는 안 될 것이다.

9) 정과리, 「자유의 모험으로서의 현대시조」, 『네 사람의 노래』 해설문에서 윤영옥 교수와 이상섭의 시조 율격에 대한 정의를 인용하여 시조의 리듬, 특히 초장과 중장의 전통 리듬을 4·4조 파악하고 이 글자수를 벗어나면 전통적 리듬을 해체한 것으로 이해하고 있어 아직도 음수율의 망령에서 벗어나지 못함을 보이니 안타깝다.

10) 율격은 언어현상이므로 우리시의 율격은 우리말에 관여적인 음운자질인 음량(장단

보로 한 장을 이루므로 시조는 **4음 4보격의** 율동미를 갖는다고 정의되는 것이다. 이에 따라 종장 첫마디의 율격상의 이질성(3음절로 글자수를 고정)과 다른 마디들의 동량적(同量的) 율동(4모라에 해당하는 음량)의 동질성을 구분하면서 시조의 율동미를 제시하면 다음과 같이 된다.

초장	4	4/	4	4
중장	4	4/	4	4
종장	3*			
	4+4/		4	4

(*표는 글자수, 나머지는 모라수)11)

시조는 이처럼 독특한 형식 질서를 갖고 있어 세계 어디에도 없는 독특한 품격을 지닌다. 글자수로만 본다면 그것을 고수하는 곳은 딱 한군데 종장의 첫마디일 뿐 나머지 부분은 모라수(4음)를 기준으로 글자수가 부족해도 장음과 정음이 관여하기 때문에 음량의 등가적 규칙성을 지키는 것이 되고, 넘쳐도(5음절 혹은 6음절로 실현될 경우가 대부분

이 관여하는)의 '크기'와 '수'(음절, 장음, 정음을 기저자질로 하는)를 바탕으로 율격이 형성된다고 보아야 한다. 마치 영시 율격의 강약대립은 영어에 관여적인 음운자질인 강세 엑센트를 바탕으로 형성되고, 한시의 평측법은 중국어에 관여적 음운자질인 성조(평성 : 상성·거성·입성)를 바탕으로 형성되는 것과 마찬가지다. 이에 대한 상론은 성기옥, 『한국시가 율격의 이론』(새문사, 1986)참조.

11) 시조의 형식규율은 이처럼 종장 첫 음보에서만 음절수(글자수)를 지키고 나머지 모든 부분은 4모라의 모라수(음량의 크기나 수)만 지키면 되므로 음절수에서는 자유롭다는 점이 이 도표에서 확인하게 드러난다. 시조가 음수율이 될 수 없는 분명한 이유다. 또한 이 도표에서 알 수 있듯이 시조는 4단 구조의 길이를 3장(단)구조로 압축하여 시상의 논리적 구조를 손상(생략이나 소외)함이 없이 수행하는 형식질서를 갖는 양식임이 확인된다. 따라서 시조의 시학과 미학도 3장을 온전히 갖추어야 비로소 가능한 것이다. 이로써 시조의 형식실험으로 그동안 시도 되었던 양장시조(초장+종장으로 완결)나 절장시조(종장만으로 완결)로는 시조의 이러한 독특한 시학과 미학을 충족할 수 없는 시도임을 확실히 알 수 있다.

임 : 이를테면 김종서의 〈호기가(豪氣歌)〉에서 "삭풍은 <u>나무 끝에 불고</u>/
명월은 <u>눈 속에 찬데</u>//……"처럼 한 마디가 밑줄 친 부분에서는 6음절
과 5음절로 실현됨) 해당 마디를 규칙적 리듬에 맞추어 빠르게 율독하
게 되므로 어느 정도 음량을 조절하게 되어, 이런 정도 음량의 파격을
가지고 4·4조를 벗어났으니 "전통 율조를 해체한 자유의 모험"(정과리
의 해설)으로까지 과도한 해석을 하는 것은 진중치 못하다. 종장의 둘
째 음보가 음보크기에서 4+4모라 이므로 실제 실현되는 글자수는 5~8
자가 되는 유연성을 보일 수 있는 것도 시조가 음량률이므로 가능한
것이다.

　여하튼 시조는 자연발화를 따라 각 마디가 4모라를 기준으로 하는
음량률로 율격이 실현되므로 자연스런 율격미학이 압도하면서도 딱 한
군데 시상을 완결시키기 위한 전환부(종장의 첫마디)에서만은 글자수를
인위적으로 맞추어 율격적 이단성(異端性)을 보이는 인공적 의장을 가
함으로써 작품의 시성(詩性)을 고양하고, 전체적으로 자연스러움을 잃
지 않으면서도 적절한 문식성을 주어 작품을 격상시키는, 형식질서에
서 오는 높은 품격을 보여주고 있는 것이다.

　이러한 형식질서의 미는 '자연과의 조화 – 검약 – 소탈'을 이상으로
삼는 선비정신이 바탕이 된 것이지만 이미 신라시대부터 민족의 DNA
로 형질화 된 우리 민족의 독특한 형식질서의 아름다움으로 이해된다.
이런 판단은 유네스코 세계문화유산으로 등재된 불국사의 천왕문(극
락전으로 들어가는 문)을 통과하면 가장 먼저 시야에 들어오는 장대한
석축의 아름다움이 압권이라 한다. 자연석을 쌓고 그 위에 얹는 장대
석[12]을 자연석에 맞추어 깎은 '그랭이법'이 그 자연스런 아름다움의
비결이라 하는데, 이런 공법은 다른 나라엔 그 예가 없는 우리만의 독

특한 것이라 한다. 시조도 전체적으로는 자연발화로 일관하면서 딱 한 군데 3자로 글자수를 맞추는 인공적 의장을 가함으로써 문식성으로 다듬어13) 자연이 중심이 되는 검박-소탈함과 거기에 인공과의 조화를 더한 품격 높은 아름다움을 구현하게 된 것과 일치하기 때문이다. 시조가 왜 유독 종장 첫 구 딱 한군데에 인공적 의장을 가했는가에 대한 의문이 여기서 풀린다. 경기체가처럼 온통 문식성으로 다듬은 인공적 의장의 미는 기(氣)가 없이 향(香)만 가득한 것이어서14) 우리 민족의 미학에 어긋나 오래가지 못했던 것으로 판단된다.

그러나 시조의 형식에 단순히 말을 맞추어 넣는다고 다 높은 품격의 시조가 되는 것은 아니다. 시조의 형식 질서가 안고 있는 시적 정신의 전일성으로 높은 품격의 아름다움을 구현해내야 하기 때문이다. 이에 대하여는 필자가 '고도의 절제미'와 '태평스런 유장미', '안정된 균제미', '절도 있는 파격미', '티 없는 담박미'의 다섯 가지로 이미 요목화한 바 있다.15) 여기서는 급변하는 시대에 적응하기에 바빠 자신을 돌

---

12) 섬돌, 디딤돌, 축대 등에 쓰는 길게 다듬은 돌을 말함.

13) 시조의 운율미가 자연석으로 석축을 쌓으면서 그 위에 얹는 장대석을 자연석에 맞추어 깎은 이른 바 그랭이법이라는 건축기법에 비유되는 것은 시조의 종장 첫마디를 음량률의 규준 단위에서 벗어나 특정 글자수로 고정하는 이질적 운율미를 드러냈다는 것에 있는 것이 아니라 그 글자수를 3음절로 선택함으로써 가장 자연스런 인공미를 가했다는 것에 있다. 시조의 음보를 이루는 율동 단위는 4모라이므로 장대석에 해당하는 종장 첫마디의 음절수를 4음절로 고정했다면 온통 가득 채워 너무 밋밋할 것이고, 1음절이나 2음절로 고정했다면 지나치게 깎은 것이 되어 다른 부분의 자연석에 맞추지 못한 지나친 인공적 의장이 되었을 것이기 때문이다.

14) 여기서 '기'와 '향'이란 용어는 추사 김정희가 제자 조희룡의 그림을 평하여 '文字香과 書卷氣가 부족하다'고 한 데서 따온 것이다. 그만큼 우리 미학에서 '기'와 '향'은 평가의 중요한 잣대가 되었던 것이다.

15) 이에 대한 상론은 김학성, 「시조의 양식적 독자성과 현재적 가능성」, 『한국고전시가의 전통과 계승』(성균관대학교 출판부, 2009) 참조.

아볼 여유를 갖지 못하고 가치관이나 세계관의 혼란 속에서 자기 정체
성과 미래의 지표를 상실하여 정신적 공황 장애에 이르기까지 하는 현
대사회의 문제점과 결부하여 시조의 이러한 높은 품격의 미학이 갖는
효용성을 논의해 보고자 한다.

먼저 시조는 다른 나라의 정형시에 비해 지나치거나(14행으로 구성된
소네트나 기승전결의 4행으로 구조화된 절구에 비해), 모자람(1행 또는 2행
으로 완결하는 하이쿠에 비해)이 없는 3장시로 짜여 져 있어 단형 서정시
로서는 가장 적절한 시양식이라 평가를 할 수 있다. 서정시의 기본 정
신은 '최소 언어로 노래하기'에 있으므로 이들 가운데 하이쿠가 가장
짧은 양식이어서 언어 절약을 통한 '최소 언어로 노래한다는 점'에서는
하이쿠가 가장 매력적인 세계최고의 서정시 양식이라 할 수 있다.

그러나 진술하고자 하는 정서나 생각의 덩어리를 오롯이 담기에는
지나치게 짧은 양식이어서 한계가 있고, 다만 드러내고자 하는 정감이
나 사물현상에 대한 깨달음을 순간 속에 담아 긴 여운(영원성)을 갖도록
하는 데 적절한 양식이라 할 수 있다.[16] 반대로 소네트나 한시 절구는
하이쿠보다는 상대적으로 훨씬 길어 정감이나 생각의 덩어리를 온전히
갖추어 표현하기에는 매력적인 양식이지만, 그 그릇이 상대적으로 훨
씬 커서 그만큼 서정 본연의 '간결'한 맛은 떨어질 수밖에 없다.

이에 비해 시조는 한시 절구의 4단 구조(기-승-전-결)에서 '전'구를
거의 생략하다시피하면서 그것을 결구의 앞머리로 통합하여 내재화함
으로써[17] '기-승-(전)결'의 3단 구조로 더욱 간결하게 노래하게 된다.

---

16) 하이쿠에 대한 상론은 전이정, 『순간 속에 영원을 담는다 : 하이쿠 이야기』를 참조.

17) 이 부분에 해당하는 **종장 첫마디**의 시적 기능이 율격적으로는 음량률에서 음수율로
전환되고, 통사-의미론적으로는 이 부분에서 어즈버, 두어라, 아희야 같은 탄사(歎

이로써 시조는 정서나 생각의 덩어리를 오롯이 담아 완결하면서도 최
소언어로 노래할 수 있는 조건을 훌륭하게 갖추었으므로, 소네트나 절
구처럼 지나치거나 하이쿠처럼 모자람이 없는, 서정시로서의 형식요
건을 오롯이 갖춘 최소 양식이라 할 수 있다. 다시 말해 시조는 3단
구조의 짧은 양식으로 어떤 정서나 진실을 온전히 담을 수 있으면서도
논리적으로 검박하게 진술하는 담론이므로 서정시의 최소 양식이자 최
고의 양식이라 할 수 있다. 또한 시조는 4단 구조에 담을 내용을 3장
구조로 압축하므로 절제의 미학을 최우선으로 한다는 것에 주목해야
할 것이다.

시조의 서정 담론은 이처럼 최소 언어로 노래하되 모자람이나 넘침
이 없는 중화(中和)의 길을 택하고 있는데 이러한 중화의 미학은 전체
적 크기보다 오히려 시를 형식적으로 질서화 하는 내적구조에서 더욱
빛난다. 즉 각 장은 앞 구와 뒷 구의 대등한 평형과 안정된 균형을 취함
으로써 감정을 가지런히 정돈하고, 어느 한 쪽으로 치우치지 않는 조화
와 호응에 의한 중정화평(中正和平)의 미학을 구현하는 것이다. 그리하
여 각 구는 서로의 관계성 속에서 전체적 맥락을 이루어내게 되는데
이런 이유로 시조의 시학과 미학을 한마디로 정의한다면 '관계의 중화

辭)를 직접적으로 사용하거나 아니면 정서상, 혹은 의미상으로 전환을 이루는 핵심
적 부위 역할(시조의 눈에 해당)을 하므로, 3장 구조의 시조가 한시의 절구와 대비할
때 전구(轉句)를 소외하거나 완전히 생략해버린다고 판단하면 아니 될 것이다. 시조
를 가곡창으로 노래할 때 이 부분을 별도의 독립 장(章)으로 비중을 두어 부르는 것
도 이 부분이 **전환부의 구실을 톡톡히 해낸다**는 작품 내의 무게에 대한 배려임은 말
할 것도 없다. 최근 김혜숙은 가곡의 5장 구조를 분석하면서 종장의 첫마디(가곡창
에서 제4장부분에 해당)를 "증폭되어 극점에 이른 정조가 폭발하는" 지점으로 이해
한 것도 이런 특징을 말해준다.(김혜숙, 「시조의 정조 유동과 가곡적 5장 구조」, 『고
전문학연구』 39집, 2011 참조)

적 전체성'이라 규정지을 수 있다. 그 전체성은 늘 '자아-사회(가정이나 국가를 포함한 개념)-자연-우주'로 연결되는 관계 맥락의 바탕 위에서 이루어지는 것이어서 이를 국소적으로 분리하여 해석한다면 시조의 시학이나 미학적 본질을 잘못 이해한 것이 된다. 시조에 노래되고 있는 자연현상이나 사회현상, 나아가 우주적 현상은 자기완성의 꿈과, 조화로운 사회, 자연의 도(道), 우주적 질서가 관계를 맺으면서 이루어내는 전체성 속의 부분적 요소라 할 수 있다.

따라서 시조는 3장이라는 최소의 그릇에 우주적 차원으로 연결되는 거대한 생각을 담은 자랑스러운 양식이라 아니 할 수 없다. 시조의 사유방식이 늘 자아에 집착하는 미시담론이 아니라 '나-가정-사회-자연-국가-우주'로 연속되는 거대담론인 것은 이런 이유 때문이다. 즉 **시조는 작고 소박한 그릇에 우주를 담는 양식이다.** 구체적 작품에서 이를 검증해본다.

우는거시 벅구기가　　프른거시 버들숩가
어촌(漁村) 두어집이　　닛속에 나락들락
*(두어라)
말가흔 기픈소희　　온갇고기 쒸노ᄂ다
　　　　　-윤선도, 〈어부사시사 춘사(春詞) 4〉(『병와가곡집』 소재)18)

---

18) 원래 이 작품은 윤선도가 전래하는 〈어부단가〉와 〈장가(長歌)〉를 하나로 통합하여 춘하추동 4계절을 각 10수씩 40수로 노래한 연장체(連章體)의 단시조 곧 연시조(連時調)이던 것을 거기서 분리해 와 독립된 노래로 가곡창 악곡에 얹어 향유하던 것이 가집(병와가곡집)에 정착된 것이다. 윤선도의 원작에 없던 종장 첫마디의 "두어라"라는 탄사가 독립된 작품이 되면서 덧붙은 특징이 보인다. 이로써 시조의 종장 첫마디가 한 작품의 완결을 위한 전환부 곧 전구(轉句) 구실을 함이 명백히 드러나며, 딱 한 수로 완결하는 단시조나 단시조를 하나의 연(聯)으로 삼아 연속하는 연시조(聯詩調)는 전구가 필수임을 이로써 확인할 수 있다. 시조는 결코 전구를 소외하거

이 작품에서 노래되고 있는 경물을 보면, 우선 자연 경물을 바라보며 작품을 노래하는 '나'가 있고, 내가 소속되어 있는 가정과 그것들두어 집이 모여 작은 사회를 이루는 한가로운 '어촌'이 있고, 거기에뻐꾸기와 버들 숲, 내(안개), 소와 고기가 어우러져 있는 '자연'이 있으며 이들의 총합으로 이루어진 '소우주'가 연속적 관계 맥락을 이루며그려져 있다. 그런데 이런 경물들은 시인의 시각으로 포착된 여러 사물들의 단순한 집합체가 아니라 인간 세상(어촌)을 포함한 우주자연의모든 사물들이 각각의 개별성을 자랑하면서도 하나로 어울릴 수 있는'화합된 전체성'을 이루어내고 있다는 것이다.[19] 봄을 맞은 자연의 물상들이 이루어 내는 정경은 시각적인 것(버들 숲)과 청각적인 것(버꾸기)의 어우러짐, 인간세상(어촌)과 자연세계(안개)의 화해(和諧)의 모습, 맑고 깊은 소와 거기서 맘껏 뛰노는 고기들이 창출해내는 조화의모습은 '마음으로 우주 질서 본받기'의 압축적인 표현인 것이다.

그리하여 어느 한 마디, 어느 한 구(句)에 정감 균형과 조화에서 벗어난 것이 없고, 작품의 형상 배분이 시조의 엄격한 형식 규율과 어긋남이 없으며, 앞구와 뒷구는 철저한 호응관계를 이루며 나아가 '화합된 전체성'을 이루는 구조로 되어 있는 것이다. 시조의 시학이 '화합된

나 생략하지 않는다는 것과 4단 구조를 3장 구조로 응축한 구조임이 명백히 드러난다. 전통시조에서 연시조(連時調)는 〈어부사시사〉에서만 예외적으로 보이고 나머지는 모두 연시조(聯詩調)인 것은 시조의 본질은 단시조이고, 아무리 긴 작품을 쓴다하더라도 원칙적으로 3장 완결의 형식으로 연속해야 함을 말해준다.

19) 여기서 말하는 '화합된 전체성'은 현대 자유시에서 흔히 볼 수 있는 여러 요소들-소리, 형상(이미지), 말뜻, 어조 같은-의 조화와 통일과는 근본적으로 다르다. 시는기본적으로 의미와 음성의 조화적 통일체이므로 그런 요소들의 조화와 통일은 흔히볼 수 있기 때문이다. 시조에서의 그것은 서로 이질적이고 개성적인 구체적 사물들간의 여러 형상들이 조화와 통일을 이루어내는 것이다.

관계의 전체성'으로 볼 수 있는 증거다. 이러한 시학은 옛 선비들이 시조를 통해 도를 실현했기 때문으로 이해된다. 엄격한 형식 제련과 우주적 질서를 구현해내는 미감 형성은 자아의 정감을 단련하고 수양한 결과가 미적 형식으로 구현된 것이고, 이러한 인격의 완성도와 절제의 규율이 시조의 높은 품격을 이룩해낸 것이라 할 수 있다.

이를 위해 수신(修身)에서 출발하여 제가(齊家)-치국(治國)-평천하(平天下)를 마침내 완성해 내려는 유가적 목표를 최고 이상으로 삼게 되는 것이다. 나 홀로 깨끗하고 자기완성만을 꾀하려는 독선(獨善)에 머물지 않고 겸선(兼善)을 추구하는 것이나, 늘 성정(性情)의 바름 곧 성정지정(性情之正)에서 벗어나지 않으려하거나, 도법자연(道法自然 : 도는 자연을 본받는다)을 기본 정신으로 하려는 것도 이들의 이상적인 궁극 목표인 '나'와 '사회', '자연'이 '화합된 전체성'을 이루어야 한다는 선비들의 세계인식이 빚어낸 결과물인 것이다.[20] 이러한 바탕 위에서 시조의 형식 질서와 품격이 형성되어 온 것이다.

그런데 유가들의 이러한 '화합된 전체성'을 추구하는 세계인식의 바탕에는 화합 즉 조화의 최고 절정인 **중화(中和)**의 미학에서 그 극치를 맛보는 것으로 실현된다. 즉, 인간을 포함한 우주 자연의 모든 사물 현상이 각각의 개별성을 손상당하지 않으면서 하나로 어울릴 수 있는 화합된 전체성을 이루어내는 것이 궁극 목표이되 그 실현의 주체를

---

20) 그러나 그러한 이상적 목표를 현실적으로 이루어내기는 불가능하거나 쉽지 않으므로 '현실'에선 늘 그러한 지향적 세계가 결핍되어 있음을 노래하거나, 아니면 '자연'에서 그러한 이상적 세계를 발견해내어 노래했다. 인용한 윤선도의 작품도 후자를 노래한 것임은 말할 것도 없다. 서정시가 현실의 결핍에서 오는 감정 양식이라 정의될 때 시조의 서정적 원천이 이러한 결핍의 정서에 바탕을 두거나 그러한 이상이 현실 사회가 아닌 자연에서 실현되고 있음을 즐겨 노래하는 것도 이러한 이유와 직결된다.

'나'로 잡으면서 늘 정도(程度)를 지나치거나, 마음을 다치거나, 속내를 분출하는 따위는 하지 않는 것이다.

시조의 미학이 '절제된 중화의 미학'에 귀결되는 것도 이런 이유다. 정격의 시조(초삭대엽, 이삭대엽, 삼삭대엽으로 노래함)가 낙이불음(樂而不淫), 애이불상(哀而不傷), 원이불노(怨而不怒)의 미학에서 한 치도 벗어나지 않고 있다거나, 사설시조에 신랄한 비판이 나타나지 않고 모성애 같은 따스한 해학이 감지되는 것은 이런 미학에 숙달되어 있다는 증거인 것이다.[21] 선비들의 풍류가 덕성의 함양과 직결되는 배후에는 이러한 조화의 이상을 구현하려는 자아실현의 이념이 그 심층에 놓여 있음을 주목할 일이다.

3. 시조의 품격과 현대사회의 효용성

시조의 형식질서가 배태(胚胎)하고 있는 높은 품격의 미학은 여러 가지가 있겠지만 그 가운데서도 앞에서 논의한 '절제의 미학'과 '화합된

---

21) 그런 점에서 사설시조에 나타난 웃음을 '풍자'로 보는 종래의 이해 태도는 잘못된 것이다. 풍자가 되려면 약자가 강자를 신랄하게 비판하고 측면 공격하는 저항 정신에 바탕한 냉소어린 싸늘한 웃음으로 실현되어야 하는데 사설시조에는 그런 미학은 찾아보기 어렵다. 최근에 고정희가 「조선시대 규범서를 통해 본 사설시조의 희극성」(『국어국문학』 159호, 국어국문학회, 2011)에서 "사설시조의 인물(주인공)이 사회규범에 저항하는 과장된 행동과는 달리 실제로는 조선 사회규범을 내면화하여 습관적으로 따르거나, 사회규범을 자신의 욕망인 양 착각하기도 한다"거나, "본능적이고 신체적인 수준에서 이루어진 행동들도 사회적 심급에서 판단되고 있음을 알 수 있다"라고 예리한 분석을 해낸 바 있다. 그러면서도 "등장인물의 비사회성을 교정하는 웃음인지, 아니면 남녀의 접촉을 지나치게 경계하는 경직된 규범을 풍자하는 웃음인지를 판단하기는 어렵다"라고 함으로써 풍자와 해학의 차이를 분명히 인식하지 못한 점은 아쉬움으로 남는다.

관계의 전체성'을 추구하는 중화의 미학, 그리고 여기에 더하여 여유 만만함을 즐기는 '유장의 미학'이 각박한 무한경쟁 사회에서 소통 부재 와 고독, 무질서로 혼란스러운 현대 사회의 병적 현상을 치유하는 효용 성으로 자리할 것이다. 자유롭진 않지만 자연스러우면서도 엄격한 규 율과 위계질서를 지키는 시조, 무늬가 없으면서도 있는 시조의 맛과 양기에 심취할 때, 현대인이 흔히 빠지기 쉬운 세상과 자신에 대한 환 멸에서 벗어날 수 있고, 시조를 통해 현실의 각박한 삶과는 다른 각도 에서 넓고 균형 잡힌 시각으로 세상을 바라봄으로써, 아픔을 치유하고 이웃을 포용하는 진정한 화합정신이 시조의 형식과 품격으로 단련될 수 있다. 시조가 근본적으로 세상을 구원해줄 순 없지만 적어도 세상을 파탄나게 하는 것은 막아줄 수 있지 않을까 희망을 가져 보는 것이다.

현대 사회의 병적 징후는 과거의 전통사회에 시조의 기반을 이루었 던 가족, 이웃, 사회 중심의 안정적인 공동체가 붕괴되면서, 사람들이 고독한 익명의 사회 속에 내던져짐으로써 야기된 것이다. 오랜 기간 동안 자신의 정체성을 드러내고 인정받을 수 있었던 과거와 달리, 빠른 시간 내에 남의 시선을 끌고 자의식을 강화하지 않으면 살아남기 힘들 게 된 것이다. 현대인이 불완전한 개인, 고독한 개인, 아픔을 겪는 개인 으로 된 근본적인 이유다. 신자유주의의 무한경쟁에 내몰린 삶, 핵가족 이나 결손 가정에 내몰린 가정 붕괴 시대에 느끼는 고독과 아픔이 있는 만큼 치유가 더욱 절실히 요구되는 시대를 살아가고 있는 것이다. 이러 한 현대인의 고독, 불안, 소통 부재의 아픔을 가장 먼저 선구적으로 체득하여 그 병적 징후를 노래한 시인이 이상(李箱)이 아닐까 생각된 다. 다음의 작품이 그런 상황을 잘 보여주는 것으로 생각된다.

13인의아해가도로로질주하오.
(그길은막다른골목이적당하오.)

제1의아해가무섭다고그리오.
제2의아해가무섭다고그리오.
제3의아해가무섭다고그리오.
    ……〈중략〉……
제13의아해가무섭다고그리오.
13인의아해는무서운아해와무서워하는아해와그렇게뿐이모였오.
(다른사정은없는것이차라리나았오.)

그중에1인의아해가무서운아해라도좋소.
그중에2인의아해가무서운아해라도좋소.
그중에2인의아해가무서워하는아해라도좋소.
그중에1인의아해가무서워하는아해라도좋소.

(길은뚫린골목이라도적당하오.)
13인의아해가도로로질주하지아니하여도좋소.[22]

　　　　　　　　　　　　　　　　　－이상, 〈오감도〉 : 시 제1호 전문

현대인은 어쩌면 이처럼 막다른 골목길을 정처도 지향도 없이 서로

---

22) 이상의 작품에 대하여 권영민, 「이상문학을 어떻게 이해할 것인가」, 『유심』 54호,
　　2012, 1~2월에서는 〈오감도〉 시 제5호를 대표적 예로 들어 "폐결핵의 고통 속에서
　　느낄 수밖에 없었던 극도의 불안감과 절망감을 특이한 자기몰입의 성향을 통해 시
　　적으로 형상화한" 것으로 이해하고 "병적 나르시시즘의 징후"를 드러낸 것으로 보았
　　다. 이러한 시각은 이상의 시적 특질의 원천을 이해하는데 도움을 줄지는 몰라도 너
　　무 협소한 시각이 아닐까 한다. 이상의 불안감과 절망감은 개인의 지병에서 촉발된
　　것이라 하더라도 나르시시즘 차원이 아니라 근본적으로 현대인의 불안과 절망을 대
　　변한 것으로 이해해야 할 것이다. 그의 폐결핵은 시대를 앞서 현대인의 그런 감정을
　　더욱 심각하게 느낀 계기로 작용한 것으로 보아야 할 것이다.

가 서로를 불안해하고 공포스러워 하면서 제 각각 숨 막히는 고독한 세계를 벗어나려는 질주를 계속하는 사회에 살고 있는지도 모른다. 이는 자기감정을 표현할 수 있는 안전지대를 확보하지 못한 데서 오는, "골목길"로 형상화 되는 불안과 공포가 현대인의 주된 정서임을 말해 준다. 띄어쓰기를 하지 않은 것도 그런 공포와 불안, 개인이 도저히 감당해낼 수 없는 숨 막힐 정도의 소통부재의 사회임을 더욱 절실하게 형상화한 의도적 표기라 할 것이다. 자유시는 이처럼 현대인의 이러한 근본적인 고독과 불안, 소통부재의 사회를 목적도 의미도 없이 살아가는(작품의 마지막 행) 병적 징후를 내면 정서로 하고 있어, 심리적 안전지대를 확보하지 못하고 극단적 소외감 속에서 탈주하려다 실패하는 고통에서 자유롭지 못하다 할 것이다.

시인 오규원이 "자유시 예술은 중도라든지, 타협이라든지, 모범이라든지 하는 것에 있지 않고 극단에 있습니다. 대중도 없고, 환호도 없고, 독자도 없는 곳으로 가십시오. 그곳에 자리 잡으면 독자가 새로 창조될 것입니다"라고 한 말에 잘 드러나듯이 정서의 안전지대를 확보하지 못하는 현대 자유시의 실상을 잘 드러낸 진술이라 할 것이다. 그리하여 자유시는 개인적 혹은 소시민적 일상의 자잘한 고뇌, 정황을 대중도 독자도 없는 소통부재의 담론으로 표현한 **미시담론**이라 할 것이다. 대개의 경우 시적 정황이 개인만 보고 시스템- 공동체는 보지 않는 좁은 시야 곧 이상의 시처럼 "막다른 골목"에서 벗어나기 어렵기 때문이다.

그러나 시조는 자아-사회-자연-우주를 연속적 세계관으로 하는 거**시담론**이어서 절제와 균형, 중화와 화합의 전체성을 바탕으로 하는 느림의 미학으로 자기감정을 표현할 수 있는 심리적 안전지대를 확보해 준다. 이 안전지대에서 자신의 삶을 '폭넓은 관점으로 조망하고 더 깊게 성찰'할 수 있는 것이다.23) '사회 속의 나', '자연 속의 나'로서가 아니라 그것과 '단절된 나'를 성찰할 수밖에 없는 자유시의 시적 정황과는 근본적인 차이가 있는 것이다. 이처럼 시조는 관계의 조화적 전체성을 추구하므로, 우주와 자연, 사회 속에서의 고립이 문제되지 않는다.

> 유란(幽蘭)이 재곡(在谷)ᄒᆞ니,　자연이 듣디 됴해
> 백운(白雲)이 재산(在山)ᄒᆞ니,　자연이 보디 됴해
> 이 듕에 피미일인(彼美一人)을　더욱 닛디 못ᄒᆞ얘
> 　　　　　　　　　　　　 -이황, 〈도산십이곡〉의 하나

이 작품에서 작자는 '저 아름다운 한 사람(彼美一人)' 곧 임금님을 이별하고 도산십이곡의 자연 풍광이 있는 고향으로 내려와 그 아름다운 님을 "더욱 잊지 못하는" 결핍의 정서 곧 애틋한 그리움을 노래하고 있다. 그러나 그러한 결핍의 정서가 결코 병적인 징후를 드러내거나 심각한 소외감이나 불안 심리로 이어지는 것은 아니다. 그 애틋한 그리움의 정서가 산골짜기에는 그윽한 향기를 풍기는 난초가 있어 그 향기를 맡는 것24)으로도 치유가 되고, 하늘의 존재인 흰 구름이 산꼭대기로 내려와 화합을 이루고 있으니 그것을 바라보는 것으로도 안정감을 찾을 수 있기 때문이다.

이처럼 그 자연 속의 사물들이 작품 속의 자아와 자연스러운 조화

---

23) 시조의 3장 구성은 자신의 삶을 폭넓은 관점으로 조망하고 더 깊게 성찰하기 위한 최소한의 형식이라 할 수 있다. 따라서 1장 구성의 절장시조나 2장 구성의 양장시조는 형식이 너무 짧아 이런 조망과 성찰을 충족하기에 바람직하지 않다 할 것이다.
24) 초장에서 난초 향기를 맡는 것을 '문향(聞香)'으로 표현하여 '맡는다'고 하지 않고 "듣는다"라고 시적 표현을 한 것도, 중장의 보는 것과 연관하여 보는 것과 듣는 것의 어느 한 쪽에 편중되지 않는 조화적 전체성을 추구한 미감임은 말할 것도 없다.

관계를 이루며 존재하기 때문에 심리적 안전지대를 구축하여 임금님
을 직접 모시지 못하는 사회적 차원의 불안감이 저절로 해소될 수 있
는 것이다. 만약 임금에 대한 자기 개인의 감정을 자연의 사물이나 임
금에게 직접 투사한다면 난초 향기나 구름의 자태가 아름다울 리 없
고, 자신을 고향으로 낙향하게 한 정치 현실에서 임금이 그토록 그리
울 리 없을 것이다. 아니 그리움의 감정보다 미움 혹은 세상을 온통
저버린 듯한 상실감에서 벗어나지 못할 것이다.

　이처럼 시조는 원래 사회체제, 자연, 우주 차원의 조화적 질서를 대
상으로 하는 거대담론이었다. 개인-가정-사회-자연-국가-우주의
연속적 세계관을 바탕으로 노래하는 공동체 문학이고 소통의 문학인
것이다. 그리하여 수신-제가-치국-평천하라는 인식에서 가정의 질
서→사회의 질서→자연의 질서→우주의 질서로 나아가는 것이다. 이
런 연속적이고 조화로운 관계망을 추구하는 심리와 의식세계에서는
세상을 화합된 전체성으로 바라보기 때문에 안전지대를 확보하여 이
상의 〈오감도〉에서 드러나는 근-현대인의 불안과 고독, 소외감에서
오는 심리적 고통이나 병적 징후가 있을 수 없는 것이다.

　시조는 늘 전체의 조화로운 관계맥락에서 세상을 바라보므로 하나
의 '나무'를 노래하더라도 꽃이나 잎만 문제 삼지 않고 꽃-잎-가지-
줄기-등걸-뿌리까지 전체성의 관계 속에서 그 꽃과 향기를 의미화 하
는 것이다. 뿌리와 등걸이 살아야 꽃이 살기 때문이다.[25] 따라서 시조

25) 이러한 시조의 시적 사유를 '제유의 시학'이라 할 수 있다. 이는 자아의 감정이나
　　사유를 대상에 일방적으로 투사하는 '은유의 시학'과는 대조적인 것으로 후자는 서
　　구시나 현대 자유시에서 흔히 볼 수 있는 시학이다. 이에 대하여는 김학성, 「시집살
　　이 노래의 서술구조와 장르적 본질」, 『한국시가의 담론과 미학』에서 상론한 바 있으
　　니 참고하기 바람.

는 전체성 속에서 부분을 생각하는 **제유의 시학**으로 이해해야 하는 것이다. 사설시조에 보이는 님에 대한 개인감정의 간정한 연정을 "남 우일 번 ᄒ쾌라……"라고 하여 사회의 공적 자아로 승화시켜 노래함으로써 심리적 여유를 갖는 치유로 나아갈 수 있는 것도 이런 사유와 연관되는 것이다.

앞서 이상의 시에서 보듯 자유시에서 자아는 현대인의 불안과 고독, 공포, 소외감 속에 자리하는 경우가 흔하지만, 이황의 작품에서 보듯 시조에서 자아는 세상 속에 있고 세상과 연결되어 있으며 세상과 같은 생명을 공유한다고 사유한다. 즉 전체적인 하나로 엮이어 있다고 보는 것이다. 자아는 세상의 생명에서 유래되고 세상의 생명과 직결되어 있으므로 자아와 세상은 출발부터 공생과 조화 관계 속에서 하나일 수밖에 동일 생명체로 인식하는 것이다. 동일 생명체인 줄 모르고 자신만의 주관주의, 자아중심주의에 묶이면 자아의 어리석음에 함몰할 수밖에 없고 결국은 자아-세계의 관계를 손상할 수밖에 없다. 시조에는 늘 자아가 있고 또 세상이 있는 것이다. 이황의 시조에서 보듯 자연은 원래 아름답고 순수하고 조화로운 것이다. 거기에 인간이 어떤 방식으로 손대느냐에 차이를 보이는 것이다.

> 산 이라 써 놓고 높다 라고 읽는다
>
> 하늘 이라 써 놓고 드높다 라고 읽는다
>
> 한 사람
>
> 그 이름 써 놓고 되뇌는 말
>
> ― 그립다
>
> ─박시교, 〈독법(讀法)〉 전문

작품을 맛보기에 앞서 놀라운 것은 어쩌면 이 작품이 앞에서 본 이황의 작품과 그토록 닮았느냐는 것이다. 소재와 주제를 엮어 놓는 시적 구성에서부터, 표현 면에 이르기까지 아니, 세상을 화합된 전체성으로 바라보는 시적 사유에 이르기까지, 그리고 그러한 발상과 사유를 통해 세상과 자아가 화합된 전체성을 이루게 함으로써 심리적 안전지대를 구축하는 것까지 완전히 일치하는 것이다. 우선 소재를 산과 하늘 혹은 거기에 있는 사물들을 끌어와 초장과 중장으로 엮고, 그러한 초–중장의 자연물보다 더 높이 존경하고 결코 잊지 못하는 오직 "한 사람"(彼美一人)에 대한 '애틋한 그리움'으로 주제를 삼아 종장으로 마무리 한 점에서 완전히 일치한다.[26]

그러면서 그러한 사유의 바탕에는 자연과 사물에 대한 긍정적이고 낙관적 인식을 바탕으로 하고 있어서 자아가 그리움과 존경의 대상으로 삼는 '오직 아름다운 한 사람'을 곁에 두지 못하는 아픔 같은 절망에 빠지지 않고 오히려 화합된 전체성 속에서 대상을 갈망하기에 심리적 안전지대를 구축하고 있는 것이다. 즉 자아가 아무리 대상을 그리워하고 혹은 그가 부재함을 슬퍼한다 하더라도 든든한 자연물인 산과 하늘이 든든한 후경(後景)으로 자리하는 한 절망이나 고통의 나락으로 빠져들지 않게 되는 것이다.[27]

---

26) 만약 박시교가 조선왕조시대에 살았더라면 그 높이 존경하면서 그리워하는 대상은 당연히 임금님으로 귀일될 테지만 현대인이므로 그 대상은 한 사람이긴 하지만 그 실체는 높이 존경하는 분이면 누구나 대상이 될 수 있도록 열려 있다. 이별 혹은 사별한 부모님, 스승, 연인 중 어느 한 분이어도 상관없기 때문이다. 만해 한용운의 '님'이 반드시 '조국의 해방'만을 의미하는 것이 아니라 '불타의 진리'나 '연인' 그 어느 대상이어도 상관없이 열려있듯이.

27) 박시교의 작품이 이황의 작품을 닮은 것은 창조란 무(無)에서 유(有)를 만들어낸다기 보다는 '기존의 것을 새로운 관점과 질서로 다시 발견하는 것'이라는 진리를 말해

박시교가 어떤 한 사람의 부재(不在)를 그리움의 고통으로 노래하지 않고 자연과의 화합된 전체성으로 건강하게 노래할 수 있었던 것은 이처럼 이황에게서부터 물려받은 시조의 중화적 인간의 DNA를 현대에 살려낸 것이라 할 수 있다. 세계를 전체적으로 바라보는 제유의 시학을 바탕으로 하는 시조라는 장르를 선택하지 않았다면 과연 가능했을지 의문이다. 그만큼 세계관적 사유와 장르 선택이 중요한 것이다. 이와는 소재나 주제가 거의 일치하면서도 대조적인 시적 사유와 심리를 바탕으로 한 다음 작품을 살펴보자.

> 푸른 하늘이 무너지고
> 대지가 허물어져도
> 아무것도 아니예요
> 당신이 날 사랑한다면……
>
> —에디트 피아프의 노래, 〈사랑의 찬가〉 일부

여기서도 하늘과 땅(대지)이라는 자연물을 끌어와 작품의 소재를 삼는다는 시적 발상이 앞의 작품들과 동일하고, 그것과 연관하여 사랑하는 사람에 대한 애틋한 갈망을 주제로 삼아 노래한다는 점에서는 일치한다. 그러나 그 사랑(그리움)의 추구가 자아 중심주의로 설정되어 있어 내가 상대방을 그리워하면서 사랑을 주려하지 않고 그 상대방이 나를 일방적으로 사랑해주기를 욕망하는 반대지향을 보인다. 그로 인해 하

주는 것이기도 하다. 뉴턴, 아인슈타인 같은 천재들의 과학적 원리도 기존에 해명된 것을 바탕으로 이뤄진 것이라 하며 표절이냐 아니냐의 시비까지 일 정도라고 한다. 최근 창조와 혁신의 대명사처럼 과대 포장된 스티브 잡스의 애플도 삼성과 표절을 문제 삼아 서로 간에 특허분쟁에 휘말리고 있지 않은가.

늘과 땅이라는 자연물이 나의 든든한 후경이 되는 심리적 안전지대를 구축하지 못하고 있다. 아니 그 하늘과 땅이 무너지고 허물어지는 고통과 불안의 대상물로 인식됨으로 해서 화합된 전체성을 구축하지 못하고 나오는 분리된 별개의 객체로 자리하게 되는 것이다. 이러한 자아중심의 일방적인 사랑 추구는 필연적으로 거기에 함몰되어 고통의 나락으로 추락할 수밖에 없게 된다. 실제로 이 노래를 부른 에디트 피아프는 사랑의 추구와 실패로 점철하면서 술과 마약, 정신발작과 자살미수로 얼룩진 삶을 살다가 마흔 여덟에 생을 마치는 비극을 보였다.

그렇다면 현대사회에서 시조와 같은 거시담론의 세계관은 부모나 연인에게만 시야를 한정하지 않고 새로운 차원에 대한 상상력을 갖게 함으로써 내 삶이 전혀 다르게 되도록 해 주는 효용성이 있다 할 것이다. 즉 공동체 내에서 다른 삶을 살도록 해주는 것이다. 개인을 넘어서 소통과 감동을 주고, 같이 향유할 수 있는 공동체의 구심점이 마련되고, 공동체를 유지하기 위한 원칙이 구축되기에 가능한 것이다. 개인의 서로 다른 욕구체계가 조화와 소통, 관계의 체계로 구축되지 않으면 공동체는 유지되기 어렵다. 감동을 공유하고 그 감동을 제도화해야 공동체를 유지할 수 있다. 이런 세계관은 부모나 연인 같은 님의 부재에 따른 격절의 감정이나 사회제도의 소외에서 오는 충격의 트라우마에 영혼이 병들지 않고 건강성을 가질 수 있는 것이다. 즉 이상의 〈오감도〉 같은 **자유시에서 볼 수 있는 근—현대인의 병적 파토스를 시조의 균형 잡힌 에토스로 치유할 수 있다는 것이다.**

그런 점에서 독자(수용자) 편에서 보면 자유시 : 시조는 사익(私益) : 공동선(共同善)이 그 기반이 된다 할 것이다. 그리하여 자유시는 개인의 고독한 세계에서 길어 올려진, 각자의 개별적 목소리가 뒤엉킨 혼

란스런 야단법석에 해당한다면, 시조의 DNA를 현대에 계승한 현대시
조는 세상을 전체 맥락에서의 관계의 조망으로 바라보고, 건강하고 성
숙한 시민의식에서 길어 올린 소통의 문화와 화합이 중심 분위기가 되
고 또 그런 방향으로 나아가야 할 것이다. 시야가 열려 있고, 긍정적이
고 낙관적인 비전을 지향해야 한다는 것이다.

　그러나 무엇보다 시조의 미덕으로 강조해야 할 것은 '느림의 미학'
이다. 시조는 노래로 구연하든, 율독(律讀)이나 완독(玩讀)으로 실현하
든 여유 만만한 유장(悠長)의 미학을 만끽하기 때문이다. 참고로 시조
를 5장으로 분장(分章)하여 정통으로 노래하는 가곡창과 그것을 대중
화하여 간략하게 노래하는 시조창의 연행시간을 현대의 명인들을 대
상으로 조사한 도표를 제시하면 다음과 같다.28)

* 가곡창의 경우

	대여음	1~3장	중여음	4~5장
초삭대엽(김호성)　(다스름)	1'30"	4'53"	5'25"	7'09"
이삭대엽(김월하)	1'20"	5'57"	6'30"	9'45"
삼삭대엽(홍원기)	1'10"	3'40"	4'02"	5'47"
평롱(김월하)	1'02"	4'16"	4'40"	6'40"
계락(홍원기)	1'13"	3'54"	4'13"	6'00"
편삭대엽(지금정)	30"	2'04"	2'11"	2'50"
태평가(김호성 , 김월하)　(前奏)	25"	4'02"	4'37"	7'30"

---

28) 한양대학교 음악대학의 김영운 교수가 조사한 자료이다. 귀중한 자료를 선뜻 제공
　해 준 호의에 감사드린다.

* 시조창의 경우

경제 평시조(이주환)   4분 02초
경제 지름시조(김호성)   4분 07초
경제 평시조(홍원기)   3분 25초
영제 평시조(이계석)   3분 36초
완제 평시조(정경태)   3분 57초

3장 6구의 짧은 노랫말에 불과한 시조를 가곡창으로 부르는 것(14분 내외)은 말할 것도 없고, 가장 간략하게 부르는 시조창, 그것도 노랫말이 가장 짧은 기본형인 '평시조'를 창하는데도 이처럼 대체로 4분 내외의 유장한 연행시간을 갖는데 근래에는 더 느려지는 경향을 보인다고 한다. 시조는 제시 형식에서 이와 같이 느림의 미학을 지향하지만 그 의식의 지향에서도 유장미를 지향한다.

> 백년도 잠깐이요 천년이라도 꿈이라건만
> 여름날 하루해가 그리도 길더구나
> 인생은 유유히 살자 바쁠 것이 없나니
>
> ─이은상, 〈적벽유(赤壁遊)〉

무한경쟁에 쫓겨 병적으로 바쁘게 살아가는 현대인에게 잠언과 같은 계시를 주는 작품이다. 초장은 동질인 자연의 긴 시간끼리 앞구와 뒷구로 자리 잡아 균형과 조화를 이루고, 이어서 이 자연의 긴 시간(백년, 천년)에다 짧은 시간(하루 해)을 역설적으로 대비하여 초장과 중장이 다시 긴장적 조응관계를 갖도록 구성한 점이 눈에 띈다. 이어서 이들 물리적 시간을 바탕으로 하여 종장의 첫마디에서 그와 성격이 다른 사람살이의 시간으로 초점을 전환함으로써 짧은 인생을 어떻게 살아야 하는지를 논리적으로 끌어내어 삶의 교훈을 주고 있다. 시조는 이처럼 구연이나 율독에서 뿐만 아니라 작품 내용에서도 느림의 미학을 지향한다.

이러한 시조의 유장미는 현대인에게는 참으로 유용하다. 마음이 한가해야 정신 활동이 오히려 왕성해진다. 성품이 고요하면 정서가 편안해지고, 마음이 야단스럽게 움직이면 정신은 피곤해지기 마련이다. 시조는 외적 경물(景物)을 따라 마음속의 '정서와 뜻' 곧 정지(情志)가 함께 옮겨간다. 따라서 바깥 세계로의 일방적인 감정이입이나 투사를 삼가고, 동(動)보다는 정(靜)의 세계를 지향한다. 마음이 고요해야 활발하며 뜻이 흔들리면 어지럽기만 하기 때문이다. 정지가 이리저리 휘둘리면 정신이 쉽게 지쳐버린다. 혹여 말만 많고 수준이 낮은 자유시의 교언(巧言)이나 간언(姦言)에 빠지기라도 한다면 이렇게 되기 십상이다.

4. 맺음말

시조를 창작한다는 것은 단순히 시의 한 특수 장르를 선택하여 글쓰기 한다는 것이 아니라 우리 고유의 문화성을 바탕으로 자기정체성을 찾아 높은 품격의 미학에 이르는 길이라는 점에서, 어쩌면 국격(國格)을 회복하고 발전시키는 작업에 동참한다는 성스러운 임무수행을 하는 것인지도 모른다. 그런 만큼 시조 창작에 임하는 시인들은 늘 그러한 책임에 대한 사명감과 긴장감을 가져야 할 것이다. 더구나 현대사회는 시의 암울한 미래가 기다리고 있고, 그 어둠 속에는 소통단절과 사회불안이라는 메마르고 혹독한 찬바람이 불고 있다. 이러한 외적 환경은 시에서 율동불안으로 나타나기 마련이다. 이런 상황에서 시조를 창작하고 감상하는 일은 단정하고 안정된 율동미학에 참여하여 안전지대를 구축하는 일이므로, 현대인의 내면 깊숙한 곳에 트라우마로 자

리 잡은 여러 병적 징후들, 다시 말해 현대인의 고독하고 불안한 자아
를 구출하여 의식의 밝은 곳으로 끌어내는 작업이 될 것이다.

인도의 성자 마하리쉬는 귀한 과일을 얻기를 원하거든 즐거이 뿌리
에 물을 뿌리라고 했다. 근본을 소중히 하라는 명언이다. 자유시가 현
대인의 고독한 창조의 길로 나아가는 것은 당연하고도 마땅한 길이지
만, 시조와 같은 거시적, 낙관적 비전으로 단련하여 뿌리를 다진 후에
고독한 창조적 체험의 길로 나아가야 정신적 파탄에 이르지 않을 것이
다. 그리하여 뒤틀어지고 일그러진 현대인의 '욕망의 자아'를 단정한
자화상으로 치환할 수 있을 것이다. 나아가 시조를 통해 높은 품격의
건강한 자아를 가꾸어 낼 수 있을 것이다. 우리 시의 아름다움을 함께
하는 소통과 공감이 절실히 필요한 이유다.

자유시가 낯설고 외국의 번역시 같이 느껴지는 근본 원인은 전통 시
가에 대한 성찰을 토대로 하지 않은 데에 원인이 있다. 또한 자유시는
순전히 사적(私的)인 개인의 양식이어서, 사회의 공동선에 기초하여 공
적 개인으로 참여하는 시조와는 세계를 보는 눈이 다르다. 개인의 사적
자유가 방종으로 흐르기 쉬운 것이다. 따라서 운율적으로 무한 자유로
움에서 야기되는 타락과 남용(방만함)을 절제할 필요가 있다.[29] 현대
자유시는 어쩌면 외양(外樣)이 지배하는 스펙타클 사회가 드러내는 일
종의 착시현상일지 모른다. 그런 점에서 시조의 '**절제된 중화의 미학을
바탕으로 관계의 조화적 전체성 추구**'를 이상적 키워드로 삼아 현대사회
에서의 효용성이나 병적 징후의 치유 방법을 모색해야 할 것이다.

---

[29] 여기서 자유시의 이러한 문제점에 대한 처방으로 하이쿠와 같은 극히 짧은 '극서정
시'를 쓰자고 제안한 유력한 시인 최동호의 생각이 떠오른다. 그것이 과연 이상적
제안인지는 의문이지만(이는 별도로 상론할 예정).

시조의 3장 구조 미학과
그 현대적 운용

1. 머리말

우리는 시조에 대해서 얼마나 제대로 알고 있는가? 시조는 초·중·종 3장을 주어진 율격에 따라 그저 갖추기만 하면 저절로 시조가 되는가? 그렇지 않다면 시조의 독특한 텍스트화 원리는 어떠하며 그 지향하는 미학은 무엇인가? 또 시조의 유형은 어떤 특성을 가지고 있고 그 유형적 차이는 어떤 미학적 거리를 갖는가? 단시조를 몇 수 연달아 이어나가기만 하면 저절로 연시조가 되고, 평시조의 엄정한 율격을 자유스럽게 일탈하기만 하면 사설시조가 저절로 이루어지는가? 이런 근본적인 물음에 대해 만족스러운 답을 명쾌하게 제시하여 시조의 길을 올바로 안내하고 있는 논문이나 연구서, 혹은 창작 관련 강좌가 의외로 적음에 새삼 놀라게 된다. 특히 이러한 궁금증은 현대시조를 창작하는 시인들에게는 창작에 임할 때마다 초미의 관심사로 떠오르는 것임에도 우리 학계에선 그러한 물음에 응대할 이론 정립이 명확하게 설정되지 못한 것이 현재의 사정이라 할 것이다.

시조에 관한 근본적인 물음은 이외에도 또 있다. 시조는 이웃나라의 정형시인 중국의 절구나 일본의 하이쿠와는 어떤 차이를 갖는가? 시조는 3행시인가, 3장시인가? 이 둘은 동일시해도 좋은가, 아니면 근본적인 차이를 갖는 것인가? 차별성이 있다면 구체적으로 어떤 차이를 갖는가? 이런 시조의 본질에 관련된 물음들에 대답할 수 있는 가장 빠른 길은 시조의 3장 구조가 갖는 미학적 원리와 특성을 이론적으로 찾는 일과 그것이 실제로 현대시조의 창작원리로 어떻게 텍스트화 되는가를 실제 작품에서 각 유형별로 모범적인 사례를 들어 확인해 보는 것일 터이다. 현대시조로 실제화 되는 텍스트 분석을 통해 그러한 물음들에 대한 해답이 자연스럽게 드러나도록 이 글의 논의가 진행되는 까닭이 여기에 있다.

2. 3장시로서의 시조의 구조적 미학

시조는 한시의 절구, 일본시의 하이쿠, 서구시의 소네트에 비견되는 우리 문학사가 낳은 가장 짧은 정형시다. 한시의 가장 단형인 5언 절구가 20음으로, 일본의 하이쿠가 5-7-5의 간결한 시형과 리듬에 의해 17음으로, 소네트가 각 10음절의 14행으로, 우리의 시조가 총 43음 내외의 3장시라는 점에서 비교해 보면 일본의 하이쿠가 세계적으로 가장 짧은 정형시로 이미 인정받고 있는 터이다. 동아시아 시에서 하이쿠 다음으로 한시의 5언 절구가 20음으로 짧아 보이긴 하지만, 중국의 한자는 뜻글자이므로 그것을 단순 비교할 수는 없는 터여서 우리의 시조보다 단형이라 단정하기는 어렵다.

　일본의 하이쿠가 5-7-5라는 간결한 시형과 리듬으로 직조되어 한 편의 정형시를 완결하는 것은 그들의 생활양식과 정신세계가 무엇이 든지 짧아지고 축소되는 일본문화의 특성을 반영한 것이라 하겠다.[1] 따라서 하이쿠의 이러한 간결한 시형 구조는 일본인의 특성을 잘 나타 내준다고 할 수 있는데, 그것이 지향하는 바의 미학은 짧은 구조를 통 해 점차 시상이 응고되고 마지막에는 침묵에 가까워져 그 남겨진 여백 속에서 많은 것을 느끼게 한다는 것이다. 하이쿠는 처음부터 의미나 내용을 전달하고 이해시키기 위한 것이 아니기 때문에 의미와 내용에 는 주안점을 두지 않으며, 최대한 응축하고 쓸모없다고 생각되는 부분 은 잘라 없애 그 없어진 부분만큼 무한하고 넓은 영원의 세계가 떠오 르게 하는 구조라 한다.[2]

　하이쿠의 이와 같은 축소지향의, 영원을 담는 여백의 구조에 비해 한시에서 절구는 작시법상 평측을 철저히 맞추어 대우(對偶)를 이루어 야 하고 거기다 일정한 위치에 압운(押韻)을 해야 하는 작시법상의 규 범을 지켜야 한다. 이러한 강제(强制)는 중국의 미학자 이택후가 말하 는 이른바 비주신형(非酒神型) 문화를 반영한 산물이다. 즐거움에 대 한 긍정이나 종욕주의(從欲主義)를 추구하는 주신형(酒神型)의 방탕과 는 정반대로, 감성을 절제하고 감성 중의 이성과 자연성 중의 사회성 을 강조하여 희로애락(喜怒哀樂)을 발하되 모두 법도에 맞는, 그리하 여 조화와 균형을 이루어야 한다는 목적적인 미감을 연출해야 하는 비

---

1) 이어령, 『축소 지향의 일본인』(문학사상사, 2003) 참조.
2) 하이쿠의 이러한 구조적 특성에 대하여는 전이정, 『순간 속에 영원을 담는다 : 하이 쿠이야기』(창작과비평사, 2004), 23면 및 김정례, 「하이쿠 문예에 나타나는 애매성 의 구조와 특질에 관한 고찰」, 『일본어문학』 2집, 1996, 265면 참조.

주신형의 미감이 한시가 지향하는 미학이다.[3] 이에 비해 시조의 미학
적 지향은 어떤가?

시조는 흔히 3장시라고 일컫는다. 초-중-종장의 3장으로 완결되는
형식 구조를 가졌기에 그런 명칭이 붙게 되었다. 그렇다면 초-중-종장
의 3장을 그저 맹목적으로 갖추기만 하면 시조가 저절로 되는 것일까?
3장을 갖추기만 하면 시조가 된다면 3행시(혹은 3단락의 시)와 다를 바
가 무엇이겠는가? 시조 미학의 비밀은 바로 이 3장의 구조적 장치를
어떻게 미학적으로 직조하는가에 놓여 있음을 분명히 인식해야 한다.
잘 알다시피 시조의 율격적 틀 짜기는 초장과 중장을 똑같이 4음 4보격
으로 반복하여, 반복의 미감을 단 한 차례 즐긴다(단 한 차례의 반복이어
서 절제미도 구현됨). 그리고 이어서 종장에는 이러한 반복의 미감을 따
르지 않고 변화를 주어 변형 4보격(첫 음보를 3음절의 소음보로 고정하고
둘째 음보는 5음절이상의 과음보로 직조함을 의미)으로 마무리함으로써,
초-중장의 반복구조를 벗어나 전환의 미감을 즐긴다. 이렇게 시조의
3장 구조는 **반복-전환의 미적 구조**를 최대한 살리는 3장의 완결구조로
이루어져 있다.

시조의 3장 구조적 틀에 대해서는 김대행이 병렬(초·중장)-접속종
결(종장)의 구조로 파악한 바 있지만,[4] 이러한 파악은 시조가 어떻게
시상을 전개하여 마무리하는가를 설명하는 시학적 의의를 갖는 선구
적 시각이라 할 수 있다. 그에 비해 시조의 구조적 틀을 반복-전환의

---

3) 이택후, 『화하미학』(동문선, 1990), 19~25면 참조.
4) 김대행, 『시조유형론』(이화여대출판부, 1986), 164면. 뒤에 김수경, 「시조에 나타
  난 병렬법의 시학」, 『한국시가연구』 제13집(2003), 151~172면에서 시조의 병렬 구
  조를 검토하면서 이러한 구조가 갖는 의미를 보다 치밀하게 다루었다.

구조로 보는 관점은 미학적 구조 파악으로 성기옥이 제기한 바이지만,5) 이는 조윤제가 일찍이 우리 시가의 형식적 원리로 파악한 전대절(前大節)－후소절(後小節)의 구조에 기초한 것으로 한국시의 이념적 형식으로까지 지목되었던 것과 연관된다. 즉 조윤제는 시조의 형식을 초·중장＝전대절, 종장＝후소절로 양분하면서 이러한 분절의 전통은 향가(10구체 사뇌가), 경기체가, 시조, 가사에 이르기까지 연면하게 이어온 우리시가의 형식적 전통이자 기본이념이라 하여 그 심미적 이념성으로 제시했던 것이다.6)

시조의 이러한 미학적 틀 짜기는 4음 4보격의 엄정한 율격을 초－중장에서 준수한다는 면에서는 조화와 균형의 미감을 추구하는 비(非)주신형의 미학에 닿아있고, 종장의 변형 4보격으로의 전환의 미감을 추구한다는 면에서는 주신형의 미감에 닿아있다 할 수 있어서 시조의 미학은 주신형이나 비주신형의 어느 한 쪽으로 치우치지 않는 **비주신형적 주신형의 시**라 규정할 수 있다. 이러한 독특한 시형은 무질서 속의 질서, 비균제 속의 균제, 무기교 속의 기교를 우리의 전통미학7)으로 하는 본원적 미학에 어울리는 것으로, 유가(儒家)의 비주신적 미학을 견인하면서도 우리의 전통에 용해된 결과로 보인다.

따라서 시조의 이러한 구조적 미학을 저버린 단순한 3행시나, 3장의 미학적 틀 짜기를 갖추지 못한 절장시조(홑시조), 양장시조, 4장시조, 연첩시조(단장, 양장, 3장의 혼합으로 구성된)와 같은 장구조의 실험

---

5) 성기옥, 「용비어천가의 문학적 성격」, 『진단학보』 67호, 진단학회, 1989, 175면.
6) 조윤제, 『한국시가의 연구』, 을유문화사, 1948, 10~11면.
7) 한국의 전통적 미학에 대한 이러한 규명은 최준식, 『한국미, 그 자유분방함의 미학』(효형출판, 2000), 223면에 잘 드러나 있다.

시조는 시조 특유의 이러한 미감을 구현할 수 없는 까닭에 그것이 아
무리 현대시의 실험정신에 의한 시조의 계승이라 자처한다 할지라도
시조의 미학과는 거리가 먼 것이라 할 것이다. 구체적으로 이러한 실
험시조 작품들을 검토해보자.[8]

   (1) 〈내 머릴 선산 발치로 돌려다오!〉 호곡 없는
      요(寥)
      요
      적(寂)
      적

                                                  –최승범, 〈임종〉 전문

   (2-1) 뵈오려 못뵈는 님   눈 감으니 보이시네
       감아야 보이신다면   소경되어 지이다
                         –이은상, 〈소경되어지이다〉 전문

   (2-2) 옥님
       노니던 자취

       이끼 돋은 청기와
       빈 뜨락에

       솔 바람 지날 적마다
       그 가야금 소리

                         –양동기, 〈고정(古亭)〉 전문

---

8) 여기 분석 대상으로 삼은 작품은 『우리시대 현대시조 100인선』(태학사, 2001)에 실
   린 100인의 시조집 가운데에서 필자가 선택한 것이고, 북한에서 발표한 작품 등 자
   료 입수가 어려운 것은 홍성란, 「시조의 형식실험과 현대성의 모색양상 연구」, 성균
   관대 박사논문, 2004에서 인용된 것을 활용했음을 밝힌다.

(3) 천근 든 쇠북을 들 듯 안았던 꽃을 드립니다.
　　꽃도 머물렀다 한 번 핀 보람 있어
　　예와 고이고저 피인 상 싶으거늘
　　제주도 유자꽃이야 오죽 부러우리까.

　　　　　　　　　　　　　　　　－조운, 〈평양8관〉 중 〈해방탑〉 전문

　작품 (1)은 종장 하나만으로 이루어진 이른바 절장(絕章) 즉 단장(單章)시조라는 것이다. 단 하나의 장(章)에 시적인 모든 것을 응축한 긴 장미가 돋보이는 작품이다. 그러나 종장 하나로 시상의 전부를 드러내었기에 화자가 처한 시적 정황을 그려내기가 쉽지 않다. "내 머릴 선산 발치로 돌려다오!"라는 절규가 어떤 의미를 갖는지도 알 수 없다. 다만 드러나 있는 것은 임종이라는 막다른 시간을 애타게 부르거나 통곡의 흐느낌 없이 고요하게 지키고 있는 화자의 적막한 정황이 순간적으로 포착되어 깊은 침묵의 여백을 남기고 있을 뿐이다. 작품의 마지막 구를 한 음절씩 떼어서 행갈이를 한 것은 침묵에 여운을 더하는 장치라 할 것이다. 이는 순간성의 포착으로 영원을 지향하는 하이쿠의 여백의 미학에 근접한 것이지 시조의 미학과는 거리가 멀다. 초-중장의 결손으로 인한 반복의 미학을 음미할 수 없는데다가 그 반복을 벗어나는 종장의 변형 4보격이 갖는 전환의 미학을 즐길 기회가 차단되어 시조의 맛을 향유할 수 없다. 시조는 하이쿠가 아니므로 절장시조에서 시조의 멋을 찾는 일은 더 이상 없어야겠다.

　작품 (2-1)은 중장이 생략되고 초장과 종장만으로 이루어진 이른바 양장시조다. 이를 가장 많이 시도한 노산 이은상은 "그 시상이 양장으로 족하고 더 쓸 필요가 없는 것, 만일 더 쓴다면 결국 군더더기가 되어"[9] 시의 생명과 가치를 도리어 손상하게 되어 쓰게 되었다고 한 바 있지만 이는 초장과 중장의 반복에 의한 미감 다음에 이어질 종장의 변주에 의한 멋진 전환의 미감을 미처 고려하지 않고 응축미와 긴장미만을 더욱 강화한 탓으로 보인다. 시조의 맛과 멋은 초장과 중장의 가지런한 반복의 미학에 의한 균제미와 절제미를 빼놓을 수 없고 이어서 종장의 변주의 멋을 즐기는 시적 구조의 아름다움을 소홀히 해서는 안될 것이다. 인용한 노산의 양장시조는 초-중장의 율동적 반복에서 오는 아름다움을 음미할 여유도 없이 곧바로 종장으로 직핍한 탓에, 반복-전환의 구조적 미감을 맛볼 수 없음은 물론이고, 님을 보고 싶어 소경이 되는 것도 불사하겠다는 내면적 욕구가 그대로 노출되어(의미의 단축을 위해), 그로인해 시적 감동을 그만큼 약화시키고 있는 것이다.

작품 (2-2)역시 초장과 종장만으로 이루어진 양장시조인데, 다른 점은 초장을 반으로 나누어 마치 3장처럼 3개의 연으로 배열함으로써 양장시조를 3장시조처럼 위장하고 있다는 점에서 차이를 보이는 이른바 반(半)시조라는 것이다. 이렇게 초장을 반으로 쪼개어 두 개의 장 구실을 하려고 하니 초장의 앞구(제1연에 해당)와 뒷구(제2연에 해당)가 가지런한 율동적 아름다움을 타지 못하고, 음절수의 심한 불균형(특히 초장의 뒷구 첫 음보에 해당하는 제2연의 첫행은 무려 7음절로 됨)을 보임으로써 시조의 균제미마저 상실하고 있는 것이다. 거기다가 초-중장의 4음보격에 의한 유장한 반복미를 제대로 음미할 수 없음은 말할 것도 없다. 그런 면에서 양장시조 역시 실험적 가치가 있는 바람직한 시형이라 하기 어렵다.

작품 (3)은 북(北)으로 간 조운이 그곳에서 시도한 4장시조로, 마지

---

9) 임선묵, 「노산론」, 『노산의 문학과 인간』, 횃불사, 1983, 263면.

막 장이 종장 형식을 갖추었다는 점에서 시조 양식으로 작품화 했다는 것이 확실하고 따라서 중장이 한 번 더 반복되었음을 확인할 수 있다. 그러나 시조는 초-중장의 대등한 율동적 반복에 의한 아름다움이 단 한번 실현됨으로써 그 형식미를 드러내는 것이다. 여기서처럼 초-중장의 1:2에 의한 불균등의 반복은 시조의 멋을 이미 상실한 것이다. 중장을 두 번이나 실현함에서 오는 불균형과 늘어짐은 시조의 절제미와 균제미를 잃어버린 것이다. 초장과 중장에 의한 단 한번의 반복—더 이상 군더더기 반복을 허용하지 않는 단발성의 반복미가 시조가 추구하는 절제의 미학인 것이다. 그러므로 4장시조 역시 결코 시도되어서는 안 될 시형이라 할 것이다. 조운의 작품 마지막 장에서 제주도의 4·3 항쟁을 상징하는 '유자'[10)가 이념적 시어로 긴장미를 유발할 수 있지만 중장의 군더더기 반복 때문에 긴장감은 이미 사라진 다음이라는 사실을 유념할 것이다.

결국 절장시조와 양장시조는 초-중장의 반복에서 오는 미감의 결여로 말미암아 종장의 전환의 미감이 의미를 갖지 못하고, 4장시조는 단발성 반복에서 오는 절제미와 균제미를 상실함으로 인해 종장으로의 멋있는 전환이 깔끔하게 이어지지 못하는 문제를 안게 되어 모두 바람직한 실험시조라 하기 어렵다.

---

10) "유자"의 이러한 시적 의미에 대하여는 정양, 「시조시인 조운과 탱자의 꿈」, 『유심』 2001년 여름호, 155~157면 참조.

3. 시조의 유형적 특성과 3장 미학의 현대적 계승

시조의 본령은 평시조 단 한 수로 실현되는 단시조(單時調)에 있다. 시조사의 첫 시작도 고려 말의 사족(士族) 문인(文人)들에 의해 단시조로 줄곧 향유되다가, 조선 시대로 넘어와서 단시조로는 이념이나 주제의 깊이 혹은 심화된 정감을 풀어내는 데 한계가 있어 연시조(聯時調)가 등장하게 된다. 맹사성과 황희 등에 의한 강호시조와 자신의 음울한 시대적 정감을 풀어낸 이별의 〈장육당6가〉같은 것들이 그것이다. 이와는 별도로 정감의 자연스런 욕구를 한껏 풀어내는 데는 역시 단시조의 제약이 커 사설시조(장시조)라는 유형도 요청되었는데 만횡청류의 존재가 그것을 잘 보여준다. 그러면 왜 단시조로 만족하지 못하고 연시조와 사설시조라는 별도의 유형이 요구됐을까? 이에 대한 해답도 아직 만족스럽지 못한 실정이어서 더 천착이 필요하다.

시조의 대표성을 갖는 단시조는 감성과 이성, 자연성과 사회성[11]의 상호 융합통일을 추구하는 유가미학에 상당부분 바탕을 둔 것이지만, 원래 비주신형을 지향하는 유가미학은 비균제의 균제, 무질서 속의 질서, 무기교의 기교를 추구하는 우리의 전통미학과는 어느 정도 거리를 갖고 있어 시조 종장의 변주를 통해 비주신적 주신형의 절묘한 3장 구조의 미학을 마련했다함은 앞에서 잠깐 언급한 바 있다. 여기서 단시조는 감성과 이성, 자연성과 사회성의 절묘한 통합 융일에 의한 단발성의 미학임에 주목할 필요가 있다. 따라서 순간의 감정을 진솔하게

---

11) 여기서 사용하는 사회성과 자연성이라는 용어는 인간관계에 의해 만들어지는 인위적인 성향의 일체의 것을 사회성으로, 그와 반대로 어떠한 인위적인 조작도 없이 '저절로 그러함'의 성향을 드러내는 일체의 것을 자연성으로 지정하여 사용한다.

노래하는 단시조는 정서의 절정의 한 순간을 집약적으로 드러내기에 는 적절하지만 삶과 세계에 대한 인식의 깊이나 정감의 폭을 훨씬 강화하여 드러내기에는 한계가 있는 것이다. 이에 단시조의 적층을 활용한 연시조와 정감의 자연스런 확장발화를 통한 사설시조를 별도로 요구하여 향유하게 된 것이다. 이에 따라 시조는 감성과 이성, 자연성과 사회성의 어느 쪽으로도 치우치지 않고 절묘한 균형의 정감을 드러낼 때 **단시조**가, 감성 중의 이성과, 자연성 중의 사회성을 보다 강조하여 인식의 깊이를 드러낼 때 **연시조**가, 그 반대로 이성보다는 감성에 사회성보다는 자연성에 무게 중심을 두어 인간적 욕구를 자연스럽게 드러낼 때 **사설시조**가 그러한 미감을 드러내기에 가장 적절한 유형으로 선택된다 할 것이다. 윤선도의 단가와, 퇴계나 율곡의 연시조, 만횡청류의 사설시조를 대비해 보면 이러한 점이 선명하게 드러난다.

이러한 시조의 유형에 따른 미학적 전통은 일부의 현대시조에도 발전적으로 계승되고 있는데 그 모범적 사례를 들어 각 시조 유형의 운용 방식과 미학적 지향성을 확인해 보자. 먼저 단시조의 사례를 들어본다.

> 쳐라, 가혹한 매여 무지개가 보일 때까지
> 나는 꼿꼿이 서서 너를 증언하리라
> 무수한 고통을 건너
> 피어나는 접시꽃 하나.
>
> —이우걸, 〈팽이〉 전문

시조의 구조적 미학을 반복과 전환의 미학이라 할 때, 우선 초-중장에 의한 반복의 미감부터 주목해 보자. 반복이 동일한 요소의 이어짐이라 할 때 시조에서의 반복은 일단 초장이나 중장이 4음 4보격으로 동일하게 연속된다는 면에서 율격적 반복이 반드시 실현되어야 하고 그 바탕 위에서 언어적 층위의 반복과 의미적 층위의 반복이 실리는 것이 일반적인 예다. 언어적 층위의 반복은 어휘나 통사적 구조의 반복으로 흔히 나타나고, 의미적 층위의 반복은 대우적 기법이나 병렬의 구조로 나타나는 것이 일반적이다. 또한 언어적 층위의 반복과 의미적 층위의 반복은 겹쳐 실현되기도 하며, 나아가 이 두 층위의 반복은 의미나 이미지 면에서 변화와 굴절을 보이면서 진행되기도 하고 그렇지 않고 평명하게 진행되기도 한다. 시조가 이렇게 초-중장에 의한 반복의 미학으로 구조화됨은 서로 상충되는 두 요소의 충돌에 의해 이루어지는 날카로운 대립의 미감을 조성하기보다는 그러한 모순과 대립을 해소하고 융합 통일되기를 바라는 조화와 균형의 미감에 지향성을 두기 때문이다.

그런데 이우걸의 인용 작품은 언어적 층위나 의미적 층위의 그 어느 쪽 반복도 보여주지 않고 있다. 하지만 자세히 살피면 초장과 중장의 앞구와 뒷구의 구(句)구조를 똑같이 2+5음절의 특이한 율동구조(초-중장에서 벌써부터 2+5음절의 변화의 폭을 보이는)로 초-중장의 율동적 반복의 미감을 구현하고 있음을 알 수 있다. 이 작품에서 초-중장에 의한 반복의 미학은 바로 이 율동구조에 놓여 있는 것이다. 그럼에도 이러한 율동구조의 반복은 초장의 뒷구에서 단 한번 부분적으로 무너지고 있다. 2+5음절이 4+5음절로 변주되어 숨 가쁘게 빠른 호흡을 보이고 있는 것이다. 이는 초장의 첫 음보가 대뜸 "쳐라!"라는 감성적 대응의 명령어로 시작되기 때문이다. 그만큼 감성이 이성을 압도하고 있는 것이다.

그러나 이 감성은 팽이로 동일시된 자아로 향한 올곧은 자기 수양과 지절(志節)의 담금질로 되돌아오는 것이어서 감성적 대응이 커질수록 "꼿꼿이 서서" 증언하는 이성적 올곧음에 무게가 실려 이성이 감성을 제어함으로써 조화와 균형의 미감을 성취하게 된다. 이러한 조화와 균형의 미감은 결국 종장에서 세파의 엄혹한 채찍을 극복하여 매 맞는 팽이(세파에 시달리며 살아가는 일상의 인간)에서 한 떨기 아름다운 꽃(세파에 굴하지 않고 올곧게 살아가는 고매한 인격의 소유자)으로 변신하는 전환의 미학을 맛보게 한다. 채찍을 가혹하게 받을수록 더욱 꼿꼿하게 서서 도는 팽이의 속성과, 그 팽이에 칠해진 어설픈 색깔이 채찍의 가속도에 의해 아름다운 무지개로, 혹은 한 떨기 아름다운 꽃으로 변신해 보이기도 하는 일상적 경험을 시인의 예리한 통찰로 엮어낸 혜안이 돋보인다. 초반의 감성적 대응이 고매한 이성적 담금질로 제어되어 절묘한 균형을 이루면서 단시조로 태어난 것이다.

> 한 나절은 숲 속에서
> 새 울음소리를 듣고
>
> 반나절은 바닷가에서
> 해조음 소리를 듣습니다.
>
> 언제쯤 내 울음소리를
> 내가 듣게 되겠습니까.
>
> — 조오현, 〈산일(山日)〉·3 전문

"울음소리"를 화두로 선적(禪的) 깨달음의 지향을 보인 작품이다. 여기서 초장과 중장은 통사구조의 언어적 반복에다 사물의 소리를 듣는다는 의미구조의 정확한 반복의 겹침을 통해 시조의 반복의 미학을 만끽하게 한다. 거기다가 종장은 언어적 층위에서도 의미적 층위에서도 이러한 반복을 벗어나 전환의 미학을 맛보게 함으로써 반복-전환의 온전한 시조 미학을 구현해 놓고 있다. 즉 숲에서 들리는 새의 울음소리나 바다에서 들리는 해조음 같은, 나를 벗어난 사물의 소리는 들려오니까 듣는다고 할 수 있지만(초-중장의 반복구조를 통해) 정작 나의 울음소리는 내가 듣지 못하는, '견성(見性)'의 선적 깨달음에 좀체로 들 수 없는(종장의 전환구조를 통해) 서정자아의 이성적-정감적 결핍을 평범한 일상인도 알아듣기 쉽게 시조의 미학을 통해 절묘하게 노래한 선시라 할 것이다.

선시라면 무조건 심오한 '선적 의미(선지(禪旨))'가 내재하리라 지레 겁을 먹기 쉬운데[12] 그 옛날 균여대사가 보현십종행원품의 높은 경지를 범상한 일상인이 쉽게 알아들을 수 있게 향가(정확히는 사뇌가)로 노래했듯이 오현 스님은 시조의 맛깔스런 아름다움으로 선적 의취를 오늘의 우리에게 설(說)하고 있는 것이다. 정작 자기의 울음소리도 깨닫지 못하고 자신을 돌아볼 줄도 모르면서 어찌 저 새 울음소리와 해조음 소리의 의미를 알고 깨달았다 할 수 있겠는가. 수십 년 그 깨달음을 얻고자 일념정진을 해도 견성을 이룰 수 없었다는 당신의 고백이 솔직한 정감을 표출하기 적절한 단시조로 설파됨으로써, 우리에게는 더욱 절절하게, 알아듣기 쉽게, 간단명료하게 와 닿는 것이다. 선적 깨달음은 본래 불립문자(不立文字)를 지향하므로 여러 말이 필요 없어 단시조가 가장 어울린다.

---

12) 이호, 「도(道)에 이르는 道를 이르는 시(詩)」, 『열린시학』 33호, 2004년 겨울, 116면에서는 이 작품의 심오한 화두에 섣부른 해석을 가하는 일은 현명치 못하다고 했다. 그러나 이 작품이 세속의 일반독자에게 널리 열려 있는 시조로 읽히는 이상 그 깊은 의미도 일반독자가 다가갈 수 있는 범위 내에 있는 것으로 보아야 할 것이다.

이 작품이 불가(佛家)의 깨달음의 경지로 다가갈 수 있는 길을 단시
조로 보여주었다면, 이우걸의 작품은 유가적 선비정신의 높은 품격을
단시조로 보였다 할 것이다. 이런 작품들을 통해 우리는 자기정체성을
잃고 정신적 황폐화 속에 살아가는 현대인의 천박성으로부터 얼마간
벗어날 길을 찾아낼 수 있을 것이다.

> 자목련 산비탈 저 자목련 산비탈/ 경주 남산 기슭 자목련 산비탈/ 내
> 사랑 산비탈 자목련/ 즈믄 봄을 피고 지는//
>
> — 이정환, 〈자목련 산비탈〉 전문(빗금은 필자분)

이 작품은 시조도 주문(呪文)이나 염불처럼 쉽게 외우고 읊조릴 수
있다는 전범을 보인 작품이다. 그래서 읽고 또 읽을수록 의미가 살아나
고 정감이 솟아나게 하는 작품이다. 시적발화를 초-중-종장의 3장 구
분 없이 잇달아 숨 가쁘게 주문을 외우듯 몰아가지만 시조의 3장 리듬
을 엄정히 타고 있고, 초장과 중장의 언어적 반복에다 종장의 전환의
미학도 그대로 구현하고 있어 시조의 미학을 온전히 구현하고 있다.
경주의 남산 산비탈에서 봄마다 피고 지는 자목련을 시적 소재로 삼
아 그에 대한 애정을 천년의 무게에 실린 사랑으로 노래한 이 작품은
우리의 일상에서 쉽게 취해올 수 있는 평범한 소재를 어떻게 시조의
반복과 전환이라는 맛깔스런 장치로 전환이 가능한가를 모범적으로
보여준 사례라 하겠다. 특히 초-중장에서 "자목련 산비탈"로 언어적
반복을 주문처럼 보이다가 종장에서 "산비탈 자목련"으로 '언어적 역
전'[13]을 이룬 경지는 평범한듯하면서도 시조의 전환의 미학을 체득한

---

13) 김만수, 「열린 형식, 여백의 미학」, 『다섯 빛깔의 언어풍경』(동학사, 1995), 114면
   에서는 이러한 어휘 순서의 뒤바꿈을 '리듬의 전환'이라 설명하고 있지만 이는 잘못

시인이어야 자연스럽게 발화할 수 있는 것이다.

또한 언어적 전환에 그치지 않고 산비탈에 외롭게 서있는 자목련을 "내 사랑"으로 끌어와 의미의 전환을 이룬 것이나 경주(천년 고도(古都)) 남산이란 낡은 역사의 공간을 즈믄 봄이란 정념어린 시간으로 전이시킨 것도 돋보인다 하겠다. 거기다 천년 사랑의 자목련(산비탈에 있기에 더욱 애틋한 사랑이 가는)에 대한 애정 깊은 감성 지향이 어떠한 화려한 수사도 거부한 싸늘한 이성적 언술에 의해 제어되어, 감성과 이성이 절묘한 조화를 이룬 단시조로 깔끔하게 태어났음을 주목해야 할 것이다.

> 한 때 세상은
> 날 위해 도는 줄 알았지
>
> 날 위해 돌돌 감아 오르는 줄 알았지
>
> 들길에
> 쪼그려 앉은 분홍치마 계집애
>
> ─홍성란, 〈애기메꽃〉 전문

우리가 들길에서 여름철에 눈 여겨 보아야 그 존재를 겨우 알 수 있는 넝쿨 야생화 '애기메꽃'을 그냥 지나치지 않고 이만큼 존재론적 시의 세계로 끌어오기란 쉽지 않을 것이다. 작은 몸집이지만 분홍치마 계집애로 태어나기까지 애기메꽃은 이 세상의 모든 공력(功力)과 환호가 온통 자기에만 집중되는 줄로 착각하고 그 맛에 존재해 왔다는 것

된 지적이다. 그것은 언어적 역전이지 리듬의 전환과는 무관하기 때문이다. 리듬은 3-3음절 그대로 변함없이 실현되었다.

이다. 그러나 그 결과는 들길에 쪼그리고 앉은 한낱 계집애일 뿐 모든 것이 허상이었다는 초라한 자기 존재에의 확인이 뒤따를 뿐이다. 화려한 꿈과 축복의 환희라는 거대한 착각을 초–중장에 반복의 미학으로 깔고(이러한 의미적 층위의 반복은 "~줄 알았지"라는 언어적 층위의 반복에 의해 더욱 강조되고 중첩되어 있음), 그 화려하고 거대한 착각의 결과는 종장에서 초라한 자기 실존의 발견이라는 '존재의 추락'으로 반전되어 전환의 미학을 십분 발현한다. 환희와 축복이 따르는 화려하고 거대한 꿈으로부터 초라한 실존으로의 추락은 애기메꽃에 관한 이야기가 아니라 그것을 들길에서 발견한 바로 시인 자신의 실존에 관한 이야기였던 것이다. 이 작품의 묘미는 바로 여기에 있다. 거대하고 화려한 꿈의 감성지향과 초라한 자기 실존에의 인식이라는 싸늘한 이성지향이 절묘하게 균형을 이루어 가장 응집된 모습의 단시조로 앙증맞게 태어난 것이다.

> 햇살의 고요 속에선
> ㅉ ㅉ ㅉ, 소리가 나고
>
> 바람은 쥐가 쏠 듯
> ㅅ ㅅ ㅅ, 문틈을 넘고
>
> 후두엽 외진 간이역
> 녹슨 기차 바퀴 소리
>
> —이승은, 〈귀로 쓴 시〉 전문

이 작품을 '귀로 쓴 시'라 했다. 귀를 곤두세울 때, 어떤 소리도 없는 "고요" 속에선 시각영상마저 청각영상으로 포착될 수밖에 없다. 초장에서 있는 것이라곤 "햇살의 고요" 뿐인데 "ㅉ ㅉ ㅉ" 소리가 난다고 했다. '햇살'이라는 시각영상을 청각영상으로 치환한 결과다. 햇살의 소리를 들을 만큼 시인의 청각은 날카롭게 곤두서 있다. 뒤이어 바람이 문틈을 넘는 소리가 "ㅅ ㅅ ㅅ" 들려온다고 했다. "스스스" 혹은 "샤샤샤" 같은 의성어 음절표기로 하지 않고 특정 자음의 음철 표기를 굳이 선택한 것은 시인의 청각이 그만큼 예리하기 때문이다. 바람이 문턱을 넘는 소리는 어떤 의성어로 표기하여도 그것이 음절로 드러나는 이상 실제 소리와는 거리가 멀다. 음절을 사용하는 인간 이외의 어떤 사물의 소리도 자음과 모음으로 분석될 수 있는 음절 소리를 낼 수는 없기 때문이다. 따라서 음철 표기로 한 것이 훨씬 더 실제 소리에 가깝다 할 수 있다. 초장에서 음철 표기한 것도 이런 예민한 청각과 상관한다.

그런데 이 작품도 시조의 반복-전환의 미학적 구도에 따라 읽으면 훨씬 더 묘미를 맛볼 수 있다. 초장과 중장이 청각영상을 알리는 음철의 반복과 "~(하)고"라는 통사적 반복을 바탕으로, 햇살의 고요만이 있고 거기에 바람이 문틈을 넘는 자연의 소리만이 있는 "간이역"의 한적한 공간을 반복의 미적 아름다움으로 그려 놓는다. 그런데 종장에서 이러한 자연의 한적한 고요를 여지없이 깨뜨리고 느닷없이 들리는 "녹슨 기차바퀴 소리"는 자연의 한적한 고요를 깨는 인공의 파열음이다. 그것도 예사소리가 아니라 후두엽에서 나오는 거칠고 탁한 녹슨 바퀴 소리여서 고요를 깨는 반전의 낙차는 그만큼 크다. 해조음(諧調音)의 자연의 소리에서 파열음의 인공의 소리로 전환하는 종장의 미학이 구현되는 순간이다. 우리가 사는 세상의 많은 자연 환경도 이와 같은 인공의 파괴로 후두염을 앓고 녹슨 소리를 내고 있는지 모른다. 시인은 세상의 그런 모습을 한적한 간이역의 풍경을 빌어 예민한 청각으로 그려주었다는 데 이 작품의 묘미가 있다.

이상에서 보아온 단시조는 그러나 세상을 보다 깊고 넓게 펼쳐 보이기에는 일정한 한계를 가질 수밖에 없다. 그래서 시인들은 연시조 유형을 선택하기도 한다. 실제 작품을 보자.

> 1
> 그대 머리맡에 물 길러 간다
> 그대 벼랑 끝에 물 길러 간다
> 밤 가고 부신 새벽녘
> 숯이 되어 남는다
>
> 2
> 설사 금이래도 그것은 돌 속의 일
> 혹은 은이래도 그 또한 돌 속의 일
> 사랑은 치명의 맹독
> 돌의 살을 녹인다
>
> 3
> 저 물이 없는 연못에도 연은 올까?
> 저 꽃이 없는 세상에도 새는 울까?
> 서늘한 목숨의 그늘
> 제기(祭器) 하나 놓인다
>
> ―박기섭, 〈물 길러 간다〉 전문

이 작품은 불가마에서 도자기를 구워내기 위해 밤새도록 불을 지피며 열정을 다하는 도공의 삶의 모습을 연상케 하는 연시조다. 그러나 도공은 도자기를 빚어내지만, 화자는 그런 성취를 일궈내지 못하고

'제기' 앞에 놓이는 죽음의 존재가 된다. 시인은 희망의 물을 긷는 끝없는 도전에서 이 세상의 고난을 읽고, 희망을 읽고, 삶과 역사의 의미를 말한다. 이 세상은 이성의 예각을 곤두세워 깊숙이 파고들수록 상처투성이고, 고통의 현장이며, 아무리 채우려고 해도 채워지지 않는 갈증의 연속이다.

그러나 아무리 갈증과 고난의 끝없는 연속이라 할지라도 우리가 사는 세상을 포기할 수는 없다. 포기하기에는 시인의 이성이 용납하지 못하고 시인의 역사인식14)이 가만있질 못한다. 그래서 상처를 치유하고 고난을 극복하고 갈증을 해소하기 위해 희망의 물을 벼랑 끝이라도 길러가는 것이다. 밤을 새워가며 "숯이 되어 남을" 때까지(1연), 아니 맹독이 "돌의 살을 녹일" 때까지(2연), 종국에는 목숨이 끊어져 그 앞에 "제기 하나 놓일"(3연) 때까지 희망의 물을 길러가는 도전은 계속될 수밖에 없다.

시인의 현실에의 도전과 역사에의 응전은 그만큼 치열하고 가열 차다. 그리하여 이러한 냉엄하고 도전적인 현실인식이 현실에의 정감적 접근을 압도하고 인식의 깊이를 더해간다. 시인의 이러한 인식의 깊이와 확고한 신념은 단시조로는 도저히 충족될 수 없는 것이다. 그래서 단시조의 '반복과 전환의 미학적 구조'를 십분 살리면서(세 연 모두 초-중장의 언어적 반복과 의미적 반복이 중첩되고 종장의 의미적 전환이 이뤄져 있음) 첫째 연에서 둘째 연으로 이어지고, 다시 셋째 연까지 텍스트 적층을 이루면서 깊은 현실 인식을 강도 높게 연시조로 보여줌으로써 시인의 탁월한 역량을 발휘하고 있는 것이다.

---

14) 박기섭 시인의 역사인식의 투철함에 대하여는 김만수, 앞의 글, 111~113면에서 '역사와의 만남', '현실의 아픔을 직시'한 것이라 설명한 바 있다.

제 몸을 때려 고운 무늬로 퍼져나가기까지는
울려 퍼져 그대 잠든 사랑을 깨우기까지는

신열의 고통이 있다,
밤을 하얗게 태우는.

더 멀리 더 가까이 그대에게 가 닿기 위해
스미어 뼈 살 다 녹이는 맑고 긴 여운을 위해

입 속의 말을 버린다,
가슴 터엉 비운다.

-권갑하, 〈종〉 전문

이 작품도 초-중장의 반복과 종장의 전환의 구조를 충분히 살리면서 2개 연의 적층을 통하여 '종'을 매개로 한 사랑의 인식에 깊이를 더해주고 있다. 1연에서 사랑은, 고열에 쇠를 녹이는 주물의 과정을 거쳐 종으로 태어나듯이 "신열의 고통"이 따르고, "밤을 하얗게 태우는" 그런 것이라 인식한다. 그러나 그런 정도의 인식으로는 사랑을 깊이 있게 들여다 본 것이라 하기 어렵다. 여기에 종의 형상처럼 "입속의 말을 버리"고, "가슴 터엉 비우"는 경지에 가야 사랑이 성취될 수 있다는 2연이 겹쳐져야 비로소 사랑에 대한 참되고 깊이 있는 인식에 도달한 시인의 남다른 역량을 읽을 수 있는 것이다. 여기서 유념할 것은 사랑에 대한 시인의 인식이 욕망의 정서로 기울지 않고 이성적 인식의 냉철한 깊이로 파헤쳐짐으로써 감상적인 저급한 정감에 빠져들지 않고 높은 품격이 유지될 수 있었던 것이다. 이것이 연시조로 빚어진 소이연(所以然)인 것이다.

그러나 시조를 정감과 이성의 융합통일이나 이성의 깊이로만 운용할 수는 없다. 이성을 압도하는 감성과 사회성을 압도하는 자연성의 추구로 그러한 편향을 보완해야 할 필요가 있는 것이다. 사설시조는 이런 필요에 의해 등장한 것이다. 구체적 사례를 보기로 하자.

매화틀 통통 타고 진똥 된똥 뒤를 본다.

갓난아기 첫 울음 고사리 손 곰실대는 배내똥, 물기 없는 강똥, 뾰족한 고드름똥, 굵고 긴 똥덩이를 똥자루라 한다던가. 등쳐먹고 발라먹고 요리조리 눙치다가 배탈 나서 고대 쏟는 산똥, 한밤중 느닷없이 비상 거는 밤똥, 의뭉한 사람 시커먼 속내 드러낸 숯검정 삼똥, 속곳도 내리기 전 뿌지직 분출하는 물총똥, 눈치 못 챌 비행궤적 사방으로 똥물 튀는 분수똥, 구릿빛 느물거리는 자본주의 황금똥, 끊임없는 떡가래 감치고 감기고 서리서리 어깨동무 껴안는 퇴적층똥, 인동 당초 물풀 연화 매화 상감 철사 진사 화려한 문양에 화들짝 깨는 공작새똥, 딸기 참외 수박 오디 구렁이 새 알 훔쳐먹듯 으깨먹고 깎아먹고, 어메 지체 높은 나으리가 아그작 아그작 씹어잡순, 온갖 과일 씨앗들 불꽃 놀듯 부유하는 불꽃놀이똥이 뜨는구나. 괄약근 권력 끈에 뇌물 잘금 잘라먹고 바나나 자르듯, 바나나 자르듯 잘라내는 바나나똥, 초례청 굿청 지나 말 잔치 청문회 마당 이실직고 할까 말까 세치 혀 나불대다 마음 조려 애태울 땐 똥줄 탄다, 똥줄이 탄다. 똥 묻은 거시기 겨 묻은 거시기 나무라는 똥바다, 무서워서 더러워서 피해 가는 똥바다, 찌 곱똥 생똥 피똥 물찌똥 활개똥 물렁똥 벼락똥 똬리똥 튀김똥 빨치산똥 오르가즘똥…. 휘휘 둘러보고 둘러봐도 온 길섶이 똥바다 똥바다라. 우라질 체면 퉤 퉤 퉤….

감는목 꺾는목 푸는 판소리똥도 뜨는구나.
　　　　　　　　　　　　　−윤금초, 〈뜬금없는 소리−똥에 관한 한 연구 1〉 전문

이정보의 사설시조 〈물것타령〉[15]을 연상시키는 이 작품은 '구수한

입담'으로 사설 엮음의 재미를 한껏 풀어나가는 사설시조의 본령을 제대로 계승한 작품이라 하겠다. 이정보가 온갖 물것들을 입심 좋게 2음보 기조로 엮어가듯이 이 작품 역시 그러한 율동을 바탕으로 온갖 '똥'의 형상을 읊어낸다. 사설시조는 원래 만횡(농), 낙, 편으로 불렀음을 유념할 필요가 있는데 농(弄)은 흥청거리며 폭넓은 요성(搖聲)을 많이 쓰는 특징을 보이고, 낙(樂)은 기존 악곡보다 다소 높은 선율로 시작하고 전체적인 선율도 조금 높은 가락으로 진행되는 특징을 보이고, 편(編)은 리듬의 빠르기에 변화를 주어 사설을 촘촘하게 엮어 짜는 특징을 보인다.16) 이런 점을 감안 할 때 사설시조는 단순히 3장의 사설을 길게 엮어 짜는 것으로 충족되는 것이 아니라 눙치고 흥청거리고, 엮음의 재미를 최대한 발휘하여 해학의 묘미를 한껏 풀어내야 하는 것이다.

윤금초의 인용 작품은 이런 사설시조의 맛을 한껏 보여주는 전범을 보인 사례라 할 것이다. 사설시조는 이성보다는 감성이, 사회성보다는 자연성이 압도하기에 율동적 제약을 벗어나고, 비속어와 향토어, 일상어 같은 정감어린 어휘를 풍부하게 활용한다. 이 작품에서 '똥'이 중심 시어가 되고 있으면서 조금도 비루하게 느껴지지 않음은 구수한 해학미의 입담에 녹아있기 때문이다. 이래야 사설시조는 독자에게 사설시조다운 감흥을 준다.

> 아홉배미 길 질컥질컥해서
> 오늘도 삭신 꾹꾹 쑤신다

---

15) "일신(一身)이 사자ᄒ니 물것계워 못살니로다······"로 시작되는 작품을 가리킨 것으로 본래 제목이 있는 것은 아니나 편의상 붙여본 것이다.

16) 김우진, 「가곡 계면조의 농과 낙에 관하여」, 서울대학교 대학원 석사논문, 1984 및 김경희, 「어은보 소재 우조낙시조 연구」, 서울대학교 대학원 석사논문, 1993 참조.

　　아가 서울 가는 인편에 쌀 쪼깐 부친다 비민하것냐만 그래도 잘 챙겨 묵거라 아이엠에픈가 뭔가가 징허긴 징헌갑다 느그 오래비도 존화로만 기별 딸랑하고 지난 설에도 안 와브럿다 애비가 알믄 배락을 칠 것인디 그 냥반 까무잡잡하던 낯짝도 인자는 가뭇가뭇하다 나도 얼릉 따라 나서야 것는디 모진 것이 목숨이라 이도저도 못하고 그러냐 안.

　　쑥 한 바구리 캐와 따듬다 말고 쏘주 한잔 혔다 지랄 눔의 농사는 지면 뭣 하냐 그래도 자석들한테 팥이랑 돈부, 깨, 콩, 고추 보내는 재미였는디 너할코 종신서원이라니… 그것은 하느님하고 갤혼하는 것이라는디… 더 살기 팍팍해서 어째야 쓸란가 모르것다 너는 이 에미더러 보고 자퍼도 꾹 전디라고 했는디 달구똥마냥 니 생각 끈하다

　　복사꽃 저리 환하게 핀 것이 혼자 볼랑께 영 아깝다야
　　　　　　　　　　　　　　　　　　　　－이지엽, 〈해남에서 온 편지〉 전문

　　남도의 사투리가 이보다 더 정겨울 수 있을까? 아무리 이성이 정감을 억누르고, 인위적인 어떤 윤리적 제어(어미와 딸 사이에 지켜야 할 도리나 범절 따위 곧 사회성)가 가로막는다 하더라도, 어미가 자식 생각하는 살뜰한 모정(자연성) 앞에서 이보다 더 '끈한' 정이 넘쳐날 수 있을까? 자식을 멀리 떠나보내고, 아니 이제는 수녀가 되어 천륜의 연을 끊고 살아가야 하는 딸을 두고 시골에서 외따로 사는 어미의 극적 정황을 이보다 더 실감나게 그려낼 수 있을까? 이 작품의 탁월함은 시인의 개인적 역량에 놓여 있겠지만, 이성을 압도하는 정감, 사회성을 넘어서는 자연성을 담기에 아주 적절한 사설시조에 담아 '사설의 묘미'를 한껏 발휘했기에 가능했던 것이다. 거기다 우리 서정시가의 첫새벽을 알리는 〈공무도하가〉나 향가의 〈헌화가〉 혹은 민요에서 볼 수 있었던 '극적 독백체'[17]에 담아 발화했기에 극적인 사실감마저 성취할 수

있었다. 윤금초의 사설시조가 해학어린 입담의 높은 수준을 보여주었다면, 이지엽의 사설시조는 '자연스런' 정감[18]의 묘미를 탁월하게 보여준 전범을 보였다 할 것이다.

4. 맺음말

지금까지 우리는 시조의 미학적 틀 짜기가 어떠한 구조적 특징을 지니며 그 지향이 일본의 하이쿠나 한시의 절구가 지향하는 미학과는 어떤 차이를 보이는가를 현대시조의 몇 가지 실험시조와 시조미학을 모범적으로 보이는 작품들의 분석을 통해 그 구체적인 양상을 천착해 보았다. 그리하여 시조는 초-중장의 반복의 미감과 종장의 전환의 미감을 최대한 살리는 '반복-전환'의 3장 완결구조를 갖는 독특한 미적구조를 가지는 '비주신형적 주신형'의 시라고 규정하고, 이는 축소지향의 영원을 담는 여백의 미학을 추구하는 일본의 하이쿠와도 다르고, 감성보다는 이성을, 자연성보다는 사회성을 중시하여 조화와 균형의 미감을 엄정하게 추구하는 한시의 비주신형 미학과도 차이를 보인다는 것을 밝혔다.

그리고 시조의 본령은 어디까지나 단시조에 있으며, 이 단시조야말

---

17) 이 작품에 대해 예리한 비평을 한 장경렬이 '극적독백의 형식'으로 되어 있음을 이미 지적한 바 있다. 다만 그는 극적독백 형식을 서구에서는 오래전부터 이어온 전통이지만 우리에겐 '낯선 형식'이라고 말한 것은 잘못된 이해임을 밝혀둔다. 장경렬, 「사설시조의 어제와 오늘」, 『만해축전』, 만해사상실천선양회, 2002, 107면 참조.
18) 이정섭(마악노초)이 진본 『청구영언』 발문에서 만횡청류의 미학적 특징을 "자연의 眞機"라고 지목했던 바로 그런 의미의 '자연스런 정감'을 가리킨다.

로 시조의 3장 미학을 가장 깔끔하고 담백하게 구현하기에 가장 적절한 형식으로 보았다. 즉 순간의 감정을 진솔하게 드러내는 단시조는 정서의 절정의 한 순간을 집약적으로 드러내기에 가장 알맞으며, 감성과 이성, 자연성과 사회성의 어느 쪽으로도 편중되지 않고 절묘한 균형의 정감을 드러내는 미적 양식으로 이해했다. 그러나 감성과 이성, 자연성과 사회성의 절묘한 통합-융일에 의한 단발성의 미학인 단시조로는 삶과 세계에 대한 인식의 깊이를 드러내거나 정감의 자연스런 발산을 폭넓게 표백하기에는 한계가 있어 연시조와 사설시조라는 시조의 또 다른 유형이 필요하게 되었음을 아울러 살폈다. 그리고 시조의 이러한 미학적 특징과 지향이 현대시조에 어떻게 모범적으로 계승되고 구현되었나를 구체적 작품분석을 통해 드러내 보였다.

그러나 이러한 작업이 시조의 3장 구조의 미학을 해명하는 데 보다 중점을 둔 관계로 단시의 분석에 치중하고 연시조와 사설시조의 미학적 특징은 충분하게 검토하지 못한 아쉬움이 남는다. 이는 다음의 과제로 남겨둔다.

조오현 시조의 비평적 분석

-속인이 본 『아득한 성자』의 시적 마력 -

1. 조오현 시학의 서정적 원천

잘 알다시피 인간 오현은 두 얼굴을 가졌다. 『심우도』『산에 사는 날에』『만악 가타집』『비슬산 가는 길』같은 시집을 잇달아 내는 시인 조오현이 그 하나요, 백담사의 회주로서 일찍이 깨달음을 얻은 대선사 무산스님이 다른 하나다. 시인으로서의 조오현은 늘 저자거리의 세간에 위치하고 스님으로서의 무산은 늘 백담사의 무금선원 같은 출세간에 위치한다. 세간에 위치하는 조오현은 시집을 내어 여러 문학상을 받기도 하고, 만해사상 실천 선양회를 주도하면서 문인과 학자들의 활동을 후원하기도 한다. 출세간에 위치하는 무산은 오로지 불도에 전념하여 용맹정진하면서 일체의 번뇌를 끊고 선정(禪定)에 들어 오도(悟道)의 경지를 체험한다. 그러나 이 두 얼굴의 인격(혹은 자아)은 서로 충돌하거나 모순되지 않고 일체화된다. 조오현 시인과 무산스님이 둘이 아니고 하나라는 것이다. 그의 시가 세간과 출세간을 무시로 넘나드는가 하면 두 공간을 아우르는 출출세간을 시적 공간으로 하는 이유가 여기에 있다.

지난 해 정지용문학상 수상 기념으로 출간된 조오현의 시집『아득한 성자』에는 수상작 〈아득한 성자〉를 비롯하여 40년 세월의 선적 경험의 진수가 담긴 시인의 대표작이 엄선되어 있다. 이 시편들에 대하여는 이미 많은 평론가와 시인, 학자들에 의해 선(禪)의 향취가 가득한 게송이나 선시로 읽혀진 바 있다. 즉, 그의 시편을 통해 선방의 화두를 읽어내고, 선정 삼매의 깊이를 읽어내고, 역설과 착어로 언어화된 선리(禪理)의 오묘함을 읽어내었다. 하지만 조오현 시인이 도달한 선의 유현한 세계를 알지 못하는 우리들 범부가 제아무리 그 시적인 깊이와 높이를 헤아리려 해도 거기에는 한계가 있지 않을까. 그보다 그의 시를 종교시나 철학시로만 읽는다면 너무나 낯설고 먼 거리에 놓여 있지 않을까.

만약 그가 오로지 선적 깨달음을 증득하고자 의도했다면 '이신전심', '불립문자'로 불가의 진리를 일깨우면 그만이지 굳이 시로 표현할 절실한 이유가 있는가. 물론 선승들에게는 불립문자라는 깨달음의 세계를 '무자화(無字話)'나 '무설설(無說說)'의 방법으로, 혹은 역설과 언어도단의 어법으로 문자화하여 시로 표현하는 선시의 전통이 예로부터 있어 왔다. 실제로 무산스님도 그런 방법과 제목으로 시의 진경을 보여주고 있다. 그러나 그는 고승대덕의 고매한 스님으로서가 아니라 세간의 낮은 위치에 있는 시인으로서, 오묘한 설법이 아니라 살가운 서정의 향취로 노래하고자 한다. 이것이 그의 시의 진면목이 아닐까.

이러한 사정은『아득한 성자』의 서두에 붙인 '시인의 말'에 확연히 드러난다.

중은 끝내 부처도 깨달음까지도/ 내동댕이쳐야 하거늘/ 대명천지 밝은 날에/ 시집이 뭐냐.// 건져도 건져 내어도/ 그물은 비어 있고/ 무수한 중생들이/ 빠져 죽은 장경 바다/ 돛 내린 그 뱃머리에/

졸고 앉은 사공아.

그는 자신의 모습을 세간에 끼어들어 하찮은 시집이나 내는, 그리하여 상구보리(上求菩提)를 통한 살불살조(殺佛殺祖)의 진정한 깨달음에도, 하화중생(下化衆生)의 막중한 사명도 다하지 못하는 '졸고 있는 사공'에 비유함으로써 철저한 자기부정의 인식을 드러내고 있다. 이러한 인식은 단순히 자기부정이라기보다 자신이 처한 위치를 만족할 만한 위치로 받아들이지 않는 데서 오는 '결핍의 감정'의 드러냄이라 할 수 있다. 이 '결핍의 감정'이 그로 하여금 스님이면서도 대명천지에 시집을 내지 않을 수 없게 만들고, 그의 시로 하여금 선의 향취에 만 머물지 않고 인간적인, 너무나 인간적인 서정적 향취로 물들게 하는 비결인 것이다. 바로 이러한 '결핍의 감정'이 서정시의 가장 중요한 감정양식이 아니던가.

그러고 보면 그는 시인으로서도 대성하지 못하고 스님으로서도 대덕의 경지에 이르지 못하고 있다는 자기 인식에서 늘 벗어나지 못하고 있음을 그의 시편들은 증언해주고 있다. 이는 실제로 그가 시인으로도, 스님으로도 높은 경지에 이르지 못했다는 사실과는 별개의 문제다. 그의 자기 인식이 그러하다는 것이고, 실제로 그러한 인식이 철저하고 극점에 이를수록 오히려 그 반대로 높은 시적 성취와 고승의 경지에 이를 수 있는 것이 아닌가. 그가 어느 시인과의 대담에서 제발 자기를 시인이라 부르지도 말고 큰스님이라 부르지도 말아 달라는 당부는 그런 점에서 단순한 자기 겸손이나 예의염치와는 다르다. 그의 그러한 결핍의 감정이나 인식이 철저할수록 그의 시적 성취는 크고 선적 깨달음은 높을 수밖에 없는 것이다.

그리고 보면 그의 시편들이 어느 하나 이런 결핍의 감정양식과 결부되지 않는 것이 없다.

세상과 중생 혹은 자신을 돌아보며 차탄이나 연민, 애상이나 무위에 빠져드는 시, 깨달음의 높은 경지를 갈구하거나 기원하는 시, 깊은 명상 끝에 우러나오는 시, 그 모두가 그러하다. 그의 시학의 서정적 원천은 이러한 '결핍의 정서'에 있는 것이다.

2. 조오현의 시적 마력

우리는 이제 조오현의 시를 불교편향의 구도시나 증도가, 혹은 설법의 시 같은 선시로 읽을 것이 아니라 그러한 구도의 과정에서 겪는 스님의 자기 인식이 시인의 '결핍의 정서'로 전화되어 그러한 정감이 면면히 배어있는 서정시로 읽어야 할 필요가 있다. 달마가 동쪽으로 온 까닭을 우리 같은 범부가 알 수 없듯이 무산스님의 선시로서의 높고 깊은 뜻을 어찌 쉽사리 헤아릴 수 있단 말인가. 그러므로 우리는 조오현 시인이 무엇을 갈구하고 차탄하고 기리는 지를 그의 서정적 향취를 통해 음미할 때 그의 시는 우리와 함께 호흡하고 심금을 울리는 시로 우리 곁에 있게 된다.

> 나이는 열두 살
> 이름은 행자
>
> 한나절은 디딜방아 찧고

반나절은 장작 패고……

때때로 숲에 숨었을
새 울음소리 듣는 일이었다

그로부터 10년 20년
40년이 지난 오늘

산에 살면서
산도 못 보고

새 울음소리는커녕
내 울음도 못 듣는다

-〈일색과후〉 전문

열두 살에 절간의 행자가 된 이래 40년의 고난에 찬 구도생활을 해온 시인의 삶의 축도가 단 몇 줄의 시행 속에 생생하게 녹아 있다. 그 긴 수행정진을 통해 얻은 것은 득도와 정각(正覺)에서 오는 희열이 아니라 "새 울음소리는커녕/ 내 울음도 못듣는" 결핍의 감정이다. 이러한 오현의 시를 자성(自省)의 진정한 깨달음이라는 종교적 코드로만 읽으면 선적 향취는 얻었을지언정 우리의 가슴에 와 닿는 서정적 향취는 놓치고 만다. 힘든 고행 끝에 청정한 본래의 자리로 돌아온 시인의 발화가 득도의 만족감에서 오는 법열이 아니라 이러한 결핍의 정서로 표출됨으로써 높은 시적 성취를 획득하게 되는 것이다.

무금선원에 앉아
내가 나를 바라보니

기는 벌레 한 마리가
몸을 폈다 오그렸다가

온갖 것 다 갉아먹으며

배설하고

알을 슬기도 한다

－〈내가 나를 바라보니〉전문

선방에서 용맹정진하는 구도자로서의 스님 모습이 "온갖 것 다 갉아
먹으며/ 배설하고/ 알을 슬기도 하"는 한 마리 "기는 벌레"에 불과하다
하여 자신을 가장 낮은 자리에 위치시키고 있다. 거기에서 고승대덕의
높은 품위나 인격적 모습은 발견하기 어렵다. 이런 발화의 이면에는
귀하고 천한 것도 없고, 더럽고 깨끗한 것도 없는, 차별과 대립을 넘어
천지만물이 한 몸이라는 심오한 선리(禪理)가 내재되어 있을 터이지
만, 이렇게 시적 자아를 세상에서 가장 낮은 위치에 설정한다는 것 자
체가 결핍의 정서를 드러내는 것이고 그만큼 인간적이 되는 것이다.
그의 시가 고도의 서정적 흡인력과 마력을 갖게 되는 비결이 여기에
있다.

나아가 그의 시적 마력은 그러한 결핍의 감정을 넘어 귀함과 천함,
깨끗함과 더러움, 밝음과 어두움, 삶과 죽음, 성과 속, 세간과 출세간
이 하나가 되어 어우러져 조화의 합창을 이루어내는 것에 있다. 다음
작품은 그러한 시적 지향이 온전하게 충족된 이상적 세계를 잘 보여주
고 있다.

화엄경 펼쳐 놓고 산창을 열면

이름 모를 온갖 새들 이미 다 읽었다고

이 나무 저 나무 사이로 포롱포롱 날고……

풀잎은 풀잎으로 풀벌레는 풀벌레로

크고 작은 푸나무들 크고 작은 산들 짐승들
하늘 땅 이 모든 것들 이 모든 생명들이……

하나로 어우러지고 하나로 어우려져
몸을 다 드러내고 나타내 다 보이며
저마다 머금은 빛을 서로 비춰 주나니……

- 〈산창을 열면〉 전문

　이러한 온갖 생명들의 어우러짐이 빚어내는 충족감 또한 그러한 지향을 희원하는 결핍의 감정을 정신적 기저로 하고 있음은 물론이다. 갈등을 첨예화시키는 서사장르(소설 등)와 달리 서정시가 궁극적으로 지향하는 것은 이러한 조화와 화해의 추구가 아니던가. 이를 '화엄세계의 구현'이라는 등 불교 코드로 해석하고 만다면 작품의 언어는 시적 긴장을 상실하고 만다. 고승대덕의 깨달음의 법어로만 읽으면 근엄하고 메마른 종교시일 뿐이지 우리의 가슴을 울리는 서정시와는 거리가 멀지 않는가.

3. 조오현이 시조로 노래한 까닭

　조오현의 시가 이처럼 결핍의 감정을 서정적 향취로 언어화한 것이라 할 때, 그 시적 양식 선택을 왜 하필이면 시조로 하는 것일까. 현대의 시인이라면 절대다수가 자유시를 자연스럽게 선택하고, 또 스님으로서의 서정활동이라면 과거의 선시나 게송이 모두 그러하듯 한시라는 전통을 취할 법한데 이 둘을 버리고 굳이 시조를 즐겨 취하는 이유는 무엇일까.(물론 〈절간이야기〉연작 같은 산문시(자유시, 꽁트시, 이야기

시)가 없지 않지만 예외적이라 할 수 있다) 시조가 현대에도 살아 있는 유일한 민족시이기에? 아니면 전통적이고 안정적인 틀이라서? 그런 대답은 너무 막연하거나 안이하다.

그의 시조 양식 선택은 장르상의 차이를 투시해야 설명이 가능하다. 자유시나 한시는 둘 다 '시'일 뿐 일단 노래와는 무관하다. 그런데 시조는 그냥 시가 아니라 '노래'로 구체화된다는 점에서 근본적 차이를 갖는다. 옛날에는 시라면 으레 한시를 가리켰지 시조를 시라고 인식하지는 않았다. 당시 문인들이 시작활동을 일단 한시로 한 이유다. 그럼에도 시조가 요청되었던 것은 시(한시)로서 못다 한 '남은 흥취(餘興)'를 '노래' 곧 시조('단가' 또는 '가곡'으로 지칭)로 풀고자 했던 때문이다. 시조를 '시여(詩餘)'라 이칭(異稱)한 것에서 그 점이 잘 드러난다. 또한 시는 개인의 '사적' 심회를 담아 원칙적으로 독자와는 상관없이 사사로이 향유하지만, 시조는 노래이므로 선율과 가락(가곡창 혹은 시조창)이 붙고, 그것을 풍류방 같은 연회석에서 여럿이 함께 '공적'으로 향유한다. 그만큼 시조는 폭넓게 열려 있다.

그러므로 조오현이 자유시나 한시(선시의 전통양식)보다 굳이 시조를 선택하는 까닭은 시적 전언(傳言)을 세속과는 상관없이 사사로이 풀어내겠다는 뜻이 아니라 대중과 함께 공유하여 즐기겠다는 시적 지향이 담긴 것으로 보아야 한다. 대중에게 열린 전언(메시지)으로 대중과 더불어 자기의 시를 공유하겠다는 것이다. 그의 시조가 앞에서 살핀 바 대로 우리들 범부처럼 결핍의 감정을 서정적 향취로 노래하거나, 시적 화자를 세상에서 가장 낮은 위치에 설정하여 우리와 함께 호흡하는 가까운 이웃으로 노래하는 이유가 여기에 있다. 또한 그가 즐겨 구사하는 어법이나 어휘마저 "이제는 정치판도/ 갈아엎어야"(〈숨돌리기 위하

여〉), "졸고 있는 놈인 것을"(〈머물고 싶었던 순간들〉) "손가락은 다 문드
러지고/⋯⋯웃음기마저 걷어지르고 있는 거다"(〈뱃사람의 말〉), "사타
구니에 내돋친 붉은 발진"(〈봄의 불식〉) 등등 저자거리의 그것으로 우
리에게 열려 있다.

여기서 고시조는 선율과 가락에 실어 '노래'로 향유하지만 오늘의 현
대시조는 노래가 아니라 읽는 '시'로 향유한다는 점에서 오히려 자유시
와 공통됨은 어떻게 받아들여야 할까? 자유시는 그러나 노래하기와 무
관함에 비해 현대시조는 정형의 율격에 맞추어 양식화함으로써 노래하
기와 여전히 유관하다는 점에서 큰 차이가 있다. 현대시조는 직접 노래
로 향유하지는 않지만 초-중-종장을 '4음격의 4음보' 곧 '4음 4보격'이
란 전통시조의 율격양식에 맞추어 발화함으로써 노래하기와 다름없는
시가 되기 때문이다. 그런 점에서 고시조를 '시노래(詩歌)'라 한다면 현
대시조는 '노래시'인 것이다. 즉 고시조가 시의 속성을 가진 노래라면,
현대시조는 노래의 속성을 가진 시라는 점에서 차이를 가질 뿐이다.

시조가 4음 4보격의 율격양식으로 표출된다는 것은 우리시가에서도
가장 대중에게 열린 양식임을 의미한다. 4음격의 연속이 우리말의 발
화구조에 가장 잘 맞을 뿐 아니라 4보격은 가장 안정된 율동적 효과를
보여 우리시가에서 가장 전형적이고 대표적인 양식으로 향유되어 왔던
때문이다. 그만큼 시조의 율격양식은 우리 민족이 오랜 세월동안 우리
말의 율동적 아름다움으로 가꾸고 공감해 온 경험적 미의식의 결정체
라는 것이다. 거기다가 시조는 초장과 중장이 꼭 같이 4음격의 4음보
라는 '반복'의 구조로 직조됨에 비해, 종장은 이런 율격에 변화를 주어
'변형 4음 4보격'(첫 음보를 반드시 3음절로, 둘째 음보는 5음절 이상의 과
음보로 함)으로 마무리함으로써 '반복과 전환'이라는 특유의 미학을 실

현한다. 이 반복과 전환의 구조는 향가에서부터 고려속요와 경기체가를 거쳐 시조에 이르기까지 우리시가에 연면히 이어져온 시적 전통이어서 그만큼 우리 민족에게 열려 있는 것이다.

그러므로 조오현이 시조로 즐겨 노래함은 그것이 사사로운 시적 발화로 그치지 않고 대중과 더불어 널리 소통되고 향유되는 노래가 되게 함으로써 그가 깨달은 불가의 세계가 개인의 알 수 없는 심연 속에 갇혀 있지 않고 나와 너의 울타리를 넘어 대중에게 널리 확산될 수 있는 길을 열게 되는 것이다. 이러한 소통 방식은 조오현 만의 선택이 아니라 신라시대부터 이어져온 실로 오랜 전통이기도 하다. 원효가 불교의 대중화를 위해 천촌만락을 누비며 〈무애가〉 등 우리말 노래를 부르고 다닌 것이나, 월명사가 〈제망매가〉로서 누이를 사별한 슬픔을 결핍의 정감으로 절절하게 노래함으로써 그 혼을 서방의 극락세계로 보낼 수 있었던 것이나, 고려 초의 균여대사가 게송을 택하지 않고 굳이 세속인들이 즐겨 향유하는(世人戱樂之具라 함) 사뇌가 양식으로 〈보현십원가〉를 지어 대중교화의 길을 연 것이나, 고려 말의 나옹화상 혜근이 〈서왕가〉 등의 가사를 지어 대중과 소통을 꾀한 것이 그러하지 않은가. 더구나 조오현은 시조의 미학을 천성적으로 체득하고 있어 그가 노래한 시편들이 만인의 심금을 울린다.

> 강물도˘ 없는 강물˘ 흘러가게˘ 해놓고
> 강물도˘ 없는 강물˘ 범람하게˘ 해놓고
> 강물도˘ 없는 강물에˘ 떠내려가는˘ 뗏목다리
>
> ―〈부처〉 전문(˘표시는 음보 구분)

'부처'가 어떤 존재인지를 이보다 더 긴장되게 노래할 수 있을까? 강

물도 없는 강물을 흘러가게(혹은 범람하게) 해놓고 그 강물에 떠내려가
흔적을 남기지 않고 사라지는 뗏목다리와 같은 존재라고. 아니 존재하
지 않는 존재 곧 '허깨비'라고. 그러기에 "말하는 바 없이 말하고 보는
바 없이 보고 듣는 바 없이 듣고 사는 바 없이 살고 사랑하는 바 없이
사랑하다가 끝내는 죽는 바 없이 죽는"(시인의 해설), 한마디로 억지스
러움이 없는 무위(無爲)의 존재라고. 부처가 그런 존재라고 발화하는
시적 자아도 그런 존재가 되기를 지향하지만(그렇게 되면 成佛 이룸) 그
실현이 쉽지 않은 데서 오는 결핍의 감정을 배면에 깔고 있기에 서정
적 향취로 우리에게 다가오는 것이 아닐까. 그것도 초장과 중장의 '언
어'적 반복에다 점층적 '의미'의 반복까지 더하여 부처의 존재를 뚜렷
이 부상해 놓고 종장에서는 그 존재를 통째로 뒤집어버리는 전환을 변
형 4보격에 담아 노래함으로써 '반복-전환'이라는 시조의 미학을 만끽
하게 하고 있지 않은가. 그리하여 쉽게 감지할 수 없는 '부처의 존재'
를, 아니 '부처 같은 삶'을 대중도 가까이 다가가 함께 할 수 있도록
길을 열어놓지 않았는가. 그의 이러한 반복-전환의 시조 미학은 〈무
설설〉같은 사설시조 작품에도 완벽하게 구현되고 있어(종장을 상두꾼
의 말로 뒤집음) 그가 천성의 시조 시인임을 보여주고 있다.

　　그러나 어떤 시편보다 우리의 심금을 울리는 압권은 다음에 있다.

　　　　하루라는 오늘
　　　　오늘이라는 이 하루에

　　　　뜨는 해도 다 보고
　　　　지는 해도 다 보았다고

　　　　더 이상 더 볼 것 없다고

알 까고 죽는 하루살이 떼

죽을 때가 지났는데도
나는 살아 있지만
그 어느 날 그 하루도 산 것 같지 않고 보면

천년을 산다고 해도
성자는
아득한 하루살이 떼

– 〈아득한 성자〉 전문

이보다 더 낮은 목소리가 있을까? 시인은 자신이 살아온 구도의 긴 세월을 단 하루를 살고 스러지는 하루살이 떼와 대비하여 후자가 아득하기만 한 성자로 느껴진다고 고백한다. 하루를 살아도 세상살이의 이치를 모두 깨달았다고, 더 이상 깨달을 것이 없다고 미련 없이 적멸에 드는 하루살이 떼. 그 몇 천배를 살아도 진정한 깨달음의 경지에도, 미련 없는 적멸에도 들지 못하는 시적 자아. 그리하여 하루살이 떼야말로 아직도 도달하지 못하는 아득한 성자의 위치에 있다고 결핍의 감정을 드러내고 스스로를 한 없이 낮추는 시적 자아야말로 진정한 깨달음에 도달한 자가 아닐까. 아니 그러한 깨달음마저도 미련 없이 버리는 진정한 '각자(覺者)'가 아닐까. 이러한 결핍의 정서를 시조로 노래한 조오현 시인이야말로 우리의 가까이에서 삶을 함께하고 노래를 함께 나누며 소통하는 우리 이웃의 성자가 아닐까. 그러므로『아득한 성자』를 큰스님의 난해한 법어나 선방의 화두로 이해하지 말자. 그의 시조에는 선적 향취보다 인간적이고 서정적인 향취가 물씬 풍기지 않는가.

황진이 시조의 현대적 계승

-홍성란 시조 해설-

1. 조선시대 최고의 절창, 황진이

황진이가 누구인가? 몰락한 가문에서 태어나, 기녀의 몸이 되어, 당대 정치세력의 중심이자 지배 계층이었던 사대부 남성들의 사회-문화적 활동을 돕기 위해 운명 지어졌으며, 신분적으로 천민이었던 예속적 존재가 아니었던가? 그러나 신분은 최하층에 속했을지라도, 문화적-지적 활동에서 상층의 사대부들과 대등하게 맞상대할 수 있는 교양과 자질을 갖추는 것이 필수였기에, 그들의 풍류를 돕기 위한 가무에 뛰어났으며, 그들의 독점적 문학 장르라 할 한시를 창작하고 수창할 정도로 실력을 쌓는가 하면, 문학과 음악적 수준을 동시에 갖추어야 가능한 시조 장르의 창작과 향유에도 참여하여 타고난 재능을 펼치기도 했던 것이 또한 기녀들의 삶이 아니었던가?

그렇다 하더라도 조선왕조 5백 년을 거치며 수많은 기녀들이 명멸했지만, 이러한 신분적 특수성을 적극적으로 활용하여 당대 최고수준의 사대부 남성층을 압도할 기량을 펼칠 수 있었던 기녀는 손에 꼽을

정도로 드물었던 것도 엄연한 사실이다. 더욱이 기녀의 신분으로 이름
을 빛낸 명기 가운데서도 황진이만큼 인구(人口)에 회자되었던 인물이
또 어디에 있었던가. 그러기에 동시대에 함께 하지 못하고 나중에 태
어났던 천하의 호걸남아 임제가 먼저 간 황진이의 묘소를 찾아 읊었다
는 "청초(靑草) 우거진 골에 즈는다 누엇는다~"라는 시조가, 그녀의
부재(不在)야 말로 조선시대 풍류남아들에게 얼마나 큰 상실감과 비탄
의 고통을 안겨 주었던가를 단적으로 보여주고 있지 않은가. 그럼에도
그녀의 탁월함이 구체적으로 어떠했는지는 아직까지 제대로 자리매김
되었다고 하기 어려운 것 또한 사실이다. 그녀의 뛰어난 자취는 몇 편
남아 있지 않은 그녀의 작품들이 생생하게 증언해 주고 있음에도.

예를 들어 우리가 익히 알고 있는 "청산리 벽계수야 수이감을 자랑
마라~"라는 작품의 존재는 무엇을 의미하는가? 그저 벽계수라는 종실
의 지체 높은 사나이의 가슴을 녹여 마침내 그를 유혹하는데 성공한
기녀의 매혹적인 작품에 지나지 않는다고 지나치고 말 것인가? 결코
아니다. 거기에는 청산 속의 벽계수로 환유되는 조선시대의 수많은 남
성들을 공산의 명월처럼 밝은 빛으로 비추어주고 보듬어주는 황진이
자신의 드높은 실존적 자존감과, 명기로서의 역할이 깊게 각인되어 있
는 것이다. 그녀는 칠흑 같은 어둠의 세계에서 만물을 비추고 보듬어
주는 명월과 같은 역할을 했기에 공산에 홀로 높이 떠서 밝게 빛나고
있는 명월에 견줄 수 있는 존재가 된 것이다. 그러므로 수 백 년에 걸
친 이 작품의 전승이야 말로 그녀가 조선시대 최고의 명기(名妓)였음
을 증언해 주고 있지 않은가. 이 세상의 어떤 것도 공산의 명월로 환유
되는 황진이의 따스한 품속에서 녹아내리지 않는 것이 없을 테니까(실
제로 그녀는 명월이라는 기명을 썼다). 만인의 어두운 가슴을 밝은 빛으

로 보듬어 주는 명월 같은 전무후무의 존재가 영원히 사라졌음을 풍류 남아들이 안타까워하고 그 비탄의 정서를 노래하지 않을 수 있겠는가.

이에 조금도 뒤지지 않는 또 하나의 명편으로 "동지ㅅ돌 기나긴 밤을 한 허리를 버혀내여~"라는 작품이 있음을 누구나 잘 알고 있다. 이 또한 지속될 수 없는 사랑의 안타까움이 절절이 묻어나는 기녀의 숙명적 비극성을 기발한 착상으로 노래한 것이라는 정도로 그냥 넘어갈 일이 아니다. 남녀 사이의 가식 없는 인간적 사랑을 적극적으로 노래한 이 작품은 "노래라는 것은 자기를 바로잡아 덕을 펼치는 것"으로 보거나, "성정을 순화하게 하고 민풍을 교화하는 데 있다"고 보는 사대부층의 가악관으로 볼 때는 결코 바람직한 작품이 아니었다. 그래서 포은 정몽주나 퇴계 이황으로 대표되는 사대부층에게서 사랑하고 그리워하며 목숨을 던져 지조를 지켜야 하는 대상으로서의 '님'은 왕도정치의 정점에 있는 '임금님'이 유일했다. 즉, 연군지정으로서의 님을 노래했지 연애대상으로서의 님을 노래하지는 않았던 것이다.

이런 완강한 사대부 남성 중심의 시조 장르에 뛰어들어, 황진이는 남녀사이의 뜨겁고도 지속적인 사랑의 갈구를 당당하게 노래하는 과단성을 보임으로써 애정 담론을 시조작품으로 승화시키는 모범적 선례를 보였으며, 결국 그녀는 시조의 서정 담론 영역을 확장시키는 길을 열어놓은 선구자가 되었던 것이다. 그녀 이후 사대부 남성들도 애정담론, 나아가 성(性)담론에 이르기까지 시조로 노래하게 된 계기가 그 사실을 입증해 준다.

황진이 시조와 관련하여 우리의 주목을 끄는 것은 김천택이 18세기 초반(1728년)에 편찬한 바 있는 현존 최초의 가곡창 가집 『청구영언』이다. 이 책을 열면 중대엽과 북전에 얹어 부르는 작품은 세부 곡목별

로 단지 한 수씩만 먼저 실어 놓고, 나머지는 평시조로 된 삭대엽의
여러 악곡들과 사설시조를 따로 엮은 만횡청류의 작품들로 가득 채워
져 있음을 볼 수 있다. 이는 무엇을 의미하는가? 시조 작품을 얹어 부
르는 가곡창이 이 시대에 오면, 중대엽은 템포가 너무 느려 애호도가
급격히 떨어지고, 상대적으로 장단이 빨라진 삭대엽이 여러 파생곡을
낳을 정도로 인기가 급상승해 있었음을 말해주는 것이 아닌가. 그런데
삭대엽 가운데 유독 초삭대엽만은 작자 표기 없이 다음의 작품 한 수
만 실어놓아 우리의 주목을 끈다.

어뎌 니일이여   그릴 줄을 모로ᄃ냐
이시라 ᄒ더면   가랴마는 제 구ᄐ야
보ᄂ고 그리ᄂ 정(情)은   나도 몰나 ᄒ노라

이게 바로 누구의 작품인가? 저 유명한 조선시대의 절창이자 명기
였던 황진이의 작품이 아닌가? 이 가집에서 황진이의 작품은 이삭대
엽으로 노래하는 항목에 당대의 명작으로 알려진 "청산리 벽계수야~"
와 "동짓달 기나긴 밤을~"을 비롯하여 3수가 실려 있음에도 불구하고
작자 표시를 하지 않은 채로 이 작품만 따로 떼어 실은 것은 무슨 의미
인가? 서로 다른 악곡으로 불렸다는 그 이상의 의미는 없는가? 삭대엽
의 세 가지 파생곡 가운데 이삭대엽과 삼삭대엽은 다수의 작품을 실어
놓아 그 선호도를 반영하고 있음에도 불구하고 초삭대엽에는 왜 이 작
품 하나만 실었을까? 템포가 빠른 삭대엽에 속하므로 중대엽처럼 인
기가 한물간 텍스트가 아님에도 불구하고. 그렇다면 어떤 이유일까?
그것은 초삭대엽이 삭대엽 가운데서도 복잡한 특정 음형의 선율을
순환적으로 사용하고 다른 악곡에 비해 장식적 가락이 많은 특징을 가

지고 있어서 복잡하고 화려한 곡이라는 악곡적 특성에서 그 이유를 찾을 수 있을 것이다. 그만큼 음악적으로 세련된 기교를 요하는 전문화된 악곡이라는 것이다. 이런 악곡에 걸 맞는 작품을 지어 널리 회자되는 걸작을 남기기란 고도의 기예와 예술적 천재성을 보인 황진이 같은 명기가 아니고선 도저히 불가능했던 때문이 아닐까? 그녀의 뛰어남은 시조의 악곡적 측면에서만이 아니라 인용한 작품의 밑줄 친 고딕글씨에서 드러나듯이 문법적으로나 의미론적으로 볼 때 종장의 첫머리에 가야할 단어를 중장의 끝머리로 끌어올리는 재치 넘치는 말부림법을 보임으로써 작품을 한층 돋보이게 하고 있다. 그만큼 황진이는 옛시조의 걸출한 절창을 남겼던 시인이었다.

이처럼 황진이는 조선시대 사대부 남성 중심의 시조 장르에 뛰어들어 그들이 흉내 내지 못하는 삭대엽의 선구적 악곡에 해당하는 전문적 악곡인 초삭대엽(당시는 황풍악(黃風樂)이라 칭함)을 개발하고, 나아가 사대부 남성작가들이 꺼려했던 노골적 애정 담론을 활달하고 적극적인 정감으로 노래함으로써 시적 감성의 영역까지 확장하고, "동짓달 기나긴 밤을~"에서는 표현의 참신성면에서 불모지였던 시대에 현대시에 못지않은 탁월한 성취를 이루어 냄으로써 시조문학사에 그 이름을 영원히 빛내는 존재가 될 수 있었다.

2. 황진이를 표방한 시인, 홍성란

홍성란의 시조를 말하는 자리에서 황진이의 시조로 화두를 삼은 것은 홍시인의 작품을 이해하는데 황진이가 필수이기 때문이다. 홍성란

에게서 황진이는 따라야 할 모범이고 숭앙의 대상이었던 것으로 보인
다. 그의 첫시집의 표제를 『황진이별곡』으로 잡은 것도 황진이를 표방
하는 시인의 솔직한 마음을 드러낸 것일 터이다. 황진이를 표방하되
그대로 따를 수는 없으므로 별곡으로 노래해야 했다. 전통시조로 노래
했던 황진이의 시조가 고전적인 오리지널 곡이라면 현대시조로 노래
해야 하는 홍시인은 '별곡'일 수밖에 없었던 것이다. 황진이가 16세기
인물이니까 둘 사이의 상거는 무려 500년의 거리가 가로놓여 있는 셈
이다.

그럼에도 불구하고 홍시인은 황진이의 환생이라 할 정도로 너무나
닮아 있다. 현대불교문학상의 수상작으로 뽑힌 다음 작품을 앞에서 인
용한 황진이의 "어져 닉 일이야~"와 비교해보면 그 점이 잘 드러난다.

후회로구나
그냥 널 보내놓고는
후회로구나

명자꽃 혼자 벙글어
촉촉이 젖은 눈

다시는 오지 않을 밤
보내고는
후회로구나

           -〈명자꽃〉 전문

사랑하는 님을 보내놓고는 그리움으로 후회하는 마음을 절절히 노
래한 단시조(평시조 한 수로 됨)라는 점에서 두 작품은 내용면으로나 형
식면에서 완전히 쏙 **빼닮**았다. 다만 황진이의 작품이 오리지널이라면

홍시인의 것은 별곡이라는 점에서 차이를 보인다. 즉, 둘 다 평시조의 형식에 맞추어 동일한 주제를 노래했지만, 황진이는 초삭대엽(황풍악)이라는 **음악적 어법**에 맞춰 모든 시적 형식의 표현을 노래의 장단과 선율 혹은 장식적 가락에 실어 드러낸데 비해, 홍시인은 그러한 노래가 아닌 '읽는 시'로서 고시조가 누렸던 아름다움의 무게를 지탱해야 하는 현대시의 하나로서 시조 형식을 운용해야 했으므로, 모든 것을 **언어로 말하고 언어를 대상화 하며 언어기법으로 전경화(前景化)하는 시적 어법**에 맞춰 노래하고 있는 것이다. 이것이 바로 옛시조와 그 별곡으로서의 현대시조의 차이인 것이다. 다시 말해 황진이의 작품이 음악적 어법에 의한 고도의 전문화된 음악미학적 산물이라면, 홍시인의 작품은 시적어법에 의한 언어미학적 산물이라는 점에서 미학적 거리를 갖고 있는 것이다. 이러한 차이에 의해 황진이는 시조의 고전미를 드러내고 홍시인은 현대미를 드러내게 된 것이다.

그러므로 시조를 시적 어법에 의해 현대미로 드러내는 방법은 시조 형식을 어떻게 현대적 감수성에 맞는 언어미학으로 운용하여 차원 높은 서정시(서정시가가 아닌)로 승화시키느냐에 관건이 있다 하겠다. 음악적 어법에 따른 옛시조는 서정적 미감을 노래의 장단과 선율에 실으면 되므로 일상언어 혹은 자연언어의 발화에서 그리 멀지 않게 표현하게 되지만, 시적 어법을 따라야 하는 현대시조는 서정적 미감을 오로지 언어적 발화로 드러내야 하므로 자연언어의 발화로 일관한다면 진부하거나 상투적인 표현을 벗어나지 못하게 되어 현대 서정시로서의 맛을 잃게 됨은 자명하게 된다. 그러한 진부함을 벗어나 현대적 감수성에 호소력을 갖기 위해서는 자연발화를 '낯설게 하기'로 전환하는 시적어법을 창출하는 것이 되는데 그것이 바로 행과 연의 운용을 어떻

게 시인의 창조적 개성을 담보하는 표현장치로 활용하느냐로 그 역량
이 드러나게 된다. 그런 점에서 〈명자꽃〉은 황진이의 황풍악에 맞먹는
탁월한 형식 운용의 묘를 보여준다.

우선 시의 첫 음보를 '후회로구나'로 시작하는 5음절의 파격적 운율
미를 보임에서 그렇다. 잘 알다시피 시조의 각 장은 4음절량의 크기를
갖는 4개의 음보로 이루어짐으로써 4음 4보격의 등가적 반복에 의한
운율미를 구현함을 특징으로 하고 있어서, 한 음보에 실을 수 있는 음
절의 수는 최대 4음절을 넘어서지 않는 것이 원칙이다. 시조에서 5음
절 이상의 과음보로 파격이 가능한 지점은 시상의 완결을 위한 종장의
둘째 음보에서나 볼 수 있는 형식장치인 것이다. 그럼에도 불구하고
이 작품은 첫머리부터 그러한 정형률을 의도적으로 깨뜨려 5음절의
과음보로 실현함으로써 거기 실린 언어 그 자체의 의미, 곧 '후회'하는
마음을 전경화시키는 효과를 주어 신선한 충격으로 다가오게 한다.

다음으로 시가 말하는 것 곧 '의미'와 말하는 방식 곧 '행과 연의 배
분' 사이의 관계가 얼마나 긴밀한 유기적 긴장미를 불러일으키는가를
살펴볼 필요가 있다. 시의 형식적 패턴이 의미론적인 구조에 얼마나
밀착된 관계를 맺고 있나가 그 작품의 수준을 판가름 해낼 수 있기 때
문이다. 이 작품의 연 배분을 살피면 시조의 초-중-종장에 그대로 대
응하는 3연 구성이어서 상당히 안정된 질서화에 기초한 전통미학을
그대로 따르고 있다. 그러나 그 연을 구성하는 행과 음보의 배분에 있
어서는 시의 '의미생산적 율동화'를 위해 다양한 편폭을 보여주고 있
다. 그 가운데서도 작품의 첫 연은 주목에 값한다.

즉, 첫 연은 중장에 해당하는 둘째 연처럼 2행으로 병치하여 대등
하게 배분하지 않고 굳이 3행으로 배분하는 비안정적 시행발화를 보

여준다. 그러면서도 그 첫 행과 끝 행을 완전 동일한 어휘로 반복하여 마무리함으로써 둘째 행을 가운데 두고 첫 행과 끝 행이 완전히 대등한 병치를 이루게 함으로써 그 비안정적 구조를 안정적인 연 구성으로 되돌려 놓는다. 거기에 더하여 동일한 단어("후회")를 동일한 어법("~로구나")으로 배치함으로써 그 의미의 강조 효과를 극대화하는 시적 매력을 보여주고 있다. 그 단어가 이 작품의 화두이자 주제라는 데 주목한다면 그 감탄형 종결어미가 환기하는 시적 효과는 가히 화룡점정에 해당하는 시의 '눈'이라 할 수 있다. 단순히 시상이 초점화 되는 시적 공간으로서의 눈이 아니라 작품을 감동의 심연으로 한없이 이끌어가는 정신적 동력의 원천이 되는 눈인 것이다. 그런 의미에서 홍시인의 이와 같은 시적 기법은 황진이의 황풍악을 현대시조의 정점으로 끌어올린 별곡이라 불러 마땅할 것이다.

그러면 홍시인의 이러한 **빼어난** 시적 재능은 어디로부터 나오는 것일까? 이에 대한 해답은 그녀의 실존적 좌표를 꿰뚫은 다음의 작품이 명료하게 말해준다.

여기 **풀밭**에선 누구도 돋보이지 않아

깔아뭉갤 수 없는 애틋한 숨결이다
깨물어 죽일 수도 없는 가늘디가는

후롱초

살빛은 희디희어 구겨버릴 수 없는 시마(詩魔)
시마, 이 **풀밭**에선 아무도 돋보이지 않아

연둣빛 포승에 묶인
거만한 계집종

　잘 보이지 않아도 잘 들리지 않아도
　언덕엔 흙이 쌓이고 물은 고여 우물이 깊다

　세상은 말없이 흐르다 검지 높이 올린다
　　　　　　　　　　　　　　　　－〈거만한 계집종〉 전문

　이 작품은 단시조 3수를 연결하여 시인 자신의 실존적 자아를 돌아보는 정감을 긴 호흡으로 풀어낸 연시조라는 것을, 시조의 운율(4음 4보격)을 따라 그리고 3장으로 한 수를 완결한다는 시조의 형식원리를 따라 읽어보면 알 수 있다. 또한 첫째 수는 후롱초를, 둘째 수는 계집종을, 마지막 셋째 수는 그 후롱초와 계집종이 뿌리내리고 있는 세상을 노래하고 있음도 알 수 있다. 그런데 그 후롱초는 "가늘디가는" 연약한 존재인 데다가 잡초가 무성한 "풀밭"에 자리하고 있어 조금도 "돋보이지 않아" 누구의 눈에도 쉽게 띌 수 없는 하잘 것 없는 존재이지만, 그렇다고 결코 "깔아뭉갤 수 없는", 더욱이 "깨물어 죽일 수도 없는", "애틋한 숨결"을 가진 존재로 이미지화 되어 있다.

　그리고 그 계집종은 해당 시집에 실린 〈시인의 말〉 곧 "면할 수 없는 '시마(詩魔)'의 종살이 와서, '거만한 계집종'으로 행복하고 싶었으나 낳은 시로 하여 잠 못 이뤘다."라는 말과 작품의 각주로 달아놓은 이규보의 〈구시마문〉을 참고하면 그 의미가 선명히 드러난다. 이규보는 사람을 시에 빠지게 하고 고질병이 되게 하여 마침내 죽음에 이르게 하는 시마의 죄목을 다섯 가지로 들추어 쫓아내고자 했으나 끝내는 그러지 못하고 시마를 스승으로 삼았다고 했다. 홍시인 역시 시를 낳는 고된 노역을 "시마의 종살이"로 표현하면서 그러한 삶이 행복하길 바랐으나 낳은 시로 인해 잠 못 이루는 고통 속에 시달려야 했다고 고백하지만, 그 종살이가 행복하고 싶다는 꿈을 끝내 버리지 않는 것이기에 거만한 계집종이 될 수 있다는 믿음 또한 확고히 가지고 있어 시마의 종살이가 스스로 즐겨 선택한 축복임을 내비치고 있다.

다시 말하면 시인이기에 시를 낳는 고통의 종살이를 평생 면할 수는 없는 것이지만, 낳은 시로 하여 거만한 계집종의 지위에 오를 수도 있고 마침내는 행복할 수도 있다는 희망이 시마를 시신(詩神)으로 모실 수 있게 한다는 것이다. 더욱이 시인이 시마의 종살이 끝에 낳은 시의 형상은 "살빛은 희디희어" 함부로 "구겨버릴 수 없는" 고귀한 품격을 가진 것으로 자부하기에 족한 것이지만, 그것이 풀밭에 둘러싸인 후롱초처럼 조금도 돋보이지 않아 더욱 애틋한 존재가 되고, 그러한 숙명을 안고 태어나야 하는 시임을 알면서도 그러한 고통의 노역으로부터 벗어나지 못하는 시인 자신을 '풀밭에 둘러싸인 후롱초'와 동일시하여 "연두빛 포승에 묶인 거만한 계집종"이라 했다.

그런데 후롱초와 계집종이 살아가는 그 세상은 '후롱초'가 예쁘게 피어올린 꽃이 "잘 보이지 않아도", 시마의 '계집종'이 산고 끝에 낳은 시의 목소리가 "잘 들리지 않아도" 조금도 아랑곳하지 않고 "말없이 흐르다 검지 높이 올리"는 비정한 비밀의 세계여서, 언덕은 산이 되고 물은 고여 깊은 우물로 남게 되어 마침내 후롱초와 계집종은 설자리를 잃어버리게 되는 그런 곳이라 했다. 그럼에도 불구하고 가늘디가는 후롱초는 겨울을 떨치고 꽃을 피워내어 '봄맞이꽃'이라는 별명을 얻게 되고, 시인은 포승에 묶인 종살이를 견디며 고귀한 품격의 시를 낳아 거만한 계집종이란 별명을 얻고자 한다. 여기서 홍시인은 그냥 계집종이 아니라 '포승에 묶인 거만한 계집종'이라 스스로를 견주었음에 특히 주목하자. 황진이가 조선사회의 신분제에 예속되어 종의 신분으로 살아가야 했으면서도 탁월한 기량으로 스스로 공산에 높이 떠 만인을 비추고 보듬는 명월의 존재가 되었듯이, 그를 표방하는 홍시인은 시마의 종살이에 스스로를 예속시켜 품격 높은 시를 낳음으로써 거만한 계집종으로 살아가는 자부심을 갖게 된다는 것이다.

그러나 홍시인의 자부심은 만인의 질시를 받아 마땅한 눈꼴사나운 자부심이 결코 아님을 유념할 필요가 있다. 시인이 살아가는 그 비정한 세상이 너무도 차갑기에 늘 따뜻한 온기를 찾으려 하고, 따사로운 햇살을 그리워하며, 하찮아 보이는 풀과 꽃들에서 위대한 아름다음을 발견해내는 창조적인 눈높이가 그녀의 작품 곳곳에 가장 친근한 소재로 혹은 주제로 녹아 있기에 황진이 같은 거만한 계집종이 될 수 있는 것이다. 마치 황진이가 신분은 종이었으나 박연폭포와 서경덕과 더불어 송도삼절이라는 일컬어지는 거만한 존재가 되었던 것처럼.

3. 홍성란의 놀라운 시적 성취

잘 알다시피 시조는 중국의 절구와 일본의 하이쿠, 서구의 소네트와 견줄 수 있는 한국의 대표적 정형시이면서 한국의 전통장르 가운데서도 가장 정제된 정형시이기도 하다. 뿐 아니라 한국 문학사에 부침한 다양한 장르 가운데 현재까지 살아있는 유일한 장르이다. 시조가 이러한 문학사적 위상을 차지하기까지에는 초창기 근대문학을 이끌어갔던 육당 최남선 같은 국민문학파 시인들의 공헌을 놓칠 수 없다. 시조야말로 '조선심'을 '조선음률'에 담은 '한국문학의 정수'로 지목하고 그 부흥운동을 적극적으로 폈던 결과라 할 수 있기 때문이다.

그러나 초창기 근대시조를 이끌어갔던 선구자(최남선, 정인보, 이병기 같은 분)들은 읽는 시로서의 근대적 서정성보다 조선심을 조선운율에 담는다는 사명감이 더 두드러지는 경향성을 보였던 탓으로 옛시조적인 미학에서 크게 벗어나지 못했던 것도 사실이다. 그들의 활동을 국수주의적인 것으로 보거나 케케묵은 낡은 양식을 고수하려는 보수주의자의 그것으로 폄하하는 빌미가 거기서 비롯된 것이다. 그럼에도 그들의 시조사랑은 부르기 중심의 '노래'를 읽기 중심의 '시'로 승화시키는 터전을 닦았다는 문학사적 공적으로 자리매김 될 것이다. 우리는 그들의 시조활동을 일컬어 옛시조의 미학을 한 단계 발전시킨 '고전형'이라 부를 수 있을 것이다.

오늘날 시조는 이러한 '고전형'의 터전 위에서 어떻게 하면 현대적 미감을 살려 현대시의 한 종류로서 자유시와 경쟁 장르의 지위를 굳히는 현대시조로 양식화하느냐에 관건이 달렸다 할 것이다. 그렇다면 시인의 감수성이 얼마나 현대적인가도 중요하겠지만 그보다 시인의 창조적 개성이 시조 양식을 통해 얼마나 신선하게 드러나느냐가 포인트가 될 것이다. 창조적 개성이야말로 현대성을 담보해주는 요체가 되기 때문이다. 그러면 시인의 창조적 개성은 시조 양식에서 어떻게 발현되는 것일까? 서정시의 근본원리가 시행발화의 운용에 있으므로 노래양식에서 발원(發源)한 전통시조의 형식원리를 어떻게 '읽는 시'로서 재조직하여 오늘의 미감에 맞는 양식으로 되살리는가에 그 해답이 있을 것이다.

현대시조가 오늘날에도 마력을 갖기 위해서는 그 구체적인 방법으로 두 가지를 생각할 수 있을 것이다. 하나는 비통사적 의미구조를 통사적으로 읽어줄 것을 강제함으로써 그러한 구조를 넘어서는 새로운

의미생산에 이르도록 유도하여 의미론적 질서에 신선한 충격을 주는
것이고, 다른 하나는 언어의 비의미론적 성질—소리, 운율, 단어의 반
복, 행과 연의 참신한 배분 등—을 활용하여 시행발화로서의 창조적 개
성을 드러내는 것이다.

　홍성란 시인은 이러한 두 가지 방법을 모두 사용하는 것으로 보이는
데 전자의 예를 다음 작품에서 확인해 보자.

> 따끈한 찻잔 감싸쥐고 지금은 비가 와서
> 부르르 온기에 떨며 그대 여기 없으니
> 백매화 저 꽃잎 지듯 바람 불고 날이 차다
>
> 　　　　　　　　　　　　　 −〈바람 불어 그리운 날〉 전문

　중앙시조 대상 수상작인 이 작품은 근대시조를 이끌어간 선구자들
의 작품처럼 초−중−종장의 3장 구조를 온전하게 살려 3행의 시행발
화 구조로 정직하게 일치시키고, 운율 구조면에서도 초장과 중장을
(비록 초장의 첫 음보와 중장의 둘째 음보에서 음절수의 파격을 보이긴 하
나) 4음 4보격의 등가적 반복구조로 하고 종장을 변형 4보격(종장의 첫
음보를 3음절로 고정시키고, 둘째 음보를 5음절 이상으로 하는)으로 하는
시조의 율격규칙도 그대로 준수함으로써 겉으로는 고전형을 충실하게
답습한 것으로 보인다.

　그럼에도 이 작품에서는 고전형의 낡은 태를 전혀 느낄 수 없고 오히
려 읽는 시로서의 참신한 개성을 흠뻑 맛볼 수 있는 까닭은 시행의 내
부발화를 자연발화에 의존하는 통사적 서술문법을 온전하게 지키지 않
고 의도적으로 서술을 차단함으로써 참신한 시적 긴장을 불러일으키고
새로운 의미생산으로 나아가는 시적 마력을 보여준다는 데에 그 비밀

이 있다. 옛시조나 고전형의 근대시조는 시행의 내부 발화가 통사적 서술문법을 비교적 온전하게 지키는 것을 미덕으로 삼는 데 비해 이 작품은 마치 자유시의 시행발화처럼 시행단위 내에서 자연발화를 어긋나게 하여 '낯설게 하기'에 의한 의미론적 충격을 보인다는 것이다.

이를 확인해보면 초장에서 앞구를 "따끈한 찻잔 감싸쥐고"라고 발화한 다음, 이어 그에 호응하는 뒷구를 "지금은 비가 와서"로 받아 이 둘 사이가 자연발화에서는 도저히 계기적 진술이 이루어질 수 없는 사실을 통사적으로는 계기적 관계인 듯이 발화함으로써 서술상의 오류를 의도적으로 범하고 있다. 이러한 의도적 오류는 앞구와 뒷구 사이의 서술 차단(통사 의미구조의 차단)에 의한 압축적이고 비약적인 의미생산이 가능하도록 할 뿐 아니라 신선한 서정적 긴장을 불러일으키는 효과를 가져 온다. 그에 더하여 그러한 진술 특징을 그대로 중장에서도 반복하여 보여주고 있으니, "부르르 온기에 떨며"라는 앞구와 "그대 여기 없으니"라는 뒷구가 자연발화에 의한 호응관계로 도저히 맺어질 수 없는 '낯설게 하기'의 관계라는 점에서 앞구와 뒷구 사이의 서술 의미의 차단에 의한 신선한 충격을 다시 맛보게 하는 것이다.

이처럼 비통사적 의미구조를 의도적으로 보임으로써 시인은 진술하고자 하는 많은 사실과 정감들을 서술 억제를 통해 집약적으로 보여줄 수 있는 시조 형식 운용이 가능하게 되는 것이다. 그리하여 마지막으로 화자가 처한 현실을 종장에 배치하여 "백매화 저 꽃잎 지듯 바람 불고 날이 차다"는 냉혹함의 극치를 보임으로써, 작품의 의미를 거꾸로 되돌아보게 하는 계기를 만들어 주는 서술 방법을 택한다. 즉, "그대"마저 "여기 없으니" 심리적으로 화자가 느끼는 냉기는 더욱 가중되고, "지금은 비"마저 "와서" 그대의 온기가 더욱 그리워지는 상황에 있음이 호소력을 갖게 된다. 그리고 그대의 부재로 인해 지금 할 수 있는 일이라곤 "따끈한 찻잔"을 "감싸 쥐고" 그 '찻잔의 온기'에서 그리운 '님의 온기'를 "부르르 떨며" 느낌으로 확인하는 안타까움이 절절한 호소로 다가오게 한다. 이렇게 비통사적인 진술의 연계로 인하여 의미론적으로는 종장에서부터 초장과 중장을 거꾸로 혹은 전(全)방위적으로 투시하고서야 긴밀한 관계임이 비로소 온전하게 드러나는 진술기법상의 창조적 개성을 보인 작품이라는 점에서 그 놀라운 시적 성취를 확인케 하는 것이다.

그러나 홍시인은 단시조에서 이처럼 고전형을 따르면서 의도적 오류를 범해 창조적 개성을 보이는 첫 번째 방법보다 두 번째 방법을 압도적으로 선호한다. 그 세부적인 방법 가운데서도 서정시의 본질이 시행발화에 있으므로 행과 연에 의한 시행 배분을 시조의 리듬을 따르지 않고 새로운 질서로 재편하여 창조적 개성이 드러나는 표현장치로 활용하는 것이 가장 두드러지다. 이러한 방법은 현대시조를 창작하는 오늘의 시인들에게 널리 보편화된 것이지만 문제는 그러한 시행발화가 언어를 전경화(前景化)시켜 강조와 강조점을 변경시키고, 문자적 의미를 비유적 의미로 이동하며, 기의(記意, 시니피에)를 흡수하여 기표(記標, 시니피앙)의 구조로 재구성하는 기법이 얼마나 탁월한가에 달려 있는 것이다. 이에 대한 홍시인의 시적 성취는 특히 앞서 다룬 바 있는 〈명자꽃〉의 시행발화를 행과 연의 배분과 시적 의미의 관계 차원에서 검토해보면 명확히 드러나는데 자세한 분석은 다른 기회로 미룬다.

다음으로 홍시인의 연시조를 검토해 보자. 잘 알다시피 시조의 본령은 평시조 한 수로 시상을 완결하는 단시조에 있다. 오늘날 현존하는 고시조의 절대다수가 단시조로 되어 있음이 그것을 말해준다. 3장의 절제된 틀에 담아 순간의 솔직한 감정을 집약하여 완결하는 서술 억제에 시조다움의 특징이 드러나는 까닭이다. 그러나 평시조 한 수로서는 감당하기 어려운 긴 호흡의 정감이나 여러 복합적인 시상을 드러내고자 할 때는 단시조를 연(聯)의 단위로 삼아 몇 수를 잇달아 엮어나가는 연시조로 표출해낸다.

문제는 연시조가 단시조의 연속 형식이어서 각각의 연이 단시조로서의 '완결의 형식'을 그대로 갖추고 있기 때문에 연이 이어지더라도 연 간의 긴밀한 짜임새를 유기적으로 갖추지 못할 때는 그 경계를 넘어 의미 생산적 율동화로 나아가지 못하고 연 별로 의미가 해체되어 맥이 끊어지는 졸렬한 작품이 되기 십상이라는 것이다. 여기서 연시조의 단위가 되는 연의 개념('연시조(聯時調)'라는 시조의 하위 장르 명칭에서 사용하는 '연'의 개념)과, 서정시 작품에서 서술 억제를 위해 시행발화로 이루어지는 발화단위로서의 '연'의 개념은 서로 다른 개념이므로 전자를 **'장르 연'**으로, 후자를 **'작품 연'**으로 지칭하여 구분할 필요가 있다. 이 개념을 적용하면 앞서 다룬 바 있는 〈거만한 계집종〉은 장르 연으로 볼 때는 3연으로 된 연시조이지만 작품 연으로 볼 때는 7연으로 재편된 연시조인 것이다.

이에 연시조의 시적 성취 여부는 장르 연을 어떻게 작품 연으로 재편하여 운용하느냐에 달려 있게 된다. 그런데 연시조를 장르 선택할 경우는 단시조로 감당할 수 없는 긴 호흡의 정감을 표출하거나, 사실이나 세계에 대한 인식의 깊이나 여러 복합적인 시상을 펼쳐보이고자 할 경우이므로 작품 연을 장르 연과 일치시키는 짜임이 무난하다 할 수 있다. 장르 연을 작품 연과 동떨어지게 자유분방한 양상으로 재편한다면 연시조가 생명으로 하는 연 단위의 내부질서가 갖는 정제성이

지나치게 흐트러져 연과 연이 쌓이면서 이루어 내는 의미의 확장과 심화를 가져오기가 어렵게 되고 오히려 혼란에 빠지게 되므로 연시조의 맛을 대부분 잃게 된다. 그런 연유로 옛시조는 말할 것도 없고 고전형의 연시조들은 예외 없이 작품 연을 장르 연에 따라 배열하는 방법을 취해왔던 것이다.

홍시인 역시 대부분의 연시조를 고전형으로 작품화 하고 있어 연시조의 장르적 특성을 간파하고 있는 것으로 이해된다. 그러나 세상을 보다 깊고 넓게 인식하거나 여러 복합적인 시상을 펼쳐 보이는 데는 고전형을 따르는 것이 순리이겠지만, 긴 호흡의 정감을 표출하는 데는 그 감정의 기복에 따라 장르 연을 작품 연으로 재편함으로써 시행발화로서의 서정성을 한층 고양시킬 수가 있게 된다. 이 경우 행과 연의 배분과 질서화를 어떻게 의미 생산적 율동화로 성공적으로 이끌어 나가느냐에 따라 작품의 시적 성취 여부가 판가름 날 것이다.

홍시인의 〈거만한 계집종〉은 이러한 방법을 전형적으로 보여주는 작품이다. 이미 언급한 대로 이 작품은 첫째 수에서 후롱초를, 둘째 수에서 계집종을, 셋째 수에서 세상을 노래한, 3수의 단시조가 결합된 연시조다. 연의 질서화는 3연의 장르 연을 그대로 따르지 않고 7연의 작품 연으로 재편하는 새로운 조직을 보이고 있다. 그만큼 후롱초와 계집종, 그리고 그들이 살아가는 세상으로 이어지는 회포와 정감이 단시조 한 수로 감당하기에는 벅찬 것이라 하겠다. 그런데 그 새로운 조직화의 방법이 실로 자유분방해서 연시조의 시적 짜임이라하기에는 '낯설게 하기'의 극치를 보여준다. 우선 작품 연을 구성하는 크기가 작게는 하나의 음보로 채워지는가 하면 크게는 두 개의 장을 합쳐서 이루어지며, 그 중간에 때로는 두 개의 구로, 때로는 한 개의 장으로 하나의 작품 연을 이루기도 한다. 이러한 다양한 짜임을 시도하는 목적은 작품의 서정성을 고양하여 시의 미학적 즐거움을 주는 데 있을 것이다. 그 즐거움은 말해진 것(단어들)과 말해지는 방식(단어들의 조합)의 관계가 얼마나 의미의 강조를 동반하면서 신선한 충격으로 다가오는가에 달렸다 할 것이다.

그런 점에서 작품 전체에서 단연 눈에 띄는 충격으로 다가오는 것은 첫째 수의 마지막 단어인 "후롱초"다. 하나의 단어가 하나의 연을 감당하는 무게로 작품에 자리하고 있지 않은가. 시인이 이 단어에 특히 무게 중심을 두어 전경화하는 이유는 그것이 이 작품의 전체 시상을 전개해 나가는 핵심 노티프가 되기 때문일 것이다. 그 후롱초가 다음 연에서 '계집종'을 노래하는 동력이 되게 했으며, 마지막 연에서 비정한 '세상'과 맞서 마침내 "검지 높이 올리"는 거만한 자긍심을 갖는 존재(비록 '엄지'가 아닌 '검지'를 올린다는 시인의 겸허함이 내재되어 있긴 하나 그것을 '높이' 올린다는 시인의 의지와 자긍심은 대단하다)가 될 수 있게 하기 때문이다. 이처럼 이 작품은 장르 연의 경계를 넘어 연과 연 사이를 관통하는 지속적인 의미 생산이 내밀하게 이루어지도록 배치하고 있어 굳이 장르 연의 경계 표지가 표면적으로 드러나야 할 이유가 없었던 것이고, 연과 연 사이의 의미론적 관계가 유기체적 긴밀성으로 밀착되어 있어 작품 전체가 긴밀한 짜임을 갖도록 배려함으로써 단형의 연시조로서 창조적 개성을 보이는 데 성공한 작품이라 하겠다.

끝으로 홍시인의 사설시조를 검토해 보기로 하자. 잘 알다시피 시조는 4음 4보격의 3장 형태로 완결되는 정교하면서도 짧은 양식이어서 때로는 그 아정(雅正)한 격조에서 오는 규범적 미학을 벗어나는 파격의 미학을 즐기고자 할 경우가 생겨나기도 하고, 때로는 엄정하고 절제된 정감의 구속에서 벗어나 세계상에 대한 감정 확장을 맘껏 펼치고자 하는 욕구를 갖게 마련이다. 시조는 한시와 달리 그 향유와 창작의 메커니즘이 대부분 사대부의 풍류가 이루어지는 연회석에서 즉흥적으로 이루어지기 때문이다. 사설시조는 바로 이러한 두 가지 욕구를 충족하고자 설비된 시조의 하위 장르로서, 그 진술 방식은 평시조의 기본 구조를 그대로 준수하면서 그 구조 안에서 '말 엮음'의 확장을 통해 그러한 심미적 즐거움을 누리게 된다.

홍시인의 사설시조 역시 이 두 가지 지향을 함께 보여주고 있어 전통을 충실히 계승하고 있음이 확인된다. 그 가운데 전자의 대표적 예를 들어보자. 이는 평시조의 진지함과 아정함을 깨뜨려 허튼소리로 희화화하고, 말 엮음의 재미를 한껏 추구하여 대상 세계의 벗겨진 모습을 가차 없이 드러냄으로써 진지한 주제에서 벗어나는 '일탈의 미학'이 시적 호소력을 획득하는 중심이 된다. 홍시인의 다음 작품은 그러한 미학을 신명나게 보여준다.

일신(一身)이 사자하니 물것 계워 못 살니로다

가랑니 같은 면허세 등록세 수퉁니 같은 취득세 교통세, 티코에도 자동차세 갓깬 이같은 주민세 재산세, 잔벼룩 굵은 벼룩 양도세 증여세 상속세 끊지 못해 담배소비세 유리지갑에 갑근세, 쥐 씨알만한 원고료에 에누리 없는 소득세 빈대 붙듯 달라붙는 인지세 부가세 특소세 투성이 투성이 세금투성이로다–, 각다귀 사마귀 등 에아비 철석 붙은 전화세 주세 뭔 거래세? 흰 바퀴 누런 바퀴 바구미 거머리 살찐 모기 야윈 모기 모질도다, 모질도다 밤낮으로 빈틈 없이 물거니 쏘거니 빨거니 뜯거니, "이내 몸은 깽비리 사자 하니 어려워라" 관세 탈세 면세 과세, 허세 실세 내세 마세 노세 먹세 속세 만세!

　　그 중에 차마 못 견딜 건 물고 뛴 놈, 나밖에 모른다던 놈 간 벼룩 님
벼룩 아니신가

-〈조세잡가〉 전문

　이 작품의 특색은 순수한 창작이 아니라 경화사족층에 해당하는 이
정보의 사설시조 〈一身이 사자ᄒ니~〉를 패러디했다는 점이다. 그런
데 이정보가 사람을 괴롭히는 여러 물것들을 재미나게 나열한 끝에 마
지막 종장에서 자신의 신분인 사대부 계층답게 독서할 때 귀찮게 달려
드는 '쉬파리'가 가장 못 견딜 존재라고 결론지음에 비해, 홍시인은 현
대인들을 괴롭히는 온갖 '세금'들을 물것을 앞세워 동열로 나열한 끝
에 마지막 종장에서 현대의 여성시인답게 자신을 '물고 뛴', '나밖에
모른다던', '님 벼룩'을 지목하여 가장 못 견딜 존재라 결론짓고 있어
흥미로운 대조를 보인다.

　이정보의 이 사설시조는 흔히 가렴주구의 고통을 온갖 '물것'으로
풍자한 작품으로 오해되고 있는데 그렇지 않다. 옛사설시조는 강자의
입장에서 약자를 연민의 눈길로 바라보는 따스한 웃음을 유발하는 해
학이 중심이 되고 있으며, 이정보 역시 사대부라는 강자의 입장에서
하찮은 온갖 물것들을 연민의 눈길로 바라보며 해학적으로 여유를 가
지고 허튼소리로 향유했던 것이다. 이정보가 2음보로 연속되는 경쾌
하고 발랄한 민요적 율동감으로 중장에서 파격의 미학을 담지할 수 있
었던 것은 그의 풍류공간이었던 학탄(학여울) 인근에 송파나루가 위치
해 있었고, 거기에는 송파산대놀이를 비롯한 민속놀이와 시정의 유흥
문화가 상당히 발달되어 그것이 문화적 배경으로 작용하고, 그러한 환
경을 적극적으로 가곡의 변주곡으로 수용한 결과로 여겨진다.

　사회적 강자였던 이정보와 달리 〈조세잡가〉를 노래한 홍시인은 현

대를 살아가는 소시민이라는 점에서, 절대 강자로 군림하는 정치권력의 비리와 모순 혹은 현대 사회의 어두운 면이나 폐악이 주된 관심사가 됨은 자연스러운 것이다. 그리하여 그러한 세계상을 적나라하게 폭로하고 시니컬하게 풍자함으로써 그 권위를 추락시키고 해체하는 비판정신이 그 중심축이 됨은 사회적 약자로서 당연한 것이었다. 따라서 옛사설시조의 여유로운 해학미를 그대로 따르지 않고 현대적 감각으로 패러디함으로써 날카로운 현실비판적 풍자미로 미학적 전환을 꾀한 것은 홍시인의 현대사설시조에서 맛볼 수 있는 또 하나의 시적 성취라 아니할 수 없다. 패러디가 지향하는 기본정신이 단순히 원전(原典)을 모방적으로 재현하는 것이 아니라 날카로운 풍자를 담은 원전의 재문맥화에 있지 않은가. 〈조세잡가〉가 허튼소리에 기반을 두는 '말엮음'의 재미를 넘어서 현대사회의 부정적 세계상을 여지없이 고발하고 폭로하는 '뼈있는 말'(이정보는 해학에 기초하므로 연민에 의한 '흐튼소리'가 중심이 됨과 대조)로 일관됨은 이러한 풍자 정신의 텍스트화에 그 비밀이 담겨 있다 할 것이다.

홍시인의 사설시조 가운데 또 하나의 지향을 보이는 대표적 예로는 다음 작품을 들 수 있다.

> 너를 사랑하고
> 사랑하는 법을 배웠다
>
> *차마*, 사랑은 여원/네 얼굴 바라보다/일어서는 것, 묻고 싶은 맘/접어 두는 것, 말 못하고/돌아서는 것 *하필*, 동짓밤/빈 가지 사이 어둠별에서, 손톱달에서 가슴 저리게/너를 보는 것 *문득*,/삿갓등 아래 함박눈/오는 밤 창문 활짝/열고 서서 그립다,/네가 그립다, 눈에게만/고하는 것 *끝내*, 사랑한다는/말따원 끝끝내 참아내는 것

숫눈길,
따뜻한 슬픔이
딛고 오던
그 저녁

　　　　　　　　　　　　-〈따뜻한 슬픔〉 전문

　이 작품의 화자는 엄청난 사랑의 가슴앓이를 하고 있다. 화자에 대한 님의 사랑이 "동짓밤", "어둠별", "손톱달", "삿갓등", "함박눈" 같은 차갑고 어두운 이미지의 연속으로 형상화 되듯이 이미 싸늘하게 식어 있어 조금만 거슬려도 사랑을 지속하기 어려운 상황에 놓여있기 때문이다. 그림에도 화자는 그 사랑이 파국으로 치닫지 않도록 하고자 님을 사랑하면서 터득하게 된 여러 가지 지혜로운 방법으로 사랑의 지속을 꿈꾸고 있지 않은가. 이처럼 가슴앓이를 하면서도 님을 향한 사랑의 끈을 끝내 놓지 못하는 것은 오로지 님과 함께 할 때만 느낄 수 있는 사랑의 온기를 잊지 못해서 일 것이다. 그래서 사랑은 모질기만 한 비정한 슬픔이 아니라 "따뜻한 슬픔"이라고 화자는 단언한다.

　여기서 주목되는 것은 중장의 사설확장이 갖는 의미이다. 평시조 같으면 그러한 정서를 단 한번으로 집약하여 절제된 감정으로 노래했을 터인데, 그런 절제를 보이기엔 님을 향한 화자의 아픔이 너무나 커서 여러 차례에 걸쳐 '사랑하는 방법'을 열거하는 사설 엮음으로 보여주고 있는 것이다. 님을 사랑하는 방법이 한 가지로는 통할 수 없는 것은 그만큼 그 사랑이 간절하고도 진실한 것이라는 반증일 것이다. 그렇다면 그러한 사랑의 진정성을 해학이나 풍자로 전복시켜 엮어 낼 수는 없지 않은가. 그런 일탈의 미학을 추구하는 대신 이미 자신에게서 너무나 멀어진 님과의 사랑을 어떠한 방법으로라도 지속코자 하는 화자의 안간힘의 정서가 감정 확장을 통해 표현해는 열거의 수사법을 택하고 있다. 중장에 네 번에 걸쳐 부사어(고딕체로 표기)를 앞세워 열거한, 님을 "사랑하는 법", 그것이 차례로 거듭되면 될수록 그 슬픔의 정감은 깊어지고 그 사랑의 진정성과 따스함은 독자의 가슴을 울리기에 충분하기 때문이다.

이처럼 사설시조는 평시조의 협소성으로는 감당하기 어려운 감정영역을 열거나 반복의 수사법으로 확장하여 풀어내는 또 하나의 방법이 되고 있으며 홍시인은 그런 사설시조의 특성을 활용하여 만인의 가슴을 울리는 법을 현대적 감각으로 보여 주고 있는 것이다.

결론적으로 홍성란 시인은 황진이를 표방함으로써 단시조와 연시조, 사설시조에 이르기까지 놀라운 시적 성취를 이루었으며, 시조를 우리 시대의 아름다운 서정시로 한층 고양시킨 보기 드문 시인이라 하겠다.

참고문헌

고정희, 「조선시대 규범서를 통해 본 사설시조의 희극성」, 『국어국문학』 159
　　　호, 국어국문학회, 2011.

권성훈, 『한국시조대상 작품집』, 고요아침, 2013.

권영민, 「이상문학을 어떻게 이해할 것인가」. 『유심』 54호, 2012, 1~2월.

김경희, 「어은보 소재 우조낙시조 연구」, 서울대학교 대학원 석사논문, 1993.

김대행, 『시조유형론』, 이화여대출판부, 1986.

김동환, 「시조배격소의」, 『조선지광』, 1927년 6월호.

김만수, 『다섯 빛깔의 언어풍경』, 동학사, 1995.

김수경, 「시조에 나타난 병렬법의 시학」, 『한국시가연구』 제13집, 2003.

김영욱, 『근대로의 전환기적 음악양상』, 민속원, 2004.

김영운, 「가곡연창형식의 전개양상 연구」, 성균관대학교 박사논문, 2004.

김영호, 「현묵자 홍만종의 청구영언 편찬에 관하여」, 『대동문화연구』 61집,
　　　성균관대 대동문화연구원, 2008.

김우진, 「가곡 계면조의 농과 낙에 관하여」, 서울대학교 대학원 석사논문,
　　　1984.

김재현, 「심사평 : 간결하나 곡진한 표현의 시편」, 『한국시조대상 작품집』, 고
　　　요아침, 2013.

김정례, 「하이쿠 문예에 나타나는 애매성의 구조와 특질에 관한 고찰」, 『일본
　　　어문학』 2집, 1996.

김학성, 「현대시조의 문학사적 전망」, 『한국고시가의 거시적 탐구』, 집문당,
　　　1997.

김학성, 『한국시가의 담론과 미학』, 보고사, 2004.

_____, 『한국고전시가의 전통과 계승』, 성균관대학교 출판부, 2009.

_____, 「시조의 형식질서와 그 품격의 효용성」, 『만해축전』자료집 下권, 2012.

_____, 「현대시조의 좌표와 시적지향」, 2013 만해축전 학술세미나 발표문.

김혜숙, 「시조의 정조 유동과 가곡적 5장 구조」, 『고전문학연구』 39집, 한국 고전문학회, 2011.

김흥규, 『한국문학의 이해』, 민음사, 1986.

_____, 『욕망과 형식의 시학』, 태학사, 1999.

노드롭 프라이, 『서정시의 이론과 비평』(호제크 파크, 윤호병 역), 현대미학 사, 2003.

박현수, 「시조의 현대성, 어떻게 구현할 것인가」, 『만해축전』 자료집 下권, 2012.

성기옥, 『한국시가 율격의 이론』, 새문사, 1986.

_____, 「용비어천가의 문학적 성격」, 『진단학보』 67호, 진단학회, 1989.

성기옥, 손종흠, 『고전시가론』, 한국방송통신대학교 출판부, 2006.

오세영, 「한국시가 율격 재론」, 『관악어문연구』 18집, 1993.

_____, 「깨달음과 감동을 주는 시를 쓰자」, 『유심』 통권 55호, 2012, 3~4월호.

_____, 「심사평 : 시상의 폭이 넓으며 그 표현에 막힘이 없다」, 『한국시조대상 작품집』, 고요아침, 2013.

유성호, 「작품론 : '시인'의 존재론적 은유, '시조'의 양식론적 자각」, 『한국시 조대상 작품집』, 고요아침, 2013.

이병기, 「율격과 시조」, 『동아일보』, 1928, 11. 28~12. 1.

이어령, 『축소 지향의 일본인』, 문학사상사, 2003.

이우성, 「고려말·이조초의 어부가」, 『성대논문집』 9집, 성균관대학교, 1964.

이택후, 『화하미학』, 동문선, 1990.

이 호, 「도(道)에 이르는 道를 이르는 시(詩)」, 『열린시학』 33호, 2004년 겨울.

임선묵, 『노산의 문학과 인간』, 횃불사, 1983.

장경렬, 「사설시조의 어제와 오늘」, 『만해축전』, 만해사상실천선양회, 2002.

장사훈, 『국악논고』, 서울대학교 출판부, 1993.

전이정, 『순간 속에 영원을 담는다 : 하이쿠 이야기』, 창작과비평사, 2004.

정 양, 「시조시인 조운과 탱자의 꿈」, 『유심』 2001년 여름호.

조윤제, 「시조자수고」, 『신흥』 4호, 1930. 11.

_____, 「시조의 본령」, 『인문평론』 제2권 제3호, 1940.

_____, 『한국시가의 연구』, 을유문화사, 1948.

川本 皓嗣, 「동아시아 시학 구축을 위해-음수율이라는 숙명-」, 『한국시가연구』21집, 한국시가학회, 2006.

최남선, 「조선국민문학으로서의 시조」, 『조선문단』 16호, 1926.

최준식, 『한국미, 그 자유분방함의 미학』, 효형출판, 2000.

최진원, 『한국문학연구입문』, 지식산업사, 1982.

테렌스 호옥스, 오원교 역, 『구조주의와 기호학』, 신아사, 1988.

홍성란, 「시조의 형식실험과 현대성의 모색양상 연구」, 성균관대학교 박사논문, 2004.

홍재휴, 「시조구문논고-기왕의 시조 장구(章句)론을 변정함-」, 『효대학보』 433호, 효성여자대학, 1977.

황윤석, 『이재난고(頤齋亂藁)』, 5책, 1779년(기해, 己亥)년 6월 14일조.

황패강, 「大隱의 〈不屈歌〉 補攷」, 『국어국문학』 49·50호, 국어국문학회, 1970.

Wellek & Warren, *Theory of Literature*, London, HarvestBooks, 1956.

찾아보기

ㄱ

가객층 161

가곡 222

가곡창 25, 32, 139, 272

가사 146, 171

〈가지치기〉 113

〈개나리-여의도 의사당 부근〉
    63

개화기 시조 54

〈거만한 계집종〉 323

계락 53

계면조 33, 53

고려 속요 50

〈고백〉 74

고산 175

〈고산구곡가〉 157

고시조 39

〈고정(古亭)〉 281

고조 173

공자 222

〈관동별곡〉 171

〈관악산 봄빛〉 40, 59

〈구룡폭포〉 123, 192

국민문학파 131, 325

권갑하 62, 106, 228, 296

권호문 118

〈귀로 쓴 시〉 292

균여 311

〈그리운 계산〉 226

〈그믐달〉 78

근대시조 54

〈금강송〉 44, 66

『금속행용가곡』 145, 178

기의 329

기표 329

김영재 110, 111

김천택 151, 161, 162, 173,

180, 185, 316

김춘택 187

ㄴ

〈나의 시조론〉 96

낙(樂) 298

낙시조 53, 173

남구만 41

〈내가 나를 바라보니〉 307

내재율 117

내재절주 31, 49, 55, 70

〈냉이꽃〉 202

〈너, 이후〉 101

농(弄) 298

〈눈〉 112

『님의 침묵』 106

ㄷ

단가 144

단강 145

단시조 276, 285

〈단심가〉 31, 149, 150, 167

단장(單章)시조 282

단카 21

〈대낮〉 76

『대동풍아』 168

『대한매일신보』 64

〈도산십이곡〉 157, 266

〈독거노인〉 110

〈독법(讀法)〉 268

〈동천, 冬天〉 49

〈따뜻한 슬픔〉 108, 336

〈뜬금없는 소리-똥에 관한 한 연구 1〉 297

ㅁ

만횡청류 118, 176, 185, 285, 317

〈맹상군가〉 178

〈면앙정잡가〉 175

〈명자꽃〉 319

〈무애가〉 311

〈무자화·4〉 121

〈무자화·6〉-〈부처〉 41

〈문둥이〉 50

〈물 길러 간다〉 294

민병도 78

ㅂ

〈바람 불어 그리운 날〉 327

박기섭 76, 112, 183, 294

박시교 268

박인로 225

박지원 186

박희정 113

〈반쪽에 관한 명상 2〉 238

변안렬 150, 186

변희리 151

『병와가곡집』 259

〈보현십원가〉 311

『부부고(覆瓿藁)』 160

〈부의모자(父義母慈)〉 223

〈부자유친(父子有親)〉 223

〈부처〉 61, 311

북전 33, 172, 316

〈불굴가〉 149, 150, 151, 167,
　　181, 186

ㅅ

사뇌가 28, 147, 170

〈사랑은 기다림이 아니라 찾아
　　가는 것입니다〉 106

〈사랑의 찬가〉 270

〈사미인곡〉 171

사설시조 35, 69, 102, 145,

　　156, 157, 276, 286

삭대엽 173, 317

〈산일(山日)〉·3 288

〈산창을 열면〉 308

삼삭대엽 317

상촌 신흠 48

〈서왕가〉 311

서정주 49, 50

선시 289

〈설일(雪日)〉 115

성령론 180

성정론 180

소가곡 173

〈소경되어지이다〉 281

소곡 145

소네트 129, 257, 277

속요 29

〈송랑가〉 170

송순 175, 223

수작시조 151

『순오지』 169

〈숫돌〉 228

『시경(詩經)』 163, 218

시여 146, 221, 309

시조 21

시조부흥운동 131

시조의 정형률 89

시조창 32, 272

시행발화 65, 66, 71, 97, 328

신조 173

신흠 221

〈실혜가〉 170

심광세 150

4장시조 283, 284

ㅇ

〈아득한 성자〉 313, 303

〈아버지〉 231

〈아버지의 수첩〉 230

〈아직은 보리누름 아니 오고〉 241

〈애기메꽃〉 291

〈애벌레〉 233

『야언, 野言』 48

『양금신보』 33

양동기 281

양장시조 282, 284

〈어부가〉 171

〈어부사시사〉 119, 175

〈어부사시사 춘사 4〉 259

엇시조 37, 102, 145, 156, 157

에디트 피아프 270

〈에워쌌으니〉 96

〈여울목 한나절〉 99

여창가곡 188

〈연기(煙氣)의 추상(抽象)〉 80

연시조 35, 65, 156, 157, 276, 286

연작시조 85, 156, 157

〈오감도〉 264, 267

〈오륜가〉 157, 225

외재절주 52, 70

『원주변씨세보』 187

원효 311

월명사 311

유재영 62, 99, 111

〈유채 꽃밭, 돌무덤〉 68

윤금초 83, 84, 126, 183, 213, 241, 297

윤선도 41, 259

율동모형 71

율시 21, 129

음량률 23, 51, 93, 134, 255

음보율 51, 134

음수율 20, 251, 253

이광덕 187

이규보   323

이덕수   187

이방원   30, 150

이병기   25, 202

이보영   230

이삭대엽   53, 177, 317

이상   202, 263, 264

이수광   170

이승은   62, 115, 226, 292

〈이어도 사나, 이어도 사나〉 84

이우걸   62, 286

『이원신보』   160, 165, 169

이은상   26, 273, 281

『이재난고』   119

이정보   85, 297, 334

이정환   72, 96, 290

이종문   74

이지엽   62, 68, 238, 299

이태순   233

이택후   278

이현보   171

이형상   145, 178

이호우   90, 92

이황   266

〈인도행(人道行)〉   224

〈일색과후〉   306

임제   315

〈임종〉   281

ㅈ

〈자목련 산비탈〉   72, 290

자수율   133

자연발화   31, 252, 328

자유율   117

장가   144, 145

장수현   96

〈장진주사〉   171, 178, 188

〈적벽유(赤壁遊)〉   273

전위시   88

절구   21, 129, 257, 277

절장시조   282, 284

절주   87

〈정과정곡〉   25, 139

정몽주   30, 31, 150

정성론   181

정수자   43, 44, 62, 66, 101,
   235

정완영   39, 40, 59

정철   146, 171, 223

정형시   19, 88

〈제망매가〉 311

〈조련사 k〉 246

〈조세잡가〉 334

조오현 39, 41, 61, 121, 288, 302

조운 123, 192, 282, 284

조윤제 25

조황 224

〈종〉 296

중대엽 173, 316

『지봉유설』 170

『지수염필』 187

〈질라래비훨훨〉 126

ㅊ

천기론 180

〈천수답〉 235

『청구영언』 119, 160, 162, 185, 316

〈청조가〉 170

초삭대엽 317

최남선 198, 325

최승범 281

〈최후〉 202

〈춤〉 46

ㅋ

〈큰기러기 필법(筆法)〉 213

ㅍ

〈팽이〉 286

편(編) 298

평시조 35, 145, 156, 185, 276

〈평양8관〉 282

ㅎ

〈하여가〉 30, 149, 150, 167

하이쿠 21, 129, 250, 257, 277

〈한거십팔곡〉 118

한분순 80

한시 21, 257

한용운 106

〈해남에서 온 편지〉 299

『해동악부』 150

〈해론가〉 170

〈해방탑〉 282

향가 28, 170

혜근 311

홍만종 160

홍성란 43, 46, 62, 63, 108, 231, 291, 318

홍한주 187

황윤석 119

황진이 314

후전진작 33

〈훈민가〉 157

〈휴화산〉 90, 92

▌김학성

서울대 국문학과와 동 대학원 졸업(문학박사)

전주대와 원광대 교수를 거쳐 성균관대 국문학과 교수로 퇴임

성균관대 문과대 학장 겸 번역·테솔 대학원장과 한국시가학회장 역임

현재 성균관대 명예교수

한국시조학술상, 도남국문학상, 만해대상(학술부문) 등 수상

저서로『한국고전시가의 연구』(원광대출판국, 1980),『국문학의 탐구』(성균관대 출판부, 1987),『한국고시가의 거시적 탐구』(집문당, 1997),『한국고전시가의 정체성』(성균관대 대동문화연구원, 2002),『한국시가의 담론과 미학』(보고사, 2004),『한국고전시가의 전통과 계승』(성균관대 출판부, 2009)이 있으며 '공저'와 '편저', '학술논문'이 다수 있다.

현대시조의 이론과 비평

2015년 4월 10일 초판 1쇄 펴냄

지은이 김학성
펴낸이 김흥국
펴낸곳 도서출판 보고사

책임편집 이유나
표지디자인 오동준

등록 1990년 12월 13일 제6-0429호
주소 서울특별시 성북구 보문동7가 11번지 2층
전화 922-5120~1(편집), 922-2246(영업)
팩스 922-6990
메일 kanapub3@naver.com
http://www.bogosabooks.co.kr

ISBN 979-11-5516-346-7 93810

ⓒ 김학성, 2015

정가 21,000원

이 도서의 국립중앙도서관 출판시도서목록(CIP)은 서지정보유통지원시스템 홈페이지(http://seoji.nl.go.kr)와 국가자료공동목록시스템(http://www.nl.go.kr/kolisnet)에서 이용하실 수 있습니다. (CIP제어번호: CIP2015008079)